奥维德诗全集 拉中双语版

OPERA OMNIA P. OVIDII NASONIS

V

女杰书简·女人面妆

HEROIDES
ET MEDICAMINA FACIEI FEMINEAE

[古罗马] 奥维德 —— 著

李永毅 —— 译注

中国青年出版社

图书在版编目（CIP）数据

奥维德诗全集：拉中双语版. 5 /（古罗马）奥维德著；李永毅译注 . —北京：中国青年出版社，2021.12（2023.6重印）
ISBN 978-7-5153-6527-5

Ⅰ. ①奥… Ⅱ. ①奥… ②李… Ⅲ. ①古典诗歌—诗集—古罗马—拉、汉 Ⅳ. ①I546.22

中国版本图书馆CIP数据核字（2021）第218317号

责任编辑：杜海燕
书籍设计：瞿中华

出版发行：中国青年出版社
社　　址：北京市东城区东四十二条21号
网　　址：www.cyp.com.cn
编辑中心：010-57350503
营销中心：010-57350370
经　　销：新华书店
印　　刷：北京盛通印刷股份有限公司
规　　格：700mm × 1000mm　1/16
印　　张：251
字　　数：3089千字
版　　次：2021年12月北京第1版
印　　次：2023年6月北京第2次印刷
定　　价：780.00元（全五册）

如有印装质量问题，请凭购书发票与质检部联系调换
联系电话：010-57350337

目录

汉译及注释 1

《女杰书简》 3-230

《女人面妆》 231-238

研究综述 443-457

参考文献 458-490

汉译及注释

《女杰书简》

HEROIDES

第一首（珀涅罗珀致尤利西斯）[1]

淹留的尤利西斯，珀涅罗珀写此信
　　给你，但不必回复，只要你现身！
希腊女子憎恨的特洛伊当然已陷落[2]，
　　可是整座城和国王又能值几何[3]？
真希望那淫棍在乘船前往斯巴达之时[4]，
　　就已经被狂涛吞噬，永沉海底！
如此，我便不会被抛下，空守这张
　　冷床，独自抱怨难挨的天光，

1　特洛伊王子帕里斯（Paris）在斯巴达国王墨涅拉俄斯（Menelaus）家中做客时，劫走海伦（Helene），引发特洛伊战争。希腊联军出征前，尤利西斯（Ulysses，即奥德修斯）不愿参战，假装疯癫，但被帕拉墨得斯（Palamedes）识破。在长达十年的战争中，尤利西斯以足智多谋赢得了名声，为希腊军队的胜利做出了重要贡献。回程途中，尤利西斯多次遇险，在海外漂泊多年，妻子珀涅罗珀（Penelope）不知发生了什么，四处打探丈夫的情况。这封信就是在这样的情境下写的。

2　“希腊”对应的拉丁文原词是 Danais，后者源自古代阿戈斯国王 Danaus（达那俄斯）之名，常代指希腊。

3　“国王”对应的拉丁文原词是 Priamus（普里阿摩斯）。

4　“淫棍”指帕里斯。“斯巴达”对应的拉丁文原词是 Lacedaemona（拉刻代蒙），斯巴达的别称。

也不会任无人陪伴的双手被织机消磨，
　　每当我竭力打发无垠的黑夜。
何日我不曾害怕比现实更可怕的危险？
　　爱这种东西总是被忧惧填满。
我一再想象凶残的特洛伊人袭击你，
　　赫克托耳的名字总叫我惊栗[1]。
若有人说起安提洛科斯败于他之手[2]，
　　安提洛科斯就成我不安的缘由；
或者乔装的帕特洛克罗斯已然殒命[3]，
　　我就为巧计的失败而泪湿衣襟；

1　赫克托耳（Hector）是特洛伊战争中特洛伊一方的著名勇士。

2　按照荷马、品达等诗人的权威说法，安提洛科斯（Antilochus）死于门农（Memnon）之手，而不是被赫克托耳杀死。但奥维德很可能故意让他笔下的珀涅罗珀搞错，毕竟她人在深闺，远离战场，也未必对战争有兴趣，在细节上犯错也正常，这符合情境真实的创作原则。Green（2004）以此为例，指出文本批评中的一个错误倾向。许多评注者仅仅因为奥维德这里的事实偏离了荷马史诗的“原本”，就武断地认为古代的抄写员在誊写抄本时犯了错，而丝毫不考虑《女杰书简》的文体特征——书信体的戏剧独白，既然是戏剧独白，人物就不是全知全能的，而是有各种局限性的。他认为，奥维德在这行所犯的“错误”（类似的错误在本诗中还有三处）恰好是一种塑造珀涅罗珀性格的策略。用 Kennedy（1984）的说法，传统的神话版本可以充当“客观”的参照，叙述的偏离则可以让读者“发现并窥测作者的主观意图”。Green 认为，珀涅罗珀在给丈夫的信中故意让事实不准确，是想让对方意识到，由于无法探知丈夫的真实处境，自己时时刻刻都处于恐惧和紧张状态。她是一位精明的女人，通过故意装出的无知，她让尤利西斯感知自己的脆弱，激发丈夫的同情心和保护的欲望。

3　“帕特洛克罗斯”（Patroclus）对应的拉丁文原词是 Menoetiaden，意为“墨诺提俄斯（Menoetius）之子”。帕特洛克罗斯是希腊猛将阿喀琉斯（Achilles）的挚友。阿喀琉斯因为自己喜爱的美女布里塞伊丝（Briseis）被阿伽门农（Agamemnon）夺走，愤然退出战斗，于是帕特洛克罗斯穿着他的铠甲出现在战场上，鼓舞军心，但被赫克托耳杀死。

特勒波勒摩斯的热血浸润吕基亚长矛[1]，
　　他的死又重新让我心惊肉跳。
总之，希腊军营中无论谁新近阵亡[2]，
　　这颗爱你的心都变得冰凉。
但终有一位慈神顾念我纯洁的爱情[3]，
　　特洛伊化作灰烬，夫君却幸存。
希腊众首领已返家，祭坛缭绕着香雾[4]，
　　蛮域缴获的战利品献给了先祖[5]。
娇妻为良人无恙而奉上谢礼，良人
　　夸自己的命运战胜特洛伊的命运。
孱弱的老者和羞怯的少女都叹服，妻子
　　在丈夫唇边啜饮每一段回忆。
有人以桌子为道具，展示残酷的战争，
　　用少许清酒勾勒特洛伊的全景[6]：
“西摩伊斯河从这边流过，希盖文在这边[7]，

1　在特洛伊战争中，特勒波勒摩斯（Tlepolemus）率领九艘战船为希腊军队助阵，但被吕基亚（Lycia）国王萨尔珀冬（Sarpedon）击杀。

2　“希腊”对应的拉丁文原词是 Achivis，后者源于 Achaia（亚该亚），亚该亚本是希腊的一个地区，常泛指整个希腊。

3　“慈神”或许指婚神许墨奈俄斯（Hymenaeus）。

4　“希腊”对应的拉丁文原词是 Argolici，后者源于 Argolis（阿戈利斯，伯罗奔尼撒半岛的一个地区）。

5　按照古代希腊人的定义，一切非希腊的民族都是“蛮族”，特洛伊自然也是“蛮域”。

6　“特洛伊”对应的拉丁文原词是 Pergama（佩尔加玛），佩尔加玛也叫佩尔加蒙（Pergamum），是特洛伊的要塞，常代指特洛伊。

7　西摩伊斯河（Simois）在特洛伊附近，希盖文（Sigeum）是特洛伊的城镇。

这里高耸着普里阿摩斯的宫殿。
那边是阿喀琉斯和尤利西斯的营地[1]，
赫克托耳的残肢在此让惊马疯驰[2]。”
儿子寻你时，年迈的涅斯托耳已将[3]
一切告诉他，他回来又对我讲。
他提及瑞索斯和多隆如何被刀剑杀死，
一人在梦中遇袭，一人中了计。[4]
你竟敢（天啊，你全然不顾自己的家人）
趁夜狡猾地摸进色雷斯的军营，
唯一人相助，却将众多的敌兵消灭。[5]
你可真是谨慎啊，真是记挂我！
我的心惶恐不安，直到得知你带着
马匹归来，穿过盟友的队列[6]。

---

1 “阿喀琉斯”对应的拉丁文原词是 Aeacides，意为“埃阿科斯（Aeacus）的后代”，埃阿科斯是朱庇特与埃吉娜之子，佩琉斯之父，阿喀琉斯之祖父。

2 赫克托耳被阿喀琉斯杀死后，尸体曾被后者拖在战车后，绕特洛伊城墙展示。

3 “儿子”指忒勒玛科斯（Telemachus），涅斯托耳（Nestor）是特洛伊战争中最年长的希腊人和著名智者，忒勒玛科斯曾向后者打探尤利西斯的消息。按照《奥德赛》（*Odyssey* 1.280-286）的说法，忒勒玛科斯打探消息不是受珀涅罗珀的指派，而是雅典娜（密涅瓦）的授意，珀涅罗珀并不知情（*Odyssey* 3.373-376）。

4 瑞索斯（Rhesus）是缪斯之子、色雷斯国王，率军支援特洛伊，在城外睡觉时被狄俄墨得斯（Diomedes）和尤利西斯杀死，马也被他们抢夺。特洛伊人多隆（Dolon）为了得到阿喀琉斯的战马，独自潜入希腊军营，结果被狄俄墨得斯和尤利西斯套出情报后杀死。

5 “一人”指狄俄墨得斯，珀涅罗珀在这里将尤利西斯塑造成了此战的主力，但在《伊利亚特》中，主要的功臣是狄俄墨得斯（*Iliad* 10.488-493）。

6 此行原文中还有 Ismariis 修饰 equis（马匹）一词，该词源于 Ismarus（伊斯马洛斯山，在色雷斯境内），代指色雷斯。

然而，伊利昂被你的臂膀摧毁，昔日[1]
　　屹立的城墙变废墟，对我有何益，
如果我的境况与特洛伊未灭时一样，
　　丈夫永永远远都不在身旁？
对别人，特洛伊死了，唯独对我存留，
　　虽然征服者已定居，俘虏的牛
正耕田，城垣变成庄稼地，佛里吉亚血[2]
　　滋育的沃土荣盛，待镰刀收割；
死者半埋的枯骨被弯曲的犁头碰撞，
　　青草遮掩了沦为废墟的旧房。
你胜了，却未归，我也无从知晓你为何
　　迁延，在哪个角落冷酷地藏躲。
每一位异乡人乘船到此，都被我盘问
　　你的消息，否则便难以脱身；
倘若有机会见你，他都会递给你一封
　　我亲手书写、亲自交付的书信。
我托人去寿星涅斯托耳的家乡皮洛斯[3]，
　　却没有确切的音讯传回我这里。
我派人奔赴斯巴达，斯巴达也不知真相。
　　你究竟在何处居留，在何处游荡？

1　伊利昂（Ilium）是特洛伊的别名。

2　佛里吉亚（Phrygia）是小亚细亚的一个地区，此处代指特洛伊。

3　皮洛斯（Pylos）是伯罗奔尼撒半岛的城市，由国王涅斯托耳统治。在本行原文中，皮洛斯被称为 Neleia arva（涅琉斯的土地），因为涅琉斯（Neleus）是涅斯托耳的父亲和上一任国王。

福玻斯的城墙如果仍矗立，反而更好[1]
（善变的我已恼恨自己的祈祷！），
那样就清楚你厮杀之地，唯战争需担心，
我也不会是唯一哀叹的女人。
如今我不知该害怕什么，癫狂中什么
都怕，忧惧伸向广阔的旷野。
我不禁怀疑，海上和陆上的一切危险
在合谋，让你迟迟都难以回返。
当我傻傻地害怕着这些，异国恋或许
已叫你迷了魂——你们男人的乐趣！[2]
你甚至正在说，自己的妻子多么土气，
除了纺羊毛，再无适宜的活计。
但愿我错了，这番指控能消散在风里，
只要无羁绊，你便不会有犹疑！
父亲伊卡里俄斯强迫我放弃空床[3]，
日复一日斥责你漫长的游荡。
让他斥责吧！我是你的，只当属于你，
珀涅罗珀永远爱尤利西斯。
可他拗不过我的忠诚和贞洁的请求，
并没有全力相逼，仍允我自由。

1 “福玻斯的城墙”指特洛伊城墙，因为传说拉俄墨冬（Laomedon）建造特洛伊时得到了福玻斯（即阿波罗）和涅普顿的帮助。

2 珀涅罗珀至少部分猜对了，尤利西斯在十年漂泊生涯中曾与喀耳刻（Circe）和卡吕普索（Calypso）有过这样的“异国恋”。

3 伊卡里俄斯（Icarius）是珀涅罗珀的父亲。

杜里齐文、萨梅和高峻扎钦托斯岛[1]
养大的放纵之徒正将我搅扰[2]，
在你的宫殿里颐指气使，无人拦阻，
撕扯着你的财富，我们的脏腑。
我为何提起庇珊德洛斯、波吕博斯[3]、
残忍的墨冬、贪婪的欧律玛科斯[4]
和安提诺俄斯之流？真是丢脸！你不在，
却用苦攒的财富喂养着每一位。
潦倒的伊洛斯和放牧羊群的墨兰提俄斯[5]
为你的灾殃添上了最后的羞耻。
我们三人都无力战斗：你柔弱的妻子、
老迈的父亲和未成年的忒勒玛科斯[6]——
最近，我险些失去他，因他不顾众人劝，

1 杜里齐文（Dulichium）是尤利西斯故乡伊塔卡附近的一座岛，萨梅（Same 或 Samos）是伊奥尼亚海的一个岛，归尤利西斯统治，扎钦托斯（Zacynthos）是萨梅南边的一座岛，也属于尤利西斯的国土。

2 “放纵之徒”指趁尤利西斯不在，想通过与珀涅罗珀结婚霸占他家产的众多求婚者。

3 珀涅罗珀在这里列举了五位求婚者（只是很小一部分）的名字：庇珊德洛斯（Pisander）、波吕博斯（Polybus）、墨冬（Medon）、欧律玛科斯（Eurymachus）和安提诺俄斯（Antinous）。

4 珀涅罗珀将墨冬形容为充满敌意的求婚者，但在《奥德赛》中，他是可以信赖的人（*Odyssey* 4.675-715，22.354-360）。

5 伊洛斯（Irus）是伊塔卡人，身形巨大但性情怯懦，被尤利西斯一拳打死。墨兰提俄斯（Melanthius）是尤利西斯的羊倌，背叛了主人。

6 “父亲”对应的拉丁文原词是 Laertes（拉厄耳忒斯，尤利西斯之父）。

执意要去皮洛斯，结果遭暗算[1]。
我祈求，神按通常的顺序安排命运[2]，
让他来合上我的眼睛，你的眼睛。
牛倌和长寿的乳娘都站在我们一边，
另一位忠仆照料着污秽的猪圈[3]。
然而拉厄耳忒斯已经拿不起武器，
不可能像国王一样对抗诸敌；
忒勒玛科斯只要活着，终究会长大，
但此时仍需父亲保卫其年华；
我也没足够的力量将恶匪逐出家园。
你快回来吧，我们的港湾和神坛！
你有位儿子（愿你长久拥有他）——幼稚
之年，他本应修习父亲的技艺。
别忘了拉厄耳忒斯，他强撑身体，拖延
时日，只为等你为他合上眼。
而你离去时仍是少妇的我啊，即使
你瞬间赶到，也已经与老妪无异[4]。

---

1 “暗算”指求婚者试图截杀忒勒玛科斯的事，由于密涅瓦女神的介入，阴谋未得逞。但在《奥德赛》中，伏击是准备在忒勒玛科斯从皮洛斯回来时发动，而不是在他去皮洛斯之时（*Odyssey* 4.701）。

2 意为让年长者先于年幼者死。

3 “牛倌”指菲洛提俄斯（Philoetius），“乳娘”指欧律克莱娅（Euryclea），“忠仆”指欧迈俄斯（Eumaeus）。

4 Barchiesi（1993）认为，奥维德的这一行明显借鉴了普洛佩提乌斯在《哀歌集》中（*Elegiae* 2.9.8）对珀涅罗珀的描写，从而将珀涅罗珀的希腊史诗形象重塑为罗马爱情哀歌形象。

第二首（菲丽丝致得摩丰）[1]

得摩丰，我，在罗多彼接待你的菲丽丝[2]，
　　埋怨你去太久，误了承诺的归期。
你答应过我，当月亮的双角合拢成圆，
　　你的锚就会停泊于我的海岸。
月亮的面容已四次亏隐，四次盈满，
　　色雷斯的波浪未载回阿提卡的船[3]。
如果像我们相思者一样，你也数日子，
　　就会知道我并没有提前责备你。
希望也滞留，人总是迟迟不信伤心事。

1　得摩丰（Demophoon）是淮德拉和忒修斯的儿子，特洛伊战争后他回国时，因为受风暴影响，被迫在色雷斯海岸停留，当时统治色雷斯的是女王菲丽丝（Phyllis）。女王热情接待他，并与他成为情侣。听闻雅典国王去世的消息，为了夺回父亲失去的雅典统治权，他决定立即返国，并向菲丽丝保证在一个月内回到她身边。但他回到雅典之后，就将承诺忘得一干二净。他离开四个月后，菲丽丝写了这封信。

2　罗多彼（Rhodope）是色雷斯境内的一座山。

3　“色雷斯”对应的拉丁文原词是 Sithonis（西托尼伊人的），西托尼伊人是色雷斯的一个民族。“阿提卡”对应的拉丁文原词是 Actaeas（阿克忒的），阿克忒（Acte）指雅典附近的阿提卡海岸。

我深陷情网，仍难以面对打击：
常为你用谎言安慰自己，常虚幻地以为
狂暴的南风会将白帆送回来；
我诅咒忒修斯，因为他不肯放你返家——
或许，他其实并未阻止你出发？
我曾经害怕，你驶往赫布罗斯险滩时[1]，
船遭遇灾难，被如雪的湍流吞噬；
我时常祈求神，祝愿你这恶棍平安，
虔诚祷告，在香气萦绕的祭坛；
时常，当我看见天上和海上的好风，
会对自己说：“他若活着，必现身。”
总之，我忠诚的爱想象了各种阻碍
归程的理由，我是编借口的天才。
可你仍拖延，祈愿的神没能够将你
带回，你也不感动于我的爱意。
你把誓言和布帆都交给了风，得摩丰，
帆没有掉头，话没有兑现，我恨！
告诉我，我做了什么，除了痴恋你？因为
这宗罪，我倒该赢得你的心才对。
薄幸的人啊，我唯一的错就是接待你，
可如此的错难道算不上功绩？
责任、忠诚、执手的仪式如今在哪里[2]，

1　赫布罗斯（Hebrus）是色雷斯境内的一条河。

2　右手握着右手是郑重宣誓的动作。

还有挂在你嘴边的神（伪誓）[1]？
为相守岁月而承诺的许墨奈俄斯如今[2]
在哪里？他可是我未来婚姻的保证！
临行前，你曾以大海向我发过誓，你经常
穿越的大海（翻卷着无边的风浪！）；
也曾唤祖父做证——除非他也是杜撰[3]，
那位神能平复狂飙激怒的水面；
你还提及维纳斯和轻易征服我的战具，
一件是弓，另一件则是火炬[4]；
还曾以掌管婚床的慈惠朱诺的名义[5]
和擎火女神的秘奥圣礼起誓[6]。
若每位遭冒犯的神都为自己复仇，
你这一条命受罚，就远远不够。
可疯狂的我竟修好了你残破的航船，
你借它抛弃我，我却让它更安全！
我配上新桨，只为你更快从身边逃离？

1 这里的神可能指丘比特。

2 许墨奈俄斯（Hymenaeus）也称许门（Hymen），是婚神。

3 一些评论者认为“祖父”指忒修斯之父埃勾斯（Aegeus），他投海自尽后变成了神。另外的评论者则认为“祖父”（avus）其实指得摩丰的曾祖父海神涅普顿。但在古代某些神话版本中（例如欧里庇得斯的《希波吕托斯》），忒修斯的父亲本来就是涅普顿，自然也是得摩丰的祖父。

4 弓和火炬都是丘比特的传统装备。

5 朱诺作为神后，也是掌管婚姻的女神，这个角色被称为 Juno Pronuba（保佑婚姻的朱诺）。

6 “擎火女神”指谷神刻瑞斯（Ceres），敬拜她的圣礼常在夜间举行，有火炬游行，纪念她在夜间寻找女儿珀尔塞福涅（Persephone）的事情。

悲哀！我伤于亲手打造的武器！
我信了你那些永远说不完的甜言蜜语，
信了那些名字——你光荣的先祖，
信了眼泪——难道它们也学会了伪装，
有智巧，能被你操控，随意流淌？
也信了你的神。何必给我这么多诺言？
随便说什么，我都能被你欺骗。
我并不在意允许你进港，给了你住处，
但我的善心就应该到此止步。
我懊悔逾越了待客之道，像妻子一般
与你同床，又与你肢体相连。
真希望此前的晚上是我此生的最后
一夜，菲丽丝的名字能不蒙垢。
原想结局会好些，我觉得自己配得上；
与功劳相符的所有希望都正当。
玩弄轻信的少女怎算是辛苦换来的
光荣？你理应珍惜纯真的我。
我，恋爱的女子，被你的言辞欺瞒，
愿神只让你因薄幸被世人“颂赞”！
让你与埃勾斯家族的雕像矗立在雅典[1]，
镌刻着功勋的父亲站在你前面。

---

1 埃勾斯和忒修斯父子都曾担任雅典国王。

看完他屠灭凶残的普洛克鲁斯特斯[1]、
　　斯喀戎、辛尼斯和牛头人身的妖异[2]，
以战争驯服忒拜，击溃半人马氏族[3]，
　　闯进幽冥统治者的阴森王府[4]，
再让人在你的底座读到这样的铭文：
　　“他曾经欺骗收留自己的情人。”
你父亲一生留下无数辉煌的业绩，
　　唯抛弃克里特少女被你牢记[5]；
他只为此事开脱，你却只崇拜此事，
　　背信者，继承父亲诡诈的好儿子！
她如今（我并不羡慕）有了更好的新郎[6]，
　　高坐于猛虎负轭拉拽的华车上[7]，

1　菲丽丝开始列举忒修斯的著名功绩。普洛克鲁斯特斯（Procrustes）在阿提卡半岛的埃琉西斯（Eleusis）附近活动，他根据床的长度强行削短或拉长俘虏的身体，后被忒修斯杀死。

2　斯喀戎（Sciron）是墨伽拉附近的强盗，他坐在岩石上，强迫过路人给他洗脚，并将他们踢入大海，让一只乌龟吃掉。忒修斯以其人之道还治其人之身，除掉了他。辛尼斯（Sinis）是阿提卡强盗，常用松树将人弹射入高空，被忒修斯用铁棍打死。“牛头人身的妖异”指困于克里特迷宫的米诺陶（Minotaurus），他是王后帕西法厄与涅普顿赠送的公牛生下的怪物，后被忒修斯杀死。

3　忒修斯曾攻占忒拜城，杀死国王克瑞翁（Creon）。在好友庇里托俄斯（Pirithous）的婚礼上，半人马族企图夺走新娘希波达米娅（Hippodamia），忒修斯等人与拉庇泰族合作，击败了半人马族。

4　好友庇里托俄斯企图劫走冥后珀尔塞福涅为妻，忒修斯和他一起闯入地府，庇里托俄斯被冥犬杀死，忒修斯被囚禁，后来被海格力斯（Hercules）解救。

5　“克里特少女”是克里特公主阿里阿德涅（Ariadne），她对忒修斯一见倾心，用线轴帮助后者走出迷宫，但与忒修斯私奔途中，被他抛弃在迪亚岛。

6　“她”指阿里阿德涅，她后来与酒神巴克斯结婚。

7　酒神巴克斯出现时的典型场景。

我拒绝的色雷斯青年却不肯与我成婚，
　　认为我鄙夷同胞，青睐异乡人。
有人说：“现在就让她走开，去博学的雅典，
　　尚武的色雷斯会找到新人来掌权。
结果已说明一切。”愿所有凭结果判断
　　行为的家伙永远与成功无缘！
倘若你回航的桨叶正翻起浪花，他们
　　又会说我已经造福于自己和臣民。
但我失算了，你不会再踏入我的宅邸，
　　在此地的水中洗濯疲倦的身体[1]。
你离去那日的影像仍萦绕在我的眼边，
　　我的港口里布满将远行的舰船。
你竟敢抱住我，搂着爱你之人的脖颈，
　　印上久久流连的一个个深吻，
让你的泪水与我的泪水彼此交融，
　　又埋怨舟帆偏偏碰上了顺风。
离开我的时刻，你抛下最后的话音：
　　“菲丽丝，千万等着你的得摩丰！”
我该等一去便永远不再见我的你吗？
　　我该等被我的大海拒绝的帆吗？
然而我在等。虽然迟，唯愿你回到爱侣
　　身旁，这样你仅仅失信在过去。

1　“此地的水”对应的拉丁文原词是 Bistonia aqua（比斯托尼斯的水），比斯托尼斯（Bistonis）是色雷斯的一个湖。

苦命人为何祈祷？另一位妻子和一段
新情或许已绊住你——我的灾难！
一落出视线，我猜，你已不识菲丽丝。
可叹！你若问她是谁，是何方人氏，
我会说，是我向经年漂泊无定的得摩丰
献上了色雷斯的港口和款待的热忱；
我的财富增加了你的财富，奢华的我
给困乏的你以厚礼，还打算给更多；
我将吕库古的广袤国土交到你名下 [1]
（它不太适合让一位女人管辖，
这里，冰封的罗多彼伸向葱茏的海摩斯 [2]，
神圣的赫布罗斯河沛然奔驰）；
阴郁的征兆下，我的童贞被你采摘，
纯洁的腰带被险诈的手扯开；
引婚的提西丰涅为我们的结合哀号 [3]，
孤独的夜鸟也唱着凄凉的曲调；
阿列克托也在，众小蛇盘曲于头上 [4]，
葬礼的火把摇晃出惨淡的光亮。
我却在巉岩和灌木丛生的水滨踱步，
还有一切海铺展于眼前之处。

1 吕库古（Lycurgus）是埃多尼（位于色雷斯）国王，因为反对酒神，巴克斯让他精神失常，杀死了儿子。

2 海摩斯（Haemus）是色雷斯境内的一座山。

3 提西丰涅（Tisiphone）是古希腊神话中三位复仇女神之一。

4 阿列克托（Alecto）是另一位复仇女神。

无论昼暖催松了泥壤，还是寒星
　　闪烁，我都留意着驱浪的风，
只要我看见远处有帆影正在靠近，
　　立刻就揣测它们是神的回应。
我朝海奔去，波涛也难吓阻我，冲向
　　动荡渊面与陆地初接的地方——
帆离我越近，我越发不能站得安稳，
　　瘫倒在侍女怀里，失去了心魂。
有一处海湾，弧线温和似拉开的弓，
　　尽头矗立的崖峰棱角峥嵘，
我曾动念头，从这里纵身跃入波中，
　　既然你执意骗我，我只好执行。
让浪涛将我卷走，抛掷在你的海岸，
　　让我在落葬前看到你的双眼。
即使你比铁、精钢和自己还刚硬冷漠，
　　仍会说：“菲丽丝，你不该如此跟随我。”
我时常渴求各种毒药，时常盼望着
　　用利剑洞穿胸膛，留一摊血泊；
这颈项，因为曾投入虚情假意的拥抱，
　　如今我甘愿它被绳圈环绕。
我决意以早夭之命弥补受伤的荣誉，
　　不会在死亡的选择前长久踌躇。
你将作为可憎的死因刻在我坟上，
　　铭文无非是与此相似的诗行：

“痴情的菲丽丝被客人得摩丰送入死地[1]，
他毁了她的生趣，她杀了自己。”

1 菲丽丝特别突出了一点：得摩丰违背了古代世界公认的主客伦理，忘恩负义。

第三首（布里塞伊丝致阿喀琉斯）[1]

这封信来自被劫的布里塞伊丝，蛮族[2]
写就的文字，希腊语难以卒读。
你看到的涂抹之处都是泪水的痕迹，
然而泪水同样有词语的意义。
倘若我可以对你——我的主人和丈夫——
有所抱怨，我的确有怨言要倾吐。

1　阿喀琉斯（Achilles）是佩琉斯（Peleus）和女神忒提斯（Thetis）的儿子。在希腊联军攻打特洛伊的外围战中，他拿下了吕尔涅索斯（Lyrnesus），并俘虏了两位美丽的女子，一位是阿斯图诺墨（Astynome），也叫克瑞塞伊丝（Chryseis），意为“克瑞塞斯（阿波罗的一位祭司）之女”，另一位是希波达米娅（Hippodamia），也叫布里塞伊丝（Briseis），意为“布里塞斯之女”。阿喀琉斯将克瑞塞伊丝献给统帅阿伽门农，把布里塞伊丝留给自己。后来阿伽门农迫于神意，将克瑞塞伊丝归还给她父亲，并抢夺了布里塞伊丝。阿喀琉斯深感屈辱，愤然退出了联军。希腊军队多次遭遇败绩后，阿伽门农派人安抚阿喀琉斯，同意归还布里塞伊丝，并送给他许多礼物，但阿喀琉斯坚决拒绝。于是，布里塞伊丝给他写了这封信。Jacobson（1971）指出，虽然布里塞伊丝被古希腊作家反复提及，但由于女人和战俘的双重边缘身份，她的形象一直很苍白，可以说奥维德才是她的真正塑造者。在这首诗里，她不是一个被动、漠然承受痛苦的人，而是一个经历了创伤体验、在痛苦中挣扎的角色。

2　按照古希腊人的定义，所有非希腊人都是蛮族，所以布里塞伊丝也形容自己是“蛮族”。

国王一索取，你就迫不及待地交出我[1]，
　　不是你的错，但终归还是你的错。
欧律巴忒斯和塔尔图比俄斯刚来要人[2]，
　　你就立刻吩咐我与他们同行。
两使者疑惑地扫视彼此的脸庞，仿佛
　　在追问，你我的爱究竟在何处。
你本可耽搁，拖延能减轻我的伤心。
　　可叹！离开时我没给你一个吻，
却不住地流着眼泪，不住地撕扯发卷，
　　只觉得沦为俘虏的惨剧又上演。
我时常打算骗过守卫，回到你身旁，
　　但惊恐的我会落入敌军的魔掌[3]；
如果走太远，我怕夜色里被人抓捕，
　　成为普里阿摩斯儿媳的礼物[4]。
但你弃了我，因为只能弃。我滞留多夜，
　　你也没索回，在怒火煎熬中蹉跎。
当日交人时，帕特洛克罗斯曾对我耳语[5]：
　　“何必哭泣？你很快就能回去。”
你不仅没争取我回去，甚至极力阻止，

1　“国王”指阿伽门农，因为他是联军统帅。

2　欧律巴忒斯（Eurybates）和塔尔图比俄斯（Talthybios）是奉阿伽门农之命带走布里塞伊丝的使者。

3　“敌军”指特洛伊军队。

4　普里阿摩斯是特洛伊国王。

5　帕特洛克罗斯是阿喀琉斯的挚友。

阿喀琉斯，痴心汉竟是如此！
特拉蒙之子和阿闵托耳之子前来斡旋[1]，
一位是你的血亲，一位是友伴；
还有尤利西斯，我本可随他们返回[2]。
他们带来了厚礼，又好言劝慰：
二十个精心打造的铜盆，配上七张
三足案，分量与做工都与之相当[3]，
外加十塔兰的黄金、十二匹神气的骏马[4]
（百战百胜，早无惧任何厮杀）
以及莱斯博斯的美姬（这却是多余）[5]——
家园覆灭，动人的身躯被掳。
阿伽门农还特意从三位女儿中为你[6]
挑了妻子（但你并不缺妻子）。[7]
你若想从他手里赎回我，本当你付出[8]

---

1 特拉蒙（Telamon）之子即大埃阿斯（Aias），是阿喀琉斯堂弟。阿闵托耳（Amyntor）之子即菲尼克斯（Phoenix），是佩琉斯为儿子阿喀琉斯指定的同伴。他们和尤利西斯是阿伽门农派来与阿喀琉斯谈判的人。

2 “尤利西斯”对应的拉丁文原词是 Laerta satus，意为“拉厄耳忒斯之子”。

3 三足案（tripos）在古希腊由大理石、名贵木材或青铜制成，经常用作比赛的奖品或礼物。

4 塔兰（talentum）是古希腊的重量单位，1 塔兰约等于 26 公斤。

5 莱斯博斯（Lesbos）是爱琴海上的一个岛，诗人萨福和阿尔凯奥斯的故乡。

6 三位女儿分别是克律索忒弥斯（Chrysothemis）、拉俄狄刻（Laodice）和伊菲革涅娅（Iphigenia）。

7 30—38 行列举的礼物可以参考《伊利亚特》（*Iliad* 9.135-147）。

8 “他”对应的拉丁文原词是 Atride（阿特柔斯之子），指阿伽门农。

这些，他主动送礼，你竟然坚拒！
我犯了什么错，活该被轻贱，阿喀琉斯？
你善变的爱要飞快地逃向哪里？
难道厄运就这样揪着可怜人不放，
灾难一启动，就没有良辰来救场？
拜你之赐，我目睹吕尔涅索斯被攻破[1]
（在故国，我是何等尊贵的角色！）；
目睹三位兄弟（祖先和死亡将他们
连接）死去（我们有共同的母亲）[2]；
目睹我丈夫（那么了不起的人）横躺于[3]
染红的地上，胸膛在血污下抽搐。[4]
失去这么多，只有你可以补偿，你已是
我的主人、我的丈夫和兄弟。
你曾以海神母亲的名义反复发誓[5]，
对我而言，被俘其实很有利——
比如现在，虽然我带着嫁妆来，你却要
推开我，和这些财宝一起抛掉！

---

1 吕尔涅索斯是布里塞伊丝的故乡，位于小亚细亚的奇里基亚地区（Cilicia）或米西亚地区（Mysia）。

2 阿喀琉斯杀死了布里塞伊丝的三位兄弟，她父亲布里塞斯上吊自杀。

3 布里塞伊丝的丈夫米涅忒斯（Minetes）是奇里基亚的一位国王，吕尔涅索斯城破时被杀。

4 47—50 行的措辞受到了《伊利亚特》的影响（*Iliad* 19.291-296）。

5 “海神母亲”指忒提斯。

我甚至听到传言，等明日晨光降临[1]，
　　你就会扬起亚麻的船帆远行[2]。
当罪恶的企图传到耳中，可怜的我
　　顿感窒息，胸膛也空荡失血。
你要走！野蛮的人，你要把我留给谁？
　　被甩下的我会有谁温柔相待？
我宁可大地突然张口，赶紧吞了我[3]，
　　或天降红热的闪电，将我焚灭，
也不愿海上没有我，你的桨翻起白浪[4]，
　　而我，却只能目送你的船起航！
如果你已经归心似箭，顾念着家神，
　　载着我一道回去，船难道会沉？
我会像俘虏跟随征服者，而不是娇妻
　　陪丈夫：这双手擅长纺羊毛的活计。
亚该亚最美的妇人将步入你的洞房[5]，
　　且让她做你的佳偶，与你同床，

1 “晨光”对应的拉丁文原词是 Eos，是古罗马诗人为黎明女神奥罗拉（Aurora）发明的别名。

2 古代西方的船帆多数由亚麻布制成。

3 安菲阿剌俄斯（Amphiaraus）在攻打忒拜前早已预见到自己的死亡，所以躲了起来，但他的妻子厄里费勒（Eriphyle）被一条项链收买，明知丈夫攻打忒拜必死无疑，仍胁迫他参战。最后他的战车被开裂的大地吞没。

4 “你的桨”对应的拉丁文原词是 Phthiis remis，意为“普提亚的桨”，普提亚（Phthia）是阿喀琉斯故乡帖撒利亚（Thessalia）的一座城市。

5 “亚该亚”泛指希腊。

不辱公公的家世（朱庇特与埃吉娜的后人）[1]，
　　古老的涅柔斯也乐见她嫁与外孙[2]。
我会如卑微的侍女，担负分派的任务，
　　勤劳不辍，纺尽绕杆上的纱缕。
只求你夫人不要迫害我，我不晓得
　　她会怎样敌视我，怎样针对我，
你别允许她当你面撕扯我的头发，
　　请温和地说："过去我也曾爱过她。"
受这罪也成，只要羞辱后不是抛弃。
　　那才可怕，让我怕到骨髓里！
你究竟盼什么？阿伽门农已经为争执
　　而懊悔，全希腊都在你脚下哀乞。
战胜一切的你啊，战胜这执拗的怒气！[3]
　　为何赫克托耳在践踏希腊的势力？[4]
快拿起武器——但先把我接回你身边[5]——
　　势如破竹，击溃敌军的战线。
仇怨既因我而起，就让它因我而灭，
　　让我成为你悲伤的缘由和终结。

1　"公公"指阿喀琉斯之父佩琉斯，佩琉斯的父亲埃阿科斯（Aeacus）是朱庇特和埃吉娜（Aegina）的儿子。

2　古老的海神涅柔斯（Nereus）是阿喀琉斯之母忒提斯的父亲，"外孙"指阿喀琉斯。拉丁语原文中的 prosocer 指婆婆或岳母的父亲，也可指丈夫的祖父或外祖父。

3　这一行呼应着《伊利亚特》中菲尼克斯的恳求（*Iliad* 9.496）。

4　希腊联军中唯有阿喀琉斯足以对抗特洛伊的赫克托耳，当阿喀琉斯退出战场，希腊军队连连败北。

5　"你"对应的拉丁文原词是 Aeacide（埃阿科斯的后裔）。

别觉得屈服于我的请求是一种耻辱，
　　墨勒阿革洛斯听从妻劝才动武[1]。
我听来的故事你已熟知：失去了兄弟，
　　母亲诅咒儿子，执意要他死[2]，
战火燃起，激愤中他抛下武器离开，
　　顽固地拒绝支援祖国的军队，
只有妻子能改变其心意[3]。她比我幸福！
　　我的话全然虚掷，沉入了泥土。
但我不怨怒，没有将自己看成伴侣，
　　更时常扮演为主人侍寝的奴仆。
记得有位掳来的姑娘称我女主人，
　　我说："这个名让奴役的重负更沉。"
然而，凭着丈夫的尸骨（草就的坟墓
　　几乎难掩埋我永远敬爱的尸骨），
凭着我三位兄弟的英灵（我树起的神，
　　他们与故国共眠，为故国献身），
凭着我自己的头（它曾与你同枕席），
　　凭着你的剑（我家人知晓的武器），

1　墨勒阿革洛斯（Meleager）是卡吕冬国王俄纽斯（Oeneus）和阿尔泰娅（Althea）的儿子。在卡吕冬狩猎野猪的行动中，他杀死了两位舅舅。此事引发了库莱特人和卡吕冬人的战争，墨勒阿革洛斯因为害怕母亲对自己的诅咒，拒绝参战保卫自己的国家，在妻子克里奥帕特拉（Cleopatra）的苦劝下，他才拿起武器。

2　详情参考《变形记》（*Metamorphoses*）第八卷 445—546 行。

3　按照通行的说法，墨勒阿革洛斯的妻子是克里奥帕特拉，但许基努斯（Hyginus）《故事集》（*Fabulae* 174）说她的名字是哈尔库俄涅（Halcyone）。

我发誓迈锡尼国王从未躺在我旁边[1]，
　　如果有虚言，你尽可一刀两断！
我若对你说：“无双的勇士，你也发誓，
　　我不在，你不曾作乐！”你岂会同意？
可是希腊人以为你在伤心。你拨弄琴弦，
　　被娇柔的美姬拥在温软的胸前[2]。
任何人问起，你为何拒绝上战场：战斗
　　伤命，琴音、歌声和性爱是享受；
如此更安全——躺在床上，搂着女人，
　　手指缓缓弹奏着色雷斯的里拉琴[3]，
而不是紧握盾牌和锋利无比的长枪，
　　任头盔沉重地扣在你的卷发上。
但你在过去更喜欢功勋，而非安全，
　　搏杀挣来的名声才觉得甘甜。
难道你只在俘获我之前才痴迷血战，
　　我的国一灭，你的荣耀也消散？
神啊，别这样！我祈求健硕臂膀投出
　　佩里昂木矛，穿透赫克托耳的身躯[4]！
派我去找他，希腊人。我会劝说主人，

1　“迈锡尼国王”指阿伽门农。

2　“美姬”可能影射狄俄墨达（Diomeda），在《伊利亚特》中，布里塞伊丝不在的时候，阿喀琉斯与她一起度日。

3　里拉琴（lyra）是诗人俄耳甫斯（Orpheus）引入色雷斯的。

4　佩里昂山是著名半人马喀戎（Chiron）居住的地方，他是包括阿喀琉斯在内众多希腊英雄的导师。

我会用许多吻调制你们的指令。
相信我，菲尼克斯、雄辩的尤利西斯
和透克罗斯的兄长都不如我得力[1]。
这可有奇效：熟稔的手臂缠住颈项，
真切的乳房唤醒眼睛的欲望。
即使你比母亲的波浪还残忍，还凶戾，
即使我沉默，也能用泪水软化你。
现在（若如此，祝父亲佩琉斯享尽天年，
皮洛士有你的好运，能征善战）[2]
就请你，勇敢的阿喀琉斯，顾念忧心的
可怜人，别再耽搁，如铁石折磨我；
或者，倘若你的爱已经变成了厌憎，
就请逼我死，而非失去你而生——
其实你正在逼我死！我已经形销色暗，
却唯有希望让我的性命苟延。
若连希望都没了，就去见兄弟和丈夫，
让一位女人死，你有什么好吹嘘？
何必吩咐我死呢？拔剑捅死我就够：
洞穿了胸膛，我也有血可以流。
让你的那柄剑刺向我（如果当时女神
未阻拦，它早已刺中阿伽门农）[3]！

1 “透克罗斯的兄长”指大埃阿斯，透克罗斯（Teucer）是大埃阿斯同父异母的弟弟。

2 皮洛士（Pyrrhus）又名尼奥普托列墨斯（Neoptolemus），是阿喀琉斯的儿子。

3 根据《伊利亚特》的说法，阿喀琉斯因为布里塞伊丝被抢，与阿伽门农拔剑相向时，女神密涅瓦抑制了他的怒气。

唉！倒不如留下我的命，你自赠的礼物——
　　侍妾所求的是得胜的仇敌所赐予。
涅普顿的佩尔加蒙住着更值得杀的人们，
　　到那里去找更适合毁灭的牺牲品；
只求你，无论想乘船远离还是留驻，
　　都行使主人的权力，唤我回去。[1]

1　如 Jacobson（1971）所说，这首诗最动人之处便是布里塞伊丝的创伤综合征，虽然她一再用“爱”这样的字眼，但她对阿喀琉斯的依恋不是爱，而是绝望和恐惧，是要弥补一切损失的本能冲动。正是在这样的背景下，阿喀琉斯抛弃她的行为才显得更加残忍。“被遗弃”是她创伤的源头，也是她最害怕的未来。诗中大量的被动结构从语法上映射了她对自己处境的理解：永远是男人棋局里的一枚棋子，永远被侮辱、被伤害、被利用。

第四首（淮德拉致希波吕托斯）[1]

你不给她平安，她不会平安——亚马逊青年[2]，
　　克里特少女给你送一声“平安”[3]。
别管她写什么，读下去。读信有什么妨碍？
　　里面或许有让你感兴趣的宝贝。
这些文字承载着跨陆越洋的秘密，
　　敌人也浏览敌人送来的讯息。
我三次尝试与你说话，舌头却三次
　　僵住，声音在唇边将我抛弃。
羞耻心总应该尽其所能与爱相连接，
　　难以启齿的情愫非命令我写。

1　克里特国王米诺斯（Minos）认为是雅典人害死了自己的儿子安德罗杰俄斯（Androgeos），要求他们每九年向迷宫中的米诺陶献祭童男童女。雅典国王埃勾斯之子忒修斯自愿来到克里特，在阿里阿德涅的帮助下，杀死了米诺陶，并答应娶她。离开克里特岛时，他带走了阿里阿德涅和淮德拉（Phaedra）姐妹，但在迪亚岛，他抛下阿里阿德涅，后来娶了淮德拉。在此之前，忒修斯和亚马逊女王希波吕塔（Hippolyta，一说 Antiope）育有一子，名叫希波吕托斯（Hippolytus）。淮德拉在丈夫不在的期间，爱上了继子，写这封信诱惑他。

2　“亚马逊青年”指希波吕托斯。

3　“克里特少女”是淮德拉自指。

无论小爱神吩咐什么，蔑视他都危险[1]，
　　他大权在握，天界都不敢冒犯。
最初，我迟迟没有落笔，他在旁催促：
　　“写吧，他虽然心硬，终会被降伏。”
愿他庇佑，正如热火正炙烤我骨髓，
　　也让他遂了我的愿，射中你心扉！
我不会诉诸邪行来破坏婚姻的誓约，
　　我的名声（希望你打听）无亏缺。
爱来得越晚，力量越凌厉。我内里燃烧，
　　燃烧，胸膛在隐匿的伤痛里煎熬。
就像刚套上的轭会磨痛稚嫩的幼牛，
　　马群中捕来的小骥总难忍笼头，
我青涩的心也极力抵抗陌生的爱欲，
　　重担深压，灵魂几乎受不住。
从稚龄开始研习此罪错，就熟能生巧；
　　人难免惊惶失措，若成年才领教。
你将收下珍藏的令名所奉献的初果，
　　在这段感情里，我们将携手堕落[2]。
谁不愿意从果园丰盛的枝条上采摘，
　　用纤长的指甲取走第一朵玫瑰？
但若我一直守护的无瑕贞节注定
　　不能逃脱某种罕见的污痕，

1　拉丁语中的“小爱神”指阿莫尔（Amor），基本等价于古希腊神话中的丘比特。

2　此前，希波吕托斯未爱过任何女人，淮德拉未爱过丈夫以外的任何男人，所以在这段感情中，两人是“携手堕落”。

至少我有幸为值得失足的人失足，
　　没有遇上比奸情更难堪的奸夫。
即使朱诺将她的弟弟和夫君让给我，
　　我也要希波吕托斯，放弃朱庇特。
你可能不信，我已经想尝试未知的技艺，
　　也有冲动与凶猛的野兽为敌[1]；
手执弯弓的狄安娜已是我侍奉的主神[2]，
　　我欣然追随你评判事物的标准。
我喜欢闯进密林，待群鹿被赶入猎网，
　　催促敏捷的众犬冲向高冈，
或者挥动手臂，投出颤抖的长枪，
　　或者在如茵草地上惬意横躺。
我时常陶醉于在飞扬尘土中驾驭轻车，
　　用缰绳强迫快马改向，服从我；
转眼又像被巴克斯煽起迷狂的女子[3]，
　　或伊达山下摇晃手鼓的祭司[4]，

1 希波吕托斯是猎神狄安娜的忠实信徒，喜爱狩猎，不近女色。淮德拉表示，自己在努力靠拢对方的兴趣。

2 “狄安娜”对应的拉丁文原词是 Delia，意为“提洛岛（Delos）的女神”，因为她在提洛岛出生。

3 指酒神巴克斯的女性信徒，她们常被称为 Bacchae（酒神狂女），以敬拜仪式中的疯狂而闻名，此处奥维德使用的词是 Eleleides，它源于酒神信徒的欢呼 Eleleu（这个词表达胜利的喜悦，难以翻译）。

4 “祭司”指神母库柏勒（Cybele）的祭司（被称为 Galli），由阉割的男子充任。库柏勒的敬拜仪式也以信徒的迷狂状态著称，参考卡图卢斯《歌集》（*Carmina*）第六十三首。伊达山是她的敬拜中心之一。

或是叫山林仙女和双角牧神摄住[1]
魂魄的牧人，一切不由自主。
每当我摆脱疯癫，人们告诉我这些，
我不敢回话，知道燃烧的是爱火。
或许这痴病是源于家族命运的烙印，
维纳斯向所有世代寻求供品。[2]
朱庇特看上了欧罗巴（我的第一位先祖）[3]，
化身为公牛，藏起天神的面目；
我母亲帕西法厄委身于被骗的公牛[4]，
卸下子宫的重负，让名声蒙羞；
埃勾斯背信的儿子靠我姐姐的帮助[5]，
随引路的线从蜿蜒的迷宫逃出。
你看，仿佛怕人不信我是米诺斯之女，
末一代的我也遵从了家族的定律。
这同样是命运安排：两女子迷恋一家人，
你的美俘虏我，阿姊痴爱你父亲。
忒修斯之子和忒修斯夺走了我们姐妹——

1　罗马牧神叫法乌努（Faunus），与希腊神话中的潘神近似。

2　淮德拉此处可能影射爱神维纳斯与日神的宿怨。日神曾经撞破维纳斯与战神马尔斯的奸情并公之于众，因此遭到维纳斯的忌恨，所以日神后代的女人都受到情欲过于强烈的惩罚。淮德拉之母帕西法厄（Pasiphae）是日神的女儿。

3　欧罗巴（Europa）是腓尼基国王之女，被化身为公牛的朱庇特拐到克里特，生下了米诺斯。详情见《变形记》（*Metamorphoses*）第二卷 833—875 行。

4　米诺斯在与兄弟争夺王位的过程中，祈求海神涅普顿送给他一头雪白的公牛以示支持，并承诺将它献祭给涅普顿，但他后来却舍不得杀牛。作为惩罚，海神让他的妻子帕西法厄爱上了这头牛，并生下了牛头怪米诺陶。

5　“埃勾斯背信的儿子”指忒修斯，“姐姐”指阿里阿德涅。

何不为我家的双份战利品立碑？
真希望你进入刻瑞斯圣城埃琉西斯时[1]，
我仍然困守于克诺索斯的土地[2]。
你那时（之前也一样）尤其令我心动，
锋利的爱将最深的骨头扎疼。
一身的白袍鲜亮，头发上缠着花冠，
娇羞的红晕映衬着金色的容颜[3]，
被其他女人形容为僵硬冷峻的表情
在我淮德拉看来只该是英勇。
不许打扮妖娆如女人的青年靠近我！
阳刚的外表喜爱的装饰不会多。
你的那份冷峻，你随意披散的发卷，
俊秀脸庞上的轻尘，都分外养眼。
无论你猛扳烈马奋力抗拒的颈项
（我惊望它在逼仄的小圈里改向[4]），
还是用强壮的胳膊投掷坚韧的长枪
（你英武的手臂牵引着我的目光），
还是手握宽刃的茱萸木制成的猎矛——
无论你做什么，我瞧着都如饮甘醪。

1　埃琉西斯（Eleusis）是阿提卡半岛上的一座城市，在雅典以西，是谷神刻瑞斯初次踏足希腊的地方，此处敬拜刻瑞斯的风气很盛。

2　克诺索斯（Cnosus 或 Gnosus）是克里特的首都。

3　根据这里的描写可以判断，淮德拉初见希波吕托斯时，他正参加刻瑞斯的敬拜仪式。

4　这种“逼仄的小圈”叫 gyrus，是专门训练烈马的地方。

只求你把冷漠抛在山间的那些僻林里，
　　我不该因为你的冷漠而枉死。
一心追随束腰狄安娜的嗜好，却夺取[1]
　　维纳斯应得的份额，有什么益处？
没有休息来缓冲的东西都不能长存，
　　它恢复力量，让疲惫的肢体如新；
弓（无疑你应当模仿狄安娜的武器）
　　倘若永远被弯着，就会变松弛。
刻帕罗斯的名声遍森林，众多野兽[2]
　　倒在草坪上，丧命于他的狠手，
然而他做得不错，主动委身奥罗拉[3]，
　　女神明智地放弃了老人，选择他[4]。
在栎树绿荫下，维纳斯和喀倪剌斯的儿子[5]
　　时常相互陪伴，以柔草做枕席。

1　用“束腰”(incincta)形容狄安娜，是因为她需要在腰部将长袍束起来，方便打猎。

2　刻帕罗斯（Cephalus）是埃俄洛斯的孙子、德伊俄纽斯（Deioneus）的儿子，他擅长打猎，故事见《变形记》（*Metamorphoses*）第七卷661—865行。

3　黎明女神奥罗拉爱上了刻帕罗斯，但根据奥维德《变形记》中的说法，刻帕罗斯一直拒绝她的爱，忠于妻子，并未“主动委身”。

4　“老人”指奥罗拉的丈夫提托诺斯(Tithonus)，他是特洛伊国王拉俄墨冬的儿子，奥罗拉在为他求永生的时候忘了求保持年轻，所以他虽然不死，却只能一直衰老下去。

5　“喀倪剌斯的儿子”指美少年阿多尼斯（Adonis），他是喀倪剌斯（Cinyras）和女儿穆拉（Myrrha）乱伦的产物，故事见《变形记》第十卷300—524行。

墨勒阿革洛斯也心悦迈纳卢斯的少女[1]，
　　与她分享的猎物是恋情的信物。
来吧，让咱们也初次进入他们的队列！
　　驱逐爱，你的森林无非是荒野。
我会陪在你身边，猛兽潜伏的石穴、
　　獠牙横刺的野猪都无法吓阻我。
两面的海水猛烈冲刷着科林斯地峡，
　　细长的陆带听左右浪涛的喧哗。
我要伴着你住在特洛曾，庇透斯的国度[2]，
　　我喜欢那里，已经胜过了故土。
涅普顿的英雄后代离开了，会离开很久[3]，
　　在密友庇里托俄斯的家园滞留。
忒修斯更看重（除非我们不承认事实）
　　庇里托俄斯，而非淮德拉，还有你。
我俩因为他遭受的伤害何止这一桩？
　　更大的痛苦和打击也曾经品尝！
我兄长的骨头被他的三节棍拍碎，满地[4]

1　“迈纳卢斯的少女”指阿塔兰忒（Atalante），迈纳卢斯（Maenalus）是希腊阿卡迪亚（Arcadia）地区的一座山。阿塔兰忒与墨勒阿革洛斯都参加了卡吕冬野猪的狩猎，正是由于后者将打猎的战利品给了她，导致他的两位舅舅不满，才引发了后面的一系列悲剧。

2　特洛曾（Troezen）是阿戈利斯地区的一座城市，是希波吕托斯外祖父庇透斯（Pittheus）的国土。

3　“涅普顿的英雄后代”指忒修斯，因为根据某些神话的说法，忒修斯的父亲是涅普顿。

4　“我兄长”指牛头怪米诺陶。

飞溅，姐姐被丢给野兽当饭食[1]。
你母亲诞下你，她可是首屈一指的持斧[2]
女战士，绝不辱没儿子的英武——
她如今安在？身体被忒修斯用剑刺穿[3]，
母亲有如此的后嗣，命却难保全。
她甚至不算嫁给他，也没有婚礼确认——
为何？不就为私生子无法继任？
通过我，他给你添了几位弟弟，但是他[4]，
不是我，执意要把他们都养大。
啊，真希望在伤害你之前，最美的男孩，
我的子宫已在阵痛中炸开！
走吧，以此尊重这称职父亲的床榻，
可他逃了，他用行动弃了它！
别因为我似乎以后母身份与继子交合，
就被空洞的名称吓瘫了魂魄！
你那套古老的虔敬在萨图尔努斯的朴实
时代曾存在，但注定在后来消失[5]：
朱庇特裁定，什么快乐，什么就虔敬，

---

1 指阿里阿德涅在迪亚岛被忒修斯抛弃的事。

2 亚马逊是著名的女战士部族，以战斧为武器。

3 在某些神话版本中，是海格力斯杀死了希波吕塔，另外一些版本则声称，海格力斯没有杀她，而把她交给了忒修斯，后者谋杀了她。

4 淮德拉和忒修斯的儿子至少包括得摩丰和阿卡曼特斯（Acamantes）。

5 萨图尔努斯（Saturnus）统治时期被公认为神话中的黄金时代。淮德拉暗示，淳朴的道德只属于那个时代，从朱庇特时代起就已经失效了。

无事不可行，既然姐弟能成婚[1]。
家族的纽带若要牢固，需如此联合——
维纳斯授权，亲手为它打了结。
此事并不难，很容易隐藏，求她赏赐！
亲人的幌子可掩盖我们的过失。
拥抱之时若有人撞见，会夸赞我俩，
说我是好后母，对继子爱护有加。
你无须摸黑打开某位丈夫的门闩，
也没有守卫等着你费心欺骗；
过去我们住一起，将来仍然住一起；
以前你公开吻我，以后也无异；
你陪我很安全，犯错反而会赢得美名，
在我床上被发现，也不必心惊。
只是，你别再犹豫，快与我结合！如此，
折磨我的小爱神便会仁慈地对你。
我并不介意屈尊，卑躬屈膝地哀乞。
唉！高傲的仪态与言辞在哪里？已坠地！
我曾决心持久地抵抗，不向罪称臣——
倘若爱允许人保留任何的决心。
被征服的我苦求，向你的膝盖伸出
王室的手臂：相思者看不见屈辱。
我不顾体面，羞耻心丢弃了旗帜逃离。
原谅我坦白，请驯服你执拗的意志。

1　朱庇特和朱诺就是姐弟成婚。

有何用——我父亲是掌控远近海洋的米诺斯，
　　雷霆皆由我的外曾祖抛掷[1]，
锐利的光芒拱卫着外祖父高贵的头[2]，
　　他驾驭紫车，带来温暖的白昼？
显赫的家世仍被爱践踏。怜悯我先人，
　　你若不愿饶恕我，饶恕他们！
克里特这座岛屿是我陪嫁的土地[3]，
　　让宫廷全属于我的希波吕托斯！
冷酷者，改变心意吧。我母亲能让牛失身，
　　难道你比凶狠的公牛还凶狠？
饶恕我，看在我殷勤侍奉的维纳斯面上，
　　如此，愿你永不爱轻蔑你的姑娘[4]；
愿你在偏僻山间受敏捷猎神的佑护，
　　幽深的树林献上丰盛的猎物；
愿诸位萨梯、山神和牧神都与你为友，
　　冲来的野猪被你的长矛穿透；
愿宁芙（尽管人们说你一贯憎恶女人）
　　赠你以清泉，以免你焦渴难忍。

1　从父亲米诺斯这边算，朱庇特是淮德拉的祖父，但从母亲帕西法厄这边算，朱庇特则是她的外曾祖。

2　“外祖父”指日神，帕西法厄的父亲。

3　这里淮德拉说的不是事实，米诺斯之后由丢卡利昂继任克里特国王，淮德拉无权支配克里特的统治。

4　意为“你不会忍受单相思的痛苦”。

这些请求里还添了眼泪。你读着哀婉的
　　文字，但请你想象流着泪的我！

第五首（俄诺涅致帕里斯）[1]

你会读完吗？难不成新夫人不许[2]？读下去，
　　这封信不是迈锡尼递来的问罪书[3]。

1　特洛伊王后赫库芭（Hecuba）在怀上帕里斯后，梦见自己生下一支燃烧的火炬，整座特洛伊都被它烧毁。国王普里阿摩斯询问神谕，神谕对梦的解读是，他的一个儿子将毁掉特洛伊。于是帕里斯一出生，普里阿摩斯就下令将其处死，但赫库芭不忍，将他秘密交给王家牧人，带到伊达山抚养。帕里斯长大后，娶了宁芙俄诺涅（Oenone）。在佩琉斯的婚礼上，未被邀请的不和女神（Eris）为了报复，将写有"赠给最美女神"的苹果扔到天界宾客中，朱诺、密涅瓦和维纳斯都认为自己最有资格获得这只苹果，三位神争执不下，朱庇特决定让帕里斯充任裁判。她们都试图通过贿赂来赢得比赛，最终帕里斯选择了维纳斯，因为她的礼物最让他满意——世间最美的女人海伦（Helene）。在维纳斯怂恿下，他到了海伦所在的斯巴达，趁国王墨涅拉俄斯（Menelaus）不在家，拐走了她，由此引发了特洛伊战争。于是他原来的妻子俄诺涅写了这封信。Bradley（1969）认为，奥维德《女杰书简》的创造性在于，他抛弃了史诗作家的全知视角，只从人物内心的有限视角来理解所处的世界，让读者熟悉的神话人物呈现出罕见的心理深度。在这首诗里，奥维德还通过贯穿始终的自然意象来映射俄诺涅与帕里斯的情感经历，让她的个人悲剧获得了超越个体的尊严感和普遍性。

2　"新夫人"即海伦。

3　"迈锡尼"是墨涅拉俄斯的国土。

是佛里吉亚最著名的山泉仙女，被你[1]
　　伤害的俄诺涅，在抱怨（若你不介意）。
究竟哪位神决意要阻止我的梦兑现？
　　什么罪拦路，让我留不住情缘？
倘若正当，一切的磨难都应耐心受；
　　但不义的惩罚却是痛苦的理由。
你寒微之时，我，大河诞下的宁芙，
　　挑了你做丈夫，并没觉得耻辱。
如今的王子（尊敬归尊敬，事实归事实）[2]
　　当日是奴隶，宁芙屈尊嫁奴隶。
我俩常伴着羊群，一起在树下休憩，
　　青草混杂着木叶，献上枕席；
时常躺在麦秆和层层堆聚的干草上，
　　只靠破旧的小屋遮挡着白霜。
谁总是教你寻找适合狩猎的林地，
　　告诉你野兽藏匿幼崽的岩石？
我时常在你身边张开大网，催促[3]
　　迅疾的群犬在狭长的山脊奔逐。
那些山毛榉仍刻着我的名字“俄诺涅”，

1　俄诺涅是河神刻布伦（Cebren，一说 Cebrenus）的女儿，也有人说她是河神克珊托斯（Xanthus）的女儿。她是一位水泽仙女，在这里被奥维德称为 Pegasis，这个词是希腊人对水泽仙女的称呼，来自缪斯神钟爱的山泉（由飞马珀加索斯的蹄子踩踏形成）。

2　“王子”对应的拉丁文原词是 Priamides（普里阿摩斯之子）。

3　这一行的 maculis 指猎网的结。

你的刀留下的印痕尚未磨灭，
树干生长，我的名字也随之生长——
长吧，让我的美誉伸向穹苍！
我记得那条河边还种着一株杨树，
上面留有你我二人的纪念语；
水岸的白杨，我祈祷你能在世间长驻，
粗糙树皮上承载着这样的诗句：
“倘若抛弃俄诺涅，帕里斯竟然不死，
克珊托斯河就会向源头倒驰。”
克珊托斯河，回流吧；水波，你们快掉头！
抛弃俄诺涅，帕里斯能够忍受。
那一天向可怜的我宣判了死刑——就是
那一天，他变心的恐怖风暴开始，
那一天，维纳斯、朱诺和裸身的密涅瓦（她穿
戎装更好看）前来等候你裁判。
当你告诉我此事，我的心惊愕地颤抖，
冰冷的悸动漫过我坚硬的骨头。
我征询许多长者的意见（我的确吓得
不轻），他们说此乃逆天之恶。
枞树已斫倒，横木已削好，舰只已备齐，
封蜡上漆后驶入湛蓝的海涛里。
离开时你哭了——至少不要否认这一点，
你这段新情可比旧情更丢脸。
你不仅哭了，也看见我的眼睛在流泪，
两人混合了泪水，两人都伤悲。

攀缘的葡萄藤无论把榆树缠得多紧，
　　都不如你的手死搂我的脖颈。
多少次，当你抱怨风向耽误了行程，
　　随从们都在笑——多么顺遂的风！
多少次，你唤我转身，再求一次吻别，
　　说出“再见”几乎都让你断舌。
桅杆高耸，和风催动悬挂的布帆，
　　木桨在海中搅动，浪花闪闪。
失魂的我，目送船影一直到天际，
　　沙滩被簌簌落下的泪水沾湿。
我也求翠绿的海洋仙女让你早日
　　归来——祷告应验，害了我自己。
所以你回来，遂了我的愿，却是为别人？
　　可悲，为残酷的情敌白白讨好神！
一块天生的巨岩俯临无垠的深渊，
　　它过去是山，挡在海浪前面。
从这里我最先辨出你船上飘扬的帆，
　　只想凌波而去，立刻就相见。
等待时，我发现船首的高处有紫色耀目[1]，
　　顿生恐惧：那不是你的衣服。
乘着风，船越来越近，很快抵达岸边，
　　我看到女人的脸颊，心头一颤。
这还不够（我发什么疯，为何要逗留？），

1　紫色在古代西方是用最昂贵的染料染出来的，所以紫衣表明了身份的尊贵。

无耻的情妇竟粘在你的胸口！
我终于忍不住撕烂衣襟，捶打乳房，
用锋利的指甲划破湿漉漉的脸庞；
绝望的尖叫塞满整座神圣的伊达山，
从那里我载着眼泪回自己的栖岩。
愿海伦也被伴侣遗弃，也如此哀号，
愿她施予我的罪，自己也受一遭！
如今你喜欢跟着你漂洋过海的女人，
而且她必须抛下合法的夫君。
可当你还是潦倒的牧童，赶着牲口，
唯有俄诺涅不怕穷，愿与你相守。
我在意的不是你的财富，你的宫殿，
或是做国王众多儿媳中的一员。
然而，普里阿摩斯不会拒绝我入户，
赫库芭也不会羞于做我的婆母。
我身份尊贵，我也想成为王者之妻，
我的手完全配得上权杖的装饰。
别因为我曾与你躺在山毛榉树叶上
就心生鄙夷，我更适合紫褥床[1]。
而且，我的爱很安全，没有人为我备战，
没有波浪运来复仇的舰船。

1　在古代西方，铺着紫色被褥的床暗示主人身份的高贵。

逃离家园的海伦招来了敌意的武器[1]，
　　如此的嫁妆却给她入洞房的傲气。
是否把她还给希腊人，问波吕达玛斯[2]，
　　或兄弟赫克托耳和德伊福玻斯[3]；
你再问稳重的安忒诺耳和普里阿摩斯[4]
　　有何见教——长寿赐他们以睿智。
爱抢来的女人，不爱国，这是卑鄙的开始；
　　你行为可耻，丈夫开战就占理。
如果你不傻，便不要保证她会对你好[5]，
　　既然她如此爽快地改投你怀抱。
正如墨涅拉俄斯为玷污的婚床之盟
　　吼叫，为外国奸夫的伤害而愤懑，
你将来也会吼叫。贞节一旦残破，
　　就无计可复原；毁了，就永远毁了。
她现在爱你，以前她也爱墨涅拉俄斯，

1　“海伦”对应的拉丁文原词是 Tyndaris，意为“廷达瑞俄斯（Tyndaeus）之女”，因为她名义上的父亲是廷达瑞俄斯。她真实的父亲是朱庇特，母亲丽达（Leda）被化身为天鹅的朱庇特强奸后，生下两只蛋，从中孵出了珀鲁克斯（Pollux）、卡斯托尔（Castor）、海伦和克吕泰墨斯特拉（Clytemnestra）。

2　波吕达玛斯（Polydamas）是特洛伊宫廷的重要人物。

3　德伊福玻斯（Deiphobus）是普里阿摩斯的儿子之一，在帕里斯死后成为海伦的丈夫，后被海伦出卖，交给希腊人。

4　安忒诺耳（Antenor）是特洛伊贵族，著名的智者，他和国王普里阿摩斯都不赞成帕里斯的行为，主张归还海伦，与希腊人讲和。特洛伊陷落后，希腊人没有伤害他，允许他离开，最后他在意大利定居。

5　“她”对应的拉丁文原词是 Lacaenam（拉科尼亚女人），拉科尼亚（Laconia）是伯罗奔尼撒半岛的一个地区，代指斯巴达。

轻信者躺在空床上忍受着孤寂。
安德洛玛刻多幸福，嫁给忠诚的丈夫[1]！
你本应以他为榜样，把我呵护[2]。
你却比树叶更轻浮，当无常的风吹来，
失去汁液的重量，四下里飘飞；
你甚至没有麦穗尖具备的坚定品质，
那么轻，被毒日晒枯，仍站得挺直。
此事（因为我记得）你妹妹曾经预言[3]，
她披散头发，唱出这样的诗篇：
“你在做什么，俄诺涅？为何在沙里播种？
你这是让牛耕海岸，能有什么用？
希腊母牛要来了，它会摧毁你，摧毁[4]
家和国。阻止它！希腊的母牛要来。
趁还有时间，神啊，快让这污船覆灭！
悲哉！它载着多少特洛伊的血[5]！”
说完，狂乱中的她就被女仆们拽走，
可是我金黄的头发却根根凉透。
对可怜的我来说，先知，你多么灵验！

---

1 安德洛玛刻（Andromache）是赫克托耳的妻子，和珀涅罗珀一样，是古代西方忠贞爱情的象征。

2 “他”对应的拉丁文原词是 fratris（兄长），指帕里斯的兄长赫克托耳。

3 “你妹妹”指特洛伊著名先知卡珊德拉（Cassandra），当她答应委身于阿波罗时，后者赐给她预言的能力。但阿波罗发现自己被骗，决定报复她，惩罚就是无人相信她的预言。

4 “希腊母牛”影射海伦。

5 “特洛伊的”对应的拉丁文原词是 Phrygii（佛里吉亚的）。

看，希腊母牛正占据我的草甸。
她虽然美若天仙，却无疑是一位淫妇，
抛弃家神，沦为客人的俘虏。
此前，忒修斯，某位忒修斯（除非我记错）[1]，
也曾拐走她，让她离开故国，
谁信被淫邪的青年归还时，她还是完璧[2]？
你问我从何处得知？因为我患相思。[3]
你尽可称之为暴力，借以掩盖其过失，
但一再被人劫掠，岂不是故意？
可是俄诺涅依然为负心的丈夫守身——
我本可效法你，让你也成牺牲品！
敏捷的萨梯，放荡的一族，飞速奔逐，
追踪我（但我隐匿在树林深处）；
头上长角的牧神也如此，缠着扎人的
松叶冠，在高峻广袤的伊达山出没。
因竖琴闻名的特洛伊建造者同样爱过我[4]，
是他抢走战利品——我的贞节：
我并非没有抵抗，指甲扯断了发丝，
手也在他脸上抠下斑斑的印记。
作为侮辱的补偿，我没要黄金或宝石——

1 根据许基努斯和伪阿波罗多洛斯的说法，海伦年轻时曾经被忒修斯劫走，但忒修斯后来将她归还给卡斯托尔和珀鲁克斯兄弟。

2 拉丁语的“青年”（iuvenis）年龄上限是四十五岁。

3 也即是说，“我靠恋爱者的直觉和经验得知”。

4 “建造者”指日神阿波罗。

出卖自由的身体，多么羞耻！
是他自己认可我，传给我治疗的艺术，
允许我这双手使用属于他的天赋。
一切有奇效的植物，全世界生长的一切
救助病人的根茎，我都不缺。
但又能怎样？爱症非药草所能治愈；
我技艺娴熟，仍然被技艺辜负。
据说医术的发明者曾经在斐莱喂牛[1]，
为了我情难自禁是背后的缘由。
无论盛产草卉的大地，还是诸神
都无法施我以援手，只有你能。[2]
你能，我也配得上。怜悯当怜悯的姑娘！
我没随希腊人挥舞染血的刀枪。
但我属于你，年轻之时就已经属于你，
我祈求，在未来的岁月依旧如此。

---

1 “医术的发明者”也指阿波罗。斐莱（Pherae）是帖撒利亚的一座城市。

2 根据公元4世纪诗人昆图斯（Quintus Smyrnaeus）的史诗《后荷马时代》（*Posthomerica*），帕里斯被菲罗克忒特斯（Philoctetes）射伤后，求俄诺涅以医术救自己，但她拒绝了。帕里斯后来死在伊达山上，当牧人们准备火葬他的时候，俄诺涅跳进了火焰中，和尸体一起焚灭。

第六首（许普西皮勒致伊阿宋）[1]

据说你返航的船已抵达帖撒利亚
　　海岸，有了金羊毛，你已发达。
庆贺你平安（若你允许）；但此事难道
　　你不该亲自写信，让我知晓？
或许，虽然你渴望回程时路过我承诺

1　伊阿宋（Iason）被憎恨他的叔父珀利阿斯（Pelias）派往科尔基斯取金羊毛，他和希腊众英雄一起，乘坐阿尔戈号从帖撒利亚出发，途中在莱姆诺斯岛停留。此前不久，岛上的女人在一夜之间杀死了所有男人，只有许普西皮勒（Hypsipyle）假装杀死了自己的父亲托阿斯，却暗中救下了他。许普西皮勒热情接待伊阿宋，并爱上了他，两人在岛上同居两年，许普西皮勒已经怀孕。此时在希腊众青年催促下，伊阿宋继续前往科尔基斯。到了目的地之后，科尔基斯公主美狄亚对他一见钟情，以魔法帮助他完成了三项危险的任务，夺取了金羊毛，并与他私奔。许普西皮勒因为自己被伊阿宋抛弃而愤恨，写下了这封信。奥维德在《情诗集》中描述自己创作的书信体哀歌时（*Amores* 2.18-18-26），称伊阿宋为“不知感恩的男人”，这个称号对《女杰书简》第六首和第十二首都适用，许普西皮勒和美狄亚都是被伊阿宋辜负和背叛的女人。Jacobson（1979）认为，这首诗是《女杰书简》中最成功的作品之一，因为奥维德做了前人未曾做过的事——在伊阿宋和美狄亚的神话中开辟了许普西皮勒这个新视角，并且这个人物塑造非常成功，从开始的充满骄傲和蔑视的愤怒发展到最后难以遏制的仇恨和暴力冲动。他还提到，几乎遍布全诗的反讽是这篇作品的重要特点。Leigh（1997）以这首诗为例说明，奥维德在《女杰书简》中充分利用了两种意识之间的张力，一边是诗中人物对自身命运的有限意识，一边是读者通过神话传统和更早的经典著作获得的更全面的觉知。

给你的王国，风向却不肯配合。
可无论风多讨厌，封缄寄予我总不难；
许普西皮勒不辱没你的问安。
为何你的信未至，传言却已经先至？
说战神的圣牛欣然受弯轭辖制[1]；
播下的种子生长，变成武士的庄稼，
未等你动武，就在厮杀中倒下[2]；
不眠的大龙看守取自公羊的珍宝，
你健硕的臂膀却夺走金黄的羊毛[3]。
倘若我可以对怯于相信的人们宣告，
“这是他亲笔所述”，我该多骄傲！
何必抱怨我丈夫没及时尽到职责？
我若属于你，你至少曾殷勤待我。
听闻某位蛮族的巫女正与你相伴[4]，
占据了你的床为我所留的空间。
爱是轻信的东西，我真愿人骂我冲动，
竟向丈夫抛掷虚幻的指控！
最近，一位帖撒利亚人从海摩斯那边

---

1 这些牛是战神马尔斯的圣牛，生着铜蹄，能喷火。伊阿宋在科尔基斯接受的第一项挑战是迫使它们耕地。

2 伊阿宋的第二项挑战是播下龙牙，这些龙牙一入地就变成了一批全副武装的战士，借助美狄亚的魔法，伊阿宋挑动他们自相残杀，才得以逃脱。但伪阿波罗多洛斯说，他们都被伊阿宋杀死。

3 第三项挑战是让看守金羊毛的永远不睡的大龙闭上眼睛。

4 “巫女”（venefica）指美狄亚，venefica 字面意思是“使用毒药的人”，在西方古代任何蛊惑人心的东西都可叫作 venenum（毒药）。

来看我，没等他靠近门槛，我就喊：
“我的伊阿宋现在怎么样[1]？”他尴尬难掩，
呆住了，低头盯着脚下的地面。
我立刻跳上去，扯破胸前的衣襟，嚷道：
“他活着？还是连我也在劫难逃？”
“他活着。”那人嗫嚅。我强迫他对我发誓；
虽有神做证，我仍不信你已死。
等恢复平静，我开始盘问你所行之事。
他讲到战神的铜足牛终于犁地，
龙牙被当作种子播撒于泥土之中，
瞬间长出的众猛士陷入内讧，
地生的民族手足相残，彼此屠戮，
在短暂一日里走完命定的旅途，
最终你打败大龙。我再次问他，伊阿宋
活着吗？——忽而怀憧憬，忽而惊恐。
他完全沉浸在故事里，一桩桩娓娓道来，
透露了你因为天性而制造的伤害。
你承诺的忠诚在哪里？婚姻的誓言在哪里？
更适合点葬礼柴堆的火把在哪里？
我并非偷偷摸摸嫁给你，朱诺为我们
证婚，还有鬓缠花冠的许门[2]——
但不是朱诺，也不是许门，而是抹血的

1 “伊阿宋”对应的拉丁文原词是 Aesonides，意为“埃宋（Aeson）之子”。

2 朱诺是佑护婚姻和家庭的神，许门是婚礼之神。

复仇女神擎不祥的火炬，领着我。
我与帖撒利亚有何关？与帕拉斯的大船[1]
有何关？水手提费斯与我的国有何关[2]？
这里并没有公羊长着美丽的金毛，
老埃厄忒斯的王宫也不在此岛[3]。
最初我决心（可惜悲惨的命运拖拽）
以女人之手驱走外来的军队——
莱姆诺斯岛的女人是对付男人的内行[4]，
我本该靠如此勇敢的士兵来抵挡。
当我从城头看见你，却敞开门庭和心扉。
冬夏飞逝，留下你不觉已两载。[5]
第三次秋熟的时候，你被迫扬帆启程，
这样对我说（眼眶里泪水盈盈）：

---

1 “帖撒利亚”对应的拉丁文原词是 Minyis（闵亚斯人），闵亚斯（Minyas）是帖撒利亚的国王。“帕拉斯”对应的拉丁文原词是 Tritonide，这个词来自 Tritonia（特里托尼娅），密涅瓦（即帕拉斯）的别称，它或者源于克里特语 tritō（意思是“头”，因为她从朱庇特的头部生出来），或者来自利比亚的特里托湖（Trito，据说她在那里出生）。传说阿尔戈号是世界上第一艘海船，由密涅瓦亲自督造。

2 提费斯（Tiphys）是阿尔戈号的领航员。

3 埃厄忒斯（Aeetes）是科尔基斯（Colchis）国王，美狄亚的父亲。“此岛”指莱姆诺斯岛（Lemnos）。

4 维纳斯和马尔斯的奸情就是在莱姆诺斯岛上被撞破，所以当地女人在敬拜诸神时故意忽略她。作为报复，她让岛上的女人生了让丈夫厌恶的怪病，为了躲避她们，丈夫们远赴色雷斯去打仗。女人们深感愤怒，于是策划了一场阴谋，在他们归来时杀死了岛上所有的男人。只有许普西皮勒用计救下了当时也留在岛上的父亲。因为阿尔戈号船上的希腊人都是男人，所以最初岛上的女人也试图阻止他们登陆。

5 在亚历山大诗人阿波罗尼俄斯（Apollonius）的《阿尔戈号远征》（*Argonautica* 1.861-862）中，伊阿宋在莱姆诺斯岛上只逗留了数日。

“许普西皮勒，我无奈离开，盼有幸速返！
　　我此刻是你的，以后是你的，永远！
至于你腹中的孩子，我们的结晶，愿他
　　平安，愿我们能共同把他养大！”
说到此处，泪水淌下你虚伪的脸庞，
　　我记得，你已凝噎，再无法往下讲。
你终于尾随同伴们登上阿尔戈圣船[1]，
　　它飞驰起来，风鼓满高悬的布帆。
龙骨向前冲，湛蓝的波浪不断后退；
　　你望着陆地，我望着茫茫的烟水。
有一座高塔，四面俯瞰大海，我来到
　　这里，涕泗沾湿双颊和襟袍。
透过泪滴往外看，眼睛似乎也顾念
　　急切的心情，看得比平日更远。
我念着纯洁的祷告、与恐惧混杂的诺言——
　　如今既然你无恙，我就该兑现。
但我要还愿吗？我的愿无非便宜了美狄亚！[2]
　　心在痛，汹涌着爱恋，却与恨混杂。
我该去谢神，为了失去活着的伊阿宋？
　　牛羊竟要为我的灾祸而殒命？
当然，我一直感觉不踏实，一直担忧

1　阿尔戈号被称为“圣船”，一是因为它是由密涅瓦亲自督造，二是因为它用了多多纳（Dodona）圣林的木料。

2　在本书的第十二首第172行，美狄亚也有相似的感慨。

你父亲在希腊城市替你择偶[1]。
我害怕希腊女子，却伤于蛮族侍妾[2]，
遭受意料之外的敌人凌虐。
并无动人的容貌与德行，她只是知晓
咒语，用巫刀采割阴毒的药草。
她竭力逼迫不情愿的月亮坠下轨道，
又以黑暗将太阳的马车笼罩[3]；
她扼住奔流的水波，拦下蜿蜒的江河，
让树林与活石离开各自的居所；
她在坟墓间游荡，披散着头发，松开
腰带，从尚温的柴堆里采集骨块；
她诅咒远方的仇敌，刺穿蜡捏的人像，
将根根细针扎进可怜的肝脏；
还有更多事我最好不知晓。爱应以美德
和美貌赢取，不该以药草获得。
你竟能拥抱这样的女人，静夜里独对
洞房里的她，竟毫不惊悚地入睡？
想必她驱使你像公牛一样肩负重轭，
以控制凶蛇的手腕让你也着魔。
而且她企图将自己嵌入众首领和你的
事迹：妻子掩盖了丈夫的功业。

1　“希腊”对应的拉丁文原词是 Argolica（阿戈利斯的），泛指希腊。

2　“蛮族侍妾”指美狄亚。

3　这是西方传说中巫女常做的事，参考奥维德《变形记》（*Metamorphoses*）第十四卷 366—367 行和贺拉斯《长短句集》（*Epodes*）第五首 45—46 行。

珀利阿斯的部分拥趸指控你得益于[1]
　　她的毒药，深信者已不在少数：
“不是埃宋之子，而是埃厄忒斯之女[2]
　　抢走了佛里克索斯金羊的礼物[3]。”
你母亲阿喀墨德不要她（听母亲何妨？）[4]，
　　父亲也拒绝来自苦寒地的新娘[5]。
让她去塔纳伊斯河、斯基泰沼泽、故土[6]
　　帕西斯两岸挑一位相称的丈夫！
比春风更不可信赖的人，善变的伊阿宋，
　　你的话为何失去了承诺的分量？
离去时你是我丈夫，回来时你却已不是；
　　我曾做你的妻，让我还做你的妻！
倘若家世和高贵的出身还能打动你，

1　珀利阿斯是伊阿宋父亲埃宋的弟弟，他夺走了兄长的王位。

2　这行诗的原文中还有 Phasias 一词指代美狄亚，意为“帕西斯的女子”，帕西斯（Phasis）是科尔基斯的一条河。

3　云神涅斐勒（Nephele）是忒拜国王阿塔玛斯（Athamas）的前妻，她生下了龙凤胎佛里克索斯（Phrixus）和赫勒（Helle）。为了害死他们，阿塔玛斯的后妻伊诺（Ino）让忒拜妇女将烤过的种子交给她们丈夫播种。庄稼颗粒无收，人们向德尔斐神谕求助，伊诺又买通信使，说神谕要求献祭佛里克索斯。兄妹俩被一只公羊驮走，途经达达尼尔海峡时赫勒从羊背跌下，坠海而死。佛里克索斯被羊驮到了科尔基斯，金羊毛也留在那里，直到伊阿宋乘船去取。这只羊是忒奥芬（Theophane）被化身公羊的海神涅普顿诱奸后生下的。

4　阿喀墨德（Alcimede）是伊阿宋的母亲，根据伪阿波罗多洛斯的说法，她最终上吊自杀。

5　“苦寒地”指黑海北岸的科尔基斯，因为位置比希腊更靠北，希腊人常将其视为极冷之地。

6　塔纳伊斯河（Tanais）就是今天的顿河，在俄国境内。斯基泰（Scythia）泛指色雷斯以北的广大北方地区。

看，我父亲是托阿斯，米诺斯的后裔[1]！
巴克斯是我祖父，他妻子头戴冠冕[2]，
灿烂光华下，小星座都显得黯淡。
莱姆诺斯岛将充作嫁妆，耕夫的乐园；
你还能拥有我（一道进献的财产）。
现在我也已分娩，伊阿宋，为我们庆贺！
孕期虽辛苦，想到你，我便觉快乐。
数目上我也有福气，他们是一对双胞胎，
双份的见证，多谢卢契娜青睐！
你若问他们像谁，他们是你的镜像：
从不知欺骗，其余也与你相仿。
我差点将他们送到你那里，代我陪着你，
但想到野蛮的后母，就不敢造次。
我害怕美狄亚，她比普通的后母更恐怖；
美狄亚干什么恶事都不会在乎。
她能撕碎弟弟的身体，抛掷于野地[3]
各处，难道会放过我的孩子？
被科尔基斯毒药迷心窍的疯子，据说
你宁可要她，也不碰许普西皮勒！
那位淫妇可耻地勾引了我的丈夫，

1 托阿斯（Thoas）是阿里阿德涅和酒神巴克斯的儿子，米诺斯的外孙。

2 “妻子”指阿里阿德涅，传说北冕座（Corona Borealis）是巴克斯赠给她的礼物。

3 “弟弟”指阿布绪托斯（Absyrtus），美狄亚在逃离故乡的途中，怕被父亲追上，杀死弟弟并将切碎的尸体抛掷各处。可参考奥维德《哀歌集》（*Tristia*）第三部第九首。

你我结合，却是凭婚礼的火炬。
她背叛了父亲，我却救父亲脱离死地；
你不该求大地开裂，把你吞掉？
她抛下故土，我却是不离不弃。
可这有何用，若恶人竟能战胜善人，
靠罪行反能收获财富和爱情？
我谴责岛上女人们的残暴，但并不讶异[1]，
虽软弱，愤激却给了她们武器。
告诉我，如果你和同伴们（本该如此！）
被相反的风吹进我的海港里，
而我正抱着一对孩子迎接你，难道
你不该求大地开裂，把你吞掉？
你会以什么表情面对孩子们，面对我？
怎样的死亡才足以惩罚你丧德？
至于你本人，在我手里会毫发无伤，
不是你配，而是我有仁慈的心肠；
然而我会用你情妇的血涂满我的脸，
还有她用魔法偷走的你的脸！
我会以美狄亚对付美狄亚。天上的朱庇特，
如果你垂听我的祷告，垂怜我，
就让篡夺者也遭受许普西皮勒的痛苦，
让她亲身去品尝自己的法律！

1　“岛上女人们”对应的拉丁文原词是 Lemniadum，意为“莱姆诺斯的女人们”。

我身为人妻，育有二子，仍被鄙弃[1]，
　　也祝她失去丈夫和一双孩子；
可耻赢得的，祝她转眼更可耻地输掉，
　　祝她被流放，颠沛于天涯海角！
昔日她如何对弟弟，如何对可怜的老父，
　　便祝她将来如何对儿子和丈夫！
当海洋和陆地已游遍，让她去尝试天空；
　　祝她无望地漂泊，血为她送终！
被夺去姻缘的我献上这一番祷词——
　　你们在遭诅的衾被里好好做夫妻！

1　这段诅咒的每一条“后来”都得到应验，而且在本书的第十二首中也有部分的反映，当然这是因为奥维德从神话传统中已经知道后来发生的故事。所以这些诅咒有三重效果：对于许普西皮勒这个角色来说，它们是情感的宣泄，她并不知晓它们会一一应验；但对读者而言，由于知晓后面发生的情节，它们就真成了诅咒；对于被 Bloch（2000）戏谑称为“互文之神”的奥维德而言，他仿佛古希腊的神，听到了这首诗里许普西皮勒的祷告，并在第十二首里把它们变成了现实。

第七首（狄多致埃涅阿斯）[1]

当死亡召唤，迈安得洛斯洁白的天鹅[2]
　　躺在潮湿的草岸上，也如此唱歌。
我写信，并非指望哀求还能打动你
　　（落笔时就已感觉到神的敌意），
而是我不在意挥霍言语，既然已挥霍
　　名声、贞节和忠心，却毫无结果。
你仍然决意要走，抛下可怜的狄多，
　　让风吹走你的帆，你的承诺？
你仍然决意解开船缆和我们的盟约，

1　特洛伊陷落后，维纳斯和安喀塞斯（Anchises）之子埃涅阿斯（Aeneas）因为此前对希腊人友好，受到了希腊人的善待，他们允许他率领部众离开。他在海上漂泊许久后，来到北非的迦太基。按照维吉尔的虚构说法，当时这里由女王狄多（Dido）统治。她是海格力斯祭司绪凯俄斯（Sychaeus）的妻子。此前，她的兄长、推罗国王皮格马利翁（Pygmalion）觊觎绪凯俄斯的财富，谋杀了他。狄多离开推罗，在北非创建了迦太基。埃涅阿斯受到狄多的热情接待，两人产生了恋情。但神提醒埃涅阿斯，他的天命是在意大利建国，所以埃涅阿斯准备离开，于是狄多给他写了这封信。

2　迈安得洛斯（Maeander）是小亚细亚一条水道极其蜿蜒的河，注入爱琴海。天鹅死前会唱歌是西方古代的传说，可参考奥维德《哀歌集》（*Tristia*）第五部第一首。

驶向你不知所在的意大利诸国？
新建的迦太基、日渐宏伟的城墙、转呈[1]
给你的王权都不能改变你的心？
你逃离已成，追逐未成；你所求之地
需穿越世界，此处却在你手里。
即使你找到，谁会将它交给你统御？
谁能让陌生人占据自己的领土？
新的爱等着你？你又会拥有新的狄多？
又一次信誓旦旦，又一次欺惑？
何时你才能建好与迦太基比肩的大城，
从巍峨的塔堡俯瞰你的臣民？
就算这一切都发生，愿望没有神作梗，
哪里有如我这般爱你的女人？
我燃烧，犹如添了一层硫黄的蜡炬，
犹如虔诚的乳香倒进了祭炉。
埃涅阿斯始终萦绕着我无眠的眼睛，
埃涅阿斯昼夜都纠缠我的魂。
他的确不知道感恩，冷对我的殷勤，
真想与他无瓜葛，若我不愚蠢！
然而我并不恨他，虽然他别有企图，
只是怨他太无信，越怨爱越苦。

1 “迦太基”（Carthago）在布匿人的语言中就是“新城”的意思。

维纳斯，善待儿媳！拥抱狠心的弟弟[1]，
　　丘比特！让他为你的阵营效力，
或让我已爱上的他（我绝不耻于承认）
　　愿意被动地接受我这番温情。
我错了，受骗于周围飘荡的虚假影像：
　　他与母亲的禀性根本不相仿。
是石块、山岩和在峭壁扎根的橡树，
　　是凶残的野兽，产下你这种怪物[2]，
要不就是海（你看它此刻如何随风
　　翻腾，而你却准备冲入骇浪中）。
你逃向哪里？风暴拦路。愿风暴助我！
　　瞧啊，东风掀起了怎样的涛波！
我宁可欠你的情分，就让我欠给狂飙——
　　比起你的心，风浪对我反更好。
我还不值得你去死（不义的人，尽管
　　你该死），当你躲避我，横越深渊！
你所坚持的憎厌代价太高，太昂贵，
　　如果为了摆脱我，死也无所谓。
风很快就会止息，浪很快就会安宁，

1　“儿媳”是狄多自指，“弟弟”指埃涅阿斯，因为他和丘比特都是爱神维纳斯的儿子。

2　这是西方古代责骂一个人狠心的典型说法，参考卡图卢斯《歌集》（*Carmina*）第六十首。

特里同将乘着蓝骏在水面穿行[1]。
但愿你也能改变，随变幻无定的风！
你会的，除非你比橡树还坚硬。
什么，仿佛你不知晓海洋疯狂的力量？
竟信任反复给你苦楚的波浪！
即使海甜蜜地邀请，你能够顺利起航，
浩瀚水体仍潜藏许多祸殃。
践踏诺言的家伙出海更不会有善果，
那是专门惩罚伪誓的场所，
爱遭冒犯时尤其如此，因为据传闻，
小爱神的母亲赤身从水里诞生[2]。
我被毁，却怕毁你；被伤，却怕伤你，
不愿敌人沉了船，在海中溺毙。
我祈求你活着，有比死更好的复仇方式——
你会因为我的死而被人铭记。
来吧，想想看，被一场风暴困住（别让
这兆象有任何意义），你感觉怎样？
你会立刻回忆起诡诈舌头的谎言，
还有我狄多，死于你的欺骗[3]。

---

1 特里同（Triton）是涅普顿和安菲特里忒（Amphitrite）的儿子，负责为涅普顿开道。

2 “小爱神的母亲”指维纳斯，“水里”对应的拉丁文原词是 Cytheriacis aquis（库泰拉的水），传说维纳斯在库泰拉岛（Cythera）附近的海水中诞生。这行的“小爱神”（Amorum）用了复数，因为传说有两位小爱神。

3 “你的欺骗”对应的拉丁文原词是 Phrygia fraude（佛里吉亚的欺骗），佛里吉亚代指特洛伊。

含冤妻子的身影会站在你眼前，一脸[1]
凄惶，披散着头发，浑身血染。
“什么罪我都承认！神啊，饶恕我！”你会喊，
会觉得自己将承受所有的雷电。
给海的狂暴、你的狂暴一点点时间：
推延的丰厚报偿是航程的安全。
我并不在意你，而是为年幼的尤卢斯担忧[2]——
你害死我一人，享受的荣耀已足够。
阿斯卡尼俄斯何辜，你那些家神何辜？
从火中拯救，却又以波浪倾覆？
但你并没带他们，你向我吹嘘的圣器
和父亲也没有扛在肩上，骗子！[3]
全都是谎话！你的舌头并不是从我
开始骗，我也不是第一个受害者。
英俊尤卢斯的母亲如今在哪里[4]？答案是：
孤零零死去，被狠心的丈夫抛弃。[5]
你告诉我此事，我顿然警觉。烧死我吧，

1　Barchiesi（1993）指出，维吉尔笔下的狄多也对埃涅阿斯发出了类似的死后继续纠缠他的威胁（*Aeneid* 4.386）。

2　尤卢斯（Iulus）和第 77 行的阿斯卡尼俄斯（Ascanius）是同一个人的不同名字，都指埃涅阿斯与妻子克鲁萨（Creusa）生的儿子。

3　根据维吉尔、贺拉斯等诗人的说法，埃涅阿斯以虔敬著称，从特洛伊火海逃出时，他背着年迈的父亲安喀塞斯，也带走了诸神的圣器。

4　“母亲”指克鲁萨。

5　按照维吉尔的说法，埃涅阿斯不是有心抛弃原配妻子，而是在逃离特洛伊时错过了，还曾冒险回去找，但天命是他必须去另一个国度，娶另一个妻子。

我活该！我的错重于这样的刑罚。
然而我深信，你的神灵正在惩治你：
海上、陆上的漂泊已七个冬季。
你叫波浪卷上岸，我给你安定的住所；
几乎不识你，我又给了你王座。
可我多希望自己的善行以此为边疆，
你我同眠的消息永远被埋葬！
那是宿命的一日，乌云密布的天空
降下骤雨，将你我驱进山洞。[1]
我曾听见喧响，以为是宁芙的尖叫，
其实是复仇女神示警的信号。
遭受羞辱的贞节，为绪凯俄斯惩罚我[2]！
我满心愧疚，正赶去与他会合。
一座大理石神庙里，我造了他的雕像
（被悬挂的枝叶和洁白的羊毛隐藏）。
我四次听到熟悉的声音从那里催促：
“艾丽萨，过来[3]。”是他在对我低语。
没有耽搁，我来了，我来了，属于你的妻；
但我因过失而惭怍，欲行又止。
饶恕我吧！欺骗我的他算得上般配，
于是这罪行便少惹一分憎恚。

---

1 埃涅阿斯和狄多的幽会见维吉尔《埃涅阿斯纪》（*Aeneid*）第四卷。

2 绪凯俄斯是狄多死去的丈夫。

3 狄多（Dido）原名艾丽萨（Elissa），死后才被称为“狄多”（迦太基语意为“大胆的女人”）。

母亲是女神，他也诚心孝敬老父亲，
　　所以我憧憬他会是忠贞的夫君。
若我免不了犯错，这个错情有可原，
　　只要他守信，我就没什么可抱怨。
昔日早已启动的厄运一直追逐我，
　　生命的最后时刻也难以逃脱。
丈夫被屠杀，倒在家庭的祭坛旁边，
　　滔天大罪的果实被兄长霸占[1]。
我被驱赶，抛下良人的骨灰和故国，
　　敌军尾随，我开始艰险的漂泊。
在未知的世界登岸，逃离大海和兄弟，
　　我买下已经赠给无信者的土地[2]。
我在此建城，筑起远远延伸的高墙，
　　吸引了周边诸邻嫉妒的目光。
敌意涌动，异乡的女子遭兵戎考验，
　　只好以简陋的城门和装备应战。
我引来千名求婚者，他们联手逼问：
　　为什么选择陌生人，却拒绝他们？
你何不绑了我，交给盖图里亚的亚尔巴？[3]
　　我会听凭你行凶，绝不挣扎。
还有我亲兄，他那只渎神的手，涂抹着

1　“兄长”指皮格马利翁，见本诗的第一个注释。

2　“无信者”指埃涅阿斯，“土地”指迦太基。

3　迦太基建城的土地买自当时盖图里亚（Gaetulia）的国王亚尔巴（Iarba）。亚尔巴因为求婚遭拒，举兵威胁狄多。

妹夫的血污，又渴望添上我的血。
放开神像和圣器，你触碰就是玷污，
天界的居民怎能被脏手羞辱？
倘若逃出火海就意味着接受你敬拜，
他们正懊悔自己逃出了火海。
或许你也会抛弃怀孕的狄多，恶棍，
不管我腹中藏着你的一部分！
母亲的死亡将捎上这位悲惨的婴孩，
还未降生，就已经被你戕害，
尤卢斯的弟弟将与母亲同时销殒，
一次惩罚将带走相连的两条命。
“可是神命令我走[1]。”我希望他当日禁止
你来，禁止特洛伊踏足迦太基[2]。
就是这位神领着你在狂暴的风中颠簸，
在怒涛肆虐的海上无尽地消磨？
即使回到特洛伊也不用如此费周章，
若赫克托耳还活着，它依旧辉煌。
你不去先祖的西摩伊斯河，而是去台伯河[3]，
即使你如愿到达，那也是异国；
你所寻求的土地会藏匿，会避开你的船，

1　“神”指引导埃涅阿斯前往意大利的墨丘利或阿波罗。

2　“特洛伊”对应的拉丁文原词是 Teucris（透克罗斯人），透克罗斯是斯卡曼德洛斯（Scamander）的儿子和特洛伊先祖达尔达诺斯（Dardanus）的女婿，后来成为特洛伊国王。“迦太基”对应的拉丁文原词是 Punica（布匿）。

3　西摩伊斯河和台伯河分别在特洛伊和罗马。

即使到老年，也未必与你相见。
停止流浪吧，接受我赠予的这些臣仆，
还有我带来的皮格马利翁的财富；
顺从好运，将伊利昂搬到推罗的新城[1]，
占据王座，手握神圣的权柄。
如果你的心追逐沙场，如果尤卢斯
盼望以自己的武力赢取胜利，
他不会失望，会找到等待征服的敌人——
此地爱和平的法律，也不怕战争。
只求你，顾念母亲和兄长的飞箭，顾念[2]
曾与你一路相伴的特洛伊神龛
（如此，愿随你从故国来的同宗都平安，
愿那场血战已终结你的灾难，
愿阿斯卡尼俄斯能幸福地走完一生，
愿安喀塞斯的骨骸永得安宁！），
仁慈地对待将自己献给你的这一家！
除了爱你，我还有什么可惩罚？
我不是来自普提亚或者强盛的迈锡尼[3]，
丈夫和父亲也不曾起兵威胁你。
若耻于以我为妻，称我为东家，而非
新娘：只要属于你，狄多不怨恚。

1 伊利昂即特洛伊。

2 “母亲和兄长”指维纳斯和丘比特。

3 普提亚（Phthia）是阿喀琉斯的故乡，迈锡尼（Mycenae）是阿伽门农的故乡。

我熟谙拍击北非岸滨的这片大海，
　　它能否通航，季节自有安排。
当风允许人启程，你就能悬起布帆；
　　现在轻飘飘的海藻却让船搁浅。
吩咐我来观察恰当的时机，以后你会走，
　　到那天即使你想，我也不许留。
同伴们也要求休整，你那残破的舰队
　　才修复一半，同样需在此稍待。
你曾对我好，或许将来还能有善举，
　　我可以不奢望婚姻，只求你暂住，
等海变温和，等习惯平息我汹涌的爱，
　　等我已学会勇敢地承受悲哀。
若这都不成，我就决心了结此生命，
　　让你无机会长久地对我残忍。
我写信的这副模样，真希望你能看见！
　　手握笔，膝上放着特洛伊的剑，
泪水从双颊滚落，敲击着出鞘的铁，
　　很快，不再是泪涂染它，而是血。
在我临终的时候，你的礼物多适宜！
　　你为我的坟准备了便宜的装饰。
武器并不是第一次洞穿我的胸膛，
　　凶狠的爱早已留下了创伤。

安娜，亲爱的妹妹，你不幸知晓我的罪[1]，
　　你将以眼泪做祭礼，拜我的骨灰。
火葬后不要写“艾丽萨——绪凯俄斯之妻”，
　　请在大理石墓碑上刻这样的诗：
“埃涅阿斯给了她死的理由和一把剑，
　　狄多用自己的手将生命斩断。”

1　安娜（Anna）是狄多的妹妹，关于她的故事，可参考奥维德《岁时记》（*Fasti*）第三卷 555—654 行。

第八首（赫尔密俄涅致俄瑞斯忒斯）[1]

赫尔密俄涅写信给堂兄（不久前是夫君[2]，
　　现在是堂兄，另一个称号已换人）：
皮洛士，暴烈与父亲阿喀琉斯无分别，
　　冒犯法律与天理，已将我劫掠。
我竭尽全力阻止，不许他强行囚禁我，
　　但女人的手能做的只有这些。
“你在干什么，皮洛士[3]？我并非无人保护，”
　　我嚷道，“抢来的姑娘已经有主！”
他比海更聋，不顾我喊着俄瑞斯忒斯，
　　将头发散乱的我拽进了宅子。

1　赫尔密俄涅（Hermione）是墨涅拉俄斯和海伦的女儿，在父亲远征特洛伊期间，被外祖父廷达瑞俄斯许配给阿伽门农之子俄瑞斯忒斯（Orestes）。此时，墨涅拉俄斯并不知情，他许诺将女儿嫁给阿喀琉斯之子皮洛士（Pyrrhus）。由于这个承诺，皮洛士从特洛伊一回来，就强行劫走了赫尔密俄涅。但她深爱俄瑞斯忒斯，厌恶皮洛士，所以写信向前者求助。收到信后，俄瑞斯忒斯在阿波罗神庙杀死皮洛士，夺回了赫尔密俄涅。

2　赫尔密俄涅之父墨涅拉俄斯和俄瑞斯忒斯之父阿伽门农是兄弟。

3　“皮洛士”对应的拉丁文原词是 Aeacide（埃阿科斯的后裔），埃阿科斯是其曾祖父。

斯巴达若陷落，蛮族掳走希腊的女人，
　　而我为奴隶，羞辱可会更甚？
亚该亚都不曾如此凌虐安德洛玛刻[1]，
　　当特洛伊财富被得胜的希腊焚灭。
可是你，如果真诚地爱着我，请举起
　　无畏的手，夺回属于你的权利。
谁打开羊圈，赶走牲口，你都会动武；
　　难道新娘遭抢，你反而犹豫？
以岳父为楷模，妻子被拐，立刻去追索[2]，
　　为了婚盟，他不惜挑起战火！
如果他怯懦，躺在空荡的王宫里打鼾，
　　我母亲就只能继续与帕里斯纠缠。
你不用准备千艘鼓帆而进的舰只
　　或无数希腊士兵，一人来足矣。
但其实你本该如此来接我，丈夫为爱妻
　　发动惨烈的战争，有何羞耻？
再说，我们有共同的祖父阿特柔斯[3]，
　　即使你不是我丈夫，也仍是兄弟。

---

1 “亚该亚”代指希腊。赫克托耳的妻子安德洛玛刻在特洛伊陷落时被皮洛士俘虏，皮洛士后来把她嫁给了普里阿摩斯的另一个儿子赫勒诺斯（Helenus），所以她作为亡国奴的命运不算太惨。

2 “岳父”和“妻子”分别指墨涅拉俄斯和海伦。

3 “阿特柔斯”（Atreus）在原文中还有同位语 Pelopeius，意为“佩洛普斯（Pelops）之子”。佩洛普斯是坦塔罗斯（Tantalus）之子，阿特柔斯、图埃斯特和庇透斯之父，曾被父亲肢解，做成菜肴给神吃，后来被众神恢复身体并复活。阿伽门农和墨涅拉俄斯都是阿特柔斯的儿子。

郎君，来救娘子；堂兄，来救小妹——
两种名分的职责都不可违背。
是廷达瑞俄斯，德高望重的长者，将我
交予你，孙女当遵从祖父的意志；
但父亲不知内情，让我与皮洛士婚配，
即便如此，更早的承诺更权威。
与你结合时，我的姻缘没有妨碍谁；
若嫁皮洛士，你却将被我伤害。
父亲墨涅拉俄斯会原谅我们的感情，
他自己也曾叫飞翔的丘比特射中，
他迁就自己，也当迁就你，母亲也会以
亲身的榜样助我们一臂之力。
你对我，如我父亲对母亲，特洛伊访客[1]
就是皮洛士如今扮演的角色。
且让他无尽地夸耀父亲当年的勇武[2]，
你也有父亲的功劳可以讲述。
阿伽门农统治所有人，阿喀琉斯
是部属，众头领却归前者辖制。
你祖先还有佩洛普斯和坦塔罗斯[3]，
从朱庇特算起，你是第五代后裔。

1　“特洛伊访客”指帕里斯，对应的拉丁文原词是 Dardanius（达尔达诺斯人），达尔达诺斯是特洛伊先祖。

2　这里的“他”指皮洛士，“父亲”指阿喀琉斯。

3　坦塔罗斯（Tantalus）是朱庇特之子，尼俄柏和佩洛普斯之父。因为杀死佩洛普斯让众神吃，被罚入地府，水永远在他边上，他却永远喝不到水。

你也不怯战，曾拿起令人憎厌的武器。[1]
　　但你能如何？是父亲放进你手里。[2]
我希望你曾有更好的场合展示勇气——
　　这并非你所选，而是强加于你。
可你完成了使命，埃癸斯托斯被割断
　　喉管，染红你父亲曾染红的宫殿。
皮洛士痛斥你，将你的善行扭曲为罪行，
　　居然还厚颜地直视我的眼睛。
我怒不可遏，脸上和心中都血气翻涌，
　　胸膛被禁锢的火焰烧得剧痛。
竟有人当着我的面攻击俄瑞斯忒斯？
　　我却没有力，手边也没有武器。
至少我能哭，恨意借助哭泣来发泄，
　　泪水从前襟淌下，仿佛一条河。
我永远只有它们，永远滴洒着它们，
　　脸颊在长久的泪泉中印满污痕。
难道是遗传的宿命，今天仍无法躲过，
　　坦塔罗斯家的女人必定遭掳掠？
我不会提及河畔天鹅的诡计，也不想
　　抱怨朱庇特藏进羽毛的伪装[3]——

1　克吕泰墨斯特拉（Clytemnestra）和奸夫埃癸斯托斯（Aegisthus）合谋杀死了阿伽门农，俄瑞斯忒斯为父亲报仇，杀死了母亲和埃癸斯托斯，并因为弑母的行为遭到复仇女神的追逐，所以奥维德说“令人憎厌的武器”。

2　也即是说，俄瑞斯忒斯的行为从他父亲的角度来说是正当的，他别无选择。

3　这里影射的是赫尔密俄涅外祖母丽达的故事。

细长的科林斯地峡分开双海的地方，
　　希波达米娅被马车劫往异乡[1]；
多亏了卡斯托尔和珀鲁克斯兄弟[2]，
　　姐姐海伦才逃离阿提卡的城市[3]；
后来她又被伊达山的客人拐至海外[4]，
　　希腊将士因为她而同仇敌忾。
我的确几乎不记得，但还是记得：到处
　　都一片悲声，充满焦虑与恐惧；
外祖父、她妹妹福柏和两位弟弟都在哭[5]，
　　丽达在祈求诸神和朱庇特保护；
而我，只顾撕扯着还未留长的头发，
　　反复喊：“妈妈，为什么把我抛下？”
（那时父亲不在。）仿佛为证明我属于

---

1 赫尔密俄涅曾祖父佩洛普斯曾经是佛里吉亚的国王，后来到了希腊，做了皮萨的国王。原来的皮萨国王俄诺马俄斯（Oenomaus）通过马车比赛来选择女婿。佩洛普斯以半个王国的允诺收买了国王的手下米尔提罗斯（Myrtilus），让他在国王的马车上做手脚，好让自己在比赛中胜出，从而获得与公主希波达米娅（Hippodamia）结婚的权利。结果国王在比赛中被马车抛出摔死，佩洛普斯得以和公主成亲，并继承王位。

2 卡斯托尔和珀鲁克斯兄弟在原文中被称为 Amyclaeo（阿穆克莱人），是因为两人据说出生在拉科尼亚的阿穆克莱城。

3 海伦被形容为 Taenaris（泰那罗人），泰那罗（Taenarus）在伯罗奔尼撒半岛最南端，古代传说山崖上的一个洞口是地府入口，此处代指斯巴达。“阿提卡”对应的拉丁文原词是 Mopsopia，意为“莫普索匹亚的”，莫普索匹亚是雅典的别称，因为莫普索斯（Mopsus）是传说中古代雅典的国王。

4 “伊达山的客人”指帕里斯。

5 “外祖父”指廷达瑞俄斯。根据欧里庇得斯在《伊菲革涅娅》（*Iphigenia*）中的说法，海伦有一个妹妹叫福柏（Phoebe）。“两位弟弟”指卡斯托尔和珀鲁克斯。

此家族，我又成了皮洛士的猎物[1]！
真希望阿喀琉斯没死于阿波罗的弓！[2]
他若在，会谴责儿子无耻的举动；
阿喀琉斯过去和现在都不想看见[3]
男人遭夺妻之恨，却以泪洗面。
我究竟犯了何罪，叫天神如此憎恨？
我的厄运应该归咎于哪颗星？
幼时就失去母亲，父亲在远方打仗[4]，
他们都活着，我却跟孤儿一样。
亲爱的母亲，早年我不曾用稚嫩的舌尖
笨拙地对你说出甜蜜的语言；
不曾用我的一双小手紧搂你脖子，
或者坐在你膝上，享受亲昵；
你不曾关心我的成长，当我做新娘，
也没能走进母亲装饰的洞房。
你回来之时，我去迎接（我不愿隐瞒），
我发现已经不认识母亲的脸，
但能感觉到你是海伦，因为你最美；
你也追问着旁人，女儿是哪位。

---

1 “属于此家族”对应的拉丁文原词是 Pelopeia，意为“佩洛普斯家族的”。“皮洛士”对应的拉丁文原词是 Neoptolemo（尼奥普托列墨斯），尼奥普托列墨斯是皮洛士的别名，意为“新战士”，因为他参加特洛伊战争时非常年轻。

2 阿喀琉斯死于阿波罗借帕里斯之手射出的箭，参考《变形记》（*Metamorphoses*）第十二卷 584—606 行。

3 影射阿喀琉斯不肯容忍布里塞伊丝被夺之事。

4 “失去母亲”是因为帕里斯拐走了海伦。

我此生的唯一福气是嫁给俄瑞斯忒斯——
他若不力争，我只能忍受分离。
父亲得胜归来，我却成皮洛士的俘虏，
毁灭的特洛伊赠给我这份礼物。
然而，当太阳在高空驾驭炫目的马车[1]，
不幸的我尚能少受点折磨；
当夜晚将高声尖叫、痛苦呻吟的我
关进闺房，在床上凄然躺着，
我全然无法入睡，泪水涌满双目，
如敌人一般竭力躲避着丈夫。
时常因伤心而发怔，忘了何时何地，
无意中触到那具可鄙的肉体[2]，
感觉到犯了罪，顿然从他身边惊起，
相信这双手已经印上了污迹。
时常我喊出俄瑞斯忒斯，而非皮洛士，
把口误当作吉兆，心中暗喜。
我发誓，请不幸家族和首位祖先做证[3]
（他震撼海洋、大地和自己的天庭），

1 “太阳”对应的拉丁文原词是Titan（提坦），拉丁文诗歌中的这个词经常指太阳。

2 “可鄙的肉体”对应的拉丁文原词是Scyria membra，意为“斯库洛斯的肢体”。这个说法之所以能表达蔑视，是因为阿喀琉斯的母亲忒提斯在特洛伊战争爆发前得知了儿子会战死的命运，于是将他装扮成女人，藏在斯库洛斯（Scyrus）国王吕科墨得斯（Lycomedes）的女儿中间，皮洛士就是出生在斯库洛斯。参考伪阿波罗多洛斯的《神话汇编》（*Bibliotheca* 3.13.8）。

3 坦塔罗斯的家族史充满了强奸和谋杀，所以是古希腊悲剧的重要素材库。“首位祖先”指朱庇特。

请你父亲、我伯父的尸骸做证（感谢你
勇敢的复仇，他才能在坟中安息），
要么我夭亡，任青春的火焰寂然熄灭，
要么让坦塔罗斯的两位后代结合。[1]

1　赫尔密俄涅最终如愿以偿。

第九首（德伊阿尼拉致海格力斯）[1]

我为你光荣攻占俄卡利亚而欣喜[2]，

胜利者侍奉女战俘，却让我生气[3]。

---

1 海格力斯（Hercules）是朱庇特与阿尔克梅涅（Alcmene）之子。朱诺因为嫉妒阿尔克梅涅而极度仇视海格力斯，她促使迈锡尼国王欧律斯透斯（Eurystheus）长期迫害他，命令他完成许多难以完成的任务，其中有十二件尤其危险艰巨，但海格力斯每次都成功了。后来，他娶了德伊阿尼拉（Deianira）为妻，一次在两人渡河时，半人马涅索斯（Nessus）试图劫走德伊阿尼拉，被海格力斯用浸了蛇形怪物许德拉（Hydra）毒液的箭射死。临死前，为了报复他，涅索斯用毒血浸了自己的衣服，告诉德伊阿尼拉，这是他的礼物，有催情的功效。海格力斯攻占俄卡利亚后，爱上了伊俄勒（Iole），为了挽回丈夫的心，德伊阿尼拉派人将涅索斯留下的衣服送给他，然后给他写了这封信。海格力斯穿上衣服后，中毒而死，但他已经赢得众神的认可，甚至朱诺也同意让他进入天界，所以他最终封神。参考《变形记》（*Metamorphoses*）第九卷 134—272 行。Barchiesi（1993）指出，这首诗受到了索福克勒斯悲剧《特拉基斯妇女》（*Trachiniae*）的影响，将悲剧因素融入了爱情哀歌体。Lachmann、Courtney、Vessey 等人不相信这首诗出自奥维德之手，他们认为它的结构缺乏有机性，风格单调，缺乏想象力，格律上也有与奥维德的习惯不符之处。但这样的判断主观性太强，没有足够的证据。

2 俄卡利亚（Oechalia）是欧律托斯（Eurytus）统治的国度，位于欧卑亚地区（Euboea）。

3 “胜利者”指海格力斯，“女战俘”指欧律托斯之女伊俄勒。

一则丢人的消息突然传到希腊的[1]
城市，唯有靠你的行为来反驳：
你未曾被朱诺连绵无尽的苦役摧垮，
伊俄勒却轻松将你绑在轭下。
欧律斯透斯和雷霆神之姐已然遂愿[2]，
嫡母必乐见你生命印上污点，
但祂不愿意，获得你这样伟大的子嗣[3]，
一夜的分娩远不够（传言如此）[4]。
维纳斯的伤害甚于朱诺：后者压迫你，
提升你；前者羞辱你，踏颈于地。
看看这天下，你保护的力量给了它和平[5]，
延伸的大陆被湛蓝的波浪紧拥；
安谧的土地、绥宁的海洋都亏欠于你，
极东和极西都遍布你的功绩[6]；
即将支撑你的天穹，以前也被你支撑，
你曾替阿特拉斯扛起了星辰。
你得到什么，除了扩散可悲的名声，

1 “希腊的”对应的拉丁文原词是 Pelasgiadas，这个形容词源于珀拉斯吉亚（Pelasgia），是伯罗奔尼撒半岛的古称，因为据说希腊最早的居民是珀拉斯吉人（Pelasgi），这个词常用来指代整个希腊。

2 “雷霆神之姐”指朱诺，下一行的“嫡母”也指她。

3 “祂”指神王朱庇特。

4 由于朱诺的阻挠，阿尔克梅涅花了七天七夜才生下海格力斯，详情见《变形记》第九卷 273—323 行。

5 因为海格力斯除掉了很多怪物、强盗和暴君。

6 “极东和极西”对应的拉丁文原词是 solis utramque domum（太阳在两边的家）。

如果以秽行污染此前的泽勋？
人们说你还是摇篮里的婴儿，就已扼死
两条蛇，不辱没朱庇特——真的是你？[1]
你的开始比结局光荣，终点比不上
起点，成年与幼年有哪里相像？
一千头野兽、宿敌欧律斯透斯和朱诺[2]
都无法降伏的你，却输给丘比特。
但世人形容我幸运，因为你是我丈夫，
公公驾快马，掷雷霆，统治天宇[3]——
彼此不匹配的牛如何在耕犁下受罪，
逊于配偶的妻子就如何被伤害。
这荣耀不是荣耀，而是承受者的重负：
人若要良缘，就应找相称的伴侣。
丈夫永远不在，像宾客而不像鸳俦，
热衷于追逐怪物和可怕的野兽；
我留在凄凉的家中，献完贞洁的祷告，
唯恐他死于敌手，整日煎熬。
脑海中堆满毒蛇、野猪和猛狮的画面，
还有长着三颗头的嗜血恶犬[4]；
牛羊的内脏、睡梦的空洞幻象和神秘

1 影射海格力斯年幼时朱诺派出两条蛇试图杀他的事。

2 欧律斯透斯的原文是 Stheneleius，意为“斯特涅洛斯之子”，迈锡尼国王斯特涅洛斯（Sthenelus）是他的父亲，参考许基努斯《故事集》（*Fabulae* 244）。

3 “公公”指朱庇特。

4 指冥犬刻耳柏洛斯（Cerberus）。

暗夜里寻求的征兆都令我惊疑。
不幸的我苦等着难以证实的传闻，
动摇的希望和恐惧轮番执政。
你母亲不在（她为迷住神王而懊悔），
安菲特律翁和许罗斯也都不在[1]；
我却需忍耐朱诺不义仇恨的执行者
欧律斯透斯和女神持久的怒火。
这些算不了什么？但你还添上异国恋，
任何女人都可以为你分娩。
且不提你奸污奥格的阿卡迪亚山谷[2]，
或为你生子的奥尔梅诺斯之女[3]，
也不以泰斯庇俄斯成群的女儿为罪证[4]，

1　安菲特律翁是阿尔克梅涅的丈夫，海格力斯名义上的父亲。许罗斯（Hyllus）是海格力斯和德伊阿尼拉的儿子，他此时已被欧律斯透斯放逐。

2　奥格（Auge）是阿卡迪亚公主，被海格力斯奸污，生下了一个儿子，名叫特勒颇斯（Telephus）。“阿卡迪亚”对应的拉丁文原词是 Partheniis，这个词源于 Parthenius（帕尔特尼俄斯山，意为“处女山”，在阿卡迪亚境内）。

3　奥尔梅诺斯（Ormenus）之女是阿斯图达米娅（Astydamia），海格力斯向她父亲提亲，奥尔梅诺斯知道他已婚，所以拒绝了，海格力斯一气之下攻占了他的城市，杀死他，并俘虏了阿斯图达米娅，后者为他生下了名叫克特希波斯（Ctesippus）的儿子。

4　泰斯庇俄斯（Thespius）是雅典国王厄瑞克透斯（Erechtheus）的儿子，他有五十位女儿，被海格力斯在一夜间全部奸污，共为他生下了五十个儿子。另一种说法是，忒斯提俄斯（Thestius，经常被称为 Thespius）有五十位女儿，为了尽快替海格力斯繁衍后代，他每夜让一位女儿侍奉海格力斯，后者则以为她们是同一个人，后来她们生下了五十个儿子。“泰斯庇俄斯成群的女儿”对应的拉丁文原词是 Teuthrantia turba（透忒兰托斯的一群人），透忒兰托斯（Teuthrantus）是阿提卡的一个城镇。

她们每一位都成了你的牺牲品，
我只说一桩最近的丑事，你的新情妇[1]，
通过她我变成吕底亚小子的继母[2]。
在相同的地方反复蜿蜒，经常载着
疲惫水流回头的迈安得洛斯河
竟看见项链绕着海格力斯的颈项
（从前它曾轻松地驮起穹苍）[3]！
给强壮的臂膀套上金镯，他不以为耻，
又为坚实的肌肉覆盖宝石。
没错，就是这双手摧毁了尼米亚猛狮，
你的左肩还挂着取自它的皮！[4]
你还敢用女人的头巾装饰你的乱发，
白杨与海格力斯的卷毛更融洽[5]！
系上迈奥尼亚的腰带，学轻佻的少女，
你真的从没想过是一种耻辱？

---

1 “新情妇”不是指伊俄勒，而是指迈奥尼亚女王翁帕勒（Omphale）。海格力斯杀死了欧律托斯的儿子伊皮托斯（Iphytus），墨丘利将他卖给翁帕勒做奴隶，用换来的工钱作为给欧律托斯的赔偿，但翁帕勒却对他青睐有加。两人的亲密关系和易装行为见奥维德《岁时记》（*Fasti*）第二卷 305—326 行。Barchiesi（1993）认为，这段关于翁帕勒的文字并非喧宾夺主，而是和伊俄勒、德伊阿尼拉自己（她的希腊名字意思就是“摧毁男人”）的情节一起突出了本诗“征服者被征服”的主题。

2 “吕底亚小子”指海格力斯和翁帕勒的儿子拉莫斯（Lamus）。吕底亚指迈奥尼亚。

3 海格力斯曾经短时间替阿特拉斯（Atlas）背负天空。

4 尼米亚（Nemea）是阿戈利斯的一座城市，这里有一头刀枪不入的巨狮，海格力斯扼死了它，参考《神话汇编》（*Bibliotheca* 2.5.1）。杀死尼米亚猛狮是海格力斯的十二项功绩之一，狮皮后来成了他的标准装备。

5 据说海格力斯下地府绑缚冥犬时戴的便是白杨头冠，后来白杨就成了他的圣树。

难道眼前没浮现凶残的狄俄墨得斯
　　（人肉是他饲养马的野蛮粮食）[1]？
倘若遇见布西里斯时，你如此打扮[2]，
　　战败者倒要为征服者感到羞惭。
安泰俄斯会从你的硬颈扯掉头巾[3]，
　　以免蒙受负于伪娘的污名。
传言你与伊奥尼亚的少女一起端过[4]
　　纺纱篮，并特别害怕女王的威胁。
这只手曾做成千件大事，海格力斯[5]，
　　你竟不拒绝托起光滑的篮子？
你还用劲健的拇指捻出粗糙的纱线，
　　干完活还向美丽的女主人交验？
当僵硬的手指拧着线，你过于强壮的手
　　曾经多少次捏碎紧握的木轴！
世人相信，可怜人，看见挥舞的皮鞭，
　　你曾经瑟缩地趴伏在她的脚前。
当你风光地凯旋，常夸耀众多的子嗣、

1　色雷斯国王狄俄墨得斯（Diomedes）养有四匹吃人肉的母马，海格力斯杀死了他，参考《神话汇编》（*Bibliotheca* 2.5.8）。

2　布西里斯（Busiris）是埃及国王，他将异乡人作为牺牲杀死，后被海格力斯除掉。

3　安泰俄斯（Antaeus）是地母盖娅（Gaia）的儿子，所以一接触到地面，立刻变得力大无穷，海格力斯意识到这一点后，将他举在空中掐死。

4　“伊奥尼亚”应该指迈奥尼亚，因为邻近迈奥尼亚，所以用作代称。

5　“海格力斯”对应的拉丁文原词是 Alcide，这是指代他的惯常名称，意为“阿尔凯俄斯（Alceus）的后裔”，因为名义上他是阿尔凯俄斯（安菲特律翁的父亲）的孙子。

荣誉和各种你本该隐瞒的功绩：
巨大的水蛇，被你死死掐住了咽喉，
只好用尾巴缠紧你婴孩的手；
帖该亚的野猪庞然栖息在长满柏树的[1]
厄律曼托斯，几乎让地面陷落[2]。
你也未略过钉在色雷斯宫中的面颊
和以血腥人肉为食的肥硕厩马[3]；
或者西班牙怪兽革律翁，它拥有众多[4]
牲口，身体由三种生物拼合；
或者刻耳柏洛斯，一具躯干分出
三颗头，愤怒的毒蛇在发间盘曲；
或者从丰饶伤口重生肢体的大蟒，
越遭受打击，越迸发新兴的力量[5]；
或者那位大力士，被你扼断了喉管，
沉重的尸首倒悬在你的左肩[6]；

---

1 帖该亚（Tegeaea）是阿卡迪亚的一个城市。

2 海格力斯在追赶厄律曼托斯山（Erymanthus，在阿卡迪亚境内）的野猪时，曾与半人马族有过一战，参考《神话汇编》（*Bibliotheca* 2.5.4）。

3 参考本诗第 68 行的注释。

4 关于革律翁，埃斯库罗斯剧作《阿伽门农》（*Agamemnon*）中说他有三具身体，赫希俄德《神谱》（*Theogeny*）说他是一个身子三个头。海格力斯在伊比利亚（今天的西班牙）厄律提亚岛（Erythea）消灭了他，夺了他的牲畜。

5 指勒尔纳的蛇状怪兽许德拉。它的每颗头一被砍下，就会长出两颗头。海格力斯的侄儿伊俄劳斯（Iolaus）在他砍下每颗头后，立刻用烙铁封住颈上的伤口，制止生长，于是海格力斯顺利杀死了它。这条蛇究竟有多少颗头，有很多说法，包括七、九、五十和一百。

6 参考本诗第 71 行的注释。

还有盲信自己的脚力和双形身躯，
　　被驱离帖撒利亚山脊的人马族[1]。
穿着西顿的惹眼女装，你还能吹嘘[2]
　　这些？舌头没有被衣服捆缚？
雅尔达诺斯的女儿也套上你的甲胄[3]，
　　抢走了被俘英雄的著名行头。
去吧，鼓起勇气，讲述你光辉的往事，
　　她才有权称英雄，而你已不是。
她征服无双的你比征服你征服的男人
　　荣耀几分，你就比她卑贱几分。
所有的功勋都落到她头上，放弃你的
　　一切，你的名声已被她收割。
耻辱！从毛蓬蓬狮子的肋骨扯下糙皮，
　　最后遮盖的却是她柔嫩的身体。
上当了，你却没觉察。这并非取自狮子，
　　取自你；你战胜狮子，她却战胜你。
她挎着染过勒尔纳大蛇毒血的弓箭，
　　却几乎无力拿起满载的绕线杆；
她手持降伏过无数猛兽的大棒，在镜中
　　欣赏自己顶替丈夫的模样！
但这些只是传闻，我可以拒绝相信，

1　参考本诗第 88 行的注释。

2　西顿是古代地中海东岸的重要城市。

3　雅尔达诺斯（Iardanus）的女儿就是翁帕勒。

从耳朵袭来的疼痛不算太难忍。
而如今一位新情妇被推到我的眼前[1]，
你让我如何掩饰满心的愤怨？
你不允许我避开她。女战俘穿过整座[2]
城市，不情愿的双目已非看不可，
而且她绝非披头散发，阶下囚的模样，
凄惨的表情诉说着命运的沦丧，
而是披满了黄金，如一道美丽的景观，
恰似你在佛里吉亚的装扮[3]，
向人群高扬那张脸，仿佛是海格力斯
战败，俄卡利亚尚在，父亲未死。
或许，驱走埃托利亚的德伊阿尼拉[4]，
抛掉情妇名，她就将风光大嫁，
欧律托斯之女与海格力斯污秽的
身体将通过可耻的婚礼结合。
想到此，我心神涣散，四肢寒意流遍，
搭在膝盖上的手已经瘫软。
你爱过我和许多人，但你我是合法之恋。
别懊丧自己曾两次为我而争战：
阿刻罗俄斯流着泪从潮湿的岸边拾起

1 “新情妇”指伊俄勒。

2 “女战俘”也指伊俄勒。

3 也即是海格力斯和翁帕勒在一起时的女装扮相。

4 埃托利亚（Aetolia）是德伊阿尼拉的故乡，在希腊中部。

双角，将残缺的额头浸入浊浪里[1]；
半人涅索斯在长着水莲的欧厄诺斯河中
倒下了，水流被他的马血染红[2]。
但我为何提这些？写信时忽传来消息，
丈夫中了我衣袍的毒，将咽气。
天哪，我干了什么？疯爱已置我于何地？
渎神的德伊阿尼拉，你为何还不死？
难道等你夫君在埃塔山上被撕成碎片[3]，
犯下此大罪的你还留在人间？
如果还可以做任何事情叫世界相信
我是他妻子，那么死就是证明！
墨勒阿革洛斯，你会发现，我真是你姐姐！[4]
渎神的德伊阿尼拉，你为何还不灭？
遭诅咒的家族！阿格里俄斯高踞王座[5]，
俄纽斯失去了一切，晚景落魄；
弟弟堤丢斯被迫流亡到陌生的海岸[6]，

1 海格力斯在向德伊阿尼拉求婚时，曾与河神阿刻罗俄斯（Achelous）竞争，他们的打斗见《变形记》（*Metamorphoses*）第九卷1—100行。

2 海格力斯与涅索斯在欧厄诺斯河（Euenus）的争斗见《变形记》第九卷101—133行。

3 埃塔山脉（Oeta）在希腊帖撒利亚（Thessalia）和埃托利亚（Aetolia）之间，是海格力斯难以忍受毒液的疼痛选择自焚的地方。

4 墨勒阿革洛斯和德伊阿尼拉的父亲都是卡吕冬国王俄纽斯。德伊阿尼拉和他都毁于爱情，墨勒阿革洛斯因为爱上阿塔兰忒而引发了此后的所有悲剧。

5 阿格里俄斯（Agrios）是俄纽斯的弟弟，他趁俄纽斯家连丧数位亲族的混乱攻占了埃托利亚，自立为王。

6 堤丢斯（Tydeus）是俄纽斯和阿尔泰娅之子。

另一位弟弟在致命的火里熬煎[1]；
母亲也将利剑扎进了自己的心脏。
读神的德伊阿尼拉，你为何还不亡？
以婚床的神圣纽带起誓，我只为一点
申辩：你的死并非我有意谋算。
当他贪婪的胸膛被羽箭刺穿，涅索斯
对我说：“这血有一种催情的魔力。”
所以我才将衣服染了他的血，送给你。
渎神的德伊阿尼拉，你为何还不死？
我走了，祝你们安好，老父亲，妹妹戈尔格[2]，
失去祖国的弟弟，我的祖国，
夫君你（今日我眼中最后的亮光，多愿你
真的能安好！），还有你，孩子许罗斯！

---

1 “另一位弟弟”指墨勒阿革洛斯，他被母亲阿尔泰娅用火烧木条的方式远程杀死。详情见《变形记》（*Metamorphoses*）第八卷 445—525 行。

2 戈尔格（Gorge）是俄纽斯和阿尔泰娅之女。

第十首（阿里阿德涅致忒修斯）[1]

我已经发现，所有野兽都比你仁慈[2]，
　　把自己托给它们都胜过托给你。[3]
你读到的信来自我，来自这片海岸[4]——
　　你就是在这里抛下我，独自登船，

1　关于这首诗的背景，参考本书第四首诗的第一个注释。阿里阿德涅应当是在迪亚岛（也叫纳克索斯岛）被忒修斯抛弃后写的这封信。参考卡图卢斯《歌集》（*Carmina*）第六十四首第 121 行。Barchiesi（1993）认为，这首诗与卡图卢斯的诗形成了有趣的对话，卡图卢斯的阿里阿德涅出现在婚礼的挂毯上，是以画中人物自述的方式展开情节的，而奥维德的阿里阿德涅既指向自己在古罗马诗歌中的那个源头，也更具行动性，如同一位被酒神摄住心魂的狂女。

2　Michalopoulos（2002）发现，这首诗拉丁文的第一个词 mitius（更仁慈）是精心挑选的，它不仅突出了人比动物残忍这个主题，而且对读信的忒修斯而言，还会唤起一个古希腊词语的联想——mitos（线）。忒修斯正是靠阿里阿德涅送给他的线轴才得以走出蜿蜒曲折的克里特迷宫。因此，这个词既透露了写信者的身份，也可激发忒修斯的负罪感。奥维德非常喜欢这种古希腊语和拉丁语之间的跨语言双关。第 3 行的 mitto（我发出）的发音也与 mitos 的单数与格 mitō 非常接近，强化了这种跨语言的联系。

3　一些学者认为 1—2 行作为开篇太突兀，主张删掉或者挪到第 110 行或 132 行之后。但 Knox（1995）反对这种做法，认为这两行无论从措辞还是格律看都没问题。Michalopoulos 指出，阿里阿德涅发现自己被忒修斯遗弃在孤岛上，情绪极度激动而紧张，不以常规的方式开始这封信，是完全符合戏剧逻辑的。

4　指迪亚岛。

就是在这里，我遭到睡眠的可怕背叛，
　　趁昏睡之机，你将我可耻地暗算。
我记得那时，玻璃般的白霜新近覆盖
　　大地，枝叶间的群鸟歌声凄哀。
恍惚中醒来，带着慵懒的倦意，我半倚
　　身子，双手摸索着去拥抱忒修斯——
他竟已消失。缩回手，我再次尝试，手臂
　　沿着床往下挪动，他真的已消失！
恐惧惊退了睡意，我吓得一跃而起，
　　肢体转眼已离开荒凉的枕席。
我立刻用手掌拍打自己的胸膛，猛撕
　　满头还未及梳理的蓬乱发丝。
借着月光，我望向海岸，搜寻着线索，
　　但除了海岸，眼睛看不见什么。
时而这边，时而那边，我茫然地奔窜，
　　少女的脚步常在沙滩里深陷。
我也沿着海岸一遍遍高喊，“忒修斯”，
　　空洞的巉岩回荡着你的名字，
我唤你多少次，那个地方也唤你多少次，
　　不幸的我就连它都懂得怜惜。
附近有座山，稀疏的灌木长在峰巅，
　　一块巨石悬出来，俯瞰水面。
愤怒予我以力量，我登上险崖，极目
　　远眺，扫视茫茫深海的各处。
我的确望见（甚至冷酷的风也害我）

你的帆，被南风鼓满，在远处闪烁——
或者是实景，或者我以为是实景，但我
比冰还寒凉，几乎失去了知觉。
痛苦不许我长时间怠惰，我被它怂恿，
怂恿，喊着“忒修斯”，用尽嗓音：
“恶棍，你逃往哪里？回来，掉转船头，
忒修斯，还缺一个人，它怎能开走！”
我嚷着，说不出话的时候，就捶打胸膛，
拍击声和我的话语混杂在一起。
一心要让你看到（如果你不能听到），
我来回挥舞手臂，发送信号，
还在一根长棍上挂了白色的衣裙，
提醒那些显然已忘了我的人。
等到你隐没在视线之外，我终于痛哭，
柔嫩的脸颊早已因悲伤变麻木。
这双眼还能做什么，除了为我祭奠，
当它们连你的船帆都无法望见？
我不是披散着头发，独自游荡，犹如
被博奥蒂亚的巴克斯催动的狂女[1]，
就是凝视着大海，僵硬地坐在礁石上，
与承载自身的座位没什么两样。

1 卡图卢斯《歌集》（*Carmina*）第六十四首第61行也把阿里阿德涅比作酒神狂女。“博奥蒂亚”对应的拉丁文原词是Ogygio，因为奥古格斯（Ogyges）是古代博奥蒂亚（Boeotia，在希腊中部）的国王。酒神巴克斯是朱庇特和塞墨勒（Semele）的儿子，塞墨勒是忒拜国王卡德摩斯（Cadmus）的女儿，忒拜位于博奥蒂亚。

我经常回到曾欢迎我们共眠的床边，
　　但它不会再见证你我的缠绵，
我摸不到你，就尽力摸你留下的印痕，
　　它们曾多少存着你身体的余温。
我躺下，床铺被我泛滥的眼泪浸润。
　　“原有两个人，”我喊道，“还回两个人！
我们两人一起来，为何不一起离开？
　　无信的床啊，更好的那一半何在？”
我该怎么办？独自去哪里？这是荒岛，
　　人和牛耕作的痕迹无处可找到。
四面被波浪包围，看不见一位水手，
　　没有漂泊的海船会在此停留。
就算给了我同伴、好风和一艘船，我该
　　如何？我的祖国已不许我返回。
即使海波平如镜，船一路顺遂，即使风
　　被埃俄洛斯控制，我也是流亡人[1]。
百城密布的克里特，朱庇特幼时就已[2]
　　熟悉的土地，我再也无法瞥见你。
可悲！我父亲和我正直父亲统治的国度[3]
　　（珍爱的名字！）已被我出卖、辜负，

1　埃俄洛斯（Aeolus）的名字源于古希腊语 aiolos，意为“敏捷的、迅疾的”，在古希腊神话中负责看管风，是希波塔斯（Hippotas 或 Hippotes）之子。

2　古希腊作者经常说克里特岛上有一百座城市。

3　“父亲”指克里特国王米诺斯，他以公正闻名，死后在地府担任法官。“国度”指克里特。

当我怕你虽获胜，却困在蜿蜒的迷宫里[1]，
　　所以将能够引路的线轴交给你，
当你一再允诺我："以这些危险起誓，
　　只要我们活着，你永是我的妻。"
我们活着，但我不是你的妻——如果
　　被负心男人的诡计埋葬算活着。
恶棍，你该用杀死弟弟的大棒杀死我[2]，
　　你的誓言该用我的死来消解。
现在我不只想到自己将忍受的折磨，
　　还有古今被弃女所遭受的一切。
一千种死亡的形象在我脑海里浮动，
　　然而死本身远不如等死的酷刑。
我已经感觉，狼会从这边或那边出现，
　　急切的利齿将脏腑扯成碎片；
或许这岛上生活着棕色的狮子；谁敢
　　断定，它不是凶猛老虎的家园？
据说，海水中还会蹿出巨大的海豹！
　　谁又能阻止利剑穿透我的腰？[3]

1　这座最著名的迷宫叫 labyrinthus，位于克里特首都克诺索斯，是著名巧匠代达罗斯（Daedalus）所造，用来囚禁牛头怪米诺陶。Knox（1995）认为，这行诗原文中的 morerere recurvo 故意采用了音节重复（re）的修辞手法。Coleman（2010）指出，这个看似风格上的缺陷恰好形象地呈现了迷宫回环往复的特征，因为前缀 re 在拉丁语中可以表示"往回"和"重复"。

2　"弟弟"指米诺陶。

3　几乎所有评注者和学者都认为，从这行起阿里阿德涅考虑的对象已经从动物转向人，但 Hewig（1991）提出了一个令人惊讶的看法，认为"利剑"（gladius）其实是指剑鱼。

但愿我不会被俘虏，套上残忍的铁链[1]，
　　沦为奴隶，纺纱的活计干不完——
毕竟父亲是米诺斯，母亲是福玻斯之女[2]，
　　我是你（我尤其记得）已订婚的伴侣。
虽说我能看见海，看见延伸的岸线，
　　陆地和海洋都潜藏着无数危险。
只剩下天空，可我害怕诸神的影像[3]。
　　我孤立无援，等着进猛兽的肚肠。
倘若有人耕作和居住，我也不信任，
　　受够了打击，我学会害怕外人。
要是安德罗杰俄斯还活着！还有你，雅典[4]，
　　不曾用你的活人祭礼偿付罪愆[5]，
还有你，忒修斯，不曾高举你的右手，
　　用多节棍击杀半人半牛的怪兽，
我也不曾送给你指示归路的纱线，

1 由于这是荒岛，她只可能被偶然上岛的人俘虏。

2 帕西法厄是太阳神的女儿。

3 “诸神的影像”或许指希腊诸神喜欢变成的各种形象，也或许指星座的形象，后一种可能性更大，在《变形记》第二卷帕厄同驾驶日神马车时，他害怕的也是天空中那些以动物命名的星座。

4 关于米诺斯之子安德罗杰俄斯的死因，神话中有多种说法，其中两种与雅典国王埃勾斯有关：一种是他派安德罗杰俄斯去对付马拉松野牛，后者被野牛杀死；另一种是埃勾斯怕安德罗杰俄斯支持自己的王位竞争者，抢先杀害了他。无论怎样，米诺斯认定是埃勾斯害死了自己的儿子，并因此强迫雅典人献出童男童女，作为米诺陶的食物。“雅典”对应的拉丁文原词是 Cecropi terra，意为“刻克罗普斯的土地”，刻克罗普斯（Cecrops）是雅典国王。

5 “活人祭礼”指雅典来的童男童女。

被你反复攥紧、收拢的纱线！
我当然不会诧异，最终是你凯旋，
米诺陶毙命，血染克里特地面——
牛角怎可能刺穿黑铁做成的胸膛？[1]
不披戴盔甲，你也不会受伤，
你的心塞满燧石，塞满坚钢，忒修斯，
塞满轻松超过燧石的物质。
埃勾斯不是你父亲，埃特拉也非你生母[2]，
巉岩和大海才是你真正的出处。
残忍的睡眠，为何要让我无所察觉？
我更该长睡不起，埋入永夜！
你们这些风也太残忍，太容易刮起来，
气流太殷勤地催出我的泪水！
我的右手太残忍，杀死我，也杀死弟弟！[3]
还有轻许的誓言、空洞的名字！
睡眠、风和誓言合谋，与我争战，
一位少女被三种力量背叛。
所以我就这样，临死看不到母亲哀怜，

---

1 激愤的阿里阿德涅在这里对忒修斯和米诺陶大战的结果做了令人惊异的解读。“黑铁做成的胸膛”意味着忒修斯是铁石心肠，自然刀枪不入。

2 在很多版本中，111—112 行被挪到 132 行之后，但 109—112 行是西方古典时代谴责人心肠刚硬的标准程式，将其斩断为相隔二十行的两部分，效果会差很多。有部分古代作者称，忒修斯的父亲不是雅典国王埃勾斯，而是海神涅普顿，但这不是阿里阿德涅的用意，她是想说，他根本不是人和神的后代，而是残忍自然力量的产物。原文中埃特拉也被称为 Pittheidos，意为“庇透斯之女”。

3 因为阿里阿德涅帮助了米诺陶的敌人忒修斯，所以也需要间接地为弟弟的死负责。

也无人用手指合上我的眼睑？
悲惨的灵魂只能飘逝在异国的空气里，
没有温存的手膏抹我的遗体？[1]
海鸟可会栖落在未曾入葬的骸骨上？
如此的坟墓能回报我的善良？
你将回到雅典的港口——当你被祖国
欢迎，骄傲地面对大群崇拜者，
娓娓讲述牛头的米诺陶如何灭亡，
你如何走出岔道纷纭的石宫，
也别忘提及被你遗弃在荒岛上的我！
你的功劳我有份，不该被窃夺。
真希望神曾经让你从船尾顶端望见我，
凄惶的身影必能让你的脸变色！
即使现在，也看我！不用眼，用你的想象——
黏附在浪花冲刷的一处岩礁上。
看我散乱的长发，仿佛正哀悼死者，
湿衣沉甸甸，泪如雨，滴落不歇。
全身瑟缩，仿佛北风掀动的庄稼，
颤抖的手指刻着字，反复打滑。
我不求你顾念我的好（它的结局并不好），
无须感激，把我的善行都忘掉。
但你总不该惩罚我！就算我未曾救过你，

1　这都是古希腊葬礼的典型细节。没有亲人来安葬自己是古代西方人心目中最大的悲剧之一，参考奥维德《哀歌集》（*Tristia*）第三部第三首第 40 行。

你也没任何理由送我入死地。
这双手，已经倦于拍打绝望的胸膛，
不幸的我伸给你，越过大洋；
这些剩余的头发，悲伤的我递给你[1]；
你所为唤起的泪水，我用来哀乞——
掉转船头，忒修斯，掉转帆，赶快回来！
就算我先死，你至少能收殓残骸。

1　拉丁文原诗缺 148—149 行。

第十一首（卡那刻致玛卡柔斯）[1]

但若某些文字因污渍而难以辨认，

　　你当知道，信沾上了作者的血痕。

1　卡那刻（Canace）和玛卡柔斯（Macareus）分别是风神埃俄洛斯的女儿和儿子，兄妹俩有乱伦关系。卡那刻怀孕产子，被父亲发现，埃俄洛斯命令手下处死婴儿，并派人给她送来一把剑，让她自杀。在动手之前，卡那刻给正在阿波罗神庙避难的玛卡柔斯送去这封信。后来在玛卡柔斯苦劝下，埃俄洛斯决定赦免女儿，但为时已晚，玛卡柔斯赶到时，妹妹已经自杀。许多学者意识到，这首诗受到了欧里庇得斯悲剧《埃俄洛斯》（*Aeolus*）的影响。Verducci（1985）和Spoth（1992）等人认为，这首诗的主题就是乱伦，是一篇探讨“乱伦病理学”的作品。但 Philippides（1996）相信，这样的理解不是基于文本本身，而是源于文本之外的评论家自身的伦理预设。他指出，在这首诗里，奥维德是将卡那刻和玛卡柔斯的恋情当作普通爱情悲剧，而非偏离伦理的“变态”故事来处理的。在对比了这首诗和奥维德作品中其他三个乱伦故事——淮德拉与希波吕托斯（本书第四首）、毕布利丝与卡乌诺斯（《变形记》第九卷）、穆拉与喀倪剌斯（《变形记》第十卷）之后，Philippides 发现，在那些故事中存在的与乱伦相关的文本要素和主题要素全然不见于此诗。甚至埃俄洛斯对卡那刻母子的惩罚也并非基于这段关系的乱伦性质（他自己就曾让自己的六个儿子娶六个女儿），而是因为卡那刻私订终身，未婚先孕。在发现婴儿的时候，埃俄洛斯甚至都不知道孩子的父亲是谁。在一百二十八行的篇幅里，卡那刻没有用一个词来污名化自己和兄长的关系。Williams（1992）指出，在分析《女杰书简》的诗作时，我们不要忘了戏剧情境和人物动机这两个要素。在这首诗里，读者对信写完之后情节走向的知识给了他们一个“特权视角”，让他们更深刻地感受到一种戏剧反讽——卡那刻只要再有一点耐心，就可以不死。卡那刻之所以不知道父亲可能赦免自己，是因为情节的关键人物玛卡柔斯在她写信时不在现场，却即将到达现场，并带来好消息，致命的时间差强化了这首诗的悲剧感。

我右手握着笔，左手抓着出鞘的剑[1]，
摊开的纸草躺在我的双膝间[2]。
这是卡那刻给兄长写信的真实图景，
如此我似乎能打动心狠的父亲。
我梦想他能亲自到场，观赏我自杀，
亲自监督他一手制造的惩罚。
既然他残忍，凶狠也胜过他管辖的东风，
就会不流一滴泪，看着我丧命。
与野蛮的诸风相伴相处，当然不轻松[3]，
他倒是适应了手下臣民的天性。[4]
他统治南风、西风和锡托尼亚的北风[5]，
还有你，长着翅膀的暴烈东风。
唉，控制各种风，控制不了膨胀的怒火，
疆域还没有错误那般辽阔。
通过祖先的名字，我沾上天国的光荣，
可以称朱庇特为亲族，但有何用？[6]

---

1 这里的笔是 calamus，一种芦苇管做的书写工具。

2 纸草（papyrus）是产于埃及的类似纸的材料。

3 各位风神都以脾气暴烈著称，参考《变形记》（*Metemorphoses*）第一卷 59—60 行。

4 Williams 指出，埃俄洛斯和诸风神的相似隐藏着卡那刻忽视的一层反讽：她只看到“凶暴”这个共同点，所以决意自杀，却未看到“无常”这个共同点，她如果预料到父亲和诸风神一样反复无常，或许就会多等待一会儿再决定。

5 锡托尼亚（Sithonia）指色雷斯，这个名字源于色雷斯北部的锡托尼斯山（Sithonis）。

6 事实上，埃俄洛斯家族的世系并不显赫，神话中也没有统一的说法，只有少数人说他是朱庇特之子，从其他文献中很难推导出他与朱庇特的关系。

难道这阴森的礼物，女人手中的利剑，
　　不该我使的武器，会因此变安全？
玛卡柔斯啊，真希望让我们结合的时辰
　　能够比我的夭亡晚一些降临！
你为何要爱我，给我超越兄长的爱[1]，
　　我对你为何要逾越妹妹所应该？[2]
我自己也被火点着，心生出暖意，感觉
　　某位神的力量与素来所闻相合[3]。
血色逃离了双颊，肢体消瘦下去，
　　即使遭强迫，嘴也不肯碰食物；
我难以入睡，难挨的夜晚长如一年，
　　没有病痛的困扰也叹息连连；
无法让自己明白，自己为何会如此，
　　不知晓何为相思人，但我已是。[4]
凭她的阅历，乳娘最先猜透我的病，

1 据说埃俄洛斯有六个儿子，他安排他们娶了自己的姐妹。奥维德笔下的毕布利丝（Byblis）就曾在《变形记》第九卷第 507 行提及此事，作为乱伦的先例。

2 Verducci（1985）和 Labate（1977）等人认为 23—24 行可以作为卡那刻谴责这场不伦之恋的证据。然而，放在上下文里，卡那刻的悲伤、愤懑与绝望并非指向玛卡柔斯，而是指向父亲埃俄洛斯。如 Jacobson（1974）所言，这封信仿佛就是写给埃俄洛斯，而非玛卡柔斯的。这里表达的即使是谴责，也是从埃俄洛斯的角度发出的。而在奥维德的其他乱伦故事里，牵扯的双方都有一方对另一方深感愤怒。

3 “某位神”指小爱神。

4 Casali（1998）评论道，乍看这些都是相思的症状，但从下文读者却得知，这是怀孕初期的症状。他据此怀疑，卡那刻是误把生理表现当作了心理表现，她并非真正爱上了自己的兄长。在欧里庇得斯的《埃俄洛斯》（*Aeolus*）里，卡那刻用装病来遮掩自己的怀孕和分娩后的卧床。

最先对我说：“卡那刻，你有心上人。”
我的脸红了，羞涩的目光盯着前襟，
没有出声，但沉默即是承认。
被玷污的子宫日益显出它的负担，
秘密的重量已让我步履蹒跚。
有什么药草、什么偏方乳娘不曾
带给我，并且莽撞地逼我使用，
好打掉我肚腹深处不断生长的东西
（这是我向你隐藏的唯一秘密）！
可叹！那婴儿生命太顽强，所有手段
都失败，敌人暗中的算计已流产。
新月（日神绰约的妹妹）已九次升起，
第十轮月亮的光骏正驰过天际。
不知为什么自己突然被阵痛侵袭，
我是生手，对分娩一无所知，
忍不住叫喊。乳母说：“你何必泄露罪证？”
共谋者捂住我的嘴，不让我发声。
悲惨的我能如何？疼痛命令我呻吟，
但恐惧、老妪和羞耻本身却不准。
我强忍声音，竭力拦住逃逸的话语，
被迫将自己的泪水生生咽回去。
死就在眼前晃动，卢契娜拒绝救援[1]，
倘若我死了，大罪也会被揭穿。

1　卢契娜（Lucina）是掌管分娩的女神，经常与朱诺或狄安娜等同。

当你俯身靠近我，扯乱了头发和衣裳，
　　用你的胸膛温暖我的胸膛，
你对我说："妹妹，亲爱的妹妹，活下去，
　　别让两条命死于同一具身躯！
让憧憬赐予你力量，你将进哥哥的洞房；
　　你因他成母亲，也将做他的新娘。"
相信我，我虽已死，听见你的话却复活，
　　子宫的罪证和重负也终于坠落。
你为何庆贺[1]？埃俄洛斯坐在宫殿里，
　　罪证需躲过他的眼，赶紧藏匿。
谨慎的老妇将婴儿放在蔬果、白橄榄
　　枝条和一些轻巧的束带下面，
装作在举行仪式，说着祝祷的套语，
　　人们都为她让路，父亲也让路。
已接近门槛，却有啼哭声突然传来，
　　父亲听见了，孩子被证据出卖。
埃俄洛斯抓起婴儿，祭祀的假象
　　被戳破，愤怒的咆哮在大厅回荡。
就像微风刮过，海面泛起了涟漪，
　　或煦暖的南风摇晃白蜡树枝，
你会看见我苍白的肢体也不停哆嗦，
　　床也随我的身体上下颠簸。
他冲进房间，叱骂声传扬我的羞耻，

1　"你"指卡那刻自己。

我可怜的脸颊都险些被他掌击。
而我，只能默默地流泪，满心屈辱；
舌头木然，被寒冷的恐惧禁锢。
他已经颁下命令，将自己的孙子曝露于[1]
荒凉的郊原，做野狗和猛禽的食物。
悲惨的孩子大哭（仿佛明白了处境），
尽其所能地乞求祖父的怜悯。
你觉得，哥哥，我那时会是怎样的感受
（我的心能从你自己的心推求），
当敌人当着我的面，把我的亲骨肉带进[2]
幽暗的密林，任山间的狼蹂躏？
他走出卧房，我终于能够捶打胸膛，
用锋利的指甲抓破自己的脸庞。
这时，父亲的一位侍从来到我身边，
神情黯然地传达可耻的宣判：
“埃俄洛斯让我把这柄剑交给你，还说，
根据你所为，你知道它意味什么。”
我知道，我也会勇敢使用这柄利剑，
我会将父亲的礼物埋入心间。
你可是用这样的礼物庆贺我的婚配，
父亲，用这样的嫁妆保女儿富贵？
许墨奈俄斯，让你的婚礼火炬远离

1 由于玛卡柔斯和卡那刻是亲兄妹，他们的孩子既是埃俄洛斯的孙子，也是外孙。

2 “敌人”（inimicus）指埃俄洛斯。

血腥，飞速逃离这遭诅咒的宅邸[1]！
阴森的复仇神，冲我挥舞你们的火把，
让它们的火焰点燃我葬礼的柴架！
姐妹们，祝你们比我幸运，有更好的归宿，
但你们仍务必牢记我的错误。
我的孩子有何辜，只活了数个小时？
几乎未诞生，如何对祖父不利？
非认为他罪有应得，就让人如此认为！
可怜的他受难，是因为我的罪！
儿子啊，母亲的伤痛，猛兽口中的血食，
不敢想，你出生之日就被分尸！
儿子啊，我这段不祥爱情的悲惨纪念，
你的第一天竟成了最后一天！
他们不许我用眼泪献上正当的祭奠，
也不许我剪下头发，置于你坟前[2]；
我没能伏在你身上，亲吻冰凉的嘴唇，
贪婪的野兽却撕咬着我的亲人！
我也会带着伤口，追随你婴儿的灵魂，
很快我就不再是丧子的母亲。
可是你，徒然被可怜妹妹奢望的哥哥，
我求你收殓好儿子散落的骨骼，
还给他母亲，和我躺在同一座墓里，

1　“诅咒”并非因为乱伦，而是因为埃俄洛斯杀害亲人。

2　古代西方的风俗。

让两人共享一个瓮，无论多拥挤。
好好活下去，念着我，在我的伤口洒泪，
既爱我，便不要恐惧爱人的尸骸[1]。
求你务必遵从你深爱的妹妹的遗愿[2]，
我自己则会执行父亲的宣判。

---

1 Philippides（1996）指出，这行的拉丁文 neve reformida corpus amantis amans 充分体现了兄妹二人的深挚爱情。首先，五音步格律的节奏间隔突出了 amantis amans 这个单元；其次，“爱人”这个词的两种形态（主格 amans 和属格 amantis）并置，仿佛恋人紧紧偎依；再次，从语法上说，位于中心的词 corpus（尸骸）既是 reformida（恐惧）的宾语，也可作 amans（也是“爱”的现在分词，因而有动词意味）的宾语，此外它也受到属格 amantis（爱人的）管辖。

2 许多评注者认为 127—128 行不是奥维德所作。

第十二首（美狄亚致伊阿宋）[1]

我记得在科尔基斯，我这位公主曾不吝[2]
　　时间，当你求助于我的本领。
分发凡人命运的三姐妹，你们在那时[3]
　　就应该卸下我的纱线，让我死。
那时美狄亚能幸福地死去，以此为界，
　　苟延的每一段生命都是折磨。
被年轻臂膀驱动的那艘佩里昂木船[4]
　　为何非来取佛里克索斯的遗产[5]？

1　伊阿宋在科尔基斯求取金羊毛期间，美狄亚的巫术对他帮助甚大。伊阿宋返回希腊之时，美狄亚也一同返回。她为伊阿宋的父亲埃宋恢复了青春，也用计杀死了篡夺其王位的珀利阿斯。但后来，伊阿宋却不守诺言，与科林斯公主克鲁萨（Creusa）结婚。被无情背叛的美狄亚决心报复，但在动手之前，她给伊阿宋写了这封信。

2　这一行原文中的 regina 不是“女王”而是“公主”的意思。

3　“三姐妹”指命运三女神，名字分别是克洛托（Clotho，罗马名字 Nona）、拉刻西斯（Lachesis，罗马名字 Decima）和阿特洛波斯（Atropos，罗马名字 Morta）。

4　关于佩里昂，参考本书第三首第 126 行的注释。

5　“佛里克索斯的遗产”即金羊毛。

我为何在科尔基斯看见希腊的阿尔戈[1]，
　　异国的群雄为何啜饮帕西斯河？
你的金发为什么出奇地让我喜欢，
　　还有你的美和故作优雅的言谈？
若非如此，当怪异的大舟初次进抵[2]
　　我们的沙滩，运来亡命的猛士，
忘恩负义的伊阿宋无魔药护身，已经
　　遭遇公牛的烈焰和炽热的鼻孔，
已经撒下龙牙种，一颗变一个敌人，
　　耕作者已经被自己的作物杀身[3]。
多少欺诈已与你，恶棍，一起入土！
　　多少灾难已从我头顶挪去！
叱责不知感恩者的确是一种快乐，
　　我会享受它——你给我的唯一快乐。
你受命乘未经考验的大船到科尔基斯，
　　进入我祖国的这片幸福土地。
那里的美狄亚与这里你新娶的妻子相当[4]：
　　她有豪奢的父王，我也一样[5]；

1　即伊阿宋等人乘坐的阿尔戈号船。“希腊的”对应的拉丁文原词是 Magnetida，该词源于 Magnesia（马格尼西亚，希腊帖撒利亚的一个地区）。

2　因为传说阿尔戈号是世界上第一艘航海的大船，所以奥维德用“怪异的”形容。

3　参考本书第六首第 10 行和第 12 行的注释。

4　“这里”指科林斯，“妻子”指克鲁萨。

5　“父王”指科林斯国王克瑞翁。

这位统治双海的科林斯，那位拥有[1]
　　斯基泰雪野以南的黑海西头。
埃厄忒斯盛情款待了希腊众青年，
　　你们的身体躺上了精致的绣垫[2]。
我就是在那时初次看见你并且结识你，
　　那也是我的心走向崩溃的开始。
一眼就致命，我在陌生的火中燃烧，
　　像大神祭坛上的松木一样燃烧。
你本就俊秀，我的命运也暗中引牵，
　　我的眼在你的眼里彻底沦陷。
恶徒，你觉察到了。谁能完美地隐藏爱？
　　火焰太明显，只能被自己出卖。
条件已为你设定，公牛刚硬的脖子
　　必须通过你第一次接受耕犁。
这些是战神的圣牛，不仅因尖角而凶猛，
　　它们喷出的烈火更令人惊恐，
蹄子以坚铜做成，且一直延伸到鼻子——
　　因为遭火熏，其色已经黑如漆。[3]
你还需用那只遭诅咒的手在广阔田野
　　播下许多种子，最终的收获

1　“科林斯”对应的拉丁文原词是 Ephyren（厄菲勒，科林斯古名）。“那位”指美狄亚的父亲、科尔基斯国王埃厄忒斯。

2　在奥维德的想象中，科尔基斯人和古罗马人一样卧在长椅上吃饭。绣垫铺在长椅上，让身体更舒适。

3　参考本书第六首第 10 行的注释。

是一个民族，他们用天生的武器攻击你：
　　这种庄稼不会对农夫仁慈。[1]
最后的任务是使计骗过从未臣服于
　　睡眠的守护者，让它徒有双目。[2]
埃厄忒斯说完，你们都表情沉郁地
　　离开筵席，只留下一片落寞。
那一刻，克鲁萨陪嫁的王国离你多远？
　　还有岳父和克瑞翁女儿的姻缘[3]？
你凄哀地离开，我以婆娑的泪眼相送，
　　舌头喃喃地向你低语："保重！"
如受重伤，我摸索着走到卧室的床榻，
　　只觉得长夜随泪水无尽地往前爬。
公牛和邪恶庄稼的画面在眼前萦绕，
　　还有那条龙，从来都不曾睡觉。
这边是爱，那边是恐惧，爱煽动恐惧。
　　晨光已至，亲爱的姐姐进了屋[4]，
发现我头发蓬乱，躺在床上，埋着脸，
　　身边的一切都被我的泪浸满。

1　参考本书第六首第 12 行的注释。

2　参考本书第六首第 14 行的注释。

3　"克瑞翁女儿"仍指克鲁萨。

4　美狄亚的姐姐是卡尔基俄佩（Chalciope），她和逃到科尔基斯的佛里克索斯结了婚。按照许基努斯的说法，她之所以担心阿尔戈号众青年的安危，是因为她和佛里克索斯所生的四个儿子也在其中。

她为希腊人求助。[1] 她求，我自然答应：
　　她所求的，我都给了伊阿宋。
有一片树林，长满茂盛的杉树和栎树，
　　这里连日光都难透下一缕。
里面有（至少曾经有）一座狄安娜神祠，
　　蛮族制作的金神像巍然屹立[2]。
你记得（还是连同我都忘了？）我们曾到此，
　　你首先开口，说出欺骗的言辞：
“时运已将我生命的支配权和安全都交托
　　于你，我是生是死，都凭你裁决。
如果这权力给人快乐，毁灭已足够；
　　但我能增你的荣耀，若蒙你拯救。
看在我各种不幸（你可以减轻）的分上，
　　看在你家族和祖父太阳神分上[3]，
看在三种脸孔的狄安娜和密仪分上[4]
　　（若还有其他神被这个民族信仰）——
少女啊，怜悯我，怜悯随我而来的众人！
　　用你的善行换我一生的忠诚！

1　伊阿宋曾经救过她的几个儿子。“希腊人”对应的拉丁文原词是 Minyis（闵亚斯人）。

2　虽然按照希腊人的标准，美狄亚所属的科尔基斯人是蛮族，但这里的“蛮族”更像是指某个东方民族（比如佛里吉亚人）。

3　“太阳神”对应的拉丁文原词是 cuncta videntis（看见一切的神），美狄亚父亲埃厄忒斯是太阳神赫利俄斯（Helios）的儿子。

4　“三种脸孔的狄安娜”常与赫卡忒（Hecate）混同，三种脸孔指天上的卢娜（Luna，月神）、地上的狄安娜（猎神、林神、妇女的守护神）和地府的赫卡忒（魔法神）。

但如果你碰巧不嫌弃来自希腊的丈夫
（可是我哪有福让诸神这般呵护？），
我宁愿让自己的魂魄先散入缥缈的空气，
也不让任何女人进洞房，除了你。
请掌管神圣婚礼的朱诺为你我做证，
还有这大理石庙宇供奉的神！”
天真姑娘的心被你的这些话（还有
多少话？）感动，右手攥紧了右手。
我甚至看见了泪水！（难道它也是骗术？）
女孩如此快就被你的话俘虏。
你没受丝毫灼伤，就降伏了铜蹄的公牛，
它们驯顺地在地里划出犁沟。
你也在土中播下了浸过毒液的牙齿，
它们变成手执剑盾的兵士；
就连给你施法的我自己都脸色惨淡，
当这支武装的军队骤然出现，
直到地生的兄弟犯下神奇的罪行，
以出鞘的武器夺取彼此的性命。
看啊，永远不眠的凶龙正摇晃鳞片，
嘶鸣着，扭曲的胸膛扫过地面。
嫁妆和财富何在？公主新娘在哪里？
还有分开双海的狭长科林斯？
是我，终于被当作野蛮人抛弃的我，
你眼中已是穷鬼和罪犯的我，
用药草的催眠关闭了那双喷火的眼睛，

给了你金羊毛，让你平安返程。
我背叛了父亲，抛弃了我的王国和故土，
得到的报答只是各式的放逐！
我的贞操竟成了外国强盗的战利品，
还被迫离开亲爱的姐姐和母亲[1]。
但我逃跑时没有忘记带上你，弟弟[2]——
我的信只在这里有所犹疑。
我的手曾经敢做的事情，它却不敢写，
我真该（但与你一道）片片撕裂！
然而我不怕（经历了那些，我有何畏？）
把自己，一位有罪的女人，交给海。
天意在哪里？神何在？让你我在海中受惩，
活该！你因为欺诈，我因为轻信。
真希望碰撞岛已经把我们挤得粉碎[3]，
我的骨已经与你的骨紧紧依偎；
真希望贪婪的斯库拉已让狗吃掉我们
（她必定热衷于残害负心的男人）[4]；

---

1 美狄亚的母亲叫许普塞娅（Hypsea，一说 Idyia）。

2 “弟弟”指阿布绪托斯（Absyrtus），参考本书第六首第 129 行的注释。

3 碰撞岛名叫库阿奈（Cyaneae）或辛普列加达（Symplegadae），是黑海入口两处相对的巨岩，传说会移动位置，挤碎经过的船只。

4 奥维德在此处混淆了两个斯库拉（Scylla）：威胁水手性命的斯库拉是被格劳科斯（Glaucus）追求的宁芙，被情敌喀耳刻（Circe）变成恶犬缠腰的怪物；另一个斯库拉是墨伽拉国王尼索斯（Nisus）之女，因为迷恋米诺斯背叛祖国，最后变成鸟，她为米诺斯失去了一切，却不被米诺斯接受，所以她“必定热衷于残害负心的男人”。

真希望无数次吞吐波浪的卡律布狄斯
　　已将你和我埋葬在西西里海底[1]！
你平安返回海摩尼亚的城市，俨然[2]
　　凯旋者，金羊毛也献于故乡的神坛。
为何提珀利阿斯的女儿们，孝顺的罪犯，
　　父亲的躯体被处女的手乱砍？[3]
别人虽需指责我，你却应当称赞我，
　　多少次，我都是为你才被迫作恶。
你竟敢（天哪！义愤寻不到合适的话）……
　　竟敢对我说："离开伊阿宋的家[4]！"
遵你的命令，我带着两个孩子离开，
　　还带着一直陪伴我的对你的爱。
当许门的名字突然传进我的耳朵[5]，
　　点燃的火炬在远处明亮地闪烁，
笛孔为你和她二人流出婚礼的音乐
　　（在我听来比丧礼的喇叭更凄切），
我大惊，尚不相信存在如此的罪孽，

1　卡律布狄斯（Charybdis）是古希腊神话中的海妖，住在西西里海域，据说一天三次吸入再吐出大量海水，无数水手葬身她口中。

2　海摩尼亚（Haemonia）是希腊帖撒利亚的别称，因古代国王海蒙（Haemon）而得名。

3　让埃宋返老还童后，美狄亚假意与珀利阿斯的女儿们为友，她们求她帮父亲恢复青春，美狄亚假意答应，却骗她们说，必须先杀死珀利阿斯，才能施法。结果珀利阿斯被女儿们乱剑砍成重伤，并最终死于美狄亚之手。详情见《变形记》（*Metamorphoses*）第七卷 297—349 行。

4　"离开家"（Cede domo）是古罗马丈夫休妻的标准说法。

5　古罗马的婚礼游行会吟唱婚神许门的名字。

但整个胸膛全都被寒意淹没。
人群向前走，一遍遍吟唱“许墨奈俄斯”[1]，
这嗓音离我越近，我越感怵惕。
奴仆们隐藏着眼泪，在角落偷偷哭泣，
谁愿意宣告如此可怕的消息？
无论是什么，不知道反而对我更有利；
但我仿佛已知道，心塞满悲戚。
当我的小儿子出于好奇心或者偶然
站在两扇折叠门的入口处观看，
“快来，妈妈！”，他说，“爸爸穿金装，领着
游行队伍，还驾着一辆战车”。
我立刻撕开衣襟，捶打自己的胸膛，
手指也狠狠地抓破我的脸庞。
仿佛着了魔一般，我冲进人群中间，
扯下套在精致头发上的花环，
我控制不住自己，一边抓头发，一边嚷，
“他是我的！”，还用手揪住你不放。
受伤的父亲，庆祝吧！被弃的同胞，庆祝吧[2]！
弟弟的鬼魂，这份祭礼请收下！
我失了王国、故土和家园，又被丈夫
抛却（他一人对于我就是这全部）！
如此看，我能制伏大龙和发疯的公牛，

1　许门的别名。

2　“同胞”指遭她背叛的科尔基斯人。

却唯有这位男人让我束手；
肆虐的火焰我都能以高深的法术驱散，
我却逃脱不了自己的火焰。
我的咒语、药草和技艺都舍我而去，
强大的赫卡忒和她的仪式也无助。
白昼于我太可憎，痛苦的夜晚也难熬，
温柔的睡眠已远离凄惨的怀抱——
我能让大龙入眠，却不能为自己催眠，
除了我，任何人都享受我的成全。
我拯救的身体却被情敌搂在胸前，
诸般辛劳的果实也被她霸占。
或许，当你竭力向愚蠢的新娘吹嘘，
说着敌意的耳朵适合听的话语，
你会有诋毁我容貌和品行的崭新灵感！
让她笑，让她欣喜于我的缺陷；
让她笑，让她躺在推罗紫床上撒欢[1]——
她会痛哭的，会烧得比我还惨！
只要世上还存在刀剑、火焰和毒药，
美狄亚的敌人就必定遭到恶报。
但如果呼吁竟可以打动铁石心肠，
现在就请听我说（愤怒搁一旁）。
你过去时常哀求我，我也不妨哀求你，
卑贱地趴伏你脚下，我并不介意。

1　地中海东岸城市推罗以出产紫色染料闻名。

若你鄙视我，想想我们共同的孩子：
　　因为我，残忍的后母对他俩会仁慈？
而且，他俩太像你，我都被这种相似
　　感染，每次看见，眼眶都会湿。
凭天神，凭我祖父的光芒，凭我的功绩
　　和一对儿子——我们的结晶，我求你
回头，疯狂中我为爱失去的实在太多！
　　兑现承诺吧，现在轮到你帮我！
我没有求你去对抗公牛和凶悍的军队，
　　或施法降伏大龙，引诱它入睡——
我只要我挣来的你，自己献给我的你，
　　和我一起变成了父母的你。
嫁妆何在？你问。我给了，在那片拿走
　　金羊毛之前你必须耕作的田畴。
长着金羊毛的美丽金羊就是我的
　　嫁妆，我若说“还我”，你会拒绝。
我的嫁妆就是你和希腊众青年的平安。
　　拿它和西西弗的财富比吧，坏蛋[1]！
你能活着，娶妻，有显赫的岳父支持你，
　　甚至能无情地对我，都是我所赐！
很快你们都……何必预告惩罚的内容？
　　愤怒在分娩，将诞出巨大的祸殃。
愤怒去哪里，我就去哪里。我或许会懊悔，

1　科林斯国王克瑞翁是西西弗（Sisyphus）的儿子。

但帮了负心的男人，我已经懊悔！
且留给搅动我胸中风暴的那位神去决定。[1]
我的心酝酿着难以想象的奇景。[2]

1 美狄亚写完信后潜入王宫，用喀耳刻调制的魔药制造了一场无法扑灭的火灾，克瑞翁和克鲁萨都丧生。此外，她还杀死了自己和伊阿宋生的两个儿子。

2 Barchiesi（1993）认为，这个结尾已经蕴含着悲剧的动能，但仍运行在爱情哀歌的层次上。

第十三首（拉俄达弥娅致普罗特西拉俄斯）[1]

海摩尼亚的拉俄达弥娅向夫君问安[2]，
　　痴情地祝愿问候能抵达终点。
传言因风的羁绊，你仍滞留奥利斯，
　　可你离开我之时，这风在哪里？
那时波浪就应该阻拦你们的船桨，
　　那时我才真欢迎大海逞狂。
我为何没给丈夫更多吻，更多叮咛？
　　我原想倾吐的话排成了长龙。
骤然间你已远去，召唤你布帆的风

1　拉俄达弥娅（Laodamia）是普罗特西拉俄斯（Protesilaus）的妻子。当希腊联军准备攻打特洛伊时，普罗特西拉俄斯也率领四十艘战船加入。希腊舰队试图从奥利斯（Aulis）出发时，一直因为无风而受阻。咨询神谕得知，阿伽门农此前杀死了狄安娜的圣鹿，冒犯了这位女神，只有献祭他的女儿才能平复神的愤怒。阿伽门农决定牺牲伊菲革涅娅，但在最后关头，女神用一只鹿换下了她（这是多数古代作家的说法，但维吉尔和普洛佩提乌斯说她真的被杀了）。拉俄达弥娅听说舰队在奥利斯滞留，给自己丈夫写了这封信。希腊人曾听说一个神谕，最先在特洛伊登陆的人必定会死，所以拉俄达弥娅劝丈夫不要急于到达目的地。我们从荷马史诗得知，普罗特西拉俄斯就是希腊军队中第一位登陆特洛伊的人，他也果然战死。

2　海摩尼亚即帖撒利亚。

是那些水手而非我自己所憧憬。
那种风适合远航的勇士，不适合情痴。
你松开了拥抱，普罗特西拉俄斯，
我的舌头来不及完成最后的嘱咐，
悲伤的“再见”险些没机会说出。
北风突然降临，揪住帆，猛力张开[1]，
转眼普罗特西拉俄斯已不在。
当我还能够看见丈夫，看就是快乐，
我的眼紧盯你的眼，一刻不舍。
已经望不见你了，但还能望见你的帆，
那帆就长久地锁住我的视线。
可等到你和逃逸的船帆都消失无影，
除了海，就没有什么映入眼睛，
光随你遁去，失血的我被黑暗笼罩，
别人说，我双膝一沉，便已瘫倒。
我的公公、年迈的父亲和伤心的母亲[2]
赶紧喂冷水，才勉强让我苏醒。
他们尽了亲人的职责，对我却无益，
我怨恨他们不许伤心人去死。
当神志返回，痛苦也返回，理所应当的
思念将我贞洁的灵魂咬啮。
我没有心情让丫鬟梳理头发，给身躯

---

1 北风此时是顺风。

2 她的公公是伊菲克罗斯（Iphiclus），父亲是阿卡斯托斯（Acastus）。

套上镶金的衣裳也毫无乐趣。
就像传说中那些被双角巴克斯的藤杖[1]
触碰的女人，我也疯狂地游荡。
菲罗斯的贵妇聚在一起，对我大叫[2]：
“拉俄达弥娅，穿上王家的长袍！”
难道要我自己披着紫液染过的华裳，
而他却要在伊利昂城下打仗？
我顶着漂亮的发型，他头上却铜盔重压，
我炫耀新衣，丈夫却身负铠甲？
世人可以说，我放弃打扮，是效仿你的
艰辛，想凄然挨过战争的岁月。
天谴的帕里斯，你俊美却是家族的冤孽[3]，
做客你险诈，愿你作战也拙劣！
真希望你当日曾经挑剔海伦的容颜[4]，
或者反过来，她厌恶你的那张脸。
墨涅拉俄斯，为被抢的女人你太遭罪！
你一旦复仇，多少人将会落泪！
众神啊，挪走我身边的可怕征兆，让夫君

1 诗人描绘的酒神巴克斯通常长着一对角，藤杖（thyrsus）是他携带的手杖，顶端覆盖着松果或葡萄叶子。

2 菲罗斯（Phyllus）是帖撒利亚的一个城镇。

3 “天谴的帕里斯”对应的拉丁文原词是 Dyspari，这个词是希腊语的转写，意为“悲惨的帕里斯”，出自《伊利亚特》（*Iliad* 3.39）。这一行原文的 Priamide（普里阿摩斯之子）也是指帕里斯。

4 “海伦”对应的拉丁文原词是 Taenariae maritae（泰那罗的妻子），泰那罗代指斯巴达，参考本书第八首第 72 行的注释。

向佑他归来的朱庇特献武器感恩！[1]
可是我害怕，每当我想起这悲惨的战争，
眼泪就犹如阳光下的融雪奔涌。
忒涅多斯岛、西摩伊斯河、克珊托斯河[2]……
这些名字的声音就叫人哆嗦。
若没有抵抗的能力，那位异乡人胆敢[3]
劫夺她？他深谙自己拥有的资源。
据说他来时，缀满黄金，甚是风光，
佛里吉亚的财富全挂在他身上，
舰只和兵士云集——残酷斯杀的资本，
但跟随他的是王国的多小部分？
丽达之女，我怀疑你是被这些征服[4]，
这些我料想也会让希腊人受苦。
我害怕某位赫克托耳，帕里斯说过，
他足以搅动战局，手沾满鲜血。
无论他是谁，提防他，如果你还珍惜我！
将他的名字印在你心里，别忘了！
即使已经避开他，你也需避开其他人，
想象有许多位赫克托耳，小心！

1　这是对未来的祈愿。

2　忒涅多斯岛（Tenedos）、西摩伊斯河和克珊托斯河都在特洛伊附近。因为节奏的关系，这行原文的 Ilion（伊利昂）和 Ide（伊达山）未译。

3　“异乡人”指帕里斯。

4　本行原文中海伦还被称为 consors gemellis（孪生兄弟的同伴），孪生兄弟指卡斯托尔和珀鲁克斯。

每次投入战斗前，务必重复这一句：
　　“拉俄达弥娅命令我为她活下去。”
如果希腊的军队注定要攻陷伊利昂，
　　愿它陷落时你不曾受过一处伤。
让墨涅拉俄斯战斗，让他冲向敌阵，
　　从敌营夺回妻子是丈夫的本分。
你的情形不一样，你战斗只为不死，
　　只为回到爱侣深情的怀里。
特洛伊将士，众多敌人中请你们单饶他[1]，
　　别让我的血从他的身体淌下！
他本不适合拿着出鞘的铁剑交锋，
　　向对峙的兵卒奉上无畏的胸膛——
比起战场，他在情场上远更悍猛，
　　让别人去战场，让他留在情场。
我坦白，我想唤你回来，心也在催促[2]，
　　但凶兆令我不安，舌头已凝固。
当你准备离开父亲的房子，去特洛伊，
　　你的脚撞上了门槛，仿佛在暗示。[3]
看见这一幕，我叹了口气，在心里默祷：
　　“我祈求，这是丈夫返归的征兆！”
现在告诉你这些，是怕你作战太勇敢，

1 “特洛伊将士”对应的拉丁文原词是 Dardanidae（达尔达诺斯人）。

2 古代西方人认为，在人出发时唤他回来是不吉利的。

3 这也是不祥的征兆。

心头所有的忧虑，请为我驱散！
命运也为第一位（我不知是谁）登陆
特洛伊的希腊人安排了不幸的结局。[1]
第一位失去丈夫的女人会多么哀痛！
愿众神保佑你绝不肯如此拼命！
愿你的船排在千艘船的第一千位，
慢慢划过已然疲惫的大海[2]！
我还告诫你这一条：最后一个下船！
你赶去的地方并非祖辈的家园。
当你返程时，却要让帆和桨为船助力，
一刻不耽搁，早踏上自己的土地。
无论太阳正隐藏，还是高挂在天空，
你都要日夜向苦盼你的我靠拢，
夜晚比白天更需要赶路，颈项枕着
恋人手臂的女孩都分外喜欢夜。
我在凄凉的床上追逐着会撒谎的梦，
没有真实的快乐，虚幻的也成。
可是为什么你苍白的身形浮现在眼前？
你的唇为何吐出如此多的哀言？
我猛然惊醒，敬拜暗夜送来的影像，
帖撒利亚的祭坛都有我上香。
我倒入沾着眼泪的乳香，焰苗立刻

1 许基努斯《故事集》（*Fabulae* 103）讲述了普罗特西拉俄斯的故事。

2 因为前面已经有九百九十九艘船划过大海，所以它“已然疲惫”。

变明亮，正如浇了酒，它也跳跃。
何时我才能贪婪地抱住归来的你，
虚弱的我甚至因幸福而昏迷？
何时你才能与我在一张床榻偎依，
讲述你军旅生活的辉煌记忆？
当你回忆这些时，虽然我乐于倾听，
但你会收到许多吻，也还许多吻。
叙述的语流总是被亲密的动作打断，
甜美的停顿反而令舌头更雄辩。
然而，一旦重新想起特洛伊、海和风，
揪心的恐惧就击落贴心的憧憬。
这一点也让我担忧——风禁止船队离开，
你们做好了准备，海却要阻碍。
风作对之时，谁会想返归自己的故乡？
如今海拦截，你却从故乡远航！
涅普顿自己建的城，他都不敞开通途[1]。
你们去哪里？每一位都应该回府！
你们去哪里，希腊人？请听风的异议。
这滞留并非偶然，而是天意。
如此的大战为什么，除了为可耻的淫娃[2]？
趁还有机会，希腊船，掉头返家！

1 “城”指特洛伊。

2 “淫娃”指海伦。

但我竟唤你回来？这不是吉兆，我取消[1]，
　　愿好风送你走，平息海面的波涛！
我羡慕特洛伊女人，虽然会目睹亲人[2]
　　悲伤的葬礼，敌军也如影随形，
刚嫁的新娘却可以亲手为勇敢的新郎
　　戴头盔，递给他达尔达尼亚的刀枪[3]。
与此同时，她也会得到丈夫的亲吻
　　（这种职司双方都欣然履行）。
她会挽着他向前，嘱咐他平安归来：
　　“为了朱庇特，一定将武器带回！”
他清晰地记得妻子新近对自己的叮咛，
　　战斗时会更顾念家，也更谨慎。
返家时她会替他卸下盾牌和头盔，
　　将疲惫的身体搂入自己的胸怀。
我们却终日忐忑，焦虑与恐惧迫使
　　一切可能都成为想象的现实。
然而，当你在遥远的天涯挥剑奋战，
　　有一尊你的蜡像陪在我身边，
我向它倾吐本该对你絮叨的情话，
　　渴望拥抱你的时候，我就拥抱它。

---

1 但在《岁时记》（*Fasti* 1.561）里，海格力斯曾把牛群唤他回去的声音理解为吉兆。

2 “特洛伊女人”对应的拉丁文原词是 Troasin，这其实是希腊语复数与格形式的转写。

3 达尔达尼亚即特洛伊，名称来自特洛伊先祖达尔达诺斯（Dardanus）。

相信我，蜡像远远不是看上去的样子——
　　添上声，它就是普罗特西拉俄斯。
看着它，搂着它，似乎它就是真的丈夫，
　　我也会埋怨，仿佛它也能回复。
以你的归来、以你的人（我的神），我发誓，
　　以爱与婚姻的火炬（炽烈如你），
以你很快能完整带回的生命（好让我
　　亲眼看见你满头闪烁的霜雪）——
无论你唤我去何处，我都甘愿去陪伴，
　　无论你（我害怕那个字）还是平安。
信的末了我给你一条简短的指示：
　　你若在乎我，就请在乎你自己。

第十四首（许佩梅斯特拉致林叩斯）[1]

许佩梅斯特拉致信给众多兄弟的仅存者

（其余已死于各自新娘的罪孽）。

我正囚禁在宫中，沉重的锁链缠身，

1 埃及国王柏罗斯（Belus）有一对孪生儿子埃古普托斯（Aegyptus）和达那俄斯（Danaus），前者有五十个儿子，后者有五十个女儿。埃古普托斯为自己的儿子们向达那俄斯求亲，但后者曾听说一个神谕，自己将死于一位女婿之手，就拒绝了，并逃到阿戈斯（Argos）建立了自己的统治。埃古普托斯发兵攻打他，迫使他同意婚事。达那俄斯假意答应，却暗中授意自己的女儿们在新婚之夜杀死自己的丈夫。四十九位女儿都执行了父亲的命令，只有许佩梅斯特拉（Hypermestra）放走了林叩斯（Lynceus）。达那俄斯发现后，将她囚禁起来，她写了这封信向丈夫求救。许多评论者对此诗评价不高。Palmer（1898）觉得它缺乏完成感，Fränkel（1945）说许佩梅斯特拉“过于羞涩，不肯表达爱”，Jacobson（1974）甚至断言她对林叩斯没有爱，Jäkel（1973）觉得全诗没有提到爱令人惊讶，因为爱才是许佩梅斯特拉的首要动机。Fulkerson（2003）认为，这首诗并非像众多评论者所说，缺乏修辞劝服的效果，而是非常高明，因为许佩梅斯特拉意识到，父亲可能拦截这封信，所以信要兼顾两个读者，既要不冒犯父亲，让父亲相信她虽然放走了林叩斯，却并非同谋，也没犯错，又要（万一信件能被丈夫看到）具备打动林叩斯的力量，让他愿意回来救自己。Fulkerson 指出，这首诗最重要的源头是埃斯库罗斯的悲剧三部曲《乞援人》（*Suppliants*），也受到了贺拉斯同题材作品（*Carmina* 3.11.33-52）很大的影响。

惩罚的理由是我未忘记忠诚[1]。
因为我害怕将利剑没入丈夫的喉管，
就有罪；若敢行凶，反会受称赞。
遭指控胜过以这样的方式取悦父亲，
我不后悔让双手不沾染血腥。
任父亲用我未曾玷污的焰苗烤炙我[2]，
挥舞婚礼的火炬，在脸畔威胁；
或者干脆拿被我浪费的武器杀了我——
新郎逃过的死法，新娘能逃过？
但他休想让我弥留的舌头说一声
"后悔"，后悔忠诚的女人不忠诚。
让达那俄斯和我残忍的姐妹们悔罪，
这常是紧跟在恶行身后的债。
一想到那个染血的夜晚，心就惊怖，
突然袭来的战栗就禁锢了手骨；
这只手，你以为能执行谋害丈夫的命令，
却害怕描绘它并未犯下的罪行，
但我还是要尝试。暮色刚笼罩大地，
最后的天光将逝，夜晚初至。

1 "忠诚"（名词 pietas，形容词 pius）是拉丁语中一个难以翻译的概念，它包含了人对神、国家和亲族的虔敬与忠诚。这里的"忠诚"指的是她没有违背夫妻之间应该相互信任和支持的伦理。

2 "焰苗"指婚礼火炬的焰苗。

我们伊纳科斯的后裔被领进王宫[1]，
　　公公亲迎众儿媳（暗携兵戎）。
大厅四面，镀金的灯笼光芒璀璨，
　　不洁的乳香已摆上不悦的祭坛。
人群呼唤着“许门”，但他只顾逃逸，
　　朱诺也已经抛下自己的城市[2]。
看啊，已然酩酊，被喧嚷的同伴簇拥，
　　鲜花缠绕着浇满香膏的头顶，
新郎们兴高采烈闯进了卧室——墓室！
　　爬上他们更适合做尸架的枕席。
酒足饭饱后，睡意昏沉，他们躺下了，
　　毫无警觉的阿戈斯一片静默。
我似乎听到周围传来将死者的呻吟，
　　不，确实听见了，担心的已成真。
仿佛失了血，我神志空白，身体冰凉[3]，
　　木然躺在为新娘安排的床上。
犹如纤细的麦穗在柔和西风里摇晃，

1　埃古普托斯和达那俄斯都是河神伊纳科斯（Inachus）的后代。朱庇特和伊纳科斯的女儿伊俄（Io）生下了厄帕福斯（Epaphus），厄帕福斯的女儿利比亚（Libya）和海神涅普顿生下了柏罗斯。这行原文有 Pelasgi 修饰 tecta（宫殿），如果文本正确，意思应当是“珀拉斯戈斯（Pelasgus）的”，珀拉斯戈斯是古代阿戈斯国王，阿戈斯宫殿由他建造。“领进王宫”指新娘被领进洞房的仪式（deductio）。

2　阿戈斯是朱诺的圣城。

3　Fulkerson（2003）评论道，“冰凉”（frigida）也暗示了许佩梅斯特拉对待性的态度，她是在向父亲开脱自己，声明自己对林叩斯没有性的兴趣（也没有爱），放走他与个人的情感无关，因为如果她爱上他，对达那俄斯来说就意味着背叛。

又似白杨树叶在寒流中颤动，
我哆嗦，甚至哆嗦得更厉害。你也静静
躺着，我灌你的酒劲道太猛。[1]
一位残暴父亲的命令驱走了惊惕，
我起身，用发抖的手抓起武器。
我不想说谎：我三次举起那柄利剑，
又三次放下，罪恶感令我不安。
我对准你的喉咙（允许我坦承真相），
用父亲的剑对准你的喉咙，
恐惧和忠诚阻挡我做出残酷的举动，
纯洁的右手憎恶接受的命令。
撕破胸前紫色的衣襟，扯乱头发，
我压低声音对自己说出这番话：
“许佩梅斯特拉，你父亲太野蛮。遵从[2]
他的吩咐，让林叩斯与兄弟同行。
我还是处女，天性和年龄都倾向仁慈，
凶狠的武器与柔软的手不相宜。
可是赶紧啊，趁他没醒，效仿勇敢的
姐妹们，她们的丈夫想必都死了。
倘若这只手能干出杀人这样的事情，

1　Fulkerson（2003）认为，由于存在双重读者的问题，奥维德刻意在一个关键问题上保持了含混：她是否与林叩斯圆了房？当事人林叩斯自然知道答案，但达那俄斯也可能得出她希望父亲得出的结论——她直接把林叩斯灌醉了，没机会也没意愿同房。

2　这段独白撇清了自己与林叩斯存在任何纠葛的嫌疑。

它也该沾满我的血，取走我的命。
但他们该死，觊觎属于伯父的国土[1]，
非让它成为外国女婿的囊中物[2]。
就算他们该死，但我们都干了什么？
因为什么罪我不能按人伦生活？
剑与我何关？战争的器具与少女何关？
我手中更应该拿着羊毛和绕线杆。”
我说着这些怨言，泪水止不住溢涌，
从眼中落下，滴到你的身上。
当你在梦中甩动胳膊，想搂我入怀，
你的手差一点就被我的剑伤害。
此时我开始怕天亮，怕父亲和他的奴隶，
只好用这些话驱走你的睡意：
“快起来，林叩斯，那么多兄弟唯你独活[3]。
你若不赶紧，这一夜就将是永夜。”
你骤然惊起，所有的困倦一扫而空，
看见可怕的武器在怯惧的手中。
你问我缘由，我说：“趁夜色允许，逃吧！
趁暗夜允许，你逃，我自己留下。”
已是黎明了，达那俄斯清点着女婿的
尸体，发现少一人，罪依然残缺。

---

1 “伯父”指达那俄斯。许佩梅斯特拉的核心论点是，作为一名少女，她不适宜做杀人这样残酷的事。

2 奥维德用“外国女婿”形容他们，是因为他们来自埃及。

3 “林叩斯”对应的拉丁文原词是 Belide，意为“柏罗斯的后代”。

即使一位亲属没有死，他也觉煎熬，
　　不住埋怨血仍然流得太少。
我从父亲脚下被拽走，头发被揪住
　　（这就是忠诚的奖赏！），扔进了监狱。
显然，自从人变成母牛，母牛变成神[1]，
　　朱诺的怒火从未灭，燃烧至今。
可是惩罚已足够！娇柔的姑娘只能[2]
　　哞哞叫，转眼朱庇特已厌恶其面容。
伫立在河神父亲的岸边，新变的母牛[3]
　　在父亲的水中看见陌生的双角；
试图说话的嘴唇也发出牛的哀鸣，
　　外形和声音都让她惊恐万分。
何必愤怒，可怜人？何必为倒影诧异？
　　何必数为你的新肢而新造的蹄子？
神王的至爱，朱诺理当害怕的情敌，
　　饥饿难耐，你只能吃树叶和草皮，
从山泉饮水，愕然地盯着映出的容貌，
　　担心自己会伤于自己的牛角。
不久前你多富有，甚至不辱没朱庇特，

1　这里，许佩梅斯特拉将家族的灾难归因于朱诺对先祖伊俄的嫉妒。伊俄成为朱庇特的情人后，被愤怒的朱诺变成母牛，在朱庇特反复哀求后，她终止了复仇，伊俄恢复了原形，并成为神，与埃及的伊西斯（Isis）混同。关于朱庇特和伊俄的故事，参考《变形记》（*Metamorphoses*）第一卷 568—746 行。

2　“姑娘”指伊俄。

3　“河神父亲”指伊纳科斯。

现在却赤身在荒凉的地上呆卧。
你穿越大海、江河（与你有亲缘）和平陆，
大海、平陆与江河都为你让路。
你为何逃跑？为何在众多的海上游荡？
你无法摆脱自己的这副模样。
伊纳科斯的后裔，你要去何方？逃避
与追逐，引导与跟随，两者都是你。
分七脉注入大海的尼罗河最终洗去
朱庇特发疯情妇的母牛面目。
我何必回顾白发老者告诉我的久远
之事？我自己的年代就值得哀叹！
父亲与叔父在争战，我们失去了王国[1]
和家园，只有天涯收留流亡者[2]。
那位凶狠的暴君独占了权杖和宝座[3]，
赤贫的我们伴赤贫的老人漂泊[4]。
成群的兄弟只剩下微不足道的部分，
我同时为所有的死人和罪人伤心：
我失去这么多兄弟，也失去这么多姐妹，
请这两群人都收下我的眼泪！

1 达那俄斯原本是阿拉伯国王，因为拒婚之事惹怒埃古普托斯，被迫逃到阿戈斯建国。

2 “天涯”指阿戈斯。

3 “暴君”指埃古普托斯。

4 “老人”指达那俄斯。根据伪阿波罗多洛斯的说法，达那俄斯和女儿们逃到阿戈斯，受到国王格拉诺耳（Gelanor）的热情接待，但后来达那俄斯篡夺了他的王位。

看我，因为你活着，必须留下来受折磨，
　　当我因善行而受审，有罪者会如何？
曾经是家族的百分之一，不幸的我
　　也要死，只剩一位堂兄活着。
然而你林叩斯，若对忠诚的堂妹有些许
　　眷恋，也能配得上我给你的礼物，
或者来救我，或者任我死，但将我已没[1]
　　活气的肢体放上秘密的柴堆，
让洒满你真挚眼泪的骨骸埋进黄土，
　　并将这样的文字镌刻于我的墓：
“流亡的许佩梅斯特拉因忠诚无辜受罚，
　　她帮助堂兄逃脱了她自己的死法。”
我还愿写更多的话，但锁链太沉，手已疲，
　　恐惧本身也夺走了我的力气。

1　一些古代作家称，林叩斯后来的确举兵讨伐了达那俄斯，将其杀死后解救了许佩梅斯特拉。但保萨尼阿斯（Pausanias）说，达那俄斯让公民大会审判许佩梅斯特拉，她却被民众判决无罪，于是她为维纳斯建了一座雕像。伪阿波罗多洛斯则说，林叩斯后来与达那俄斯和解，并与许佩梅斯特拉生下了儿子阿巴斯（Abas）。

第十五首（萨福致法昂）[1]

当你读到我急切写就的文字，你究竟
　　有没有立刻认出这是我的信？
如果你不曾看见作者萨福的签名，
　　短笺的来源是否就无从弄清？
或许你会问，我为何选择哀歌的体裁——
　　抒情的格律是我的才华所在。[2]
我必须为爱悲悼，哀歌是悲悼的歌[3]，
　　竖琴之诗与我的眼泪不相合[4]。

1　萨福（Sappho）是生活在莱斯博斯岛（Lesbos）的诗人，她爱上了英俊非凡的青年法昂（Phaon）。最开始两情相悦，情意缱绻，但后来法昂厌倦了这段感情，乘船去了西西里。萨福难以忍受他的离去，给他写了这封信。较早的学者曾对这首诗的作者有争议，但当代学者已基本认定这首诗是奥维德所作。Baca（1971）则认为，它虽是奥维德作品，却不属于《女杰书简》，他的理由有二：（1）这是《女杰书简》中唯一没有取材于神话的作品；（2）作品中毫无顾忌的性描写与《情诗集》（*Amores*）更接近。

2　这首诗和《女杰书简》其他所有作品一样，都是用奥维德擅长的哀歌体写的，而萨福是抒情诗（原意是“里拉琴之诗”）圣手。

3　按照贺拉斯《诗艺》（*Ars Poetica*）第 75 行的说法，哀歌体最早的功能便是“抒发哀伤”。

4　“竖琴之诗”即抒情诗。

我燃烧，就像富饶的田亩上，东风
　　狂暴地煽动，庄稼的火焰熊熊。
法昂居住在堤丰头顶的埃特纳附近[1]，
　　我被不亚于埃特纳的热火焚身。
没有诗歌的灵感可以配精致的竖琴，
　　悠闲的心才能写那样的作品。
我不再喜欢庇拉、梅图姆涅和岛上[2]
　　其他任何地方的任何姑娘[3]；
阿纳克托利娅、库德洛已不值一提，
　　阿蒂斯也不再是我眼睛的美食[4]，
另外一百位给我惹非议的女孩也如此。
　　恶棍，你独占了我给众人的爱意。
你那么俊美，论年纪正好寻欢作乐——
　　你的容貌对我充满了诱惑！
拿起竖琴和箭囊，你就成阿波罗化身；
　　戴上一双角，巴克斯就可显形[5]。

1　堤丰（Typhoeus 或 Typhon）是企图推翻朱庇特统治的巨人，战败后被压在埃特纳火山下。

2　庇拉（Pyrrha）和梅图姆涅（Methymne）都是莱斯博斯岛上的城市。

3　萨福以同性恋诗歌闻名。

4　这里，奥维德举出了三位萨福曾爱恋过的姑娘：阿纳克托利娅（Anactorie）、库德洛（Cydro）和阿蒂斯（Atthis）。

5　阿波罗和巴克斯都是以俊美著称的神。

日神爱过达芙妮，酒神爱阿里阿德涅[1]，
　　她们却都不知晓里拉琴的歌。
可是诸缪斯教会我吟唱最甜美的诗篇[2]，
　　我的名字在整个世界已传遍。
阿尔凯奥斯，我的同乡和同行，虽然[3]
　　风格更高贵，名声却比我黯淡。
如果说难取悦的自然拒绝给我好形象，
　　她却给了我天赋作为补偿。
我身材矮小，但名声填满所有国度，
　　我自己拓展了属于个人的领土。
如果说我不够白皙，安德罗墨达来自
　　黑肤的地域，仍迷住珀尔修斯。[4]
纯白的鸽子也常以杂色的同类为配偶，
　　青绿的鹦鹉爱追求黑色的斑鸠。
倘若你断定容貌难与你匹配的女子
　　都不能嫁你，你就没机会娶妻。

1　关于日神对达芙妮（Daphne）的追求，参考《变形记》（*Metamorphoses*）第一卷 452—567 行；关于酒神和阿里阿德涅的爱情，参考《岁时记》（*Fasti*）第三卷 461—516 行。“阿里阿德涅”对应的拉丁文原词是 Gnosida，意为“克诺索斯（克里特首都）的女孩”。

2　“诸缪斯”对应的拉丁文原词是 Pegasides，这个词源于在赫利孔山上踩出泉水的飞马珀加索斯（Pegasus）。

3　阿尔凯奥斯（Alcaeus）也是生于莱斯博斯岛的著名抒情诗人，贺拉斯尤其崇拜他。

4　安德罗墨达（Andromeda）是埃塞俄比亚国王刻甫斯（Cepheus）的女儿，在献祭海怪时被珀尔修斯（Perseus）拯救，后来两人成婚。埃塞俄比亚人都是黑皮肤。故事见《变形记》第四卷和第五卷。

但当我读自己的诗，你却觉得我妩媚，
　　发誓只有我说话时总是很美。
我记得我总为你唱歌（恋人们记得
　　一切），我唱，你见缝插针地吻我。
你也夸赞我的吻，爱我的方方面面，
　　但尤其享受与我的云雨缠绵。
那时，你分外欣赏我的纵情欢悦、
　　灵巧的挑逗和言辞的无拘戏谑，
还有我们双方都尽兴之后，从疲倦
　　肢体缓缓漫过的那种慵懒。[1]
如今西西里少女成了你的新猎物。
　　莱斯博斯岛有何益？我宁愿远赴
西西里，或者你们，尼萨的少女、妇人[2]，
　　从你们的土地遣返我浪游的郎君。
别让他善造甜言的舌头诓骗了你们，
　　他对你们所说的，我素已听闻。
还有你，居于西西里山间的爱神维纳斯[3]，
　　请庇佑属于你的诗人和先知。
难道冷酷的时运仍坚持最初的轨道，

1　Gruppe（1885）和 Lieger（1902）等老派学者不相信 45—50 行和后面的 127—134 行是奥维德所写，认为这两处性描写过于露骨。

2　尼萨（Nisa）是西西里名都叙拉古（Syracusae）附近的城市。

3　“维纳斯”对应的拉丁文原词是 Erycina，意为“埃卢克斯神”，维纳斯之子、西西里早期国王埃卢克斯（Eryx）在西海岸的埃卢克斯山为维纳斯建了一座辉煌的神庙。

永远不改向，敌意永远不肯消？
我年方六岁，当父亲骤然早逝，骨骸
收殓入土，浸透了我的泪水。
后来，我哥哥爱上一位妓女，迷了魂，
承受了损失，也留下狼藉的名声。[1]
穷困潦倒，他被迫操起船桨出海，
可耻失去的财富，又卑贱地挣回。[2]
他也憎恨我，因为我苦苦地反复告诫，
坦诚和忠心的话就换来这些。
仿佛怕折磨我的事情终于会到头，
一位小女儿又给我添加了烦忧[3]。
最后轮到你——又多了一条痛苦的理由。
我的船总是没有好风在身后。
你看，我的头发凌乱地披垂在颈上，
我的手指间也没有宝石闪光。
身裹廉价的衣服，拒绝戴黄金的头饰，
阿拉伯的异国香气从鬓边消失[4]。
我这个可怜人为谁打扮，费心讨好谁？
唯一促使我梳妆的人已离开。

---

1 萨福有三位哥哥，都爱上了妓女罗多彼（Rhodope），这里指的是她的三哥卡拉克索斯（Charaxus）。根据希罗多德的说法，罗多彼原是与寓言作者伊索相识的奴隶，卡拉克索斯花了很大一笔钱才赎回了她的自由。

2 据罗马作家佩特罗尼乌斯（Petronius）说，他做了海盗。

3 萨福女儿的名字叫克勒伊丝（Cleis）。

4 阿拉伯盛产没药——一种常用于头发的香料。

我的心很软，容易被轻浮的武器伤害，
身边总不乏刺激，催促我去爱——
无论是因为出生时命运已如此规定[1]，
我的每一根纱线都纠缠痴情，
还是因为嗜好渗进了品格，塔利娅[2]
传授技艺时已将我本性软化。
有何奇怪，如果初长绒毛的美少年
俘虏我，连男子都被他们点燃？[3]
奥罗拉，我怕你抢走他，以为是刻帕罗斯[4]，
若非前一位迷住你，你已经如此[5]。
俯瞰世间的福柏，倘若你瞥见法昂[6]，
就会命令他继续滞留于睡乡[7]。
维纳斯本想用象牙战车载他去天庭，
却发现她的马尔斯也可能动情[8]。
青年未至，童年已逝，最合适的年纪！
你为这年纪添了荣光和美丽！
快过来，美人，重新滑进我的胸怀，

1 “命运”对应的拉丁文原词是 Sorores（姐妹们，指命运三姐妹）。

2 塔利娅（Thalia）是九缪斯之一，掌管喜剧和田园诗。

3 西方古代男子同性恋的对象一般都是十来岁的少年。

4 关于刻帕罗斯，参考本书第四首诗第 93 行和第 95 行的注释。

5 “前一位”指真的刻帕罗斯，而不是被误认为是刻帕罗斯的法昂。

6 福柏即月神狄安娜。

7 影射月神与美少年恩迪米昂（Endymion）的情事。

8 维纳斯和马尔斯偷情的事见《变形记》（*Metamorphoses*）第四卷 167—192 行。

我不求你爱我，只求你允许我爱。
我一边写信，一边泪湿眼眶，你看，
这一处有多少印痕，斑斑点点！
当时你如果决意要走，温柔些有何难？
对我说："莱斯博斯的姑娘，再见！"
你没带走我的泪，没带走我告别的吻，
我也没害怕将要降临的伤心。
你什么都不留给我，除了伤害，而你
也不要我的信物，爱的记忆。
我没机会叮嘱你，我也没什么可叮嘱，
除了你切莫将我从心底放逐。
我发誓，以丘比特的名义（愿他永不离身），
以九位缪斯的名义（属于我的神），
当某位旁人对我说，"你的情人已逃走"，
我没哭，也没答话，怔住很久。
眼里的泪水藏匿了，舌头找不到言语，
胸膛在一种透骨的寒意中凝固。
终于感觉痛苦后，我不再顾体面，猛叩
胸膛，抓扯头发，一声声嘶吼，
就像一位深情的母亲失去了儿子，
正往火葬的柴堆抱僵硬的尸体。
看见我受苦，哥哥卡拉克索斯忍不住
庆祝，在我的眼前晃来晃去，
为了让我悲伤的理由显得更可耻，
他说："她为何哀悼？女儿还没死。"

羞耻和爱从来不并存，所有人都在
　　围观，我撕破衣襟，袒胸露怀。
我在乎的是你，法昂。我的梦将你带回，
　　梦啊，它们比美丽的白天更美。
在梦里我能见到你，尽管你远在异乡，
　　可是睡眠送来的欢乐不够长：
我的头时常枕着你的臂膀，时常
　　我的手臂紧搂着你的颈项；
我记得那些吻，你的舌头缠着我的
　　舌头，我温柔吻你，你也吻我；
偶尔我还会说出甜蜜的梦呓，与醒着
　　无异，警觉的嘴与感情配合。
其余的我羞于描述，但我们什么都做，
　　乐在其中，我没法忍住爱液。[1]
然而当太阳露面，照亮地上的一切，
　　我只能抱怨睡眠太快抛弃我。
我搜寻洞穴和密林，仿佛它们有帮助，
　　因为曾见证我昔日秘密的欢愉。
神志不清地飘向那里，像受了癫狂
　　厄倪俄的感染，乱发披散于肩上[2]。
我的眼看见悬挂嶙峋钟乳石的岩洞，

1 这里奥维德毫不忌讳地提及女性性高潮的反应，类似的描写在他的《情诗集》（*Amores* 3.7.7-12）中也有，但在《女杰书简》里这是仅有的一处。

2 厄倪俄(Enyo)是古希腊神话中的女战神，常与古罗马神话中的贝罗娜(Bellona)混同。

它们对于我就是大理石行宫[1]；
我看见那片森林，它常为我们奉献
软床，密枝遮出一片幽暗；
可是我看不见树林和我共同的主人，
它只是贱土，你才是它的灵魂。
我认出那处熟悉的草坪，那些压低的
叶刃，它们因我们的重量而弯折。
我躺下，轻轻触碰你昔日停留的位置，
浸满泪的碧草曾让我多么惬意。
甚至落尽树叶的枝条也似乎在哀悼，
不再有鸟儿漾出甜美的小调。
唯余夜莺——最悲伤的母亲，向丈夫残酷[2]
复仇的女人——为伊堤斯唱着哀曲[3]。
它吟咏伊堤斯，萨福吟咏被弃的爱情。
除此以外，这半夜一片寂静。

---

1 这行原文中用 Mygdoni 修饰 marmoris（大理石），因为密格多尼亚（Mygdonia）的大理石质量最好。

2 这里影射普洛克涅（Procne 或 Progne）和菲洛墨拉（Philomela）的故事。菲洛墨拉是雅典国王潘迪翁（Pandion）之女、普洛克涅之妹，被姐夫色雷斯国王特柔斯（Tereus）强奸并割舌。她在囚禁中以织物向姐姐秘密求救，普洛克涅救出她之后，杀死了自己和特柔斯的儿子，做成菜肴给特柔斯吃。特柔斯得知真相后怒不可遏地追杀姐妹俩，最后神把三个人都变成了鸟。按照通行的说法，菲洛墨拉变成了夜莺，普洛克涅变成了燕子，特柔斯变成了戴胜。详情见《变形记》（*Metamorphoses*）第六卷 412—676 行。但这里显然奥维德采用了另一种版本，认为夜莺是普洛克涅变的。“夜莺”对应的拉丁文原词是 Daulias ales（道里斯的鸟），因为普洛克涅住在道里斯（Daulis）。“丈夫”指特柔斯。

3 伊堤斯（Itys）即是特柔斯和普洛克涅的儿子。这行原文中的 Ismarium 意为“伊斯马洛斯的”，即“色雷斯的”，因为伊斯马洛斯山在色雷斯。

有一处晶莹的圣泉，比玻璃般的清溪
还透明，许多人相信神灵居于此。
上方伸展着一株喜水的莲树，枝条[1]
单独成林，地面覆满了绿草。
当我躺在这里，流着泪，全身困倦，
一位仙女突然出现在眼前，
站着对我说："既然你的爱火无应答，
伤你心，你就该去安布拉奇亚[2]。
福玻斯从高处俯瞰那一片阔海，人们[3]
称之为阿克提昂或琉卡迪恩[4]。
丢卡利昂爱庇拉发了狂，从那里的崖上
跳海，砰然入水却没有受伤。[5]
转瞬，对庇拉的热情已变，逃离执拗的
胸膛，丢卡利昂摆脱了爱火。

---

1 莲树（lotus）是西方古代诗歌中经常提到的植物，它的果实可以让人忘记故乡。但它不同于莲花，虽然也在多水的环境生长，但不是草本植物，而是一种树。

2 安布拉奇亚（Ambracia）是厄庇罗斯的一座名城（今天希腊的阿尔塔），曾是阿波罗、狄安娜和海格力斯争夺的对象。

3 当地有阿波罗神庙。

4 "阿克提昂"（Actiacum）是阿克提翁（Actium）的形容词，屋大维在公元前31年的阿克提翁海战中决定性地击败安东尼后，在岸上建造了一座阿波罗神庙。"琉卡迪恩"（Leucadium）是琉卡斯（Leucas）的形容词，琉卡斯（希腊语意为"白岛"）是希腊西海岸的一座岛。

5 根据奥维德《变形记》第一卷313—415行的记述，丢卡利昂（Deucalion）和庇拉（Pyrrha）夫妇是大洪水后仅存的人，他们用石头造了第二代人类。但此处所说的故事不多见。

那地方有此奇效。赶紧去高峻的琉卡斯[1]，
不要害怕，勇敢地跃下绝壁。”
说完，她和声音一起消失了。我惊骇起身，
泪水情不自禁地涌出眼睛。
我要去，宁芙，我要远赴你告知的巉岩。
被疯爱征服的恐惧，闪到一边！
无论结局会怎样，总比现在强。风，
升起吧，这具身体的重量很轻！
温柔的小爱神，也请你用翅膀托住坠落者[2]，
别让我的死成为这片海的罪过[3]。
然后我将把竖琴（我和神共享的宝物）[4]
献给阿波罗，并附上这样的诗句：
“诗人萨福以竖琴向你致谢，福玻斯；
这份礼不仅适合我，它也适合你。”
可是你为什么打发可怜的我去天涯[5]，

1 在古代作家的记述中，有很多恋爱者从此处跳崖，按照古希腊喜剧家米南德（Menander）的说法，萨福是第一个。

2 在据说是萨福跳崖的地方，后来形成了一个避邪仪式，就是将罪犯从崖顶扔下去，但周围会挂上各种鸟类的翅膀来阻止他下坠，参考斯特拉波（Strabo）的《地理志》（*Geographica* 10.2.9）。

3 “这片海”对应的拉丁文原词是 Leucadiae aquae（琉卡斯的水域）。

4 “竖琴”对应的拉丁文原词是 chelyn（主格 chelys），这是古希腊语的转写，意为“乌龟”，据说第一把里拉琴的共鸣板是用龟甲做的，所以乌龟代指里拉琴或与之相似的竖琴。因为阿波罗发明了里拉琴，而萨福则是“里拉琴诗”（抒情诗）的作者，所以奥维德用了“共享”（communia）这个词。

5 这里的“你”已经转回到法昂。“天涯”对应的拉丁文原词是 Actiacas oras（阿克提翁的海岸）。

既然你自己能掉转远行的步伐？
比起琉卡斯的海水，你更能康复我身心，
容貌与关爱也可以不输于日神。
冷酷赛过岩石与波浪的人啊，难道你
能容忍人们说，我是因为你而死？
让我的胸膛与你的胸膛紧紧偎依，
岂不远胜将它从高崖上抛掷？
这是你一贯赞美的地方，法昂，你曾
多少次感觉它充满天生的才能。
真希望此刻口若悬河！痛苦堵塞了
技艺，才能受阻于我的灾厄。
往日的力量已无法回应今日的诗歌，
琴拨因伤痛而荒置，琴音已沉默。
你们——莱斯博斯岛已嫁与未嫁的姑娘，
艾奥里亚竖琴吟唱过的姑娘[1]，
所有被我不顾惜名声热恋过的姑娘，
别再来听我弹奏，聚在我身旁！
给你们快乐的一切都已被法昂（可怜！
我差点说“我的法昂”）卷到天边。
让他回来吧！你们的诗人也就会回返：
他给我灵感，他也劫夺灵感。
祈求可有用？他那颗野蛮的心是否

1 艾奥里亚（Aeolia）在小亚细亚西部沿海，莱斯博斯是其中最重要的城邦之一。艾奥里亚方言是古希腊语的重要一支，以抒情诗的成就（萨福和阿尔凯奥斯）闻名。

被打动？徒劳的话被西风吹走？
我只愿吹走话的风也能吹回你的帆——
你若通情理，便当如此，哪怕晚。
还是你已决定返家，正准备谢神的供品——
那为何如此耽搁，撕扯我的心？
松开缆！海中诞生的维纳斯为恋人铺展
水路，风将助你飞驰，只要你松开缆。
丘比特将亲自掌舵，引导你的船向前，
用他的嫩手张开和收拢布帆。
但你若欣然远离莱斯博斯的萨福[1]——
可你找不到我活该被弃的理据——
至少寄一封残忍的信告知此决心，
我好去琉卡斯海岸寻我的命运！

1 在这行的原文中，萨福被称为 Pelasgida（珀拉斯吉人）。按照古代地理学家斯特拉波的说法，珀拉斯吉人的足迹遍及希腊，所以在这里它基本上等价于“莱斯博斯人”，因为莱斯博斯也是他们定居建国的地方。

第十六首（帕里斯致海伦）[1]

普里阿摩斯之子问丽达之女安康[2]——
　　至于我的安康，只有你能赐赏。
该说还是无须说你已经知晓的爱情——
　　那火焰比我所希望的更加显明？
我宁可隐藏它，直到将来的某个时刻，
　　直到欢乐不再与恐惧混合。
可是我太难掩饰，谁能藏匿这火焰，
　　既然它永远被自己的光芒背叛？

1　这首诗的背景可参考本书第五首诗第一个注释。Drinkwater（2013）指出，由于奥维德在《爱的艺术》（*Ars Amatoria* 1.436-486, 3.467-498）中常以帕里斯和海伦为例，并要求罗马的男女以书信来勾引情人，学者们常将《女杰书简》第十六首和第十七首与《爱的艺术》相关段落对照阅读。他们普遍认为，这封信里的帕里斯是奥维德的好学生。Anderson（1973）声称，帕里斯掌握了《爱的艺术》传授的技巧；Belfiore（1981）相信帕里斯遵循了奥维德在《爱的艺术》前两卷的建议；Kenney（1996）将帕里斯和海伦的这两封信视为《爱的艺术》的真人表演；Michalopoulos（2006）也觉得帕里斯是一流的雄辩术学生。但Drinkwater（2013）对这些意见表示怀疑，他的结论是，帕里斯绝非娴熟的求爱者，相比之下，海伦才真正掌握了调情艺术的精髓。在海伦面前，帕里斯只是一个幼稚而盲目自负的追求者。

2　“普里阿摩斯之子”和“丽达之女”分别指帕里斯和海伦。

但你若希望我还给事实添上言语——
我就说“我爱”，这便是灵魂的凭据。
请原谅我的坦白，也别以严厉的表情
（而要与你的美相配）阅读这封信。
你收下我的情书，我已经觉得欣喜，
憧憬着自己也如此收进你心底。
愿梦想成真，维纳斯没徒然将你许给我[1]
（因为她劝诱，我才来到你的国）！
是神意将我送至你面前（别出于无知
而犯错），我有强大的神支持。
我求的奖赏确实太丰厚，却理所应当，
爱神曾允诺让你入我的洞房[2]。
是她指引我乘坐费瑞克罗斯造的船[3]
从希盖文出海，不惧重重风险[4]；
是她庇佑我，一路以好风相送，她在
海中诞生，自然能控制大海。
愿她继续发善心，平复我心里的波浪，
让我的欲望也能安然地入港。
这火种自远方带来，并非在这里迸生，
所以才有这一段漫长的航程。

1　“维纳斯”对应的拉丁文原词是 mater Amoris（小爱神之母）。

2　“爱神”对应的拉丁文原词是 Cytherea，意为“库泰拉女神”，因为维纳斯出生在库泰拉岛附近。

3　按照荷马的说法，是费瑞克罗斯（Phereclus）为帕里斯造了去斯巴达的船。

4　希盖文（Sigeum）是特洛伊的城镇。

并非被阴郁的风暴驱赶，或漂泊至此，
　　我的舰队始终朝斯巴达行驶[1]；
也别相信我穿越海洋是因为船载满
　　货物（我不缺财富，只求神照看！）；
我来也不是为了赏鉴希腊的名都
　　（我故国的城市比它们还要富庶）；
我只追求你，金色维纳斯赐我的妻子，
　　早在认识你之前我已经喜欢你。
眼还未领略你的面容，我的心已领略，
　　名声为你的美充任最初的使者。
但这有何奇怪，如果我被远处的箭矢[2]
　　射中而痴恋（难道不应该如此）？
这是命运的安排，试图抵抗全无益——
　　听我讲一个绝对真实的故事。
我困在母亲的腹中，她迟迟没有分娩[3]
　　（拖延的时间为子宫加重了负担），
在恍惚的梦中，她似乎看见一支猛烈
　　燃烧的火炬从鼓胀的肚腹坠落。
她惊恐地跃起，将暗夜的可怖异象告知
　　年迈的国王，国王又告知占卜师。
先知预言，帕里斯之火将焚毁伊利昂，

1　“斯巴达”对应的拉丁文原词是 Taenaris terra（泰那罗的土地）。

2　多数评注者认为 39—142 行都不是奥维德所作，它们也不见于多数较古老的抄本中。Scaliger 则相信，只有 39—42 行是窜入的。

3　“母亲”指特洛伊王后赫库芭。

那时如今日，火炬就在我胸膛。[1]
虽然我看似一介平民，但我的英俊
和聪慧却透露隐藏的高贵出身。
在林木葱茏的伊达山深谷之中，有一处
幽僻的地方，长满云杉和栎树，
温驯的绵羊、喜爱岩崖的山羊、动作
迟缓的阔嘴母牛都不曾出没。
某日，我倚着一棵树，从那里俯瞰
特洛伊的城墙、高楼和远方的海面[2]。
突然间感觉大地随异样的脚步剧震[3]
（我要说的是事实，却难以置信）——
扇动着迅疾的翅膀，伟大的阿特拉斯
和普勒俄涅的外孙在眼前站立[4]
（既然神允许我看见，也愿神允许我讲），
他的手指间握着一根金杖[5]。
与此同时，三位女神——维纳斯、帕拉斯
和朱诺——娇柔的足也落于草地。
我惊恐不已，浑身发冷，头发倒竖，
这时带翼的神使说："放下恐惧，

1　帕里斯将先知所说的毁灭特洛伊的战火错误地理解为爱火。

2　"特洛伊"对应的拉丁文原词是 Dardaniae（达尔达尼亚，源于特洛伊先祖达尔达诺斯）。

3　这是神降临人间的效果。

4　"外孙"指神使墨丘利，他是阿特拉斯（Atlas）和普勒俄涅（Pleione）的外孙。

5　墨丘利的典型装备。

你来做裁判，终止这场女神的竞赛，
　　选出三位中外貌最佳的一位。”
担心我会拒绝，他搬出朱庇特的命令，
　　然后沿星路立刻飞回了天穹。
我的心恢复了力量，勇气骤然涌起，
　　不再怕亲眼审视每一位的样子。
她们都配得上胜利，作为裁判，我叹息
　　无法让她们全都赢得胜利；
但那时已经有一位格外打动我的心
　　（给你提示，就是搅动爱的女神）。
三位神都渴望胜利，都急于用各种厚礼
　　贿赂我，试图动摇我的意志。
朱诺以王国引诱，帕拉斯以勇武劝说，
　　我却在权力和战力间难于取舍。
甜美的维纳斯笑道：“别让任何一种
　　影响你，两种都充满忧虑和惶恐。
我给你值得爱的东西——美人丽达之女，
　　比母亲还美，她将做你的伴侣。”
她的礼物和她的美都得到我的认可，
　　凯旋的她转身飞回了天国。
此时我不幸的命运也开始（虽然晚）逆转，
　　无疑的证据确认了王族血缘。
宫廷为流离多年的子嗣归宗而欣喜，
　　特洛伊从此又新添一个节日。
正如你是我所恋，我也是群芳所恋，

唯有你能够实现她们的夙愿。
不只国王与贵胄的女儿追求我，就连
宁芙也为我犯相思，坐卧难安[1]。
谁的美能比俄诺涅更让我叹赏？除了你，
谁比她更配做普里阿摩斯的儿媳？
但自从有了与你海伦成婚的希望[2]，
所有这些女子我再也瞧不上。
白天在幻觉中端详，夜晚在梦里思念，
当宁谧的睡眠袭来，合上我眼睑。
还未见就让我痴迷，若亲见当会怎样？
我炽烈燃烧，虽与你相距遥远。
我不能忍受自己继续亏欠此念想，
为逐梦我只能穿越蓝色的海洋。
特洛伊的松树被佛里吉亚的斧钺砍斫，
每种可浮海的树都没能逃脱；
高峻加尔加拉山的乔木被洗劫一空[3]，
绵延伊达山的森林也尽为我所用。
橡木被压弯，用作疾行舰只的船体，
肋状的船架与伸展的龙骨交织；
我们添上桁端和附着于桅杆的布帆，
在弧形的船尾绘上神的图案——

1　“宁芙”至少包括他的原配俄诺涅。

2　“海伦”对应的拉丁文原词是 Tyndari（廷达瑞俄斯之女）。

3　加尔加拉山（Gargara）是伊达山的一部分。

载着我的那艘船画着保证你与我
结合的女神和一个小小的丘比特[1]。
待到所有舰船的细节都臻于完美，
我就想立刻出发，驶入爱琴海。
然而父亲和母亲不让我如愿，以亲情
苦苦劝说，阻止提议的旅程；
妹妹卡珊德拉如平素披散着头发[2]，
看见我的船准备把布帆高挂，
她大喊："你要去哪里？火焰将随你返国。
你不知跨海而求的是多大的火！"
女祭司所言不虚，那火焰我已经找到，
爱火在我的柔心里狂野燃烧！
我的船开出港口，一路得顺风相助，
抵达你（俄巴罗斯后裔）的国度[3]。
你丈夫殷勤接待我，就连这一点也并非
没有诸神暗中的授意和安排。
他的确向我展示了斯巴达全境值得
展示和让人赏心悦目的一切，
可是我只渴盼见到你久负盛名的容颜，
其他俗物如何能吸引我的眼？
看见你，我如遭雷击，感觉胸膛深处

1 "女神"指维纳斯。

2 参考本书第五首诗第 113 行的注释。

3 俄巴罗斯（Oebalus）是廷达瑞俄斯的父亲，海伦名义上的祖父。

涌起一种从未体验过的爱欲。
在我记忆中，唯有降临我身边、等待
裁判的维纳斯女神堪与你媲美；
倘若当日你曾经与她站立在一起，
我不敢确定她是否能摘取胜利[1]。
你无与伦比的名声早已成为传奇，
没有邦国未听闻你的美丽，
佛里吉亚乃至世界的终极都没有
任何佳人的口碑可以比俦。
但请相信我，真实的你风采更卓越，
相对于你的美，名声过于吝啬。
我在这里发现了它不曾预示的宝藏，
你本人远远盖过了你的荣光。
所以，知晓一切的忒修斯理当为你疯[2]，
如此的战利品配得上如此的英雄——
当他看见你按斯巴达习俗，赤裸身体，
在闪亮的摔跤馆与赤裸的男子竞技[3]。
他将你抢夺，我称赞；将你送还，我惊异：
如此珍贵的收获永不该放弃。
我宁愿这颗头离开滴血的颈项，也不让

1 “胜利”对应的拉丁文原词是 palma（棕榈树），因为在古代奥运会上，获胜者的奖品是棕榈叶冠。

2 忒修斯在帕里斯之前就曾劫走海伦。

3 古希腊人在摔跤时要在全身抹上橄榄油，所以摔跤馆（palaestra）常被形容为“闪亮的”（nitida）。

任何人将你劫出我们的洞房。
难道有一日我的手愿意松开，放你逃？
我有生之年会许你远离怀抱？
若必须归还，我也要先拿走某种东西，
不会让我的欲念落得空欢喜——
或者品尝你的处子身，或者虽保住
你的贞节，却采摘别的乐趣。
委身于我，你便将领教帕里斯的专一，
我的爱焰唯葬礼之火能终止。
我将你置于王国之前——那是朱庇特
显赫的妻子和姐姐对我的承诺；
只要我能紧搂着你的脖子，帕拉斯
赐给我的勇力也只会遭我鄙夷。
我不后悔，也永远不觉得做了愚蠢的
选择，我的心如当初一样坚决。
只求你别让这样的希望沦为空想，
追求你无论多艰辛，都是应当！
我并非企图以婚姻高攀贵族的贱民，
相信我，做我的妻子绝不丢人。
你若打听，会发现族谱中有昴星仙女[1]
和神王（且不提中间的那些先祖）。
父亲统治着亚细亚，世界最富庶的国度[2]，

1　“昴星仙女”（Pliada）指厄勒克特拉（Electra），她被朱庇特诱奸后生下了特洛伊先祖达尔达诺斯。达尔达诺斯和帕里斯之间隔了六代。

2　“父亲”指普里阿摩斯。

几乎无人可踏遍它辽阔的疆域。
你会看见无数的城市、黄金的建筑
和完全无愧于所供神灵的庙宇；
你还会看见伊利昂和高塔拱卫的城堡，
那是福玻斯借竖琴的音乐所造。
何必向你提及他管理的无数人口？
如此广袤的土地都难以承受。
成群结队的特洛伊妇女会向你涌来，
众多的新娘挤满我们的住宅。
你会一再感慨："我们的希腊真穷[1]！
这里随便一家都抵得一座城！"
但我也不应蔑视你的斯巴达，既然你
在那里出生，它自然最有价值。
不过斯巴达实在俭省，你应该身披
华裳，这里配不上你的风姿；
如此的容貌应享有无限丰盛的装饰，
应尝试人间不曾出现的奢侈。
既然你见过我们民族男人的服装，
你猜特洛伊女子的衣物什么样？
忒拉普奈乡间长大的女孩，你只需[2]
屈从我，甘愿以佛里吉亚人为夫。

1 "希腊"对应的拉丁文原词是 Achaia（亚该亚）。

2 忒拉普奈（Therapnae）是拉科尼亚的一个地区，离斯巴达不远。

如今与诸神相伴、调制琼浆的美少年[1]
　　曾是佛里吉亚人，与我共血缘；
奥罗拉的夫君也来自佛里吉亚，但是[2]
　　终结长夜的女神仍将他带离；
安喀塞斯也一样，飞翔小爱神的母亲[3]
　　欣然在伊达山上与他共枕。
如果你将我与墨涅拉俄斯相比，无论
　　外形还是年龄，我都不输半分。
至少，我父亲不曾驱走日神的光华，
　　以一场宴席吓退惊愕的驷马[4]；
普里阿摩斯的父亲也不曾谋杀岳丈，
　　让米尔托翁海因罪行而恶名远扬[5]；
我曾祖也不在斯堤克斯水波里抓苹果，

1　“美少年”指盖尼米得（Ganymede），他是特洛伊王子，以俊美著称，被朱庇特抢去做情人和斟酒者。

2　“奥罗拉的夫君”指提托诺斯，他是特洛伊国王拉俄墨冬之子。

3　安喀塞斯（Anchises）和维纳斯是埃涅阿斯的父母。

4　影射墨涅拉俄斯和阿伽门农的父亲阿特柔斯的暴行。图埃斯特（Thyestes）和阿特柔斯都是佩洛普斯的儿子。图埃斯特与嫂嫂埃罗佩（Aerope）通奸，阿特柔斯为了报复，将图埃斯特的儿子做成菜肴给弟弟吃，日神见到这一幕，难以忍受，让马车倒行。

5　影射墨涅拉俄斯的祖父佩洛普斯的丑事，参考本书第八首诗第 70 行的注释。佩洛普斯抢到公主希波达米娅和皮萨国的王位后食言，不仅没将王国分一半给前国王的马车手米尔提罗斯（Myrtilus），反而将他推入海中淹死，这片海因而得名“米尔托翁海”（Myrtoum）。

身处水中却永远忍受焦渴[1]。
说这些又有何用，如果此家族的某人[2]
占有你，并与朱庇特攀上姻亲[3]？
可恨的罪孽！他与你相差何止云泥，
却整夜搂你在怀，恣意狎昵；
而我呢？只在菜肴摆好时才能见到你，
还得忍受让我痛苦的许多事。
愿我的敌人也经历这样的宴席，像我
一样，面对美酒却心如刀割！
真懊悔在此地做客，当那位野人无视
我目光，用手臂缠着你的脖子。
我爆炸，我嫉妒（为何我不能坦承一切？），
当他把你衣服下的肢体抚摸。[4]
然而当你们两人公然交换着柔吻，
我只好拿起酒杯，挡住眼睛；
当他紧紧搂住你，我就盯着地面，
任食物在我不情愿的嘴里积攒。
我时常叹息，并且发现，轻佻的你
竟朝着叹息的我抛来笑意；

1 影射墨涅拉俄斯的曾祖坦塔罗斯在冥府所受的惩罚。他因为杀死儿子佩洛普斯让众神吃，被罚入地府，水永远在他边上，他却永远喝不到水。斯堤克斯（Styx）是冥府的著名河流之一。

2 “某人”指墨涅拉俄斯。

3 因为朱庇特是海伦的父亲。

4 帕里斯在这里也违背了奥维德在《爱的艺术》（*Ars Amatoria* 2.538-598）的劝诫：不要让嫉妒心夺去理智。

我时常希望用酒浇灭这欲焰，可是
　　它越烧越旺，酩酊反添了火力。
为了不看见太多，我扭头倚在座位上，
　　但你立刻又唤回了我的目光。
我不知该如何，看见这些让我痛苦，
　　看不见你的脸却是更大的痛苦。
竭力挣扎，我尽量隐藏自己的疯癫，
　　可是掩饰的激情仍然太显眼。
我没有骗你，你知道我的伤，你肯定知道！
　　但我多希望只有你一人知道！
多少次，当泪水涌起，我都转过脸去，
　　生怕他来盘问我哭泣的缘故；
多少次，我喝醉之后讲着别人的情事，
　　却故意对着你的脸说出每个词，
用虚构的名字暗示我的这番心意！[1]
　　我就是相思之人，若你还不知。
而且，为了说话时毫无顾忌，我不止
　　一次装醉，仿佛迷失了神志。
我记得，你的长袍曾松开，露出乳房，
　　给了我机会看它们赤裸的模样——
皎洁胜过牛奶，胜过最纯净的白雪
　　和与你母亲拥抱的朱庇特天鹅[2]。

1　Kenney（1996）指出，帕里斯虽然遵循《爱的艺术》（*Ars Amatoria* 1.597-600）的建议装醉，却没有胆量公开说出自己的爱。

2　指朱庇特化身天鹅诱奸丽达的事。

我目瞪口呆（当时碰巧正握着酒杯），
　　弧形的手柄从我指间滑下来。
如果你刚吻过女儿，我就满心欢喜地
　　从赫尔密俄涅柔嫩的唇上抢夺。[1]
有时我仰面躺着，吟唱古人的爱情，
　　有时点着头向你暗送音讯。
最近，我开始冒险去讨好你最亲密的
　　两位侍女埃特拉和克吕墨涅，
但她们只是告诉我，自己害怕受惩罚，
　　我还来不及说完恳求的话。
真希望众神能让你做某种大赛的奖赏，
　　获得桂冠者就有权与你同床，
如希波墨涅斯以速度赢得阿塔兰忒[2]，
　　希波达米娅是佩洛普斯的收获[3]，
如凶狠的海格力斯折断河神的双角[4]，
　　当他追求德伊阿尼拉的怀抱。

1　赫尔密俄涅是海伦的女儿，此时还年幼。帕里斯以间接接吻的把戏表达对海伦的爱慕，但不幸的是，海伦的母性之吻与帕里斯期待的情人之吻不可能等同，旁人甚至会怀疑帕里斯有恋童癖。

2　这位阿塔兰忒（Atalante）不是墨勒阿革洛斯爱上的那位女子（雅西俄斯之女），而是博奥蒂亚国王斯科俄纽斯之女，她擅长奔跑，但不愿结婚，就立下规矩，求婚者都需与自己赛跑，败者被处死，胜者可娶自己。希波墨涅斯（Hippomenes，一说 Melanion）在维纳斯帮助下，依靠三只金苹果让她分神，赢得比赛，并与她结婚。详情参考《变形记》（*Metamorphoses*）第十卷 560—707 行。

3　参考本书第八首诗第 70 行的注释。

4　“河神”指阿刻罗俄斯（Achelous），“海格力斯”对应的拉丁文原词是 Alcides（阿尔凯俄斯的后裔）。此事可参考本书第九首诗第 140 行的注释。

面对这样的挑战，我的勇气将倍增，
　　你也会知晓我为你付出的艰辛。
美人，如今我无计可施，只求你允许
　　我如哀告者抱住你的双足。
风华绝代的人啊，孪生兄弟的荣光[1]，
　　若不是女儿，你完全配得上神王[2]！
我要么带着你这位新娘回到特洛伊[3]，
　　要么终生流亡，埋葬在这里[4]。
丘比特利箭在我胸膛留下的伤口
　　实在太深，一直扎到了骨头。
我记起灵验的先知妹妹曾经预言[5]，
　　我将被来自天上的飞矢射穿。
海伦，千万别藐视命运赐下的情缘，
　　如此神才会满足你的心愿！
我想到许多事情，但为了当面细说，
　　请在深夜用你的床榻接纳我。[6]
你害羞还是害怕玷污婚姻的床笫，
　　欺骗合法盟约的纯洁权利？
你太天真，海伦，且不说缺乏眼界，

1　“孪生兄弟”指她的弟弟卡斯托尔和珀鲁克斯。

2　海伦是朱庇特的女儿。

3　“特洛伊”对应的拉丁文原词是 Sigeos portus（希盖文的港口）。

4　“这里”对应的拉丁文原词是 Taenaria humo（泰那罗的土地，指斯巴达）。

5　“先知妹妹”指卡珊德拉。

6　Drinkwater（2013）认为，283—284 行尤其体现了帕里斯手腕的低劣。

你以为如此的容颜能免于淫邪？
若不能换掉这张脸，就必须放弃矜持，
贞节与美貌是不共戴天的仇敌。
朱庇特和金色维纳斯都喜好这样的偷情——
若无偷情，朱庇特怎成为你父亲？
如果血液中有祖先的半点影响，朱庇特
和丽达的女儿就几乎不可能纯洁。
但我仍希望回特洛伊之后你不再犯罪，
求你一生只与我犯这样的罪。
现在让我们失足，婚礼会纠正错误，
只要维纳斯给我的承诺非虚。
甚至你丈夫都在用行动而不是言语
劝诱你，他离家就是为客人让路。
他选择拜访克里特王国的时机简直[1]
太合适（这样的睿智令人惊奇！），
临别之时他说道：“贤妻，请你代替我
好好照看来自伊达山的远客。”
我做证，你没听从丈夫当日的嘱托，
自始至终都没有好好照看我。
海伦，你指望这样的无脑之人能知晓
你身上所有的美、所有的珍宝？
你错了，他不知晓，倘若他真正相信
你无价，怎能交给外国的男人？

1　墨涅拉俄斯去克里特是为了继承一位舅舅的遗产。

即使你毫不感动于我的言语、我的爱，
　　我也必须抓住他制造的机会，
否则我就是蠢货，甚至比他还草包，
　　让如此安全的时间白白溜掉。
你丈夫几乎亲手送给你一位情人，
　　我俩怎可辜负他淳朴的用心？
长夜漫漫，你独自躺在荒凉的床上，
　　我也独自躺在凄苦的床上，
如果共同的快乐将你我连在一起，
　　半夜将比正午更光彩四溢。
那时，我将以任何神灵的名义向你
　　发誓，遵从你确定的言辞和仪式[1]；
那时，如果我的自信心没有犯错，
　　我必亲身说服你远赴我的国。
你若害羞，唯恐人以为你随我私奔，
　　我愿意保护你，独自承担罪名，
我将会仿效忒修斯和你的两位兄弟[2]，
　　如此近的例子对你最有说服力。
忒修斯劫走你，琉基玻斯的孪生女被他们[3]

1　也即是说："誓言内容和发誓的方式由你定"。

2　"忒修斯"对应的拉丁文原词是 Aegidae（埃勾斯之子）。

3　琉基玻斯（Leucippus）的两位女儿遭到卡斯托尔和珀鲁克斯劫夺，此事成为画家鲁本斯一幅名画的题材。

抢夺，我将做这个序列的第四人。
特洛伊舰队在近旁，武器和士兵都不缺，
桨与风很快就能将我们送回国。
你会成显赫的王妃，巡视亚细亚诸城，
民众会相信迎来了新的女神。
无论你走到哪里，都有人点燃桂皮，
宰杀祭祀的牛羊，鲜血满地。
我的父亲、母亲、兄弟、姐妹、特洛伊
所有贵妇和整座城都会献礼。
关于将来，我简直无法用言语形容，
总之你会享受数不尽的尊荣。
无须害怕你被劫将引发残酷的大战，
强大的希腊将动员所有的资源。
以前那么多女人遭抢，可有谁靠兵戎
夺回？相信我，这是虚幻的惊恐。[1]
色雷斯人以北风名义俘获俄瑞堤伊娅[2]，
却没有战争滋扰比斯托尼亚[3]；

1 如 Kenney（1996）所说，帕里斯在这里的论证毫无说服力，只能起到反作用。

2 俄瑞堤伊娅（Orithyia）是雅典国王厄瑞克透斯之女，被北风神玻瑞阿斯（Boreas）劫走，为他生下了卡莱斯（Calais）和泽特斯（Zetes）兄弟。这行原文的 Erechthida 意为“厄瑞克透斯（Erechtheus）之女”。详情可参考《变形记》（*Metamorphoses*）第六卷 677—721 行。

3 比斯托尼亚（Bistonia）位于色雷斯境内，代指色雷斯。

伊阿宋乘第一艘海船掳走帕西斯公主，
　　帖撒利亚也没被科尔基斯侵入[1]；
抢夺你的忒修斯也抢夺米诺斯之女，
　　米诺斯却未命令克里特动武。[2]
这样的情形下恐慌总是超过危险，
　　喜欢害怕的人事后会羞惭。
如果你执意想象一场大战将爆发，
　　我也有力量，我也能凶悍杀伐。
亚细亚的力量绝不逊于你们的国家，
　　它人口众多，也有充足的良马。
墨涅拉俄斯不会比帕里斯更加勇敢，
　　论武艺，他也不会排在我之前。
几乎还是小孩时，我就曾杀死敌人，
　　夺回羊群，赢得“保护者”之名[3]；
那时我就在各种竞技中力压众男子，
　　包括伊利俄纽斯和德伊福玻斯[4]。

1　伊阿宋在拉丁语原文中还被称为 Pagasaeus（帕加塞人），帕加塞是帖撒利亚的港口。“第一艘海船”指阿尔戈号，“帕西斯公主”指美狄亚。美狄亚逃跑后，科尔基斯军队并非没有追赶，只是美狄亚残忍杀害弟弟，才让国王因为伤心而无心继续跟踪，而且美狄亚并不是一个好例子，她后来给伊阿宋造成了巨大的灾难。

2　“米诺斯之女”指阿里阿德涅。她也不是个好例子，因为她很快就被忒修斯抛弃。如 Michalopoulos（2006）所言，帕里斯引用的美狄亚和阿里阿德涅的故事恰好是西方神话中体现男人无信的经典例子。

3　根据伪阿波罗多洛斯的说法，帕里斯的别名是 Alexander，意为“保护者”，因为他为伊达山的牧人提供了保护。

4　伊利俄纽斯（Ilioneus）是福尔巴斯（Phorbas）之子，德伊福玻斯是帕里斯的弟弟。

你切勿以为我只有近战才叫人害怕，
　　若需要，我的飞箭也从不虚发。
他的少年时代可曾有这样的战绩?
　　你无法如此夸耀墨涅拉俄斯[1]。
即使有，赫克托耳也不是他的兄弟，
　　这一人足以抵挡百万雄师。
你不知道我多强，我向你隐藏了力量，
　　你未意识到我是怎样的宝藏!
所以，要么他们不敢以战争索要你，
　　要么希腊军队会一败涂地[2]。
不过，我甘愿为你这样的佳偶拿起
　　武器，重赏在召唤，拼命也值。
而且，如果整个世界都为你而战，
　　你的美名将永远在世间流传。
只求你别胆怯，离开这里，借神的庇护，
　　满怀信心地接受我承诺的礼物。

1　“墨涅拉俄斯”对应的拉丁文原词是 Atriden（阿特柔斯之子）。

2　“希腊军队”对应的拉丁文原词是 Dorica castra（多罗斯族的军营），多罗斯族是希腊民族的主要分支之一，源于希腊祖先希伦（Hellēn）的儿子多罗斯（Dorus）。

第十七首（海伦致帕里斯）[1]

既然我这双眼睛已被你的信玷污，
　　即使不回复也没什么可赞誉。
异乡人，你竟敢违背宾主的神圣准则，
　　侵扰一位妻子的合法婚约！
难道是为这个缘故，斯巴达土地才向
　　穿越风浪的你敞开其海港？
虽然你来自另一个国度，我们的殿宇
　　却没有紧闭大门，不许你进入[2]，
你就以伤害来报答我们的百般殷勤？
　　如此行事，是客人还是敌人？
我毫不怀疑，虽然我这番斥责完全

1　这首诗的背景可参考本书第五首诗第一个注释。Drinkwater（2013）认为，海伦是一位非常老到的勾引高手，她成功地实施了奥维德在《爱的艺术》（*Ars Amatoria* 3.477）中的策略：让情人既期待又害怕。James（2008）指出，她最厉害的地方就是“让自己的拒绝被理解为许可”。Jacobson（1968）和 Drinkwater 都发现，《女杰书简》第十六首和第十七首受到了古罗马诗人恩尼乌斯的影响。

2　根据修昔底德的说法，斯巴达有法律禁止异乡人入城。

正当，你却会说我“没见过世面”。
随你怎么说，只要我没忘记贞节的规范，
只要我的人生没沾染污点。
尽管我不曾装出阴郁冷漠的表情，
或横眉蹙额而坐，寒气凛凛，
我的名声却无瑕，也从无丑闻缠身，
没有任何人夸耀与我偷情。
所以，我更诧异于你这谜一般的自信——
你到底凭什么奢望我会应允？
就因为涅普顿之子曾经抢夺我，而一旦[1]
抢夺过一遍，我就该被抢夺两遍？
倘若我是被诱骗，的确应该受谴责；
既然是被劫，我除了不愿能奈何？
然而，他并未从中收获期待的奖赏，
除了恐惧，我归来毫发无伤。
我竭力抵抗，冲动的他只强行吻了我
几次，此外再没有得到什么。
邪恶如你，恐怕不会满足于浅尝。
众神庇佑！他与你大不一样。
他将我完璧归还，克制减轻了他的罪，
而且他也为自己的过错懊悔。
忒修斯已经悔罪，帕里斯又接踵而至，
难道我的名永远是世人的谈资？

1 “涅普顿之子”指忒修斯。

但我并没有生气（谁会生爱慕者的气？），
　　只要你坦白的爱不是虚辞——
这一点我也怀疑，倒不是因为不自信，
　　或者对我的美貌过于陌生，
而是因为耳根软的姑娘常承受伤痛，
　　你们男人据说总言不由衷。
“但出轨的妇女众多，贞洁的妻子难寻。”[1]
　　谁禁止我加入“难寻”之人的阵营？
你觉得我母亲似乎是一个合适的先例，
　　并据此认为我也能改变心意，
你错了，我母亲失足是被虚假的表象
　　欺骗，她不知淫棍在羽毛下隐藏；
而我既然知晓了一切，如果也犯错，
　　就不能以受骗来掩饰自己的罪责。
她失身有理由，失身于朱庇特也不丢脸，
　　我犯错，哪位朱庇特挽回我尊严？
你炫耀你的家族、祖先和王室的名字，
　　我的门庭同样有显赫的世系。
即使不提我公公的曾祖朱庇特，还有[2]
　　佩洛普斯和廷达瑞俄斯的荣耀[3]，
化身天鹅的朱庇特借丽达也成了我父亲

1　这是海伦想象的帕里斯的反驳之词。

2　“公公”指墨涅拉俄斯之父阿特柔斯，朱庇特和阿特柔斯之间隔了坦塔罗斯和佩洛普斯两代，所以是阿特柔斯的曾祖。

3　海伦名义上的父亲廷达瑞俄斯是斯巴达国王。

（她拥抱伪装的大鸟，过于轻信）。
好吧，你且细数特洛伊的历代祖宗，
夸赞普里阿摩斯和拉俄墨冬——
我敬重他们，可是其中最尊贵的那位
距你有五代，距我只有一代。[1]
我虽然相信你的国家实力很强大，
但也认为，斯巴达不会比它差。
如果说我们的财富和人口输给你们，
至少你们逃不了蛮国的身份。[2]
你的信确实承诺了太多丰盛的礼物，
这诱惑即使诸女神都难以抵御，
但如果我现在就肯逾越道德的关口，
你自己才是我失足的更好理由。
或者我永远守住纯洁美好的名誉，
或者追随你，而不是你的礼物——
我并非鄙视它们，但最受欢迎的馈赠
永远是因为馈赠者才被珍重。
我远更在意你爱我，我是你苦恋的对象，
为了这希望，你可以远渡重洋。
如今我也注意到（虽然我试图遮掩），

1　按照通行神话版本的推算，特洛伊世系从朱庇特到帕里斯有七代：达尔达诺斯（Dardanus）、厄里克托尼俄斯（Ericthonius）、特洛斯（Tros）、伊卢斯（Ilus）、拉俄墨冬、普里阿摩斯、帕里斯。这里奥维德说相距五代，或者文本有问题，或者他依据的神话版本不同。海伦是朱庇特和丽达的女儿，所以只相距一代。

2　体现了希腊人的蛮族观念。

你在酒席上的那些小动作，坏蛋：
有时你，流氓，用淫邪的目光死死盯着我，
我的眼睛几乎受不了那压迫；
有时你叹气，有时你端起我刚放下的
杯子，我从哪边喝，你也从哪边喝；
多少次我发现，你用手指或者眉毛
（几乎会说话！）传递秘密的信号[1]！
我经常担心丈夫觉察到这样的举动，
你隐藏并不完美，我时常脸红。
我经常低声自语，甚至在心中默念：
“他毫无羞耻！”这话说你并不冤。
我也在圆桌上看见，我的名字下方
留着用酒描出的“我爱”的字样。
可是我不信，并向你抛去否定的眼神。
天，我也已学会如此交谈的本领！
如果我原本有意犯错，我早已被你勾引，
这些诱惑早已俘虏我的心。
你的容貌，我承认，世所罕见，女孩
愿意投怀送抱也没什么奇怪——
宁愿让另一位女子纯洁地享受这福分，
也别叫我的贞节为异乡人堕尘。
以我为榜样，学习远离美色而生活，
拒绝甜蜜的快乐是一种美德。

1　81—82 行明显借鉴了普洛佩提乌斯《哀歌集》（*Elegiae* 3.7.25-26）。

你相信有多少青年与你有相同的期盼
　　却明白事理？难道只有你长着眼？
不是你所见更多，而是你更不懂收敛；
　　不是你情更深，而是你更不顾体面。
我更愿意在那时——在我的童贞吸引
　　千人竞逐时，你的快船到临[1]，
那时我若看见你，千人中我必选你，
　　即使现在的丈夫也不会有异议。
你来时我已有主，快乐已被人抢占，
　　你的梦做得太晚，你所求已无缘。
虽然我希望成为你的特洛伊妻子，
　　但我仍甘心跟随墨涅拉俄斯。
求你别再用言辞蛊惑我柔弱的心，
　　也别伤害你声称爱恋的人，
允许我看护好我从命运领受的部分，
　　不要觊觎我谨守的贞洁之身。
可是你说维纳斯已允诺，三位女神
　　在伊达山谷曾裸体向你显形，
一位要给你王国，一位给战争的荣光，
　　另一位宣告“海伦将是你新娘”？
至少我很难相信你这样的肉眼凡胎
　　有机会评判天界诸神的美，

1　“千人”无疑是夸张。按照伪阿波罗多洛斯的说法，海伦的求婚者共有二十九位，包括尤利西斯、狄俄墨得斯、大小埃阿斯等著名人物。

即使这不假，另一部分也必是虚语，
　　我不可能成为裁判的贿赂。
再迷恋自己的身体，我也不至于相信
　　我是女神眼中最珍贵的礼品。
只要我的美被人间认可，我就已满足，
　　维纳斯的称赞会给我招来嫉妒。
然而我并不拒绝她的称赞——我喜欢！
　　我的声音怎能否认它所愿？
你也别生气，尽管我迟迟不肯相信你，
　　听到的消息越重要，人就越犹疑。
所以最让我高兴的是得到维纳斯褒扬，
　　其次是你将我视作最高的奖赏，
听到帕拉斯和朱诺的礼物仍不为所动，
　　自始至终认定海伦最贵重。
这么说，我就是你的勇力和至尊王国？
　　不爱这样的心，我的心就是铁！
相信我，我不是铁石心肠，我只是不肯
　　去爱我觉得无望拥有的男人。
何必尝试用弯犁耕作潮湿的海岸[1]，
　　既然那地方已注定我不能如愿？
我没有偷情的经验，未曾用（诸神做证！）
　　任何手段欺诳忠诚的夫君；
即使现在，当我把话语托付给密信，

1　“在沙滩上耕地”是古希腊人常用的表示徒劳无益的说法。

也是初次发现文字的新功能。
经验丰富的人们多幸福！我不懂世故，
以为通奸的道路必定崎岖。
这种恐惧太难受，我已经一片茫然，
感觉所有的眼睛都瞄准我的脸。
我并非毫无依据，我已经觉察到流言，
埃特拉曾经告诉我某些闲谈[1]。
还是藏好这份爱吧，除非你更想放弃。
但为何放弃？你完全能够掩饰。
游戏吧，但别太露骨。墨涅拉俄斯不在，
我更自由了，但无法为所欲为。
他确实去了远方，处理要紧的事务，
他突然离开，有充足正当的理据，
至少我认为如此。当他踌躇时我劝道：
“去吧，只要你尽快回来就好。”
他为我的话高兴，与我吻别，叮咛[2]：
“仔细照看家、财产和特洛伊客人。”
我几乎没忍住笑声，当我竭力摁下，
除了“你放心”再没说出其他话。
他确实乘着顺风驶往遥远的克里特，
但你别觉得因此什么都可做。
我丈夫虽然不在身边，却时刻守着我。

1 埃特拉（Aethra）是海伦的侍女。

2 奥维德在拉丁语原文中之所以用 Omine（征兆）这个词指海伦的话，是因为从墨涅拉俄斯的角度说，刚才海伦的话体现了她的忠诚，是其内心的外显。

国王的手臂很长，难道你没听说[1]？
名声同样是负担，你们男人越经常
赞美我，他就越有理由恐慌。
我现在享有的荣耀何尝不也是损失，
我宁愿自己的容貌名不副实。
他走了，却把我和你抛在此地，别惊讶，
他相信我的品格和人生都无瑕。
他为我的美害怕，却信任我的德行；
忠诚让他心宽，美让他心惊。
你说，主动奉上的机会不应该虚掷，
要利用淳朴丈夫提供的便利。
我既高兴又恐惧，直到此刻仍不能
作决定，犹豫的心没有安宁。
我丈夫不在，你也没与妻子同床睡，
你为我陶醉，我也陶醉于你的美；
长夜难熬，借书信我们已暗通款曲，
你蜜语相邀，而且在我家起居——
我的神啊，一切都在引诱我犯罪[2]！
但某种莫名的害怕却在阻碍。
劝说未成的那件事，多希望你强迫我做！

1　“国王的手臂很长”是古希腊谚语，希罗多德就曾用过。

2　这行原文的 peream, si non 是拉丁语中表示强烈肯定语气的说法，意为“如果我说的不是真的，就让我死”。

你本可用暴力击碎我矜持的品格。[1]
受害者有时发现伤害中也有益处，
至少我愿意在胁迫下接受幸福。
我们不如趁爱意刚萌发就与之搏斗，
浇灭新生的火苗，少许水就够。
异乡人的爱不长久，像他们自己一样
飘荡，你开始奢望，它却已逃亡。
许普西皮勒、阿里阿德涅都是见证[2]，
她们都被骗，都未能步入婚姻。
你也好不了多少，无信的人，据说
你抛弃了自己深爱多年的俄诺涅[3]——
别忙抵赖，你若不知道，告诉你，我一直
费尽心思打探着你的历史。
而且，即使你真想永远爱下去，也无法
实现，特洛伊同伴已准备出发。
等到你与我谈话，期待共度良宵时，
送你回家乡的风就会刮起。
航程的中途你恐怕已抛掉崭新的乐趣，
对我的爱意也将随风而去。
我该听你劝，跟你拜谒著名的特洛伊[4]，

1 Drinkwater（2013）指出这一行既呼应本书第十六首325—330行帕里斯的说法，也暗引了《爱的艺术》（*Ars Amatoria* 1.673）中“女孩喜欢某种暴力”的说法。

2 参考本书前面的第六首和第十首。

3 参考本书前面的第五首。

4 “特洛伊”对应的拉丁文原词是Pergama（佩尔加玛）。

并且成为拉俄墨冬的孙媳？
我并非全然蔑视长着翅膀的流言，
任凭我的丑闻在世界传遍。
斯巴达会如何议论我，还有整个希腊、
亚细亚各国和特洛伊会如何评价？
普里阿摩斯和王后赫库芭将怎样感觉，
那么多兄弟和妯娌又怎样看我？
还有你，怎么能指望我始终忠诚于你，
不担心别人效法你的先例？
无论哪位陌生人进入伊利昂的港口，
都会成为你焦虑、惊惶的理由。
因为我发火，你会多少次吼道“淫妇！”，
忘记了我的罪你也曾经参与！
策划者倒将反过来谴责当初的过错，
我祈求我的脸能先被黄土埋没！
你说我将会享受特洛伊的奢侈与财富，
得到比你的承诺还丰厚的礼物，
我肯定会身披昂贵珍稀的紫色华服，
获赠成堆的黄金，家产无数。
原谅我说实话，你的礼物并没吸引我，
不知为什么，斯巴达仍让我难舍。
在你的家乡，我若受伤害，谁可指望？
到哪里去找兄弟和父亲帮忙？

虚伪的伊阿宋什么不曾答应美狄亚？[1]
不还是将她赶出自己的家？
当她遭鄙夷，埃厄忒斯、伊底伊阿[2]
和卡尔基俄佩都无法救她[3]。
我不怕这种事，但美狄亚开始也不害怕——
憧憬常被自己的兆象欺诈。
你会发现，每一艘在大海中挣扎的船
最初出港时水面都没有波澜。
你母亲在你诞生前夕梦见她产下
带血的火炬，这也让我惧怕，
我还担心那些先知的预言，他们说
伊利昂将在希腊的大火里焚灭。
虽然维纳斯宠护你，因为借你的裁定，
她获得双重胜利，击败两位神，
我却畏惧后两位（如果你并非吹嘘），
她们因为你遭受了失败和羞辱。[4]
而且我相信，如果追随你，必引发战争，
你我的爱将在剑林中穿行。[5]

1 参考本书前面的第十二首。

2 伊底伊阿（Idyia）是美狄亚的母亲。

3 卡尔基俄佩（Chalciope）是美狄亚的姐姐。

4 朱诺和密涅瓦对特洛伊的仇恨的确源于她们在帕里斯这里遭受的羞辱。

5 海伦对此事后果的理解远比帕里斯成熟、准确。

希波达米娅难道不曾迫使拉庇泰人
　　对半人马宣战，忍受残酷与血腥？[1]
你以为墨涅拉俄斯、我的兄弟和父亲[2]
　　有如此正当的理由，却忍气吞声？
至于你所夸耀的那些“英勇”的事迹，
　　因为你的长相，我不能不怀疑。
你这具身板更适合做爱，而不是作战——
　　让勇者去打仗，让你永远去缠绵！
派你赞美的赫克托耳代替你拼斗，
　　另一种战事才值得你努力追求——
我若明智，并且大胆些，会享受你的
　　追求，明智的女人都会如此做。
但我也可能放下羞耻，不再犹豫，
　　最终被时间征服，向你认输。
你希望我们能秘密会面，详细讨论，
　　我懂得“讨论”的意思和你的用心，
可是你太急躁，你的庄稼离成熟尚远，
　　这耽搁或许有益于你的欲念。
好了，泄露我心迹的文字到此打住，

1　关于半人马族和拉庇泰族的大战，参考本书第二首第 71 行的注释。这行的原文用 Atracis（阿特拉克斯人）形容希波达米娅，是因为阿特拉克斯（Atrax）是帖撒利亚的一个城镇，而希波达米娅是帖撒利亚人。“拉庇泰人”对应的拉丁文原词是 Haemonios viros（海摩尼亚人）。

2　“兄弟”对应的拉丁文原词是 geminos fratres（孪生兄弟），指卡斯托尔和珀鲁克斯。但根据奥维德自己在《岁时记》（*Fasti* 5.709-710）中的说法，卡斯托尔已经在与林叩斯的战斗中丧生，此时已不在人世。

手指已疲惫，秘密的任务该结束。

其余的话就交给埃特拉和克吕墨涅，

她俩既侍奉我，也为我出谋划策。

第十八首（勒安德罗斯致希洛）[1]

阿布多斯少年向塞斯托斯少女问好，
　　他宁可本人前来，若海无风暴。
如果神对我友善，也庇佑我的爱情，
　　你失望的眼睛就会看到这封信[2]。
但他们并不友善，否则为何要阻碍
　　我如愿，禁止我渡过熟悉的海？
你自己也瞧见天比漆还黑，波浪随风
　　翻腾，连中空的船都难以穿行。
只有一个人，就是为我送信的水手，
　　丝毫不惧怕危险，驶出了港口。
我本要上这艘船，可是当他解开缆，

1　赫勒斯庞图斯（Hellespontus，今日叫达达尼尔海峡）是分开亚洲和欧洲的狭长水道。塞斯托斯（Sestos）在欧洲一边，是少女希洛（Hero）的家乡；阿布多斯（Abydos）在亚洲一边，是少年勒安德罗斯（Leander）的家乡。他们深爱彼此，但害怕父母反对，只能秘密恋爱。勒安德罗斯常在晚上泅渡海峡，与希洛在灯塔里相会。但某次海峡起了风暴，他一连七天都没来，怕希洛担心，他先写了这封信，托一位水手捎给她，然后勇敢地冒着风暴渡海，结果被淹死。

2　“失望”是因为她更想看见勒安德罗斯本人。

阿布多斯所有人都在高处看。
我无法像以前那样瞒过自己的父母，
也无法隐藏我们秘密的爱欲。
于是我立刻写信，一边说：“幸福的文字，
去吧，很快她将伸纤手迎接你，
或许她还会凑近嘴唇亲吻你，当她
用雪白的牙咬开系绳和封蜡。”
这些话我低声喃喃自语，其余的话
则用右手在纸草上详尽写下。
可我宁愿手不是在书写，而是在泅渡，
奋力带我穿越熟知的水域！
它确实更擅长拍击平静祥和的海面，
但它也适合表达我心底的情感。
已经七夜了（我觉得这间隔比一年还长），
躁动的大海一直翻涌着骇浪。
倘若这些夜晚我享受过抚慰心灵的
睡眠，就让此疯海继续肆虐！
我坐在礁石上，凄凉地望着你的岸涯，
身体去不了，心思却可以抵达。
而且，灯塔顶端那永远守望的光焰
我也能看见，或者以为我看见。
我三次将衣服扔在干燥的沙滩上，三次
赤裸着身体，冒险冲入海里，
汹涌的波涛阻止了少年的莽撞举动，
涌来的大浪盖过了泳者的脸孔。

可是你，狂暴风神中最难驯服的一位，
　　为何如此决绝地与我作对？
知道吗？北风，你攻击的不是海，是我。
　　假若不曾体验爱，你当如何？[1]
尽管你凛冽如冰，可是你，恶棍，能否认
　　曾对雅典的俄瑞堤伊娅动过情[2]？
当你正要攫走快乐时，若有人决心
　　阻断天空的通道，你岂会容忍？
我求你垂怜，更温和地吹动气流，如此，
　　愿埃俄洛斯对你也更仁慈[3]！
祈求是徒劳，我祈求之时北风在咆哮，
　　他只顾煽动，不肯抑制狂涛。
愿此刻代达罗斯赠给我勇敢的羽翼，
　　虽然伊卡洛斯在附近淹死[4]——
我承受一切后果，只要在危险波浪中
　　反复沉浮的身体能升入天空。
风与海拒绝我一切的时候，我在心底

1　北风神玻瑞阿斯曾掳走自己爱慕的俄瑞堤伊娅，参考本书第十六首诗第 345 行的注释。

2　“雅典的俄瑞堤伊娅”对应的拉丁文原词是 ignibus Actaeis（阿克忒的火），阿克忒代指雅典，“火”比喻爱恋的对象。

3　埃俄洛斯掌管着东南西北诸风神。

4　代达罗斯（Daedalus）是雅典巧匠，被米诺斯困在特里克岛，于是用羽毛、蜂蜡和线给自己和儿子伊卡洛斯（Icarus）做了翅膀，飞离克里特。伊卡洛斯不顾父亲的告诫，飞得太高，翅膀上的蜡被阳光晒化，结果他坠海淹死，伊卡利亚海因为他而得名。详情参考《变形记》（*Metamorphoses*）第八卷 183—235 行。

回味着你我初次幽会的记忆。
那时夜色刚笼罩（回想是一种甘甜），
我走出父亲家门，爱漾满心间，
毫不迟疑地抛下恐惧，脱掉衣物，
柔韧的手臂在光滑的水里挥舞。
月亮一路照着我往前游，光微微颤动，
仿佛殷勤与我同行的侍从。
我举头看她，说道：“佑护我，明亮的女神，
让拉特莫斯山重回你的心灵[1]。
恩迪米昂不会允许你严厉地对待我——
求你眷顾我渴望的秘密欢乐！
女神，你曾经从天而降，觅一位凡人[2]。
若许说实话，我追求的她也是神：
不必提她的品格（配得上天界的心胸），
单是她的美就与真神等同。
除了你和维纳斯，她的容颜无与伦比，
别轻信我的话，你可以亲眼证实。
当你洒下皎洁的光线，如白银耀眼，
所有的星辰都臣服于你的火焰，
她在所有美女间也同样卓尔不群，
你若怀疑，钦提娅，你的眼已蒙尘[3]。”

---

1 拉特莫斯山（Latmos）在爱琴海岸边，因为月神狄安娜和恩迪米昂的爱情而闻名。

2 “凡人”指恩迪米昂。

3 钦提娅（Cynthia）是狄安娜的别称，因为她出生在钦图斯山（Cynthus）。

说完这番话（至少意思无异），我便
　　划开驯顺的海水，径直向前。
映着反射的月华，波浪分外明亮，
　　静寂的夜仿佛有白昼的天光，
到处都没有喧响，耳中没有声音，
　　除了水被身体搅动发出的低吟。
只有翡翠鸟还记得深爱的刻宇克斯[1]，
　　似乎哼唱着甜美又哀怨的调子。
从肩往下，两条手臂已耗尽力气，
　　我仍勇敢地在波峰上撑起身体。
望见远处的灯火，我说："我的火焰
　　在那里，我生命的光在那片海岸。"
突然，疲惫的肢体恢复了力量，水波
　　好像变得比刚才还要柔和。
我再也感觉不到海水的寒意，因为
　　急切的胸中跃动着温暖的爱。
游得越远，离岸滩越近，剩下的距离
　　越短，我越有奋力往前的欣喜。
当我已进入你的视野，想到你在看，
　　我立刻勇气倍增，精力复原。
此时我也刻意以泳姿讨恋人欢悦，

1　翡翠鸟（Alcyone）传说是哈尔库俄涅（Halcyone）变的。她是埃俄洛斯之女，特拉喀斯国王刻宇克斯（Ceyx）之妻。丈夫遭遇海难而死，她因悲痛而死，神怜悯这对夫妻，将他们都变成了翡翠鸟。详情参考《变形记》第十一卷 382—748 行。

在你的眼前殷勤地挥动胳膊。
你很想下海来接我，乳娘险些没拦住
（这是我亲见，你没骗我的双目），
虽然你被她拽着，被迫停步，但是
岸边的海水已把你的足濡湿。
你拥我入怀，又献上无比香甜的吻，
神啊，这些吻真值得跨海来寻！
你从肩头脱下长裙，递到我手间，
又为我把滴着海水的头发擦干。
至于其余，夜晚、你我、目睹一切的
塔知道，还有引我渡海的灯火。
那一夜的欢乐如同赫勒斯庞图斯的海藻，
太多太多，数目谁能够知晓？
拥有的幽会时间越短暂，我们越珍惜，
不肯让任何一分钟白白流逝。
提托诺斯的妻子很快将驱走夜晚[1]，
晨星（奥罗拉的传令官）已经显现[2]。
我们在忙乱中匆匆交换一个又一个吻，
埋怨夜只许享受片刻的温存。
乳娘的催促令人心烦，无法再拖延，
我只好下了塔，走到凄冷的岸边。

---

1 “提托诺斯的妻子”即黎明女神奥罗拉。

2 晨星（Lucifer）即早晨出现的金星。

流着泪离开，我重新没入赫勒之海[1]，
　　还能望见时，一直回望我所爱。
相信我，这是真的：去时我是泳者，
　　回来时却像遭遇沉船的幸存者。
这也是真的：朝向你的路犹如下坡，
　　远离你的路是死水堆成的上坡。
我极不情愿地回到家乡（谁能相信？），
　　现在留城中也绝对违背本心。
你我灵魂已结合，为何被波浪分隔，
　　两人一颗心，为何要分属两国？
让塞斯托斯接纳我，或阿布多斯接纳你，
　　你我各自都喜欢对方的土地。
为何我总是动荡不安，如这片大海，
　　风这样的琐事也能把我妨碍？
弧形的海豚已经熟谙我们的恋情，
　　我猜鱼也不觉得我是陌生人；
我反复穿越的海域已留下一道水痕，
　　恰如许多车轮碾出的辙印。
以前我时常抱怨只能这样来见你，
　　可如今就连这条路都被风锁闭。
赫勒斯庞图斯此刻翻滚着滔天的白浪，
　　停泊在港中的船都觉得惊惶。
我想，最初这片海因为被淹的少女

1　“赫勒”对应的拉丁文原词是 virginis（处女）。“赫勒之海”即赫勒斯庞图斯。

而得名之时，就是这般地狂怒；
此地从赫勒之死已招致足够的耻辱，
即使饶过我，名也是罪的记录。
我嫉妒佛里克索斯，他有毛茸茸的金羊
驮着，安然越过阴森的海洋[1]。
然而我并不寻求羊或者船的帮助，
只要给我水，让我以肉身泅渡；
我不缺技艺，但求一次游泳的机会，
有了我，船、水手和乘客都齐备。
我也不会学推罗人，追随大熊座指引[2]，
我的爱丝毫不关心公众的星辰[3]，
让别人凝望仙女座或者明亮的北冕座[4]，
还有在冰冷天极闪耀的大熊座[5]，
珀尔修斯、朱庇特和利柏耳钟情的对象[6]

1 参考本书第六首第104行的注释。

2 这行的 Helicen（主格 Helice）和 Arcton（主格 Arctos）都指大熊座。Helice 之名来自古希腊语 helissō（旋转），而大熊星座是围绕北天极旋转的；Arctos 之名则来自古希腊语的“熊”。古代推罗水手靠大熊座引航。

3 指大众关注的星辰（如下文列举的几个）。

4 仙女座（Andromedan）得名于珀尔修斯拯救的埃塞俄比亚公主，北冕座（Coronam）传说是酒神巴克斯赠给阿里阿德涅的王冠。

5 这行中“大熊座”对应的拉丁文原词是 Parrhasis Ursa（帕拉西亚的母熊）。帕拉西亚（Parrhasia）是阿卡迪亚的城镇，代指阿卡迪亚。这只母熊原是阿卡迪亚国王吕卡翁（Lycaon）的女儿卡里斯托（Callisto），她因为被朱庇特诱奸，怀孕生子，招致朱诺的报复，被变成一头熊，后来朱庇特怜悯她和儿子，将他们变成星座。参考《岁时记》（*Fasti*）第二卷 155—192 行。

6 利柏耳（Liber）即酒神巴克斯。“珀尔修斯、朱庇特和利柏耳钟情的对象”分别指仙女座、大熊座和北冕座。

我不愿用来为危险之旅导航。
有另外一种光，远比这些值得我托付，
它确保我的爱不在黑暗里迷途。
只要看见它，我就可以去科尔基斯
和阿尔戈号抵达的庞图斯土地[1]，
我游泳能战胜年轻的帕莱蒙，还有吸食[2]
奇草后骤然变成神的格劳科斯[3]。
我的双臂经常因持续的运动而疲倦，
在无边的海水中几乎难以动弹。
当我鼓励它们：“辛劳有丰厚的奖赏，
很快我就让你们拥抱她的颈项！”——
它们立刻复活，朝自己的报酬猛赶，
仿佛厄里斯的快马冲出起跑线[4]。
所以我紧盯让我浑身燃烧的爱火，
一心跟随你（你更配居于天界）。
你理应在苍穹，但请暂且在大地居住，
或者告诉我同寻诸神的道路。

---

1 “阿尔戈号”对应的拉丁文原词是 Thessala pinus（帖撒利亚的松木），庞图斯（Pontus）指黑海地区。

2 由于朱诺憎恶忒拜王室卡德摩斯家族，王后伊诺（Ino）和儿子梅里凯尔特斯（Melicertes）被发疯的国王阿塔玛斯追赶，跳海自杀，在维纳斯的恳求下，海神涅普顿将母子变成了神，伊诺变成琉科忒娅（Leucothea），字面意思是“白色女神”，梅里凯尔特斯变成帕莱蒙（Palaemon）。参考《变形记》（*Metamorphoses*）第四卷 512—542 行。

3 格劳科斯（Glaucus）是安泰东的青年，因为误食一种草变成海神。参考《变形记》第十三卷 900—963 行。

4 厄里斯（Elis）曾是古代举行奥运会的地方，这里指赛马。

你在此，却与可怜的恋人甚少粘连，
　　我的心与大海一样动荡狂乱。
有何用，并非浩瀚的海将你我隔开？
　　海峡这样窄，难道就不是阻碍？
我是否更愿意让整个世界挡在中间，
　　这样你也远，我的希望也远？
如今正因为你更近，我的爱火也更烫，
　　渴盼的人总不在，渴盼却在场。
相距仿佛不到咫尺，你触手可及[1]，
　　可是想到此，我时常几欲哭泣。
难道这不是竭力抓取后退的苹果，
　　用嘴唇追逐逃逸的河水来解渴？[2]
所以，除非海允许，我永远无法搂住你，
　　风暴却不愿看到我享受福气，
虽然没什么比风和波浪更变幻无常，
　　我却永远将希望交托给风浪？
但现在仍是夏天，等到昴星团、牧夫座
　　和小牝山羊星摧虐大海，当如何[3]？
或者我不知道自己多么莽撞，或者

1　两人各自所在的城市直线距离不到 2 公里。

2　影射坦塔罗斯在冥府所受的惩罚。

3　“昴星团”对应的拉丁文原词是 Plias，也叫 Pleiades；牧夫座（Arctophylax）名字的意思是“熊的守护者”，传说是朱庇特和卡里斯托（Callisto）的儿子阿卡斯（Arcas）所变；“小牝山羊星”（Capella）即御夫座的 α 星，也叫五车二，此处对应的拉丁文原词是 Oleniumque pecus（奥莱诺斯的羊），因为它主人来自亚该亚的奥莱诺斯城。

冲动的思念会将我推入涛波。
别以为我做此承诺是因为将来尚远，
我很快会向你兑现今日的誓言。
让这汹涌的大海再汹涌几夜，我就将
尝试穿越与我为敌的巨浪，
要么我平安无事，冒险取得了成功，
要么焦急的爱恋以死亡告终。
我仍然希望自己被抛上你所在的对岸，
漂浮的尸骸能进入你的港湾。
那样，你会流泪，屈尊触摸我身体，
喃喃道："都是因为我，他才会死。"
我提及不祥的场面，你无疑会受伤害，
信的这一段定然招你憎恚。
我打住，你也别埋怨。但求你和我一起
祷告，好让海的愤怒早平息。
我需要短暂的间歇，直到抵达你身旁，
一旦我登岸，风暴再肆虐又何妨？
你那边的船坞最适合我的船，没有一片
停泊的水域比它更让我心安。
叫北风把我关在那里，滞留多欢欣，
我不会急于下水，我会变谨慎，
不再斥责耳聋的波浪，也不再唠叨
我想游泳时大海刻意阻挠。
让风和你娇柔的手臂一道扣住我，
让我为双重的理由在那里耽搁。

当风暴允许，我便会划动身体的桨，
　　只是你要始终举着灯，供我远望。
暂且让我的信代我与你共度夜晚，
　　我祈求自己很快也与你相伴。

第十九首（希洛致勒安德罗斯）[1]

若要我真正拥有你用信送来的安康，
　　勒安德罗斯，请你来到我身旁！
所有推延快乐的耽搁都让我烦闷，
　　原谅我坦白，我不是耐心的恋人。
我们的爱一样热，但我不如你坚强，
　　我猜男人的天性有更大的力量。
正如身体，女孩的心灵也更柔弱，
　　多一刻无法相见，我就会昏厥！
你们有时靠打猎，有时靠耕作良田，
　　变着花样打发漫长的时间；
或者为法庭，或者为摔跤的荣誉奔忙，
　　或者用缰绳控制骏马的颈项；
时而以套圈捕鸟，时而以弯钩钓鱼，
　　晚上的光阴则在美酒中浸浴。
然而我无缘这一切，即使我的爱火

1　关于本诗的背景，参考上一首诗的第一个注释。

没这么炽烈，除了爱也无事可做。
于是我只做这件事。唯一的欢乐！我爱你
太深，你对我的爱也不能相比。
我或者与亲密的乳娘一起窃窃私语，
揣度你因为什么耽误了旅途；
或者眺望着可恨的风卷起的大浪，
几乎用你的原话斥骂着海洋；
或者，当狂涛稍微减缓了力道，抱怨
你其实可以来，只是你自己不愿——
我抱怨之时，泪水淌下思慕的双眼，
知情的乳娘用颤手为我擦干。
我时常在岸边搜寻你可能留下的脚印，
仿佛那痕迹能在沙子上长存。
为探听你的音讯，并给你写信，我常问
谁从阿布多斯来，谁向那边行。
我为何要说起自己多少次亲吻你即将
横渡赫勒斯庞图斯时脱下的衣裳？
于是，当白昼逝去，天光黯淡，我更
欢迎的夜晚捧出灿烂的繁星，
我立刻在塔顶挂上终宵不睡的灯，
作为信号，引导熟悉的旅程。
转动纺锤，绕着弯曲的纱线，我们
以女人的技艺挨过缓慢的时辰。
这么长的间隙我都说些什么？你问。
没什么，除了反复念叨你的名。

“乳娘，你觉得我的甜心是否已出门，
还是他害怕所有看守的亲人？
你觉得他是否正在脱掉肩上的衣袍，
给自己的身体涂上闪亮的油膏[1]？”
她不住点头，并非她关心你我的吻，
而是睡意让衰老的她打盹。
片刻之后，我说：“他肯定开始游了，
正挥动柔韧的手臂，划开水波。”
待我纺完一些线，绕杆已触及地面，
我又问，你是否游到了海的一半。
时而望远方，时而以颤抖的声音祈祷，
好心的风能给你容易的通道。
我用警觉的耳朵捕捉着声响，相信
每一种动静都表明你在靠近。
如此打发着时间，夜色即将逃遁，
睡意悄悄蒙上疲倦的眼睛。
坏蛋，那时你才不情愿地与我同眠，
虽然你不想来，还是来到我身边——
在我梦里，你忽而在不远的地方游泳，
忽而把湿淋淋的手臂放上我肩膀；
我忽而如平素为你递去干爽的衣服，
忽而与你偎依，紧贴着胸脯；

1　“油膏”对应的拉丁文原词是 Pallade（帕拉斯，即密涅瓦），传说是密涅瓦最先教人类使用橄榄油。

其余的细节矜持的舌头不适合谈论，
　　那些事做起来愉悦，说起来羞人。
我真可怜！那样的愉悦既短暂，又虚幻，
　　因为你总是与睡意一起消散。
多希望贪婪的情侣最终能紧密结合，
　　我们的欢乐锁定在真实的世界！
我为何在寒意中度过这么多凄凉的夜？
　　怠惰的泳者，为何你一再远离我？
眼下这海，我承认，还没法让人游过，
　　可是昨晚风分明没那么猛烈。
你为何浪费它？为何害怕不会有的危险？
　　为何让机会逝去，不勇往直前？
即使很快你还有相似的渡海时机，
　　也不如它好，因为它排在第一。
然而你会说，翻腾的海面变化太快，
　　但当你赶紧，经常都能更早来。
我想，困在这边，你没有什么可抱怨，
　　你在我怀中，风如何肆虐也枉然。
那样，我肯定欣然听它发出咆哮声，
　　并祈求海水永远不恢复平静。
可是为什么你现在变得如此胆怯，
　　竟然畏惧你从前鄙视的涛波？
我记得有一次你来的时候，海与此刻
　　同样暴烈狰狞，至少相差不太多，
我对你喊道："我是希望你勇敢，但是

别让我被迫为你的勇敢哀泣！”
新恐惧从何来，昔日的胆量往哪里逃亡？
视风浪为无物的伟大泳者在何方？
但我宁可你不再学以前，而是像现在
这般谨慎，等到平静时再渡海，
只要你未变，爱我如信中所说那样深，
你的火焰没化作冰冷的灰烬。
我怕的不是风阻碍我早些实现梦想，
而是你的爱像风一样游荡，
你觉得我并不重要，危险让你却步，
我作为报偿太轻贱，不值得辛苦。
有时我担心出生地招来非议，色雷斯
姑娘不配阿布多斯的婚礼。[1]
但我更愿耐心地忍受这一切，也不愿
某位情敌俘虏你，占你的空闲，
用她的手臂搂住你脖子，你对我的爱
终结，被一段新的缘分取代。
我宁可死去，也不肯为这样的罪伤心，
请让我在你犯罪之前就销殒！
这么说并不是因为你给我痛苦的征兆，
也不是因为新近有传言搅扰，
我只是什么都怕。哪位恋爱者不焦虑？
空间使分离的人加倍地恐惧。

1 塞斯托斯属于色雷斯，阿布多斯属于希腊，古希腊人向来鄙视色雷斯人。

与恋人相伴的女子多幸福，可以知晓
　　他是否真有错，而不用自寻烦恼。
不存在的伤害令我不安，真实的又无从
　　查探，两种过失的折磨却相同。
我真想你来，至少我希望你耽搁的原因
　　不是女人，而是风或者你父亲！
若真是女人，我会死于悲伤，相信我——
　　你现在就犯罪，如果想叫我毁灭！
但你不会犯罪，我徒然被臆想惊吓，
　　是嫉妒的风暴逞凶，阻止你到达。
我多么不幸！怎样的巨浪轰击着海岸，
　　白昼无光，隐匿在墨云后面！
或许是那位慈爱的母亲降临赫勒海[1]，
　　用滂沱大雨向淹死的女儿致哀，
抑或是这水域因为以可憎的继女命名[2]，
　　而遭到变成海神的后母猛攻[3]？
现在看来，这地方不庇佑柔弱的姑娘，
　　赫勒死在这海里，我为海断肠。
可是你，涅普顿，总不至于用风来阻拦
　　情事，倘若你记得旧日的爱焰——

1　“慈爱的母亲”指佛里克索斯和赫勒的生母云神涅斐勒，参考本书第六首第104行的注释。

2　这行的“继女”和上行的“女儿”都指赫勒。

3　“变成海神的后母”指伊诺。

倘若阿密摩涅和以美貌享誉天下的[1]
　　蒂罗并非是你绯闻虚构的受害者[2]，
还有明亮的哈尔库俄涅、伊菲莫代娅[3]、
　　尚未变成蛇发怪物的梅杜萨[4]、
金发的拉俄狄刻、升入苍穹的刻莱诺[5]，
　　还有其他人（她们的名字我读过）。
至少在诗人口中，许多这样的女子
　　曾让你拥有她们娇柔的躯体。
你曾多少次体验欲望的力量，却为何
　　以暴风将我们惯常的通途封锁？
仁慈些，凶狠的神，你该与大洋为敌，
　　这两块陆地间只有海的罅隙。
强大如你，理应抛掷宏伟的战船，
　　或者竭力将完整的舰队掀翻。

1　阿密摩涅（Amymone）是达那俄斯五十位女儿中的一位，一次她在打猎时受到萨梯（satyr）骚扰，于是向海神涅普顿求救，救完她之后涅普顿却动了淫心，奸污了她。

2　蒂罗（Tyro）与河神厄尼剖斯（Enipeus）相爱，涅普顿扮作后者与她幽会，蒂罗怀孕生下了孪生子涅琉斯（Neleus）和珀利阿斯（Pelias）。

3　这位哈尔库俄涅是昴星团七仙女之一，阿特拉斯和普勒俄涅的女儿。“伊菲莫代娅”对应的拉丁文原词是 Circeque Alymone nata（喀耳刻和阿律蒙之女）。伊菲莫代娅（Iphimedeia）是阿罗欧斯（Aloeus）之妻，被涅普顿强暴，生下了“一对儿子”——巨人奥托斯（Otus）和厄菲阿尔忒斯（Ephialtes）。

4　梅杜萨（Medusa）是福尔科斯（Phorcus）之女，在密涅瓦神庙被涅普顿强奸后，被女神变成蛇发女怪，后被珀尔修斯杀死，血生出珀加索斯（Pegasus）和克律萨俄耳（Chrysaor）这两匹飞马。参考《变形记》（*Metamorphoses*）第四卷 791—803 行。

5　这里的拉俄狄刻（Laodice）可能指普里阿摩斯的女儿，刻莱诺（Celaeno）也是昴星团七仙女之一，阿特拉斯和普勒俄涅的女儿。

吓唬游泳的少年，你这位海神不害臊？
　　即使小池塘也不屑如此的荣耀。
他确实高贵，出身显赫的家族，但不是
　　发源于你所嫌恶的尤利西斯[1]。
请饶过我俩，游泳的是他，可这些波浪
　　既悬着他的命，也悬着我的希望。
听，灯发出噼啪声（写信时它就在手旁），
　　噼啪声给了我一个吉祥的兆象。
乳母正往讨喜的火焰上倒酒，还说：
　　“明天会添人。”然后她也饮了些。
征服大海，越过波浪，让此言成真，
　　勒安德罗斯，深藏于我心的人！
爱情联盟的变节者，回到你原来的阵营！
　　我为何躺在床中央，孑然一身？
你根本不必害怕，维纳斯支持你冒险，
　　诞生于海中，她会抚平海面。
我自己也时常有意越过浪涛来相见，
　　但一般而言，海对男性更安全。
否则，为何佛里克索斯兄妹都路经
　　此海，却只有妹妹以死留名？
也许你害怕没有足够的时间回去，

1　涅普顿憎恶尤利西斯有两个理由：一是尤利西斯杀死了他的孙子帕拉墨得斯（Palamedes），帕拉墨得斯在特洛伊战前揭穿尤利西斯装疯的骗局，后来遭尤利西斯陷害，被希腊将士石刑处死；二是尤利西斯扎瞎了他儿子波吕斐摩斯（Polyphemus）剩下的一只眼睛。

或无力承担往返的双重任务，
那我们何不各自出发，在海中碰面，
彼此交换亲吻，在波浪之巅，
然后再分别游回你我所在的城市？
这快乐不算多，但总比空等有益。
或者让阻止我们公开相恋的羞耻心，
或者让畏惧流言的爱情遁形！
如今，情欲和规矩这对冤家在争夺，
我不知该选择体面还是快乐。
帕加塞的伊阿宋只去过一次科尔基斯，
就用快船劫走了帕西斯女子；
特洛伊的奸夫也仅拜访过一次斯巴达[1]，
就立刻带着自己的战利品返家；
可是你多少次来见所爱，就多少次离开，
多少次游过让船都战栗的怒海。
然而，征服汹涌巨浪的少年，尽管你
仍可鄙视它，但也要心怀警惕。
精心制造的舟舰都能被大海吞噬，
你以为自己的臂膀比桨更有力？
你想游泳，但此事就连水手都畏惧，
这常是他们遭遇沉船后的结局。
多可悲！我苦苦劝你，却又不想说服你，
我祈求，你听完告诫依然有勇气，

1 “特洛伊的”对应的拉丁文原词是 Idaeus（伊达山的）。

只要你最终能到达，能用精力被海浪
　　耗尽的手臂搂住我的肩膀。
可是我，每当把目光转向阴森的波涛，
　　惊恐的胸膛就涌起莫名的寒潮。
昨夜见到的异象也让我充满惶惑，
　　虽然我已用神圣的祭礼驱邪。
天已经快到拂晓，灯火昏然欲灭，
　　正是预兆之梦常出现的时刻[1]，
我的手指因睡意松开，纱线滑落，
　　头倒在枕头上面，浑然不觉。
这时我看见一只海豚在狂风骇浪里
　　游泳（这场景我相信绝对真实），
等到它被大海对着潮湿的沙岸猛撞，
　　波涛退却，生命也一并消亡。
无论这意味什么，我都怕，别笑我的梦，
　　别以身试海，除非风平浪静。
你若不顾惜自己，请顾惜深爱的姑娘，
　　只有你始终无恙，我才能无恙。[2]
但我仍觉得，很快风浪会变得和缓，
　　那时你再安然地划过海面。
在此之前，既然海不允许泳者穿越，
　　就用这封信纾解可憎的耽搁。

1　古代西方人相信，接近天亮时做的梦最灵验，因为此时灵魂在很大程度上摆脱了酒和食物在体内制造的气体。

2　当希洛后来看见勒安德罗斯漂浮在海上的尸体，她立刻跳下灯塔摔死。

第二十首（阿孔提俄斯致库迪佩）[1]

别怕，你不会在信中再次向恋慕者发誓[2]，
　　你对我的承诺只需要说一次。
从头读到尾，愿病症离开你的身躯，
　　它感觉任何痛苦，我都会痛苦。
你为何害羞？正如在狄安娜神庙，我曾经
　　觉察你无邪的脸颊上泛起的红晕。
我所求与罪无涉，而是你确认的婚盟，
　　我以丈夫的身份爱，而非情人。
你如果回忆苹果上的文字（当我在那日
　　从树上摘取，掷进你纯洁的手里），

1　提洛岛上有一座狄安娜神庙，一位叫阿孔提俄斯（Acontius）的青年在那里看见参加敬拜的少女库迪佩（Cydippe），一见钟情，想向她求爱，却害怕遭拒，于是在一枚苹果上刻写两行诗——“Iuro tibi sanctae per mystica sacra Dianae / Me tibi venturam comitem, sponsamque futuram”（我以神圣狄安娜的神圣仪式发誓 / 我将做你的伴侣，与你相守一世）——然后将苹果扔到她前面，她捡起来大声读，便不自觉发了一个必须遵守的重誓。然而她父亲不知情，将她许配给另一位青年。婚礼即将举行之时，库迪佩得了一场重病。阿孔提俄斯听闻此事，给她写了这封信。

2　阿孔提俄斯保证在信中不会再玩让对方无意中发誓的把戏。

就会发现，少女，你所应许的乃是
　　我希望你而非狄安娜记住的事。
我仍然渴盼它能成，但我的渴盼已变得
　　更强烈，耽搁反而催旺了这团火。
我的情原本就炽热，如今，长久的酝酿、
　　你给我的希望更添了它的力量。
你确实赐予我希望，我滚烫的心信任你，
　　女神做证，你无法否认这事实。
她当时就在场，并亲耳听到你的话语，
　　摇动头发，她似乎表达了赞许。
你尽可声言你是被我的诡计欺骗，
　　只要你承认那诡计从爱发源。
我使诈的用意不就是与你一人成婚？
　　你抱怨之事却能让我俩更亲。
并非天性或习惯使得我如此狡猾，
　　相信我，姑娘，灵感是受你激发。
若说我有份，我不过刻写词句而已，
　　是聪明的小爱神将你我绑在一起；
婚约的文字都蒙他亲自向我传授，
　　我精通法律，全因他做了参谋。
就将这称作欺诳，就将我呼为骗子——
　　如果想拥有自己所爱是诡计。
你看，我又动笔了，又送来请求的话，
　　你又可抱怨，这是第二次欺诈。
如果爱是伤害，我承认，我会永远伤害你，

　　永远追逐你，任凭你如何躲避。
别人都依靠利剑抢走心仪的女孩，
　　我小心写信恳求倒成了大罪？
愿神保佑，我能系上更多的绳结，
　　让你绝对无法逃脱这承诺。
还有千条计策呢，我不过在山麓流汗[1]，
　　我的爱决心把每条都试验一遍。
我不知能否得到你，但绝对坚持到底，
　　结果由神定，但我最终会胜利。
你可以躲开一些，却不能骗过所有网——
　　丘比特布网之多，超过你想象。
如果奇谋不奏效，我还会诉诸武力，
　　被劫时你将与热切的胸膛偎依。
我可不喜欢谴责帕里斯所为，或批评
　　以丈夫手段成为丈夫的任何人[2]，
我也会——打住。即使我因为这种暴力
　　被处死，那也胜过不能拥有你。
倘若你没有这么美，我追你就会更温和；
　　我疯狂，是受你绝世容颜逼迫。
罪魁是你，还有你的眼——它们让星辰
　　逊色，也是我心中之火的肇因；
还有你金黄的发卷、象牙一般的脖子

1　“在山麓流汗”是古罗马的谚语，形容将要做的事极其艰巨。

2　奥维德在这行里玩了一个文字游戏，用了vir这个词的两个意思：“女子的丈夫”和“有男子气概，像大丈夫一样行事的人”。

和我渴望紧搂我颈项的手臂；
还有你的优雅，你羞涩却淡定的神情，
还有那双足（忒提斯也未必能胜[1]）。
我若能赞美其余部分，就是有福气，
我毫不怀疑，你全身一样美丽。
被这样的容貌迷住，如果我希望你亲口
说出嫁给我，有什么难以接受？
只要你被迫承认已被我俘虏，就请
证明你自己受困于我的陷阱。
我愿意忍受敌意，但最终该给我报偿——
如此的重罪怎可以白忙一场？
特拉蒙抢了赫西俄涅，阿喀琉斯抢了[2]
布里塞伊丝，征服者各有所得。
随便你如何生气，随便你如何诅咒，
只要愤怒的你仍归我享受。
恨意由我引发，也将由我来平息，
但请给我些许机会抚慰你，
允许我流着泪站在你的面前，允许
我为泪水添上恰当的言语，
让我像奴隶一样，害怕遭皮鞭猛抽，
趴在你脚下，伸出哀告的手。

1　忒提斯是佩琉斯之妻，阿喀琉斯之母，以美貌著称的海神。

2　赫西俄涅（Hesione）是拉俄墨冬的女儿，普里阿摩斯（Priamus）的妹妹，萨拉米斯（Salamis）国王特拉蒙的后妻。特拉蒙追随海格力斯攻陷了特洛伊，抢走了她。关于阿喀琉斯和布里塞伊丝，参考本书第三首诗。

你不知自己的权利。传唤我！何必缺席
　　审判？现在就拿出女主人的样子！
你可以如暴君一般撕扯我的头发，
　　用手指狠命掐青我的脸颊，
我都将默默忍受，或许我只会担心
　　你的手反而被我的身体弄疼。
但你不要用镣铐或锁链来把我禁锢，
　　我对你坚定的爱已经是束缚。
等你的怒气恣了意，已经发泄了十分，
　　你会自语道："他的爱多么坚忍！"
当你目睹我经受这一切，你还会念叨：
　　"他真是好奴隶，我就让他伺候！"
如今我却很悲惨，被缺席审判，原本
　　占理，却败诉，因为没有辩护人。
还有，无论我写的那些话如何伤害你，
　　你都只有指责我一人的口实，
而不应同时辜负狄安娜；你如果不能
　　为了我守约，至少应尊重女神。
她在场，看见上当的你面露羞色，
　　也将你的话存进了不忘的耳朵。
愿凶兆不要应验！神威倘若遭藐视
　　（千万别如此），她就会狂暴无比。

卡吕冬野猪为证，它残忍，那位母亲[1]
　　对待自己的儿子却比它更残忍；
阿克泰昂也为证，曾与他一起屠戮[2]
　　野兽的猎犬却将他当作猎物；
还有高傲的尼俄柏，全身变成岩石[3]，
　　仍站在密格多尼亚的土地上哭泣[4]。
库迪佩，我怕告诉你真相，以免你认定
　　我是为自己的利益拿谎话吓唬人，
但我必须说。就是因为此事，相信我，
　　你才会在婚礼前夕经常病卧。
女神在意你，竭力阻止你违背誓言，
　　她希望你信用无伤，自己也平安。
所以，每当你试图犯下伪誓的大罪，
　　她都会将你从错误的轨道拉回。
千万别挑衅易怒处女神的残忍弓箭[5]，
　　只要你允许，她仍会对你心软。

1　“母亲”指阿尔泰娅，她为两位兄弟复仇，忍痛害死了儿子墨勒阿革洛斯。参考本书第九首第 156 行的注释。

2　阿克泰昂（Actaeon）是忒拜国王卡德摩斯（Cadmus）的外孙，奥托诺厄（Autonoe）之子，因为狩猎时偶然撞见沐浴的狄安娜，被女神变作一只鹿，被自己的猎犬活活咬死。详情见《变形记》（*Metamorphoses*）第三卷 131—252 行。

3　尼俄柏（Niobe）是坦塔罗斯之女，忒拜国王安菲翁之妻，生有七男七女，因为夸耀自己比拉托娜（Latona）幸福，所有孩子都被女神的儿女阿波罗和狄安娜杀死，丈夫自杀，她自己也变成石头。详情见《变形记》第六卷 146—312 行。

4　密格多尼亚（Mygdonia）是佛里吉亚的一个地区，居民以色雷斯人为主。

5　“处女神”指狄安娜。

我求你别再发烧，伤害你柔弱之身，
　　守护你的美，好让我将来细品；
守护你的容颜，它为我的欲望而生，
　　还有你雪白脸颊透出的红晕。
愿敌人和任何妨碍你与我成亲的人
　　都像我在你生病时一样郁闷！
无论你生病还是结婚，我都受折磨，
　　哪种情形更可恨，我实在难说。
有时我伤神，因为我或许让你痛苦，
　　觉得你受罪是我使诈的结局。
我祈求恋人的伪誓报应在我的头上，
　　让我遭惩罚，好让她毫发无伤！
然而，生怕不知道你过得如何，我时常
　　偷偷在你的门槛外焦虑地彷徨；
暗中跟随某位女佣或男仆，向他们
　　打听你是否吃得好，睡得安稳。
我真可怜，没有遵行医生的嘱咐，
　　给你揉手，坐在你床边照顾。
更可怜的是，我自己离你老远，或许
　　那位置被我最憎恶的人填补[1]。
如今他揉着你的手，坐在你的病床边，
　　他不仅讨神厌，而且尤其讨我厌。
当他用自己的拇指测量你跳动的脉搏，

1　“最憎恶的人”指库迪佩父亲为她安排的未婚夫。

常以此为借口抓住你雪白的胳膊，
抚摸你乳房，甚至趁机抢到几个吻——
这报偿相对于他的服务太滋润。
谁给你授权，竟提前收割我的庄稼？
谁允许你径直穿越别人的篱笆？
她的胸属于我，我的吻你也卑劣地抢夺，
挪开手，她的身体已承诺给我。
挪开手，恶棍！你所碰的人即将是我的，
以后再犯，你就是毁人贞节！
去尚无归属、无人声索的姑娘中挑选！
怕你不知道，告诉你，这是我财产。
别轻信我的话，让人念一念婚约的条款，
为避免你说我作假，让她自己念。
说你呢，再次警告你，离开别人的房间！
在这里干什么？快走，这床已被占。
虽然你也有一纸成文的婚约，但不能
据此认为其效力与我的同等。
我蒙她亲允，你却靠她父亲承诺，父亲
虽离她最近，终归不如自己近。
父亲只是许配她，她却发誓嫁情人；
他以人为证，她以女神为证；
他害怕失信之讥，她更怕违誓之罪——
难道你不知何者更令人生畏？
为了你能够比较两种情形的危险，
请看结果：她缠绵病榻，他平安。

而且，我们是带着相异的心态来竞争，
　　彼此的希望不等，恐惧也不等：
你求婚无风险，而对我拒绝比死还可怕，
　　你或许会爱她，我却已经爱上她。
若正义与公道在你眼中还有点分量，
　　你就应为我的这份爱情避让。
既然那野人仍然坚持不义的主张，
　　我的信现在只好转回你身上。
是他造成你的病，让你被狄安娜猜忌，
　　你若明智，就禁止他进你宅邸。
因为他犯错，你的性命却面临威胁，
　　真希望他替你去死，都是他惹祸！
如果你摒弃他，不爱女神诅咒的人，
　　你立刻会康复，我肯定再无灾病！
别害怕，少女，你将有长久健康的身体，
　　只要你敬重见证你誓言的神祠。
天神真正喜欢的不是献祭的牺牲，
　　而是无人监督也谨守的忠诚。
为治病，有些女人要忍受刀割火烤，
　　有些求助于苦得难下咽的药。
你无需这些，只要避免伪誓，并且
　　守住你自己、我和许下的承诺。
你过去不知晓自己的错，所以可原谅，
　　亲口念出的条约或许已淡忘；
可是我的话已经提醒你，还有每次

你试图违反时总会遭遇的祸事。
即使你避开这些，分娩之时你总需
求她用明亮的双手给予帮助。[1]
她会听见你，记起昔日的话，会问你
谁是你丈夫，这是谁的孩子？
你会答应献祭，她知道你不可相信；
你会发誓，她知道你能欺骗神。
我不为自己劝说，而有更大的担心，
我胸中不宁，是忧虑你的性命。
为何不久前你生死难料时，你双亲
惊恐地流泪（你隐瞒了自己的罪行）？
为何向他们隐瞒？你可以向母亲坦白，
库迪佩，你无须为过去之事羞愧。
请按序讲述：我怎样初次认识你，当你
为身挎箭囊的女神举行圣礼[2]；
当我突然看见你（如果你碰巧留意），
我怎样僵住，眼睛盯着你身体，
魂不守舍地望着你，我肩上的长袍
突然掉落（我已经魔怔的信号）；
后来，不知从哪里滚来一只苹果，
阴险的文字在上面巧妙地镌刻，
因为你当着神圣狄安娜的面朗读，

1 狄安娜常被视为掌管分娩的女神卢契娜（Lucina）。

2 “身挎箭囊的女神”指狄安娜。

你就被女神做证的誓言捆缚。
为了让母亲知晓那份文书的含义，
你就把当日念的话重复一次。
“我求你嫁给慈神赐给你的人，”她会说，
“你发誓让他做我女婿，让他做！
无论他是谁，既然神赞成，你也当赞成。”
母亲会如此，只要她真是母亲。
但你仍要她打听我的出身与为人，
她会发现女神对你们很贴心。
有一座爱琴海环绕的岛屿，名叫凯奥斯[1]，
卡尔泰亚的宁芙曾聚集于此[2]，
那是我故土；如果你们看重门第，
我也发源于一支显赫的世系；
我不缺家财，品行端正，没有污点；
就算没别的，爱也让你我相连。
即使没发誓，你也会追求这样的配偶；
即使没发誓，我也值得你拥有。
猎神福柏在梦中命令我给你写这些[3]，
当我醒来后，丘比特又吩咐我写。
你看，我已经伤于其中一位神的箭矢，
小心，别让另一位的武器伤了你！

---

1 凯奥斯（Ceos，也叫 Cea）是爱琴海上的一个岛。

2 卡尔泰亚（Carthaea）是凯奥斯岛上一座城市的名称。

3 福柏是狄安娜的别名，“猎神”对应的拉丁文原词是 iaculatrix（投掷者）。

我们的福祉相依，怜悯我，怜悯你自己！
　　同时可以救两人，你为何迟疑？
你若肯如此，当喇叭发出婚礼的信号，
　　献祭牛羊的鲜血染红提洛岛，
我将为幸运的苹果造一件黄金复制品，
　　并刻两行诗解释纪念的原因：
“阿孔提俄斯以这枚苹果的雕像做证，
　　写在它上面的承诺已经成真。”
我怕这封信太冗长，损害你脆弱的健康，
　　就以通常的问候语结束：“保重！”

第二十一首（库迪佩致阿孔提俄斯）[1]

我很害怕，一声不吭地看完每个词，
　　以免无意中以神灵的名义发誓；
我以为你又会设套，除非如你所说，
　　你知道自己只需要我一次承诺。
本来我不想看，但我如果对你太强硬，
　　或许会惹得残忍的女神更恼恨。
尽管我什么都做了，也给狄安娜献了香，
　　她对你的偏袒仍然非比寻常；
如你愿意我相信的那样，她执着地为你
　　复仇，甚至超过为希波吕托斯[2]。
作为处女神，她本该钟爱处女的年华——

1　这首诗的背景可参考上一首的第一个注释。

2　关于希波吕托斯，参考本书第四首诗的注释。淮德拉向他求爱遭拒后，向忒修斯指控他企图强奸自己。忒修斯将儿子放逐后又发出诅咒，最终造成了儿子的惨死。由于希波吕托斯是狄安娜的忠实追随者，女神让医神埃斯库拉庇乌斯（Aesculapius）救活了他，并变易了他的容貌，将他藏在罗马附近的一处圣林中，为他改名维尔比乌斯（Virbius）。关于他复活的事，参考《岁时记》（*Fasti* 6.737-760）。

但我怕她不想我继续拥有年华[1]。
因为这病粘在我身上，根由却隐匿，
我元气大伤，医生也无计可施。
你能想象我多憔悴，几乎没法拿起笔
写信，多苍白，肘部难撑起手臂？
此外我还得担心，除了乳娘已知情，
别人也可能察觉我们在通信。
她守在门口，谁问我在屋里干什么，
都回答“睡觉”，好让我安全地写。
后来，因为我耽搁太久，睡觉这条
长时间私密的最佳借口已失效，
当她看见某人来，又不能阻挡其进门，
就会按约定的信号，咳嗽提醒。
我只好立刻搁笔，顾不得文字被打断，
把未写完的信藏在颤抖的胸前。
等重新取出，我的手指又疲惫不堪，
你能看出我忍受怎样的艰难！
说实话，我宁愿死去，若你配得上这结局，
但我太仁慈，给你太好的待遇。
所以是因为你，我才经常命悬一线，
我一直受惩罚，也是受了你的骗？
我太美，你太恋慕我，就是这样的报偿？
容貌太动人，我就必须被你伤？

1　意为狄安娜希望她死。

倘若你觉得我很丑（恰是我所愿），反倒
　　是好事，身体被挑剔，却无须治疗；
如今我被盛赞，却呻吟，你俩的拉锯
　　正在摧毁我，我为我的美受苦。
你不肯退让，他也不觉得自己逊于你，
　　你阻止他如愿，他也同样如此。
我像船漂来荡去，被执拗的北风驱赶
　　入海，又被潮水和波浪往回卷：
当我迎来亲爱的父母盼望的日子，
　　火烧般的热病也侵袭我身体；
可悲！冷酷的珀尔塞福涅在婚礼良辰
　　却提早出现，猛敲我的房门。[1]
虽然我自认无辜，却已觉羞耻，害怕
　　人们以为我触怒神，活该受罚。
有人争辩说此事纯属偶然，有人
　　却断定这位新郎不取悦神灵，
别以为传言没有对你不利的猜测，
　　部分人相信是你在施法咒我。
原因隐晦，我的灾显明；你俩放逐了
　　和平，凶狠争斗，我却受折磨。
现在告诉我（惯常的欺骗手段抛一旁）：
　　你爱时都如此伤人，恨时会怎样？

1　珀尔塞福涅(Persephone)也叫普洛塞庇娜(Proserpina)，是冥王普鲁托的妻子，这里象征着死亡。

如果你伤害所爱，你爱敌人就明智——
　　狠心人，若救我，求你存心让我死！
要么你已不在乎你曾渴盼的姑娘，
　　残忍地允许她枯萎，无辜地消亡；
要么你丝毫不能影响那位冷酷的女神
　　（如你所吹嘘），徒然为我求情。
你选吧，哪种说法：你无意讨女神欢喜，
　　或是忘了我——你不能，是她忘了你。
我希望自己从来没去过（至少不要
　　在那个节点）爱琴海上的提洛岛，
那日，我的船驶入充满险阻的水中，
　　在不祥的时辰开始我的旅程。
我最先迈的哪只脚？哪只脚先离开门槛？[1]
　　哪只脚先踏上快船彩绘的甲板？
可是逆风两次顶着帆，将我们逐回——
　　我疯了，我说得不对，那风多顺遂！
它才是吉祥风，迫使出发的我返港，
　　不许我驶向注定有祸的方向。
真希望那风一直刮，固执地抵抗我的帆！
　　但只有蠢人才哀叹风无常变幻。
被岛的名气吸引，我只想早些登陆，
　　一路都觉得这艘船行如龟速，
多少次我斥责木桨，嫌它们动作迟钝，

1　根据古代西方的迷信，出门时先迈左脚是凶兆。

埋怨帆张得不够，捕获不了风。
驶过密科诺斯、特诺斯和安德罗斯[1]，
明丽的提洛岛已浮现在我眼里。
从远处望见它，我说：“岛啊，为何躲避我？
难道你还如往昔在大海漂泊？”
我登岛之时，白昼已接近消逝，日神
正欲卸下紫骏身上的缰绳。
待到他召回它们，如平日一般升空，
母亲便吩咐女仆为我梳妆；
她亲自为我戴好宝石，佩好金冠，
又给我穿上长裙，整理双肩。
我们立刻出了门，向此岛供奉的神像
致敬，奉献美酒和黄灿灿的乳香。
当母亲用牺牲的血涂抹祭坛，并将
切细的脏腑摆放在冒烟的炉火上，
殷勤照拂的乳娘领着我去其他庙宇，
在各处圣所随意浏览漫步。
我时而在柱廊徜徉，时而欣赏国王
留下的礼物和遍布神祠的雕像；
我也瞻仰了用无数野兽角筑成的祭坛[2]、

1 密科诺斯（Myconos）是爱琴海上环形岛（Cyclades）中的一个；特诺斯（Tenos）也是爱琴海上的一个岛；安德罗斯（Andros）也是爱琴海的岛，在欧卑亚（Euboea）海岸对面。

2 根据亚历山大诗人卡利马科斯（Callimachus）的说法，这个祭坛是阿波罗所建，所用材料是妹妹狄安娜打猎得来的野兽角。

女神分娩时曾经倚靠的树干[1]
以及提洛岛的其他东西——我已经不太
记得，也没有心思在此啰唆。
阿孔提俄斯，或许你就是在这时瞅见我，
觉得我天真，能够被诡计俘获。
我回到高踞石阶之上的狄安娜神殿——
难道它不应比任何地方都安全？
一枚苹果滚到我脚前，印着这文字——
哎呀，我差点再一次对你发誓。
乳娘惊讶地拾起它，说道："你念给我听。"
高明的诗人，我念的是你的陷阱！
提到"结婚"这个词，我顿时窘迫无措，
只觉双颊全部蔓延着羞色，
我不敢抬眼，仿佛它们已钉入前襟，
我的眼竟成实施你阴谋的仆人。
恶棍，你为何得意？你获得了什么光荣？
男人欺骗少女，有什么好名声？
我并未拿着盾牌和战斧来与你对抗，
像特洛伊海岸的彭忒西勒娅一样[2]；

1 女神指拉托娜，她在分娩时靠着提洛岛上的一棵橄榄树和一棵棕榈树。参考《变形记》（*Metamorphoses*）第六卷第 335 行。

2 彭忒西勒娅（Penthesilea）是亚马逊部族的女王，在特洛伊战争中支援普里阿摩斯，被阿喀琉斯杀死。战斧是亚马逊女战士的典型武器。

也没有希波吕塔那种雕镂着亚马逊
金徽的腰带被你抢作战利品[1]。
你为何狂喜，就因我上了你文字的当，
我这位缺心眼的少女被你欺诳？
库迪佩被苹果算计，阿塔兰忒也如此[2]，
你显然想做第二个希波墨涅斯？
但如果那位男孩（你说他带着某种[3]
火炬）真的将你完全掌控，
你就更应该学君子，不以欺骗腐蚀
希望，诉诸请求，而非诡计。
既然倾慕我，你为何不认为应坦然宣布
那些让你值得我倾慕的长处？
为何你宁可强迫，也不肯劝服，明明
我有可能被你的提议打动？
如今，誓言的空洞形式和呼求女神
做证的舌头对你又有什么用？
宣誓的应该是心，我并未以心宣誓；
唯有心能将意义赋予言辞。
是思虑和灵魂的理智决定支配誓词，
没有意志的介入就没有约束力。

---

1 希波吕塔（Hippolyta）也是亚马逊女王。欧律斯透斯要求海格力斯完成的一项任务是抢夺她的腰带。

2 “阿塔兰忒”对应的拉丁文原词是 Schoeneida，意为“斯科俄纽斯之女”，斯科俄纽斯（Schoeneus）是博奥蒂亚国王。

3 “男孩”指丘比特。

倘若我真心承诺嫁给你，你尽可坚持
　　婚姻之约赋予你的正当权利，
但如果我仅仅给了你毫无内容的言语，
　　你徒然纠缠的词句就不算凭据。
我并未发过誓，只是读了誓言的文字，
　　选你做夫君不能以这种方式。
去欺骗别人吧，先来苹果，再来情书。
　　如果这管用，且去抢无穷的财富！
让国王发誓将他们自己的王国给你[1]，
　　让天下你中意的一切全都归于你！
凭这一点，相信我，你已经超过狄安娜，
　　如果你文字的神力已如此强大。
可说完这些，虽然我坚决不与你成亲，
　　誓言的缘起和效力也已经讨论，
但我承认，我害怕残忍女神的愤怒[2]，
　　怀疑她就是我身体受损的缘故。
不然，为何每次当婚礼近在眼前，
　　新娘的身体就变得虚弱不堪？
许墨奈俄斯已三次靠近我的圣坛，
　　又三次逃离，在洞房门口回转；
每次他怠惰的手添油，火炬都不愿
　　复苏，挥舞它，焰苗也恹恹；

1　这里，库迪佩采用的是归谬法（reductio ad absurdum）。

2　“女神”对应的拉丁文原词是 Latoidos，意为“拉托娜之女”，指狄安娜。

香膏经常从他戴花环的头发间滴落，
　　他美丽的橘红长袍也在地上拖。[1]
到了门槛处，他看到眼泪、我对死亡的
　　恐惧和许多与圣礼相悖的细节，
就扯下额头的花环，扔在面前，抹掉
　　闪亮头发上黏稠的豆蔻香膏，
在抑郁的人群中独自欢庆令他羞惭，
　　长袍的红色很快传至他的脸。
但我多可怜！四肢滚烫，犹如火焚，
　　盖着的被子也比平时更沉，
我看见父母也为我憔悴的容颜悲叹，
　　婚礼的火炬即将被葬礼替换。
喜爱精美箭囊的女神，怜悯我的苦，
　　让我痊愈，用你兄长的医术[2]。
这难道不是耻辱，他一贯救死扶伤，
　　你却反其道而行之，让我灭亡？
当你准备在幽深林间的山泉里沐浴，
　　我可曾无意中窥见你洗濯之处？[3]
众多天神中，我可曾唯独忽略了你？
　　你母亲可曾遭到我母亲的蔑视？[4]

1　关于婚神许墨奈俄斯的这些细节都表明这场婚姻不吉利。

2　“兄长”指阿波罗，他擅长医术。

3　影射阿克泰昂的事，参考本书第二十首诗第 103 行的注释。

4　影射尼俄柏蔑视拉托娜导致子女全被杀的事，参考本书第二十首诗第 105 行的注释。

我从未有过犯，除了念过伪誓之词，
　　以不详之诗表明我识文断字。
也请你为我——如果你的爱不是谎言——
　　献上乳香，用害我的手救援。
女神若因为我没有如约成为你妻子
　　而愤怒，为何让我失去此能力？
我活着，你才能希望一切，冷酷的女神
　　为何夺我的生命，夺你的憧憬？
你也别想象，即将成为我夫君的人
　　会伸手抚弄我这久病之身。
他只是坐在我旁边，做他可以做的事，
　　但没有忘记这是处女的床席。
他似乎也已觉察，我的表现有异样，
　　虽不明就里，他时常泪流神伤，
举动不再如以前亲密，也很少索求
　　我的吻，表达爱意时声音颤抖。
他觉察并不奇怪，我被明显的迹象
　　出卖，他一来，我身子立刻向右躺，
不说话，闭着眼睛，装作已经入睡，
　　他若碰我，我就将那只手推开。
他无奈地呻吟，默默地叹息，觉得我对他
　　有敌意，虽然他没有理由受罚。
可悲，你却为我的态度兴奋不已！
　　可叹，我竟向你袒露了心意！
如果我可以说实话，设网害我的你

比他更应该承受我的怒气。
你写道，希望可以探望我的病身——
你离我很远，却能从远处伤人。
我常揣测，你的名为何是阿孔提俄斯，
答案是：你有锋利的投掷武器[1]；
至少我的伤口还没有愈合，那创伤
拜你的文字所赐，它仿佛标枪。
然而你为什么要来？自然是欣赏我的
惨样，你的天才的双重杰作[2]！
我已经形销骨立，皮肤没有血色，
就像记忆中你扔来的那枚苹果；
昔日明丽的脸庞再无娇艳的红晕，
就像新雕的大理石一样苍冷；
宴会上的银盘颜色也是如此，被凉水
碰过，就会因寒意变得苍白。
你若现在看到我，定会说未曾见过，
“用我的计谋追求，她根本不值得”。
为了不与我结婚，你将解除承诺的束缚，
并渴望女神的记忆也已经抹除；
或许你还会让我再发誓，内容正相反，
送来重新编织的词句叫我念。
但我还是愿意让你来，如你所希望，

1 阿孔提俄斯（Acontius）的名字源于古希腊语 akontion（标枪）。

2 “双重”指阿孔提俄斯刻在苹果上的文字和给她写的信。

亲眼看看奄奄一息的新娘。
虽然你的心比钢铁还硬，阿孔提俄斯，
你仍会求神原谅我不守誓词。
怕你不知道，告诉你，我已问过德尔斐
那位预言神，如何才能康泰，
隐隐有传言说，连他这位证人也抱怨，
某位女孩忽略了自己的诺言。
神和先知如此说，我念的诗如此说[1]，
你的愿望得到所有诗的应和[2]。
这样的佑护何来？除非你碰巧找到
新誓词，大神念出来就掉进圈套。
既然你控制了神意，我自己也只好遵循，
并欣然如你所愿，束手就擒；
我已经向母亲坦白被诓舌头的誓言，
充满羞愧的眼睛死盯着地面。
其他应由你负责，我已逾越少女的
本分，竟不惮以书信与你联络。
现在书写已累垮我太过虚弱的肢体，
病中的手拒绝再履行职司。
除了想尽快与你结合，我还能写什么？
“再见”，就让这封信最后对你说。

1　“神”指阿波罗，“先知”指日神在德尔斐的祭司，即皮提娅（Pythia）。

2　“诗”（carmina）也可以指预言，所以这个词可能包含了阿孔提俄斯刻在苹果上的文字、皮提娅宣告的神谕和库迪佩自己在信里写的诗句。

《女人面妆》

MEDICAMINA FACIEI FEMINEAE

女孩们，听我细述如何为容颜增辉[1]，
如何让你们的姿色长盛不衰。
通过耕耘，贫瘠的土地献出刻瑞斯的[2]
礼物，咬噬秧苗的荆棘被消灭；
借助园艺，果实不再有涩苦的味道，
嫁接的树枝收获外来的珍宝。
装饰多悦心：巍峨的宅邸镶嵌金边，
暗黑泥壤被铺设的大理石遮掩。[3]
羊毛需要在推罗铜锅中反复浸染[4]，
印度象牙雕镂后才宜于把玩。

---

1 第一行原文中的 Discite（请学习）是拉丁语说教诗的一个标志词，表明了这首诗的体裁。“女孩们”（puellae）则是古罗马爱情哀歌称呼对方的标准词语。“容颜”（faciem，主格 facies）主要指面部的美，也可泛指全身的美。下一行的“姿色”（forma）则偏向整体美。

2 刻瑞斯（Ceres）是谷物神。

3 在 3—8 行中，奥维德阐发了拉丁文动词 colo 和对应名词 cultus 的各种意思——“耕作”“打理”“装饰”等等，其共同特点是通过 cura（精心处理）改善某物的外表和质量。所以原文中的 cultus 和 culta（中性复数名词）无法用同一个汉语词来翻译，译文做了灵活变通。

4 地中海东岸城市推罗在古代以出产昂贵的紫色染料著称，这里描述的是浸染羊毛的方式。

或许在塔提乌斯王的古昔，萨宾女人[1]
　　对自己草草，对祖先的田亩却殷勤；
面色红润的主妇坐在高凳上，拇指
　　不停捻动，织着艰辛的活计，
亲自关好女儿放牧后归来的羔羊，
　　亲自将嫩枝和柴薪送入炉膛。
可是这一代母亲诞下的女儿更娇媚，
　　你们喜欢身上有金衣覆盖，
喜欢将抹香的头发梳成多变的式样，
　　喜欢有珠宝在手上熠熠发光；
你们在颈间挂着从东方搜来的钻石，
　　两颗足以让耳朵难承其重力。
这并非出格：你们本应为姿容花心思，
　　如今世上的男子本擅长修饰。
你们的夫君以女士的准则经营外表，
　　甚至妻子都不如他们妖娆。[2]
让每位女人打扮，各显神通追逐爱
　　有何妨？雅致不该受任何指摘。
隐居乡间仍摆弄发式，即使被险峻的

1　塔提乌斯（Tatius）是萨宾国王，先发动对罗马的战争，后来与罗马国王罗慕路斯（Romulus）联合，成为双王之一。萨宾（Sabini）是意大利中部的民族，多次与罗马发生战争，后并入罗马民族，萨宾女人擅长耕作，性格淳朴坚忍，参考贺拉斯《长短句集》（*Epodes* 2.39-46）。

2　Johnson（2016）指出，在古罗马传统中，形容男子女性化是一种指责，但奥维德时代的城市风气已经发生了很大变化。奥维德突出这一点，也是服务于劝说女性打扮的目的。

阿托斯藏匿，她们也不忘雕琢[1]。
再说，取悦自己不也是一种欢愉？
处女的娇颜常常惹自己恋慕。
朱诺的宠鸟受到夸赞，会向人展开[2]
羽毛，虽不会言语，却骄傲满怀。
所以，爱蛊惑我们胜过强力的草叶，
尽管是女巫以可怕的魔法采撷。
切不要迷信各种植物或混合的药汁[3]，
别偷试发情母马那害人的液体[4]；
蛇身不会因为马尔西咒语而崩断[5]，
河水也不会倒流，回到发端[6]；
就算大家都收起特梅萨铜钹不再用，
月亮也不会坠马，摔下天空[7]。
首先该关注品德是否无瑕，女孩们，

1 阿托斯（Athos 或 Atho）是希腊卡尔齐迪克半岛（Chalcidice）的一座山。

2 “朱诺的宠鸟”指孔雀。

3 指有催情作用的草药。

4 “液体”指母马交配时分泌的爱液，参考维吉尔《农事诗》（*Georgics* 3.280-283）。

5 奥维德在《爱的艺术》（*Ars Amatoria* 2.102）中告诉我们，马尔西人（Marsi）是意大利中部一个可怕的民族，精通巫术，尤其擅长用咒语操控蛇。参考贺拉斯《长短句集》（*Epodes* 17.29）。

6 传说女巫具有这种能力，参考《变形记》（*Metamorphoses* 7.198-202）。

7 据说女巫能用咒语让月亮坠下天空，参考《变形记》（*Metamorphoses* 7.207-209），与之对抗的方式就是敲铜锣，特梅萨（Temese）是意大利南部铜矿密集的地区。

天性贤淑，容貌便自然动人。[1]
对品德的爱才稳固，美终被时间蚀尽，
光彩的面庞终究要刻满皱纹；
终有一日，镜中的影像将令你痛苦，
而痛苦又将更多的皱纹孕育。
节操却足以自立，并能够长久延续，
它所维系的爱情在岁月中无虞。
当睡眠恢复你娇嫩的肢体，请向我学习，
怎样让你的面容明艳而白皙。
选取利比亚农夫用海船运来的大麦[2]，
去除它们的麸皮和外面的遮盖；
找等量箭筈豌豆，浸十只鸡蛋的黏浆
（但赤裸的麦粒应当不少于两磅[3]）；
将此混合物在风中晾干之后，交给
耐心的驴子以粗糙的石磨碾碎。
从长寿雄鹿头上初次掉落的角枝
也应捣成粉，加六分之一阿斯[4]，
待到搅匀的配料都已然细微如埃土，
就立即用筛子的无数孔隙过滤。

1　这符合古罗马的传统道德观念。

2　在 53—68 行中，奥维德介绍了第一种化妆品——一种类似面膜的混合物，其成分是：24 盎司大麦粒、24 盎司箭筈豌豆、10 只鸡蛋、2 盎司雄鹿角枝、12 颗水仙鳞茎、2 盎司斯佩尔特麦、2 盎司树脂、18 盎司蜂蜜。

3　磅（libra），古罗马重量单位，相当于 12 盎司，略少于 1 斤。

4　阿斯（as），古罗马重量单位，也相当于 12 盎司。

然后添加去了鞘的水仙鳞茎十二颗，
手抵纯净的大理石，使劲研磨。
还需要两盎司斯佩尔特麦（掺了树脂）[1]，
往其中倒入九倍分量的蜂蜜。
任何女人如果以这种药膏抹双颊，
她的脸将比镜子更明亮光滑。
你也别犹豫，而要烤炙苍白的羽扇豆[2]，
同时烹炸让身体发胖的蚕豆；
两种原料分别取六磅，一起放进
缓缓转动的石磨，碾成细粉。
也不可忘记白铅和红褐色泡碱碎渣，
还有伊利里亚生长的鸢尾花[3]；
让青年的健壮臂膀揉搓它们，但是
搅匀之后，正确的重量为一盎司。[4]
抹上从啁啾鸟巢取来的那种物质[5]
（翡翠鸟海绵），脸庞便远离瑕疵。
使用多少药剂我觉得正合适，你若问，
答案便是一盎司变作两等分。

---

1 这行拉丁原文的 semine Tusco（图斯坎种子）很可能指斯佩尔特麦。

2 在 69—76 行中，奥维德介绍了第二种化妆品，其成分是：72 盎司烤羽扇豆、72 盎司炸蚕豆、1/3 盎司白铅、1/3 盎司泡碱碎渣、1/3 盎司鸢尾花。

3 原文的形容词 Illyrica 源自 Illyria（伊利里亚），伊利里亚在巴尔干半岛西部。

4 这意味着白铅、泡碱和鸢尾花的分量都是 1/3 盎司。

5 在 77—82 行中，奥维德介绍了第三种化妆品，有祛斑之效，其成分是：1/2 盎司翡翠鸟海绵和 1/2 盎司阿提卡蜂蜜。翡翠鸟海绵据说取自翡翠鸟（alcyon）的巢，所以叫 alcyonea。根据大普林尼的说法，它可能与海绵类似。

为了让配料黏合，在身上涂抹更容易，
　　可加入金色蜂巢的阿提卡蜂蜜。
乳香虽然可取悦神灵，平息其怒焰[1]，
　　但不该全部化为祭坛的青烟。
当你将乳香与消除肿块的泡碱混合，
　　都应是三分之一磅，不少不多；
再添上四分之三块取自树皮的树脂、
　　一小块黏稠的没药（用量稍克制）。
将这些全部碾碎，复以细筛子过滤，
　　还必须掺入蜂蜜，让粉末凑聚。
把茴香与馥郁的没药搅匀也有裨益[2]
　　（五吩茴香、九吩没药正合适[3]）——
还有一只手能够盛下的干玫瑰花瓣，
　　以及雄乳香和阿蒙庙附近的盐[4]。
用大麦熬出的汤汁浇在这些配料上，
　　乳香的分量应与盐和玫瑰相当。
虽然只在你柔软的面庞停留片时，

1　在 83—90 行中，奥维德介绍了第四种化妆品，其成分是：4 盎司乳香、4 盎司泡碱、3/4 块树脂、1 小块没药、蜂蜜。

2　在 91—98 行中，奥维德介绍了第五种化妆品，也有祛斑之效，其成分是：6 克茴香、10 克没药、单手装下的干玫瑰花瓣、雄乳香、盐、大麦汁。

3　“吩”是借用当代药剂单位 scruple 的汉译，后者源于拉丁语重量单位 scrupulum（任何单位的 1/288）。拉丁原文的 scrupulum 显然指罗马磅的 1/288，约 1 克多。

4　之所以要“阿蒙庙附近的盐”，可能是因为古人迷信神庙附近的盐有神奇作用，阿蒙（Ammon）是埃及神，希腊人把祂和宙斯等同。

它们却足以驱走所有的瑕疵。
我曾见某位女子将冷水沾湿的罂粟花[1]
捣碎，涂抹自己娇嫩的脸颊。

1 《女人面妆》是残篇，100 行之后的内容已失传。99—100 行提到的捣碎的罂粟花应当可以用作胭脂。

拉丁语原诗

HEROIDES

《女杰书简》

I. Penelope Ulixi

Hanc[1] tua Penelope lento tibi mittit, Ulixe;
nil mihi rescribas attamen[2]; ipse veni.
Troia iacet certe, Danais invisa puellis;
vix Priamus tanti totaque Troia fuit.
O utinam tum, cum Lacedaemona classe petebat,
obrutus insanis esset adulter aquis!
Non ego deserto iacuissem frigida lecto;
non quererer tardos ire relicta dies
nec mihi quaerenti spatiosam fallere noctem
lassaret[3] viduas pendula tela manus.
Quando ego non timui graviora pericula veris?
Res est solliciti plena timoris amor.
In te fingebam violentos Troas ituros;
nomine in Hectoreo pallida semper eram.

---

1 Hanc=Haec

2 attamen=tu tamen=ut tamen

3 lassaret=lassasset

Sive quis Antilochum narrabat ab Hectore victum[1],
Antilochus nostri causa timoris erat,
sive Menoetiaden falsis cecidisse sub armis,
flebam successu posse carere dolos.
Sanguine Tlepolemus Lyciam tepefecerat hastam;
Tlepolemi leto cura novata mea est.
Denique, quisquis erat castris iugulatus Achivis,
frigidius glacie pectus amantis erat.
Sed bene consuluit casto deus aequus amori;
versa est in cineres sospite Troia viro.
Argolici rediere duces; altaria fumant;
ponitur ad patrios barbara praeda deos.
Grata ferunt nuptae[2] pro salvis dona maritis,
illi victa suis Troica fata canunt[3];
mirantur lassique[4] senes trepidaeque puellae;
narrantis coniunx pendet ab ore viri,
atque aliquis posita monstrat fera proelia mensa
pingit et exiguo Pergama tota mero:
'Hac ibat Simois, haec est Sigeia tellus;
hic steterat Priami regia celsa senis;
illic Aeacides, illic tendebat Ulixes;

1 ab Hectore victum=ab hoste revictum

2 nuptae=nymphae

3 Troica=Troia; fata=facta

4 lassique=iustique

hic lacer admissos terruit Hector equos.'
Omnia namque tuo senior te quaerere misso
rettulerat nato Nestor, at ille mihi.
Rettulit et ferro Rhesumque Dolonaque caesos,
utque sit hic somno proditus, ille dolo.
Ausus es, o nimium nimiumque oblite tuorum,
Thracia nocturno tangere castra dolo
totque simul mactare viros, adiutus ab uno.
At bene cautus eras et memor ante mei!
Usque metu micuere sinus, dum victor amicum
dictus es Ismariis isse per agmen equis.
Sed mihi quid prodest vestris disiecta lacertis
Ilios, et, murus quod fuit, esse solum,
si maneo qualis Troia durante manebam
virque mihi dempto fine carendus abest?
Diruta sunt aliis, uni mihi Pergama restant,
incola captivo quae bove victor arat.
Iam seges est, ubi Troia fuit, resecandaque falce
luxuriat Phrygio sanguine pinguis humus;
Semisepulta virum curvis feriuntur aratris
ossa; ruinosas occulit herba domos.
Victor abes nec scire mihi quae causa morandi
aut in quo lateas ferreus orbe, licet.
Quisquis ad haec vertit peregrinam litora puppim,
ille mihi de te multa rogatus abit,

quamque tibi reddat, si te modo viderit usquam,
traditur huic digitis charta notata meis.
Nos Pylon, antiqui Neleia Nestoris arva,
misimus, incerta est fama remissa Pylo.
Misimus et Sparten; Sparte quoque nescia veri[1].
Quas habitas terras aut ubi lentus abes?
Utilius starent etiamnunc moenia Phoebi—
Irascor votis, heu, levis ipsa meis!
Scirem, ubi pugnares et tantum bella timerem
et mea cum multis iuncta querela foret.
Quid timeam, ignoro; timeo tamen omnia demens
et patet in curas area lata meas.
Quaecumque aequor habet, quaecumque pericula tellus,
tam longae causas suspicor esse morae.
Haec ego dum stulte metuo[2], quae vestra libido est,
esse peregrino captus amore potes;
forsitan et narres quam sit tibi rustica coniunx,
quae tantum lanas non sinat[3] esse rudes.
Fallar, et hoc crimen tenues vanescat in auras,
neve, revertendi liber, abesse velis!
Me pater Icarius viduo discedere lecto
cogit et immensas increpat usque moras.

1 veri=vestri

2 metuo=meditor

3 sinat=sinit

Increpet usque licet! Tua sum, tua dicar oportet;
Penelope coniunx semper Ulixis ero.
Ille tamen pietate mea precibusque pudicis
frangitur et uires temperat ipse suas.
Dulichii Samiique et quos tulit alta Zacynthos
turba ruunt in me luxuriosa proci
inque tua regnant nullis prohibentibus aula;
viscera nostra, tuae dilacerantur opes.
Quid tibi Pisandrum Polybumque Medontaque dirum
Eurymachique avidas Antinoique manus
atque alios referam, quos omnis turpiter absens
ipse tuo partis sanguine rebus alis?
Irus egens pecorisque Melanthius actor edendi
ultimus accedunt in tua damna pudor.
Tres sumus imbelles numero, sine viribus uxor
Laertesque senex Telemachusque puer.
Ille per insidias paene est mihi nuper ademptus,
dum parat invitis omnibus ire Pylon.
Di, precor, hoc iubeant, ut euntibus ordine fatis
ille meos oculos comprimat, ille tuos.
Hac[1] faciunt custosque boum longaevaque nutrix,
tertius immundae cura fidelis harae.
Sed neque Laertes, ut qui sit inutilis armis,

1 Hac=huc=hinc

hostibus in mediis regna tenere potest,
Telemacho veniet, vivat modo, fortior aetas:
nunc erat auxiliis illa tuenda patris;
nec mihi sunt vires inimicos pellere tectis.
Tu citius venias, portus et ara tuis!
Est tibi sitque, precor, natus, qui mollibus annis
in patrias artes erudiendus erat.
Respice Laerten; ut iam sua lumina condas,
extremum fati sustinet ille diem.
Certe ego, quae fueram te discedente puella,
protinus ut venias, facta videbor anus.

II. Phyllis Demophoonti

Hospita, Demophoon, tua te Rhodopeia Phyllis
ultra promissum tempus abesse queror.
Cornua cum lunae pleno semel orbe coissent,
litoribus nostris ancora pacta tua est.
Luna quater latuit, toto quater orbe recrevit,
nec vehit Actaeas Sithonis unda rates.
Tempora si numeres quae nos[1] numeramus amantes,
non venit ante suam nostra querela diem.
Spes quoque lenta fuit; tarde, quae credita laedunt,
credimus. Invita nunc et amante nocent[2].
Saepe fui mendax pro te mihi, saepe putavi[3]
alba procellosos vela referre notos;
Thesea devovi, quia te dimittere nollet;
nec tenuit cursus forsitan ille tuos.

---

1 quae nos=bene quae

2 invita=invite=invito; et=es; amante=amore; nocent=nocens=noces

3 putavi=notavi

Interdum timui ne, dum vada tendis ad Hebri,
mersa foret cana naufraga puppis aqua.
Saepe deos supplex, ut tu, scelerate, valeres,
cum prece turicremis sum venerata sacris;
saepe, videns ventos caelo pelagoque faventes[1],
ipsa mihi dixi, 'Si valet ille, venit.'
Denique fidus amor quidquid properantibus obstat
finxit et ad causas ingeniosa fui.
At tu lentus abes, nec te iurata reducunt
numina, nec nostro motus amore redis.
Demophoon, ventis et verba et vela dedisti;
vela queror reditu, verba carere fide.
Dic mihi, quid feci, nisi non sapienter amavi?
Crimine te potui demeruisse meo.
Unum in me scelus est, quod te, scelerate, recepi,
sed scelus hoc meriti pondus et instar habet.
Iura, fides ubi nunc commissaque dextera dextrae,
quique erat in falso plurimus ore deus?
Promissus socios ubi nunc Hymenaeus in annos,
qui mihi coniugii sponsor et obses erat?
Per mare, quod totum ventis agitatur et undis,
per quod saepe ieras, per quod iturus eras,
perque tuum mihi iurasti, nisi fictus et ille est,

---

1 faventes=laventes

concita qui ventis aequora mulcet, avum,
per Venerem nimiumque mihi facientia tela,
altera tela arcus, altera tela faces,
Iunonemque, toris quae praesidet alma maritis,
et per taediferae mystica sacra deae.
Si de tot laesis sua numina quisque deorum
vindicet, in poenas non satis unus eris.
At laceras etiam puppes furiosa refeci,
ut, qua desererer, firma carina foret,
remigiumque dedi, quo me fugiturus abires.
Heu! Patior telis vulnera facta meis!
Credidimus blandis, quorum tibi copia, verbis,
credidimus generi nominibusque tuis,
credidimus lacrimis; an et hae simulare docentur
hae quoque habent artes quaque iubentur eunt?
Dis quoque credidimus. Quo iam tot pignora nobis?
Parte satis potui qualibet inde capi.
Nec moveor quod te iuvi portuque locoque.
Debuit haec meriti summa fuisse mei.
Turpiter hospitium lecto cumulasse iugali
paenitet et lateri conseruisse latus.
Quae fuit ante illam, mallem suprema fuisset
nox mihi, dum potui Phyllis honesta mori.
Speravi melius, quia me meruisse putavi;
quaecumque ex merito spes venit, aequa venit.

Fallere credentem non est operosa puellam
gloria; simplicitas digna favore fuit.
Sum decepta tuis et amans et femina verbis;
di faciant laudis summa sit ista tuae.
Inter et Aegidas media statuaris in urbe,
magnificus titulis stet pater ante suis.
Cum fuerit Sciron lectus torvusque Procrustes
et Sinis et tauri mixtaque forma viri
et domitae bello Thebae fusique bimembres
et pulsata nigri regia caeca dei,
hoc tua post illos titulo signetur imago:
'Hic est, cuius amans hospita capta dolo est.'
De tanta rerum turba factisque parentis
sedit in ingenio Cressa relicta tuo;
quod solum excusat, solum miraris in illo;
heredem patriae, perfide, fraudis agis.
Illa (nec invideo) fruitur meliore marito
inque capistratis tigribus alta sedet.
At mea despecti fugiunt conubia Thraces,
quod ferar externum praeposuisse meis.
Atque aliquis 'Iam nunc doctas eat' inquit 'Athenas;
armiferam Thracen qui regat, alter erit.
Exitus acta probat.' Careat successibus, opto,
quisquis ab eventu facta notanda putat.
At si nostra tuo spumescant aequora remo

iam mihi, iam dicar consuluisse meis.
Sed neque consului, nec te mea regia tanget[1]
fessaque Bistonia membra lavabis aqua.
Illa meis oculis species abeuntis inhaeret,
cum premeret portus classis itura meos.
Ausus es amplecti colloque infusus amantis
oscula per longas iungere pressa moras
cumque tuis lacrimis lacrimas confundere nostras,
quodque foret velis aura secunda queri
et mihi discedens suprema dicere voce:
'Phylli, fac exspectes Demophoonta tuum.'
Exspectem, qui me numquam visurus abisti?
Exspectem pelago vela negate meo[2]?
Et tamen exspecto. Redeas modo serus amanti,
ut tua sit solo tempore lapsa fides.
Quid precor infelix? Te iam tenet altera coniunx
forsitan et, nobis qui male favit, Amor
utque[3] tibi excidimus, nullam, puto, Phyllida nosti.
Ei mihi, si quae sim Phyllis et unde rogas,
quae tibi, Demophoon, longis erroribus acto
Threicios portus hospitiumque dedi,
cuius opes auxere meae, cui dives egenti

1 tanget=tangit

2 negata meo=negante data

3 utque=iamque

munera multa dedi, multa datura fui,
quae tibi subieci latissima regna Lycurgi,
nomine femineo vix satis apta regi,
qua patet umbrosum Rhodope glacialis ad Haemum,
et sacer admissas exigit Hebrus aquas,
cui mea virginitas avibus libata sinistris
castaque fallaci zona recincta manu.
Pronuba Tisiphone thalamis ululavit in illis
et cecinit maestum devia carmen avis.
Affuit Allecto brevibus torquata colubris,
suntque sepulcrali lumina mota face.
Maesta tamen scopulos fruticosaque litora calco
quaque patent oculis aequora[1] lata meis.
Sive die laxatur humus, seu frigida lucent
sidera, prospicio quis freta ventus agat,
et quaecumque procul venientia lintea vidi,
protinus illa meos auguror esse deos.
In freta procurro, vix me retinentibus undis,
mobile qua primas porrigit aequor aquas.
Quo magis accedunt, minus et minus utilis adsto:
linquor et ancillis excipienda cado.
Est sinus, adductos modice falcatus in arcus;
ultima praerupta cornua mole rigent;

1 aequora=litora

hinc mihi suppositas immittere corpus in undas
   mens fuit, et, quoniam fallere pergis, erit.
Ad tua me fluctus proiectam litora portent
   occurramque oculis intumulata tuis.
Duritia ferrum ut superes adamantaque teque:
   'Non tibi sic' dices 'Phylli, sequendus eram.'
Saepe venenorum sitis est mihi, saepe cruenta
   traiectam gladio morte perire iuvat;
colla quoque, infidis quia se nectenda lacertis
   praebuerunt, laqueis implicuisse iuvat.
Stat nece matura tenerum pensare pudorem;
   in necis electu parva futura mora est.
Inscribere meo causa invidiosa sepulcro;
   aut hoc aut simili carmine notus eris:
'Phyllida Demophoon leto dedit hospes amantem
   ille necis causam praebuit, ipsa manum.'

III. Briseis Achilli

Quam legis, a rapta Briseide littera venit,
vix bene barbarica Graeca notata manu.
Quascumque aspicies, lacrimae fecere lituras;
sed tamen et lacrimae pondera vocis habent.
Si mihi pauca queri de te dominoque viroque
fas est, de domino pauca viroque querar.
Non, ego poscenti quod sum cito tradita regi,
culpa tua est, quamvis haec quoque culpa tua est.
Nam simul Eurybates me Talthybiosque vocarunt,
Eurybati data sum Talthybioque comes;
alter in alterius iactantes lumina vultum
quaerebant taciti noster ubi esset amor.
Differri potui; poenae mora grata fuisset.
Ei mihi! Discedens oscula nulla dedi,
at lacrimas sine fine dedi rupique capillos.
Infelix Iterum sum mihi visa capi.
Saepe ego decepto volui custode reverti,

sed me qui timidam prenderet[1], hostis erat;
si progressa forem, caperer ne, nocte, timebam,
quamlibet ad Priami munus itura nurum.
Sed data sim, quia danda fui. Tot noctibus absum
nec repetor; cessas iraque lenta tua est.
Ipse Menoetiades, tum cum tradebar, in aurem:
'Quid fles? Hic parvo tempore' dixit 'eris.'
Non repetisse parum. Pugnas ne reddar, Achille.
I nunc et cupidi nomen amantis habe.
Venerunt ad te Telamone et Amyntore nati,
ille gradu propior sanguinis, ille comes,
Laertaque satus, per quos comitata redirem.
Auxerunt blandae grandia dona preces,
viginti fulvos operoso ex aere lebetas
et tripodas septem pondere et arte pares;
addita sunt illis auri bis quinque talenta,
bis sex adsueti vincere semper equi,
quodque supervacuum est, forma praestante puellae
Lesbides, eversa corpora capta domo,
cumque tot his (sed non opus est tibi coniuge) coniunx
ex Agamemnoniis una puella tribus.
Si tibi ab Atride pretio redimenda fuissem,
quae dare debueras, accipere illa negas.

1 prenderet=redderet

Qua merui culpa fieri tibi vilis, Achille?
  Quo levis a nobis tam cito fugit amor?
An miseros tristis fortuna tenaciter urget,
  nec venit inceptis mollior hora malis[1]?
Diruta Marte tuo Lyrnesia moenia vidi
  (et fueram patriae pars ego magna meae);
vidi consortes pariter generisque necisque
  tres cecidisse (tribus, quae mea mater erat);
vidi, quantus erat, fusum tellure cruenta
  pectora iactantem sanguinolenta virum.
Tot tamen amissis te compensavimus unum;
  tu dominus, tu vir, tu mihi frater eras.
Tu mihi, iuratus per numina matris aquosae,
  utile dicebas ipse fuisse capi,
scilicet ut, quamvis veniam dotata, repellas
  et mecum fugias, quae tibi dantur, opes.
Quin etiam fama est, cum crastina fulserit Eos,
  te dare nubiferis lintea vela Notis[2].
Quod scelus ut pavidas miserae mihi contigit aures,
  sanguinis atque animi pectus inane fuit.
Ibis et o! Miseram cui me, violente[3], relinques?
  Quis mihi desertae mite levamen erit?

---

1 malis=meis

2 lintea=linea; vela=plena

3 violente=tu lente

Devorer ante, precor, subito telluris hiatu
aut rutilo missi fulminis igne cremer,
quam sine me Phthiis canescant aequora remis
et videam puppes ire relicta tuas!
Si tibi iam reditusque placent patriique penates,
non ego sum classi sarcina magna tuae;
victorem captiva sequar, non nupta maritum.
Est mihi, quae lanas molliat, apta manus.
Inter Achaeiadas longe pulcherrima matres
in thalamos coniunx ibit eatque tuos,
digna nurus socero, Iovis Aeginaeque nepote
cuique senex Nereus prosocer esse velit.
Nos humiles famulaeque tuae data pensa trahemus,
et minuent plenas stamina nostra colos.
Exagitet ne me tantum tua, deprecor, uxor,
quae mihi nescio quo non erit aequa modo,
neve meos coram scindi patiare capillos
et leviter dicas: 'Haec quoque nostra fuit.'
Vel patiare licet, dum ne contempta relinquar.
Hic mihi vae! Miserae concutit ossa metus.
Quid tamen exspectas? Agamemnona paenitet irae
et iacet ante tuos Graecia maesta pedes.
Vince animos iramque tuam, qui cetera vincis.
Quid lacerat Danaas impiger Hector opes?
Arma cape, Aeacide, sed me tamen ante recepta,

et preme turbatos Marte favente viros.
Propter me mota est, propter me desinat ira
simque ego tristitiae causa modusque tuae.
Nec tibi turpe puta precibus succumbere nostris;
coniugis Oenides versus in arma prece est.
Res audita mihi, nota est tibi. Fratribus orba
devovit nati spemque caputque parens.
Bellum erat; ille ferox positis secessit ab armis
et patriae rigida mente negavit opem;
sola virum coniunx flexit. Felicior illa!
At mea pro nullo pondere verba cadunt.
Nec tamen indignor nec me pro coniuge gessi
saepius in domini serva vocata torum.
Me quaedam, memini, dominam captiva vocabat:
'Servitio,' dixi, 'nominis addis onus.'
Per tamen ossa viri subito male tecta sepulcro,
semper iudiciis ossa verenda meis,
perque trium fortes animas, mea numina, fratrum,
qui bene pro patria cum patriaque iacent,
perque tuum nostrumque caput, quae iunximus una,
perque tuos enses, cognita tela meis,
nulla Mycenaeum sociasse cubilia mecum
iuro; fallentem deseruisse velis!
Si tibi nunc dicam 'Fortissime, tu quoque iura
nulla tibi sine me gaudia facta,' neges.

At Danai maerere putant. Tibi plectra moventur,
  te tenet in tepido mollis amica sinu.
Et quisquam quaerit quare pugnare recuses[1]:
  pugna nocet, citharae voxque venusque iuvant;
tutius est iacuisse toro, tenuisse puellam,
  Threiciam digitis increpuisse lyram,
quam manibus clipeos et acutae cuspidis hastam
  et galeam pressa sustinuisse coma.
Sed tibi pro tutis insignia facta placebant,
  partaque bellando gloria dulcis erat.
An, tantum dum me caperes fera bella probabas,
  cumque mea patria laus tua victa iacet?
Di melius! Validoque, precor, vibrata lacerto
  transeat Hectoreum Pelias hasta latus!
Mittite me, Danai. Dominum legata rogabo
  multaque mandatis oscula mixta feram.
Plus ego quam Phoenix, plus quam facundus Ulixes,
  plus ego quam Teucri, credite, frater agam.
Est aliquid, collum solitis tetigisse lacertis,
  praesentisque oculos admonuisse sinu[2].
Sis licet immitis matrisque ferocior undis,
  ut taceam, lacrimis comminuere meis.

1 Et quisquam=si quisquam=et si quis=et quisquis=si quis nunc=si quis forte; quaerit=quaerat=roget

2 sinu=sinus=suis

Nunc quoque (sic omnes Peleus pater impleat annos,
sic eat auspiciis Pyrrhus ad arma tuis)
respice sollicitam Briseida, fortis Achille,
nec miseram lenta ferreus ure mora,
aut, si versus amor tuus est in taedia nostri,
quam sine te cogis vivere, coge mori,
utque facis, coges. Abiit corpusque colorque;
sustinet hoc animae spes tamen una tui.
Qua si destituor, repetam fratresque virumque;
nec tibi magnificum femina iussa mori.
Cur autem iubeas? Stricto pete corpora ferro;
est mihi qui fosso pectore sanguis eat.
Me petat ille tuus, qui, si dea passa fuisset,
ensis in Atridae pectus iturus erat.
A! Potius serves nostram, tua munera, vitam.
Quod dederas hosti victor, amica rogo.
Perdere quos melius possis, Neptunia praebent
Pergama; materiam caedis ab hoste pete;
me modo, sive paras impellere remige classem,
sive manes, domini iure venire iube.

IV. Phaedra Hippolyto

Quam nisi tu dederis, caritura est ipsa, salutem
mittit Amazonio Cressa puella viro.
Perlege, quodcumque est. Quid epistula lecta nocebit?
te quoque in hac aliquid quod iuvet esse potest.
His arcana notis terra pelagoque feruntur;
inspicit acceptas hostis ab hoste notas.
Ter tecum conata loqui ter inutilis haesit
lingua, ter in primo destitit ore sonus.
Qua licet et quitur, pudor est miscendus amori;
dicere quae puduit, scribere iussit amor.
Quidquid Amor iussit, non est contemnere tutum;
regnat et in dominos ius habet ille deos.
Ille mihi primo dubitanti scribere dixit:
'Scribe. Dabit victas ferreus ille manus.'
Adsit, et, ut nostras avido fovet igne medullas,

figat[1] sic animos in mea vota tuos!
Non ego nequitia socialia foedera rumpam;
fama, velim quaeras, crimine nostra vacat.
Venit amor gravius, quo serius. Urimur intus;
urimur et caecum pectora vulnus habent.
Scilicet ut teneros laedunt iuga prima iuvencos
frenaque vix patitur de grege captus equus,
sic male vixque subit primos rude pectus amores
sarcinaque haec animo non sedet apta meo.
Ars fit, ubi a teneris crimen condiscitur annis;
quae[2] venit exacto tempore, peius amat.
Tu nova servatae carpes libamina famae
et pariter nostrum fiet uterque nocens.
Est aliquid plenis pomaria carpere ramis
et tenui primam delegere ungue rosam.
Si tamen ille prior, quo me sine crimine gessi,
candor ab insolita labe notandus erat,
at bene successit, digno quod adurimur igni;
peius adulterio turpis adulter obest.
Si mihi concedat Iuno fratremque virumque,
Hippolytum videor praepositura Iovi.
Iam quoque, vix credes, ignotas mutor in artes;

1 figat=frangat

2 quae=cui

est mihi per saevas impetus ire feras;
iam mihi prima dea est arcu praesignis adunco
Delia; iudicium subsequor ipsa tuum.
In nemus ire libet pressisque in retia cervis
hortari celeris per iuga summa canes
aut tremulum excusso iaculum vibrare lacerto
aut in graminea ponere corpus humo.
Saepe iuvat versare leves in pulvere currus
torquentem frenis ora fugacis equi;
nunc feror ut Bacchi furiis Eleleides[1] actae
quaeque sub Idaeo tympana colle movent
aut quas semideae Dryades Faunique bicornes
numine contactas attonuere suo.
Namque mihi referunt, cum se furor ille remisit,
omnia; me tacitam conscius urit amor.
Forsitan hunc generis fato reddamus amorem
et Venus ex tota gente tributa petat.
Iuppiter Europen (prima est ea gentis origo)
dilexit, tauro dissimulante deum;
Pasiphae mater, decepto subdita tauro,
enixa est utero crimen onusque suo;
perfidus Aegides, ducentia fila secutus,
curva meae fugit tecta sororis ope.

1 Eleleides=Elelegides=Eleides

En, ego nunc, ne forte parum Minoia credar,
in socias leges ultima gentis eo.
Hoc quoque fatale est; placuit domus una duabus;
me tua forma capit, capta parente soror;
Theseides Theseusque duas rapuere sorores;
ponite de nostra bina tropaea domo.
Tempore quo nobis inita est Cerealis Eleusin,
Gnosia me vellem detinuisset humus.
Tunc mihi praecipue, nec non tamen ante, placebas;
acer in extremis ossibus haesit amor.
Candida vestis erat, praecincti flore capilli,
flava verecundus tinxerat ora rubor,
quemque vocant aliae vultum rigidumque trucemque,
pro rigido Phaedra iudice fortis erat.
Sint procul a nobis iuvenes ut femina compti.
Fine coli modico forma virilis amat.
Te tuus iste rigor positique sine arte capilli
et levis egregio pulvis in ore decet.
Sive ferocis equi luctantia colla recurvas,
exiguo flexos miror in orbe pedes;
Seu lentum valido torques hastile lacerto,
ora ferox in se versa lacertus habet;
Sive tenes lato venabula cornea ferro,

denique nostra iuvat[1] lumina, quidquid agas.
Tu modo duritiam silvis depone iugosis.
non sum duritia[2] digna perire tua.
Quid iuvat incinctae studia exercere Dianae
et Veneri numeros eripuisse suos?
Quod caret alterna requie, durabile non est;
haec reparat vires fessaque membra novat;
arcus (et arma tuae tibi sunt imitanda Dianae)
si numquam cesses tendere, mollis erit.
Clarus erat silvis Cephalus multaeque per herbas
conciderant illo percutiente ferae,
nec tamen Aurorae male se praebebat amandum;
ibat ad hunc sapiens a sene diva viro.
Saepe sub ilicibus Venerem Cinyraque creatum
sustinuit positos quaelibet herba duos.
Arsit et Oenides in Maenalia Atalanta;
illa ferae spolium pignus amoris habet.
Nos quoque iam primum turba numeremur in ista;
si Venerem tollas, rustica silva tua est.
Ipsa comes veniam, nec me latebrosa movebunt
saxa neque obliquo dente timendus aper.
Aequora bina suis oppugnant fluctibus Isthmon

1 iuvat=iuvas

2 duritia=materia=militia

et tenuis tellus audit utrumque mare.
Hic tecum Troezena colam, Pittheia regna;
iam nunc est patria gratior illa mea.
Tempore abest aberitque diu Neptunius heros;
illum Pirithoi detinet ora sui;
praeposuit Theseus, nisi si[1] manifesta negamus,
Pirithoum Phaedrae Pirithoumque tibi.
Sola nec haec ad nos iniuria venit ab illo;
in magnis laesi rebus uterque sumus.
Ossa mei fratris clava perfracta trinodi
sparsit humi, soror est praeda relicta feris.
Prima securigeras inter virtute puellas
te peperit, nati digna vigore parens;
si quaeras ubi sit, Theseus latus ense peregit;
nec tanto mater pignore tuta fuit.
At ne nupta quidem taedaque accepta iugali;
cur, nisi ne caperes regna paterna nothus?
Addidit et fratres ex me tibi, quos tamen omnis
non ego tollendi causa, sed ille fuit.
O utinam nocitura tibi, pulcherrime rerum,
in medio nisu viscera rupta forent!
I nunc, sic meriti lectum reverere parentis,
quem fugit et factis abdicat ipse suis.

1 nisi si=nisi=nisi nos

Nec, quia privigno videar coitura noverca,
terruerint animos nomina vana tuos.
Ista vetus pietas, aevo moritura futuro,
rustica Saturno regna tenente fuit[1];
Iuppiter esse pium statuit quodcumque iuvaret,
et fas omne facit fratre marita soror.
Illa coit firma generis iunctura catena,
imposuit nodos cui Venus ipsa suos.
Nec labor est; celare licet; pete munus ab illa[2];
cognato poterit nomine culpa tegi.
Viderit amplexus aliquis, laudabimur ambo,
dicar privigno fida noverca meo.
Non tibi per tenebras duri reseranda mariti
ianua, non custos decipiendus erit;
ut tenuit domus una duos, domus una tenebit;
oscula aperta dabas, oscula aperta dabis;
tutus eris mecum laudemque merebere culpa,
tu licet in lecto conspiciare meo.
Tolle moras tantum properataque foedera iunge:
qui mihi nunc saevit, sic tibi parcat Amor.
Non ego dedignor supplex humilisque precari.
Heu! Ubi nunc fastus altaque verba? Iacent.

1 在很多抄本中，这行后面还有两行（Saturnus periit, perierunt et sua iura. / Sub Iove nunc mundus; iussa Iovis sequere），但多数注者认为它们并非奥维德所作。

2 licet; pete munus ab illa=licet peccemus amorem

Et pugnare diu nec me summittere culpae
certa fui, certi siquid haberet amor;
victa precor genibusque tuis regalia tendo
bracchia. Quid deceat, non videt ullus amans.
Depuduit, profugusque pudor sua signa reliquit[1].
Da veniam fassae duraque corda doma.
Quod mihi sit genitor, qui possidet aequora, Minos,
quod veniant proavi fulmina torta manu,
quod sit avus radiis frontem vallatus acutis,
purpureo tepidum qui movet axe diem,
nobilitas sub amore iacet; miserere priorum
et, mihi si non vis parcere, parce meis.
Est mihi dotalis tellus Iovis insula, Crete;
serviat Hippolyto regia tota meo.
Flecte, ferox[2], animos. Potuit corrumpere taurum
mater; eris tauro saevior ipse truci?
Per Venerem, parcas, oro, quae plurima mecum est
sic numquam, quae te spernere possit, ames;
sic tibi secretis agilis dea saltibus adsit
silvaque perdendas praebeat alta feras;
sic faveant Satyri montanaque numina Panes
et cadat adversa cuspide fossus aper;

1 reliquit=relinquit

2 ferox=feros

sic tibi dent nymphae, quamvis odisse puellas
    diceris, arentem quae levet unda sitim.
Addimus his precibus lacrimas quoque. Verba precantis
    perlegis, at lacrimas finge videre meas.

V. Oenone Paridi

Perlegis? An coniunx prohibet nova? Perlege; non est[1]
ista Mycenaea littera facta manu.
Pegasis Oenone, Phrygiis celeberrima silvis,
laesa queror de te, si sinis, ipsa[2] meo.
Quis deus opposuit nostris sua numina votis?
Ne tua permaneam, quod mihi crimen obest?
Leniter, ex merito quidquid patiare, ferendum est;
quae venit indigno poena, dolenda venit.
Nondum tantus eras, cum te contenta marito
edita de magni flumine nympha fui.
Qui nunc Priamides (absit reverentia vero),
servus eras; servo nubere nympha tuli.
Saepe greges inter requievimus arbore tecti
mixtaque cum foliis praebuit herba torum;

1 在少数抄本中，本诗最开头还有两行［Nympha suo Paridi (quamvis meus esse recuses) / mittit ab Idaeis verba legenda iugis］，但研究者普遍认为，这两行不是奥维德写的。

2 ipsa=ipse

saepe super stramen fenoque iacentibus alto
defensa est humili cana pruina casa.
Quis tibi monstrabat saltus venatibus aptos
et tegeret catulos qua fera rupe suos?
Retia saepe comes maculis distenta tetendi,
saepe citos egi per iuga longa canes.
Incisae servant a te mea nomina fagi
et legor Oenone falce notata tua,
et quantum trunci, tantum mea nomina crescunt.
Crescite et in titulos surgite recta meos.
Populus est, memini, fluviali consita rivo,
est in qua nostri littera scripta memor;
popule, vive, precor, quae consita margine ripae
hoc in rugoso cortice carmen habes:
'Cum Paris Oenone poterit spirare relicta,
ad fontem Xanthi versa recurret aqua.'
Xanthe, retro propera, versaeque recurrite lymphae.
sustinet Oenonen deseruisse Paris.
Illa dies fatum miserae mihi dixit, ab illa
pessima mutati coepit amoris hiemps,
qua Venus et Iuno sumptisque decentior armis
venit in arbitrium nuda Minerva tuum.
Attoniti micuere sinus, gelidusque cucurrit,

ut mihi narrasti, dura[1] per ossa tremor.
Consului (neque enim modice terrebar) anusque
longaevosque senes; constitit esse nefas.
Caesa abies, sectaeque trabes, et classe parata
caerula ceratas accipit unda rates.
Flesti discedens; hoc saltem parce negare.
Praeterito magis est iste pudendus amor.[2]
Et flesti et nostros vidisti flentis ocellos;
miscuimus lacrimas maestus uterque suas;
non sic appositis vincitur vitibus ulmus,
ut tua sunt collo bracchia nexa meo.
A! Quotiens, cum te vento quererere teneri,
riserunt comites; ille secundus erat.
Oscula dimissae quotiens repetita dedisti;
quam vix sustinuit dicere lingua 'vale.'
Aura levis rigido pendentia lintea malo
suscitat et remis eruta canet aqua.
Prosequor infelix oculis abeuntia vela,
qua licet, et lacrimis umet harena meis,
utque celer venias, virides Nereidas oro,
scilicet ut venias in mea damna celer.
Votis ergo meis alii rediture redisti.

1 dura=dure

2 部分研究者认为 43—44 行不是出自奥维德之手。

Ei mihi! Pro dira paelice blanda fui.
Aspicit immensum moles nativa profundum;
mons fuit; aequoreis illa resistit aquis.
Hinc ego vela tuae cognovi prima carinae.
et mihi per fluctus impetus ire fuit.
Dum moror, in summa fulsit mihi purpura prora.
Pertimui, cultus non erat ille tuus.
Fit propior terrasque cita ratis attigit aura;
femineas vidi corde tremente genas.
Non satis id fuerat (quid enim furiosa morabar?);
haerebat gremio turpis amica tuo.
Tunc vero rupique sinus et pectora planxi
et secui madidas ungue rigente genas
implevique sacram querulis ululatibus Iden;
illuc has[1] lacrimas in mea saxa tuli.
Sic Helene doleat desertaque coniuge ploret,
quaeque prior nobis intulit, ipsa ferat.
Nunc tibi conveniunt, quae te per aperta sequantur
aequora legitimos destituantque viros.
At cum pauper eras armentaque pastor agebas,
nulla nisi Oenone pauperis uxor erat.
Non ego miror opes, nec me tua regia tangit
nec de tot Priami dicar ut una nurus.

---

1 illuc has=huc illas

Non tamen ut Priamus nymphae socer esse recuset
aut Hecubae fuerim dissimulanda nurus.
Dignaque sum et cupio fieri[1] matrona potentis;
sunt mihi, quas possint sceptra decere, manus;
nec me, faginea quod tecum fronde iacebam,
despice; purpureo sum magis apta toro.
Denique tutus amor meus est; mihi nulla parantur
bella nec ultrices advehit unda rates.
Tyndaris infestis fugitiva reposcitur armis;
hac venit in thalamos dote superba tuos.
Quae si sit Danais reddenda, vel Hectora fratrem,
vel cum Deiphobo Polydamanta roga;
quid gravis Antenor, Priamus quid suadeat ipse
consule, quis aetas longa magistra fuit.
Turpe rudimentum, patriae praeponere raptam;
causa pudenda tua est; iusta vir arma movet.
Nec tibi, si sapias, fidam promitte Lacaenam,
quae sit in amplexus tam cito versa tuos.
Ut minor Atrides temerati foedera lecti
clamat et externi laesus amore dolet,
tu quoque clamabis. Nulla reparabilis arte
laesa pudicitia est; deperit illa semel.
Ardet amore tui. Sic et Menelaon amavit;

1 et cupio fieri=regis fieri=fieri rerum

nunc iacet in viduo credulus ille toro.
Felix Andromache, certo bene nupta marito!
Uxor ad exemplum fratris habenda fui;
tu levior foliis, tum cum sine pondere suci
mobilibus ventis arida facta volant;
et minus est in te quam summa pondus arista,
quae levis assiduis solibus usta riget.
Hoc tua (nam recolo) quondam germana canebat,
sic mihi diffusis vaticinata comis:
'Quid facis, Oenone? Quid harenae semina mandas?
Non profecturis litora bubus aras.
Graia iuvenca venit, quae te patriamque domumque
perdat. Io! Prohibe. Graia iuvenca venit.
Dum licet, obscenam ponto demergite[1] puppim.
Heu! Quantum Phrygii sanguinis illa vehit.'
Dixerat; in cursu famulae rapuere furentem,
at mihi flaventes diriguere comae.
A! Nimium miserae vates mihi vera fuisti:
possidet, en, saltus Graia[2] iuvenca meos.
Sit facie quamvis insignis, adultera certe est.
Deseruit socios hospite capta deos.
Illam de patria Theseus (nisi nomine fallor)

1 demergite=dimergite=di mergite

2 Graia=illa

nescio quis Theseus abstulit ante sua.
A iuvene et cupido credatur reddita virgo?
Unde hoc compererim tam bene, quaeris? Amo.
Vim licet appelles et culpam nomine veles;
quae totiens rapta est, praebuit ipsa rapi.
At manet Oenone fallenti casta marito;
et poteras falli legibus ipse tuis.
Me Satyri celeres (silvis ego tecta latebam)
quaesierunt rapido, turba proterva, pede
cornigerumque caput pinu praecinctus acuta
Faunus in immensis, qua tumet Ida, iugis.
Me fide conspicuus Troiae munitor amavit;
ille meae spolium virginitatis habet,
id quoque luctando; rupi tamen ungue capillos,
oraque sunt digitis aspera facta meis.
Nec pretium stupri gemmas aurumque poposci;
turpiter ingenuum munera corpus emunt.
Ipse, ratus dignam, medicas mihi tradidit artes
admisitque meas ad sua dona manus.
Quaecumque herba potens ad opem radixque medendo[1]
utilis in toto nascitur orbe, mea est.
Me miseram, quod amor non est medicabilis herbis.
Deficior prudens artis ab arte mea.

1 medendo=medendi=medenti

Ipse repertor opis vaccas pavisse Pheraeas
   fertur, et e nostro saucius igne fuit.
Quod nec graminibus tellus fecunda creandis
   nec deus, auxilium tu mihi ferre potes.
Et potes, et merui. Dignae miserere puellae.
   non ego cum Danais arma cruenta fero;
sed tua sum tecumque fui puerilibus annis,
   et tua, quod superest temporis, esse precor.

VI. Hypsipyle Iasoni

Litora Thessaliae reduci tetigisse carina[1]
diceris auratae vellere dives ovis.
Gratulor incolumi, quantum sinis; hoc tamen ipsa[2]
debueram scripto certior esse tuo.
Nam ne pacta tibi praeter mea regna redires,
cum cuperes, ventos non habuisse potes.
Quamlibet adverso signetur epistula vento;
Hypsipyle missa digna salute fui.
Cur mihi fama prior de te quam littera venit
isse sacros Martis sub iuga panda boves,
seminibus iactis segetes adolesse virorum
inque necem dextra non eguisse tua,
pervigilem spolium pecudis servasse draconem,
rapta tamen forti vellera fulva manu?

---

1 在少数抄本中，本诗最开头还有两行（Lemnias Hypsipyle, Bacchi genus, Aesone nato / dicit, et in verbis pars quota mentis erat.），但研究者普遍认为，这两行不是奥维德写的。

2 ipsa=ipsum=ipso

Haec ego si possem timide credentibus 'Ista
ipse mihi scripsit' dicere, quanta forem!
Quid queror officium lenti cessasse mariti?
Obsequium, maneo si tua, grande tuli.
Barbara narratur venisse venefica tecum,
in mihi promissi parte recepta tori.
Credula res amor est. Utinam temeraria dicar
criminibus falsis insimulasse virum!
Nuper ab Haemoniis hospes mihi Thessalus oris
venerat et tactum vix bene limen erat:
'Aesonides,' dixi, 'quid agit meus?' Ille pudore
haesit in opposita lumina fixus humo.
Protinus exilui tunicisque a pectore ruptis:
'Vivit? An,' exclamo, 'me quoque fata vocant?'
'Vivit' ait timidus; timidum[1] iurare coegi;
vix mihi teste deo credita vita tua est.
Utque animus rediit, tua facta requirere coepi.
Narrat aenipedes Martis arasse boves,
vipereos dentes in humum pro semine iactos,
et subito natos arma tulisse viros;
terrigenas populos civili Marte peremptos
implesse aetatis fata diurna suae;
devictus serpens. Iterum, si vivat Iason,

1 timidus; timidum=timidum quod amat=timidum quod ait=timidumque mihi=utque animus rediit

quaerimus; alternant spesque timorque fidem.
Singula dum narrat, studio cursuque loquendi
detegit ingenio vulnera facta tuo[1].
Heu! Ubi pacta fides? Ubi conubialia iura
faxque sub arsuros dignior ire rogos?
Non ego sum furto tibi cognita; pronuba Iuno
adfuit et sertis tempora vinctus Hymen;
at mihi nec Iuno, nec Hymen, sed tristis Erinys
praetulit infaustas sanguinolenta faces.
Quid mihi cum Minyis, quid cum Tritonide[2] pinu?
Quid tibi cum patria, navita Tiphy, mea?
Non erat hic aries villo spectabilis aureo,
nec senis Aeetae regia Lemnos erat.
Certa fui primo (sed me mala fata trahebant)
hospita feminea pellere castra manu,
Lemniadesque viros, nimium quoque, vincere norunt;
milite tam forti causa[3] tuenda fuit.
Urbe virum ut vidi, tectoque animoque recepi.
Hic tibi bisque aestas bisque cucurrit hiemps.
Tertia messis erat, cum tu dare vela coactus
implesti lacrimis talia verba tuis:
'Abstrahor, Hypsipyle, sed (dent modo fata recursus!)

1 tuo=suo

2 Tritonide=Dodonide

3 causa=vita=fortuna=ripa

vir tuus hinc abeo, vir tibi semper ero;
quod tamen e nobis gravida celatur in aluo,
vivat, et eiusdem simus uterque parens!'
Hactenus et lacrimis in falsa cadentibus ora
cetera te memini non potuisse loqui.
Ultimus e sociis sacram conscendis in Argo.
Illa volat; ventus concava vela tenet;
caerula propulsae subducitur unda carinae;
terra tibi, nobis aspiciuntur aquae.
In latus omne patens turris circumspicit undas;
huc feror et lacrimis osque sinusque madent.
Per lacrimas specto, cupidaeque faventia menti
longius adsueto lumina nostra vident.
Adde preces castas immixtaque vota timori,
nunc quoque te salvo persolvenda mihi.
Vota ego persolvam? Votis Medea fruetur!
Cor dolet atque ira mixtus abundat amor.
Dona feram templis, vivum quod Iasona perdo?
Hostia pro damnis concidat icta meis?
Non equidem secura fui semperque verebar
ne pater Argolica sumeret urbe nurum.
Argolidas timui; nocuit mihi barbara paelex.
Non exspectata vulnus ab hoste tuli.
Nec facie meritisque placet, sed carmina novit
diraque cantata pabula falce metit.

Illa reluctantem cursu[1] deducere Lunam
nititur et tenebris abdere Solis equos;
illa refrenat aquas obliquaque flumina sistit;
illa loco silvas vivaque saxa movet;
per tumulos errat passis discincta capillis
certaque[2] de tepidis colligit ossa rogis.
Devovet absentis simulacraque cerea figit,
et miserum tenuis in iecur urget acus,
et quae nescierim melius. Male quaeritur herbis
moribus et forma conciliandus amor.
Hanc potes amplecti thalamoque relictus in uno
impavidus somno nocte silente frui?
Scilicet ut tauros, ita te iuga ferre coegit,
quaque feros anguis, te quoque mulcet ope.
Adde, quod ascribi factis procerumque tuisque
se volet[3] et titulo coniugis uxor obest.
Atque aliquis Peliae de partibus acta venenis
imputat et populum, qui sibi credat, habet:
'Non haec Aesonides, sed Phasias Aeetine
aurea Phrixeae terga revellit ovis.'
Non probat Alcimede mater tua (consule matrem).
non pater, a gelido cui venit axe nurus.

---

1 cursu=curru

2 certaque=cunctaque

3 volet=facit=favet

Illa sibi Tanai Scythiaeque paludibus udae
quaerat et a patria Phasidis usque virum!
Mobilis Aesonide vernaque incertior aura,
cur tua polliciti pondere verba carent?
Vir meus hinc ieras, vir non meus inde redisti;
sim reducis coniunx, sicut euntis eram!
Si te nobilitas generosaque nomina tangunt,
en, ego Minoo nata Thoante feror.
Bacchus avus; Bacchi coniunx redimita corona
praeradiat stellis signa minora suis.
Dos tibi Lemnos erit, terra ingeniosa colenti;
me quoque dotales[1] inter habere potes.
Nunc etiam peperi; gratare ambobus, Iason.
Dulce mihi gravidae fecerat auctor onus.
Felix in numero quoque sum prolemque gemellam,
pignora Lucina bina favente dedi.
Si quaeris cui sint similes, cognosceris illis;
fallere non norunt; cetera patris habent.
Legatos quos paene dedi pro matre ferendos,
sed tenuit coeptas saeva noverca vias.
Medeam timui; plus est Medea noverca;
Medeae faciunt ad scelus omne manus.
Spargere quae fratris potuit lacerata per agros

1 dotales=dotalis=quod tales=res tales

corpora, pignoribus parceret illa meis?
Hanc, hanc[1], o demens Colchisque ablate venenis,
diceris Hypsipyles praeposuisse toro!
Turpiter illa virum cognovit adultera virgo;
me tibi teque mihi taeda pudica dedit.
Prodidit illa patrem; rapui de caede Thoanta.
Deseruit Colchos; me mea Lemnos habet.
Quid refert, scelerata piam si vincet et ipso
crimine dotata est emeruitque virum?
Lemniadum facinus culpo, non miror, Iason;
quamlibet infirmis ipse[2] dat arma dolor.
Dic age, si ventis, ut oportuit, actus iniquis
intrasses portus tuque comesque meos
obviaque exissem fetu comitante gemello,
hiscere nonne tibi terra roganda fuit?
Quo vultu natos, quo me, scelerate, videres?
Perfidiae pretio qua nece dignus eras?
Ipse quidem per me tutus sospesque fuisses,
non quia tu dignus, sed quia mitis ego;
paelicis ipsa meos implessem sanguine vultus,
quosque veneficiis abstulit illa suis.
Medeae Medea forem. Quodsi quid ab alto

1 Hanc, hanc=hanc=hanc tamen

2 ipse=iste

iustus adest votis Iuppiter ille[1] meis,
quod gemit Hypsipyle, lecti quoque subnuba nostri
maereat et leges sentiat ipsa suas,
utque ego destituor coniunx materque duorum,
a totidem natis orba sit aque[2] viro;
nec male parta diu teneat peiusque relinquat;
exulet et toto quaerat in orbe fugam.
Quam fratri germana fuit miseroque parenti
filia, tam natis, tam sit acerba viro;
cum mare, cum terras consumpserit, aera temptet:
erret inops, exspes, caede cruenta sua.
Haec ego, coniugio fraudata Thoantias oro.
Vivite devoto nuptaque virque toro!

---

1 ille=ipse=illa

2 aque=illa

VII. Dido Aeneae

Sic ubi fata vocant, udis abiectus in herbis[1]
ad vada Maeandri concinit albus olor.
Nec quia te nostra sperem prece posse moveri,
adloquor (adverso movimus ista deo),
sed merita et famam corpusque animumque pudicum
cum male perdiderim, perdere verba leve est.
Certus es ire tamen miseramque relinquere Didon,
atque idem venti vela fidemque ferent?
Certus es, Aenea, cum foedere soluere naves
quaeque ubi sint nescis, Itala regna sequi?
Nec nova Carthago, nec te crescentia tangunt
moenia nec sceptro tradita summa tuo?
Facta fugis, facienda petis; quaerenda per orbem
altera, quaesita est altera terra tibi.
Ut terram invenias, quis eam tibi tradet habendam?

1 在少数抄本中，此诗最开始还有两行（Accipe, Dardanide, moriturae carmen Elissae; / quae legis, a nobis ultima verba legis），但学界普遍认为并非出自奥维德之手。

Quis sua non notis arva tenenda dabit?
Alter amor tibi restat? Habenda est altera Dido[1]?
Quamque iterum fallas, altera danda fides?
Quando erit ut condas instar Carthaginis urbem
et videas populos altus ab arce tuos?
Omnia si veniant nec di tua vota morentur,
unde tibi, quae te sic amet, uxor erit?
Uror, ut inducto ceratae sulpure taedae;
ut pia fumosis addita tura focis.
Aeneas oculis semper vigilantis inhaeret;
Aenean animo noxque diesque refert.
Ille quidem male gratus et ad mea munera surdus
et quo, si non sim stulta, carere velim.
Non tamen Aenean, quamvis male cogitat, odi,
sed queror infidum questaque peius amo.
Parce, Venus, nurui, durumque amplectere fratrem,
frater Amor! Castris militet ille tuis
aut ego quem coepi (neque enim dedignor) amare[2],
materiam curae praebeat ille meae.
Fallor et ista mihi falso iactatur imago;
matris ab ingenio dissidet ille suae.
Te lapis et montes innataque rupibus altis

1 Alter amor tibi restat? Habenda est altera Dido=alter habendus amor tibi restat et altera Dido

2 aut=atque; quem=quae

robora, te saevae progenuere ferae,
aut mare, quale vides agitari nunc quoque ventis,
quo tamen adversis fluctibus ire paras.
Quo fugis? Obstat hiemps. Hiemis mihi gratia prosit.
Adspice ut eversas concitet Eurus aquas.
Quod tibi malueram, sine me debere procellis;
iustior est animo ventus et unda tuo.
Non ego sum tanti (quamvis merearis[1], inique)
ut pereas, dum me per freta longa fugis.
Exerces pretiosa odia et constantia magno,
si, dum me careas, est tibi vile mori.
Iam venti ponent strataque aequaliter unda
caeruleis Triton per mare curret equis.
Tu quoque cum ventis utinam mutabilis esses!
Et, nisi duritia robora vincis, eris.
Quid, si nescires insana quid aequora possunt?
Expertae totiens tam male credis aquae!
Ut, pelago suadente etiam, retinacula solvas,
multa tamen latus tristia pontus habet.
Nec violasse fidem temptantibus aequora prodest;
perfidiae poenas exigit ille locus,
praecipue cum laesus amor, quia mater Amorum
nuda Cytheriacis edita fertur aquis.

1 quamvis merearis=quod non cessaris=quam tu dimittis=quid non censeris

Perdita ne perdam, timeo, noceamve nocenti,
neu bibat aequoreas naufragus hostis aquas.
Vive, precor; sic te melius quam funere perdam;
tu potius leti causa ferere mei.
Finge, age, te rapido (nullum sit in omine pondus)
turbine deprendi; quid tibi mentis erit?
Protinus occurrent falsae periuria linguae
et Phrygia Dido fraude coacta mori;
coniugis ante oculos deceptae stabit imago
tristis et effusis sanguinulenta comis.
'Quicquid id est, totum[1] merui; concedite,' dicas,
quaeque cadent, in te fulmina missa putes.
Da breve saevitiae spatium pelagique tuaeque;
grande morae pretium tuta futura via est.
Nec mihi tu curae[2]; puero parcatur Iulo.
Te satis est titulum mortis habere meae.
Quid puer Ascanius, quid commeruere[3] Penates?
Ignibus ereptos obruet unda deos?
Sed neque fers tecum, nec quae mihi perfide, iactas,
presserunt umeros sacra paterque tuos.
Omnia mentiris, neque enim tua fallere lingua
incipit a nobis primaque plector ego.

1 Quicquid id est, totum=quid tanti est ut tum

2 curae=parcas

3 commeruere=di meruere=meruere

Si quaeras ubi sit formosi mater Iuli,
occidit a duro sola relicta viro.
Haec mihi narraras; haec me movere[1]. Merentem
ure[2]; minor culpa poena futura mea est.
Nec mihi mens dubia est quin te tua numina damnent;
per mare, per terras septima iactat hiemps.
Fluctibus eiectum tuta statione recepi
vixque bene audito nomine regna dedi.
His tamen officiis utinam contenta fuissem,
et mihi concubitus fama sepulta foret!
Illa dies nocuit, qua nos declive sub antrum
caeruleus subitis compulit imber aquis.
Audieram vocem; nymphas ululasse putavi;
Eumenides fatis signa dedere meis.
Exige, laese pudor, poenam et violate Sychaeeu[3]
ad quem, me miseram, plena pudoris eo.[4]
Est mihi marmorea sacratus in aede Sychaeus
(oppositae frondes velleraque alba tegunt);
hinc ego me sensi noto quater ore citari;
ipse sono tenui dixit: 'Elissa, veni.'

---

1 haec me movere=sat me monuere=at me novere=at me movere=di me monuere

2 ure=inde=illa

3 poenam et=poenas; violate=violataque=violente; Sychaeeu=Sychae=Sychaeus=Sychaeo=lecti

4 ad quem=ad quas; 97a 行 iura nec ad cineres fama retenta meos; 97b 行 vosque mei manes animaeque cinisque sichei

Nulla mora est, venio, venio tibi dedita coniunx;
sum tamen admissi tarda pudore mei.
Da veniam culpae; decepit idoneus auctor;
invidiam noxae detrahit ille meae.
Diva parens seniorque pater pia sarcina nati
spem mihi mansuri rite dedere viri[1];
si fuit errandum, causas habet error honestas;
adde fidem, nulla parte pigendus erit.
Durat in extremum vitaeque novissima nostrae
prosequitur fati, qui fuit ante, tenor.
Occidit internas[2] coniunx mactatus ad aras,
et sceleris tanti praemia frater habet.
Exul agor cineresque viri patriamque relinquo
et feror in duras hoste sequente vias.
Adplicor ignotis fratrique elapsa fretoque
quod tibi donavi, perfide, litus emo;
urbem constitui lateque patentia fixi
moenia finitimis invidiosa locis.
Bella tument; bellis peregrina et femina temptor,
vixque rudis portas urbis et arma paro;
mille procis placui, qui in me coiere querentes
nescio quem thalamis praeposuisse suis.

1 viri=tori

2 internas=infernas=Herceas

Quid dubitas vinctam Gaetulo tradere Iarbae?
praebuerim sceleri bracchia nostra tuo.
Est etiam frater, cuius manus impia poscit
respergi nostro, sparsa cruore viri.
Pone deos et quae tangendo sacra profanas.
Non bene caelestis impia dextra colit;
si tu cultor eras elapsis igne futurus,
paenitet elapsos ignibus esse deos.
Forsitan et gravidam Dido, scelerate, relinquas,
parsque tui lateat corpore clausa meo.
Accedet fatis matris miserabilis infans
et nondum nati[1] funeris auctor eris,
cumque parente sua frater morietur Iuli,
poenaque conexos auferet una duos.
'Sed iubet ire deus.' Vellem vetuisset adire
Punica nec Teucris pressa fuisset humus.
Hoc duce nempe deo ventis agitaris iniquis
et teris in rabido tempora longa freto?
Pergama vix tanto tibi erant repetenda labore,
Hectore si vivo quanta fuere forent.
Non patrium Simoenta petis, sed Thybridas undas;
nempe ut pervenias quo cupis, hospes eris,
utque latet vitatque tuas abstrusa carinas,

1 nati=nato

vix tibi continget terra petita seni.
Hos potius populos in dotem, ambage remissa,
accipe et advectas Pygmalionis opes;
Ilion in Tyriam transfer felicius urbem
iamque locum[1] regis sceptraque sacra tene.
Si tibi mens avida est belli, si quaerit Iulus
unde suo partus Marte triumphus eat,
quem superet, ne quid desit, praebebimus hostem;
hic pacis leges, hic locus arma capit.
Tu modo, per matrem fraternaque tela, sagittas,
perque fugae comites, Dardana sacra, deos
(sic superent quoscumque tua de gente reportas,
Mars ferus et damni sit modus ille tui,
Ascaniusque suos feliciter impleat annos,
et senis Anchisae molliter ossa cubent!),
parce, precor, domui, quae se tibi tradit habendam.
Quod crimen dicis praeter amasse meum?
Non ego sum Phthia magnisque oriunda Mycenis
nec steterunt in te virque paterque meus.
Si pudet uxoris, non nupta, sed hospita dicar;
dum tua sit, Dido quodlibet esse feret.
Nota mihi freta sunt Afrum plangentia litus;
temporibus certis dantque negantque viam;

1 iamque locum=resque loco=inque loco

cum dabit aura viam, praebebis carbasa ventis;
nunc levis eiectam continet alga ratem.
Tempus ut observem, manda mihi; serius ibis,
nec te, si cupies, ipsa manere sinam.
Et socii requiem poscunt, laniataque classis
postulat exiguas semirefecta moras.
Pro meritis et siqua tibi debebimus ultra[1],
pro spe coniugii tempora parva peto;
dum freta mitescant et amorem temperet usus
fortiter ediscam tristia posse pati.
Si minus, est animus nobis effundere vitam;
in me crudelis non potes esse diu.
Adspicias utinam quae sit scribentis imago;
scribimus, et gremio Troicus ensis adest,
perque genas lacrimae strictum labuntur in ensem,
qui iam pro lacrimis sanguine tinctus erit.
Quam bene conveniunt fato tua munera nostro!
Instruis impensa nostra sepulcra brevi.
Nec mea nunc primum feriuntur pectora telo;
ille locus saevi vulnus amoris habet.
Anna soror, soror Anna, meae male conscia culpae,
iam dabis in cineres ultima dona meos.

1 ultra=ultro

Nec[1] consumpta rogis inscribar Elissa Sychaei;
hoc tamen[2] in tumuli marmore carmen erit:
'Praebuit Aeneas et causam mortis et ensem;
ipsa sua Dido concidit usa manu.'

1 Nec=et

2 tamen=sed=tantum

VIII. Hermione Orestae

Alloquor Hermione nuper fratremque virumque,
  nunc fratrem; nomen coniugis alter habet[1]:
Pyrrhus Achillides, animosus imagine patris,
  inclusam contra iusque piumque tenet.
Quod potui, renui, ne non invita tenerer;
  cetera femineae non valuere manus.
'Quid facis, Aeacide? Non sum sine vindice, dixi;
  haec tibi sub domino est, Pyrrhe, puella suo.'
Surdior ille freto clamantem nomen Orestis
  traxit inornatis in sua tecta comis.
Quid gravius capta Lacedaemone serva tulissem,
  si raperet Graias barbara turba nurus?
Parcius Andromachen vexavit Achaia victrix,
  cum Danaus Phrygias ureret ignis opes.
At tu, cura mei si te pia tangit, Oreste,

1 自 Heinsius 以来，许多学者认为这两行不是出自奥维德之手。

inice non timidas in tua iura manus.
An siquis rapiat stabulis armenta reclusis,
arma feras[1], rapta coniuge lentus eris?
Sit socer exemplo, nuptae repetitor ademptae,
cui pia militiae causa puella fuit!
Si soccer ignavus vidua stertisset in aula,
nupta foret Paridi mater, ut ante fuit.
Nec tu mille rates sinuosaque vela pararis
nec numeros Danai militis; ipse veni.
Sic quoque eram repetenda tamen, nec turpe marito
aspera pro caro bella tulisse toro;
quid quod avus nobis idem Pelopeius Atreus,
et, si non esses vir mihi, frater eras?
Vir, precor, uxori, frater succurre sorori.
Instant officio nomina bina tuo.
Me tibi Tyndareus, vita gravis auctor et annis,
tradidit; arbitrium neptis habebat avus;
at pater Aeacidae promiserat inscius acti;
plus quoque, qui prior est ordine, posset[2] avus.
Cum tibi nubebam, nulli mea taeda nocebat;
si iungar Pyrrho, tu mihi laesus eris.
Et pater ignoscet nostro Menelaus amori;

1 feras=feres

2 posset=possit=pollet

succubuit telis praepetis ipse dei;
quem sibi permisit, genero concedet amorem;
proderit exemplo mater amata suo.
Tu mihi, quod matri pater est; quas egerat olim
Dardanius partis advena, Pyrrhus agit.
Ille licet patriis sine fine superbiat actis,
et tu, quae referas facta parentis, habes.
Tantalides omnis ipsumque regebat[1] Achillem;
hic pars militiae, dux erat ille ducum.
Tu quoque habes proavum Pelopem Pelopisque parentem
si medios numeres, a Iove quintus eris.
Nec virtute cares. Arma invidiosa tulisti.
Sed tu quid faceres? Induit illa pater.[2]
Materia vellem fortis meliore fuisses;
non lecta est operi, sed data causa tuo.
Hanc tamen implesti, iuguloque Aegisthus aperto
tecta cruentavit, quae pater ante tuus.
Increpat Aeacides laudemque in crimina vertit,
et tamen aspectus sustinet ille meos.
Rumpor et ora mihi pariter cum mente tumescunt
pectoraque inclusis ignibus usta dolent,
Hermione coram quisquamne obtrectet Oresti[3]?

---

1 regebat=petebat=tenebat

2 tu=tibi; pater=patrem

3 quisquamne=quisquam; obtrectet=obiecit

Nec mihi sunt vires, nec ferus ensis adest.
Flere licet certe; flendo diffundimus iram
perque sinum lacrimae fluminis instar eunt.
Has solas habeo semper semperque profundo;
ument incultae fonte perenne genae.
Num generis fato, quod nostros durat[1] in annos,
Tantalides matres apta rapina sumus?
Non ego fluminei referam mendacia cygni
nec querar in plumis delituisse Iovem.
Qua duo porrectus longe freta distinet Isthmos,
vecta peregrinis Hippodamia rotis;
Castori Amyclaeo et Amyclaeo Polluci
reddita Mopsopia Taenaris urbe soror;
Taenaris Idaeo trans aequora ab hospite rapta
Argolicas pro se vertit in arma manus.
Vix equidem memini, memini tamen; omnia luctus,
omnia solliciti plena timoris erant;
flebat avus Phoebeque soror fratresque gemelli,
orabat superos Leda suumque Iovem;
Ipsa ego, non longos etiam tunc[2] scissa capillos,
clamabam: 'Sine me, me sine, mater, abis?'
Nam coniunx aberat[3]. Ne non Pelopeia credar,

1 durat=errat=serpit=vexat

2 tunc=nunc

3 Nam coniunx aberat=vix coniunx aberas

ecce Neoptolemo praeda parata fui.
Pelides utinam vitasset Apollinis arcus!
Damnaret nati facta proterva pater;
nec quondam placuit nec nunc placuisset Achilli,
abducta viduum coniuge flere virum.
Quae mea caelestis iniuria fecit iniquos
quodve mihi miserae sidus obesse querar?
Parva mea sine matre fui, pater arma ferebat,
et duo cum vivant, orba duobus eram.
Non tibi blanditias primis, mea mater, in annis
incerto dictas ore puella tuli;
non ego captavi brevibus tua colla lacertis
nec gremio sedi sarcina grata tuo;
non cultus tibi cura mei, nec pacta marito
intravi thalamos matre parante novos.
Obvia prodieram reduci tibi (vera fatebor),
nec facies nobis nota parentis erat;
te tamen esse Helenen, quod eras pulcherrima, sensi;
ipsa requirebas quae tua nata foret.
Pars haec una mihi, coniunx bene cessit Orestes;
is quoque, ni pro se pugnat, ademptus erit.
Pyrrhus habet captam reduce et victore parente;
hoc munus nobis[1] diruta Troia dedit.

---

1 hoc munus nobis=et minus a nobis=munus et hoc nobis=munus et a nobis

Cum tamen altus equis Titan radiantibus instat,
perfruor infelix liberiore malo;
nox ubi me thalamis ululantem et acerba gementem
condidit in maesto procubuique toro,
pro somno lacrimis oculi funguntur obortis,
quaque licet, fugio sicut ab hoste viro.
Saepe malis stupeo rerumque oblita locique
ignara tetigi Scyria membra manu,
utque nefas sensi, male corpora tacta relinquo
et mihi pollutas credor habere manus.
Saepe Neoptolemi pro nomine nomen Orestis
exit et errorem vocis ut omen amo.
Per genus infelix iuro generisque parentem,
qui freta, qui terras et sua regna quatit,
per patris ossa tui, patrui mihi, quae tibi debent
quod sic sub tumulo fortiter ulta iacent,
aut ego praemoriar primoque exstinguar in aevo,
aut ego Tantalidae Tantalis uxor ero.

IX. Deianira Herculi

Gratulor Oechaliam titulis accedere nostris[1];
victorem victae succubuisse queror.
Fama Pelasgiadas subito pervenit in urbes
decolor et factis infitianda tuis,
quem numquam Iuno seriesque immensa laborum
fregerit, huic Iolen imposuisse iugum.
Hoc velit Eurystheus, velit hoc germana Tonantis,
laetaque sit vitae labe noverca tuae,
at non ille velit[2], cui nox (sic creditur) una
non tanti[3] ut tantus conciperere fuit.
Plus tibi quam Iuno nocuit Venus; illa premendo
sustulit, haec humili[4] sub pede colla tenet.

1 在某些抄本中，这首诗开头还有两行（Mittor ad Alciden a coniuge conscia mentis / litera, si coniux Deianira tua est），但学界一般认为不是奥维德所作；nostris=vestris

2 velit=venis

3 tanti=tanta

4 humili=humilis

Respice vindicibus pacatum viribus orbem,
qua latam Nereus caerulus ambit humum;
se tibi pax terrae, tibi se tuta aequora debent;
implesti meritis solis utramque domum;
quod te laturum est, caelum prius ipse tulisti;
Hercule supposito sidera fulsit Atlans.
Quid nisi notitia est misero quaesita pudori,
si maculas stupri facta priora nota?
Tene ferunt geminos pressisse tenaciter angues,
cum tener in cunis iam Iove dignus eras?
Coepisti melius quam desinis; ultima primis
cedunt; dissimiles hic vir et ille puer.
Quem non mille ferae, quem non Stheneleius hostis,
non potuit Iuno vincere, vincit Amor.
At bene nupta feror, quia nominer Herculis uxor
sitque socer rapidis qui tonat altus equis.
Quam male inaequales veniunt ad aratra iuvenci,
tam premitur magno coniuge nupta minor;
Non honor est sed onus species laesura ferentis;
siqua voles apte nubere, nube pari.
Vir mihi semper abest, et coniuge notior hospes
monstraque terribiles persequiturque feras;
ipsa domo vidua votis operata pudicis
torqueor, infesto ne vir ab hoste cadat;
inter serpentes aprosque avidosque leones

iactor et hausuros terna per ora canes.
Me pecudum fibrae simulacraque inania somni
ominaque[1] arcana nocte petita movent.
Aucupor infelix incertae murmura famae,
speque timor dubia spesque timore cadit.
Mater abest queriturque deo placuisse potenti,
nec pater Amphitryon nec puer Hyllus adest;
arbiter Eurystheus irae Iunonis iniquae
sentitur nobis iraque longa deae.
Haec mihi ferre parum? Peregrinos addis amores
et mater de te quaelibet esse potest.
Non ego Partheniis temeratam vallibus Augen,
nec referam partus, Ormeni nympha, tuos;
non tibi crimen erunt, Teuthrantia turba, sorores,
quarum de populo nulla relicta tibi est;
una, recens crimen, referetur adultera nobis,
unde ego sum Lydo facta noverca Lamo.
Maeandros, terris totiens errator in isdem,
qui lassas in se saepe retorquet aquas,
vidit in Herculeo suspensa monilia collo,
illo, cui caelum sarcina parva fuit.
Non puduit fortis auro cohibere lacertos,
et solidis gemmas opposuisse toris.

1 ominaque=omniaque

Nempe sub his animam pestis Nemeaea lacertis
edidit, unde umerus tegmina laevus habet!
Ausus es hirsutos mitra redimire capillos.
Aptior Herculeae populus alba comae.
Nec te Maeonia lascivae more puellae
incingi zona dedecuisse putes[1]?
Non tibi succurrit crudi Diomedis imago,
efferus humana qui dape pavit equas?
Si te vidisset cultu Busiris in isto,
sic victor victo nempe pudendus eras[2].
Detrahat Antaeus duro redimicula collo,
ne pigeat molli succubuise viro.
Inter Ioniacas calathum tenuisse puellas
diceris et dominae pertimuisse minas.
Non fugis, Alcide, victricem mille laborum
rasilibus calathis supposuisse manum
crassaque robusto deducis pollice fila
aequaque formosae pensa rependis erae!
A! Quotiens, digitis dum torques stamina duris,
praevalidae fusos comminuere manus!
Crederis infelix scuticae tremefactis habenis[3]
ante pedes dominae pertimuisse minas ...

1 putes=putas=pudet=patet

2 sic=huic; victor=victori

3 81—83 行不见于许多手稿，Heinsius 认为不是奥维德所作。

Eximiis pompis, immania semina laudem
factaque narrabas dissimulanda tibi,
scilicet immanes elisis faucibus hydros
infantem caudis involvisse manum,
ut Tegaeus aper cupressifero Erymantho
incubet et vasto pondere laedat humum.
Non tibi Threiciis affixa penatibus ora,
non hominum pingues caede tacentur equae
prodigiumque triplex, armenti dives Hiberi
Geryones, quamvis in tribus unus erat,
inque canes totidem trunco digestus ab uno
Cerberos implicitis angue minante comis,
quaeque redundabat fecundo vulnere serpens
fertilis et damnis dives ab ipsa suis,
quique inter laevumque latus laevumque lacertum
praegrave compressa fauce pependit onus,
et male confisum pedibus formaque bimembri
pulsum Thessalicis agmen equestre iugis.
Haec tu Sidonio potes insignitus amictu
dicere? Non cultu lingua retenta silet?
Se quoque nympha tuis ornavit Iardanis armis
et tulit e capto nota[1] tropaea viro.
I nunc, tolle animos et fortia gesta recense;

1 nota=bina

quom[1] tu non esses, iure vir illa fuit.
Qua tanto minor es, quanto te, maxime rerum,
quam quos vicisti, vincere maius erat.
Illi procedit rerum mensura tuarum;
cede bonis, heres laudis amica tuae.
O pudor! Hirsuti costis exuta leonis
aspera texerunt vellera molle latus.
Falleris et nescis; non sunt spolia illa leonis,
sed tua, tuque feri victor es, illa tui.
Femina tela tulit Lernaeis atra venenis,
ferre gravem lana vix satis apta colum,
instruxitque manum clava domitrice ferarum
vidit et in speculo coniugis arma sui.
Haec tamen audieram; licuit non credere famae.
Et venit ad sensus mollis ab aure dolor[2].
Ante meos oculos adducitur advena paelex,
nec mihi, quae patior, dissimulare licet.
Non sinis averti; mediam captiva per urbem
invitis oculis aspicienda venit,
nec venit incultis captarum more capillis,
fortunam vultu fassa iacente[3] suam;
ingreditur late lato spectabilis auro,

1 quom=quo=quem=quod

2 Et=en; sensus=visus

3 iacente=decente=tegente

qualiter in Phrygia tu quoque cultus eras;
dat vultum populo sublimis, ut[1] Hercule victo
Oechaliam vivo stare parente putes.
Forsitan et pulsa Aetolide Deianira
nomine deposito paelicis uxor erit
Eurytidosque Ioles atque insani[2] Alcidae
turpia famosus corpora iunget Hymen.
Mens fugit admonitu frigusque perambulat artus
et iacet in gremio languida facta manus.
Me quoque cum multis, sed me sine crimine amasti;
ne pigeat, pugnae bis tibi causa fui.
Cornua flens legit ripis Achelous in udis
truncaque limosa tempora mersit aqua;
semivir occubuit in lotifero Eueno[3]
Nessus, et infecit sanguis equinus aquas.
Sed quid ego haec refero? Scribenti nuntia venit
fama, virum tunicae tabe perire meae.
Ei mihi! Quid feci? Quo me furor egit amantem?
Impia quid dubitas Deianira mori?
An tuus in media coniunx lacerabitur Oeta,
tu sceleris tanti causa superstes eris?
Ecquid adhuc habeo facti cur Herculis uxor

1 sublimis, ut=sublime sub

2 atque insani=et insanii=atque Aonii

3 lotifero Eueno=letifero Eueno=letifero veneno

credar? Coniugii mors mea pignus erit!
Tu quoque cognosces in me, Meleagre, sororem.
Impia quid dubitas Deianira mori?
Heu devota domus! Solio sedet Agrios alto,
Oenea desertum nuda senecta premit;
exulat ignotis Tydeus germanus in oris;
alter fatali vivus in igne fuit[1];
exegit ferrum sua per praecordia mater.
Impia quid dubitas Deianira mori?
Deprecor hoc unum per iura sacerrima lecti,
ne videar fatis insidiata tuis.
Nessus, ut est avidum percussus arundine pectus,
'Hic' dixit 'vires sanguis amoris habet.'
Illita Nesseo misi tibi texta veneno.
Impia quid dubitas Deianira mori?
Iamque vale, seniorque pater germanaque Gorge
et patria et patriae frater adempte tuae,
et tu lux oculis hodierna novissima nostris
virque (sed o possis!) et puer Hylle, vale.

1 fuit=perit=cinis=situs

X. Ariadne Theseo

Mitius inveni quam te genus omne ferarum[1];
credita non ulli quam tibi peius eram.
Quae legis, ex illo, Theseu, tibi litore mitto,
unde tuam sine me vela tulere ratem,
in quo me somnusque meus male prodidit et tu
per facinus somnis insidiate meis.
Tempus erat, vitrea quo primum terra pruina
spargitur et tectae fronde queruntur aves.
Incertum vigilans, a somno languida, movi
Thesea prensuras semisupina manus;
nullus erat. Referoque manus iterumque retempto
perque torum moveo bracchia; nullus erat.
Excussere metus somnum; conterrita surgo,
membraque sunt viduo praecipitata toro.
Protinus adductis sonuerunt pectora palmis,

1 在某些抄本中，这首诗开头还有两行（Illa relicta feris etiam nunc, improbe Theseu, / vivit, et haec aequa mente tulisse velis），但学界一般认为不是奥维德所作。

utque erat e somno turbida, rapta coma est.
Luna fuit; specto siquid nisi litora cernam;
quod videant oculi, nil nisi litus habent.
Nunc huc, nunc illuc, et utroque sine ordine, curro;
alta puellares tardat harena pedes.
Interea toto clamavi[1] in litore 'Theseu';
reddebant nomen concava saxa tuum,
et quotiens ego te, totiens locus ipse vocabat;
ipse locus miserae ferre volebat opem.
Mons fuit; apparent frutices in vertice rari;
hinc[2] scopulus raucis pendet adesus aquis.
Ascendo (vires animus dabat) atque ita late
aequora prospectu metior alta meo.
Inde ego (nam ventis quoque sum crudelibus usa)
vidi praecipiti carbasa tenta Noto.
Aut vidi aut tamquam quae me vidisse putarem[3],
frigidior glacie semianimisque fui.
Nec languere diu patitur dolor; excitor illo,
excitor et summa Thesea voce voco.
'Quo fugis?' exclamo, 'Scelerate revertere Theseu,
flecte ratem. Numerum non habet illa suum.'
Haec ego; quod voci deerat, plangore replebam;

1 clamavi=clamanti=clamati

2 hinc=nunc=hic

3 Aut vidi aut tamquam=ut vidi haut dignam; quae=cum; putarem=putavi

verbera cum verbis mixta fuere meis.
Si non audires, ut saltem cernere posses,
iactatae late signa dedere manus,
candidaque imposui longae velamina virgae,
scilicet oblitos admonitura mei.
Iamque oculis ereptus eras; tum denique flevi;
torpuerant molles ante dolore genae.
Quid potius facerent, quam me mea lumina flerent,
postquam desierant[1] vela videre tua?
Aut ego diffusis erravi sola capillis,
qualis ab Ogygio concita Baccha deo,
aut mare prospiciens in saxo frigida sedi,
quamque lapis sedes, tam lapis ipsa fui.
Saepe torum repeto qui nos acceperat ambos,
sed non acceptos exhibiturus erat,
et tua, quae possum, pro te vestigia tango
strataque, quae membris intepuere tuis.
Incumbo lacrimisque toro manante profusis:
'Pressimus,' exclamo, 'te duo; redde duos.
Venimus huc ambo; cur non discedimus ambo?
Perfide, pars nostri, lectule, maior ubi est?'
Quid faciam? Quo sola ferar? Vacat insula cultu;
non hominum video, non ego facta boum.

1 desierant=desieram=desierat

Omne latus terrae cingit mare, navita nusquam,
nulla per ambiguas puppis itura vias.
Finge dari comitesque mihi ventosque ratemque;
quid sequar? Accessus terra paterna negat.
Ut rate felici pacata per aequora labar,
temperet ut ventos Aeolus, exul ero.
Non ego te, Crete centum digesta per urbes,
aspiciam, puero cognita terra Iovi.
A[1]! Pater et tellus iusto regnata parenti
prodita sunt facto, nomina cara, meo,
cum tibi, ne victor tecto morerere recurvo,
quae regerent passus, pro duce fila dedi,
cum mihi dicebas: 'Per ego ipsa pericula iuro,
te fore, dum nostrum vivet uterque, meam.'
Vivimus, et non sum, Theseu, tua, si modo vivit[2]
femina periuri fraude sepulta viri.
Me quoque, qua fratrem, mactasses, improbe, clava;
esset, quam dederas, morte soluta fides.
Nunc ego non tantum quae sum passura recordor,
sed quaecumque potest ulla relicta pati.
Occurrunt animo pereundi mille figurae.
Morsque minus poenae quam mora mortis habet.

1 A=at=ut

2 vivit=vivis

Iam iam venturos aut hac aut suspicor illac,
qui lanient avido viscera dente, lupos;
forsitan et fulvos tellus alat ista leones[1];
quis scit an haec saevas tigridas insula habet[2]?
Et freta dicuntur magnas expellere phocas!
Quis vetat et gladios per latus ire meum?
Tantum ne religer dura captiva catena
neve traham serva grandia pensa manu,
cui pater est Minos, cui mater filia Phoebi,
quodque magis memini, quae tibi pacta fui.
Si mare, si terras porrectaque litora vidi,
multa mihi terrae, multa minantur aquae.
Caelum restabat; timeo simulacra deorum.
Destituor rapidis praeda cibusque feris.
Sive colunt habitantque viri, diffidimus illis;
externos didici laesa timere viros.
Viveret Androgeos utinam, nec facta luisses
impia funeribus, Cecropi terra, tuis,
nec tua mactasset nodoso stipite, Theseu,
ardua parte virum dextera, parte bovem,
nec tibi, quae reditus monstrarent, fila dedissem,
fila per adductas saepe recepta manus.

---

1 forsitan et=forsitan haec=quis scit an et; alat=alit

2 quis scit an=forsitan; haec saevas=et saevas=et haec=haec etiam; habet=habent

Non equidem miror, si stat victoria tecum,
strataque Cretaeam belua pressit[1] humum;
non poterant figi praecordia ferrea cornu;
ut te non tegeres, pectore tutus eras.
Illic tu silices, illic adamanta tulisti,
illic qui silices, Thesea, vincat, habes;
Nec pater est Aegeus, nec tu Pittheidos Aethrae
filius; auctores saxa fretumque tui.
Crudeles somni, quid me tenuistis inertem?
Ah! Simul aeterna nocte premenda fui.[2]
Vos quoque crudeles, venti, nimiumque parati
flaminaque in lacrimas officiosa meas,
dextera crudelis, quae me fratremque necavit,
et data poscenti, nomen inane, fides!
In me iurarunt somnus ventusque fidesque;
prodita sum causis una puella tribus.
Ergo ego nec lacrimas matris moritura videbo,
nec, mea qui digitis lumina condat, erit?
spiritus infelix peregrinas ibit in auras
nec positos artus unguet amica manus?
Ossa superstabunt volucres inhumata marinae?
Haec sunt officiis digna sepulcra meis?

1 pressit=planxit=stravit=texit=tinxit

2 Ah=aut=at; Simul=semel

Ibis Cecropios portus patriaque receptus,
cum steteris turbae celsus in aure tuae[1]
et bene narraris letum taurique virique
sectaque per dubias saxea tecta vias,
me quoque narrato sola in tellure relictam!
Non ego sum titulis surripienda tuis.
Di facerent ut me summa de puppe videres;
movisset vultus maesta figura tuos.
Nunc quoque non oculis, sed, qua potes, aspice mente
haerentem scopulo, quem vaga pulsat aqua;
aspice demissos lugentis more capillos
et tunicas lacrimis sicut ab imbre gravis.
Corpus, ut impulsae segetes aquilonibus, horret,
litteraque articulo pressa tremente labat.
Non te per meritum, quoniam male cessit, adoro.
Debita sit facto gratia nulla meo,
Sed nec poena quidem. Si non ego causa salutis,
non tamen est cur sis tu mihi causa necis.
Has tibi plangendo lugubria pectora lassas
infelix tendo trans freta longa[2] manus;
hos tibi, qui superant, ostendo maesta capillos.

1 turbae=turbes=urbis=urbes; aure=ore=arce

2 longa=lata

Per lacrimas oro, quas tua facta movent,
flecte ratem, Theseu, versoque relabere velo.
Si prius occidero, tu tamen ossa feres.

XI. Canace Macareo

Siqua tamen caecis errabunt scripta lituris[1],
oblitus a dominae caede libellus erit.
Dextra tenet calamum, strictum tenet altera ferrum,
et iacet in gremio charta soluta meo.
Haec est Aeolidos fratri scribentis imago;
sic videor duro posse placere patri.
Ipse necis cuperem nostrae spectator adesset
auctorisque oculis exigeretur opus.
Ut ferus est multoque suis truculentior Euris,
spectasset siccis vulnera nostra genis.
Scilicet est aliquid cum saevis vivere ventis;
ingenio populi convenit ille sui.
Ille Noto Zephyroque et Sithonio Aquiloni
imperat et pinnis, Eure proterve, tuis.
Imperat heu! ventis, tumidae non imperat irae,

1 在某些抄本中，这首诗开头还有两行（Aeolis Aeolidae quam non habet ipsa salutem / mittit et armata verba notata manu），但学界一般认为不是奥维德所作。

possidet et vitiis regna minora suis.
Quid iuvat admotam per avorum nomina caelo
inter cognatos posse referre Iovem?
Num minus infestum, funebria munera, ferrum
feminea teneo, non mea tela, manu?
O utinam, Macareu, quae nos commisit in unum,
venisset leto serior hora meo!
Cur umquam plus me, frater, quam frater amasti,
et tibi, non debet quod soror esse, fui?
Ipsa quoque incalvi, qualemque audire solebam,
nescio quem sensi corde tepente deum.
Fugerat ore color, macies adduxerat artus,
sumebant minimos ora coacta cibos;
nec somni faciles et nox erat annua nobis,
et gemitum nullo laesa dolore dabam;
nec, cur haec facerem, poteram mihi reddere causam
nec noram quid amans esset; at illud erat.
Prima malum nutrix animo praesensit anili,
prima mihi nutrix 'Aeoli,' dixit, 'amas.'
Erubui gremioque pudor deiecit ocellos;
haec satis in tacita signa fatentis erant.
Iamque tumescebant vitiati pondera ventris
aegraque furtivum membra gravabat onus.
Quas mihi non herbas, quae non medicamina nutrix
attulit audaci supposuitque manu,

ut penitus nostris (hoc te celavimus unum)
visceribus crescens excuteretur onus!
A! Nimium vivax admotis restitit infans
artibus et tecto[1] tutus ab hoste fuit.
Iam noviens erat orta soror pulcherrima Phoebi,
denaque[2] luciferos Luna movebat equos.
Nescia quae faceret subitos mihi causa dolores,
et rudis ad partus et nova miles eram;
nec tenui vocem. 'Quid' ait 'tua crimina prodis?'
oraque clamantis conscia pressit anus.
Quid faciam infelix? Gemitus dolor edere cogit,
sed timor et nutrix et pudor ipse vetant.
Contineo gemitus elapsaque verba reprendo
et cogor lacrimas combibere ipsa meas.
Mors erat ante oculos et opem Lucina negabat
et grave, si moriar, mors quoque crimen erat.
Cum super incumbens scissa tunicaque comaque
pressa refovisti pectora nostra tuis
et mihi: 'Vive, soror, soror o carissima,' aisti,
'Vive nec unius corpore perde duos!
Spes bona det vires; fratri es nam nupta futura[3];

1 tecto=tectis=tectus

2 denaque=nonaque=penaque

3 fratri es nam nupta futura=fratri nam nupta futura es=fratri es nam nuptura=germano nupta futura

illius, de quo mater, et uxor eris.'
Mortua, crede mihi, tamen ad tua verba revixi,
et positum est uteri crimen onusque mei.
Quid tibi grataris? Media sedet Aeolus aula;
crimina sunt oculis surripienda patris.
Frugibus[1] infantem ramisque albentis olivae
et levibus vittis sedula celat anus
fictaque sacra facit dicitque precantia verba;
dat populus sacris, dat pater ipse viam.
Iam prope limen erat; patrias vagitus ad auris
venit et indicio proditur ille suo.
Eripit infantem mentitaque sacra revelat
Aeolus; insana regia voce sonat.
Ut mare fit tremulum, tenui cum stringitur aura
ut quatitur tepido fraxinus acta[2] Noto,
sic mea vibrari pallentia membra videres;
quassus ab imposito corpore lectus erat.
Irruit et nostrum vulgat clamore pudorem
et vix a misero continet ore manus;
ipsa nihil praeter lacrimas pudibunda profudi;
torpuerat gelido lingua retenta metu.
Iamque dari parvum canibusque avibusque nepotem

1 frugibus=frondibus

2 acta=virga=icta

iusserat in solis destituique locis.
Vagitus dedit ille miser (sensisse putares)
quaque suum poterat voce rogabat avum.
Quid mihi tunc animi credis, germane, fuisse
(nam potes ex animo colligere ipse tuo),
cum mea me coram silvas inimicus in altas
viscera montanis ferret edenda lupis?
Exierat thalamo; tunc demum pectora plangi
contigit inque meas unguibus ire genas.
Interea patrius vultu maerente satelles
venit et indignos edidit ore sonos:
'Aeolus hunc ensem mittit tibi (tradidit ensem)
et iubet ex merito scire quid iste velit.'
Scimus et utemur violento fortiter ense;
pectoribus condam dona paterna meis.
His mea muneribus, genitor, conubia donas?
hac tua dote, pater, filia dives erit!
Tolle procul de caede[1] faces, Hymenaee, maritas
et fuge turbato tecta nefanda pede.
Ferte faces in me, quas fertis, Erinyes atrae,
et meus ex isto luceat igne rogus.
Nubite felices Parca meliore sorores,
amissae memores sed tamen este mei.

1 de caede=decepte

Quid puer admisit tam paucis editus horis?
Quo laesit facto vix bene natus avum?
Si potuit meruisse necem, meruisse putetur.
A! Miser admisso plectitur ille meo.
Nate, dolor matris, rapidarum[1] praeda ferarum,
Ei mihi! natali dilacerate tuo,
nate, parum fausti miserabile pignus amoris,
haec tibi prima dies, haec tibi summa fuit.
Non mihi te licuit lacrimis perfundere iustis,
in tua non tonsas ferre sepulcra comas,
non super incubui, non oscula frigida carpsi.
Diripiunt avidae viscera nostra ferae.
Ipsa quoque infantis cum vulnere prosequar umbras
nec mater fuero dicta nec orba diu.
Tu tamen, o frustra miserae sperate sorori,
sparsa, precor, nati collige membra tui
et refer ad matrem socioque impone sepulcro,
urnaque nos habeat quamlibet arta duos.
Vive memor nostri lacrimasque in vulnere[2] funde
neve reformida corpus amantis amans;

1 rapidarum=rabidarum

2 vulnere=funere=vulnera=fulnere

tu, rogo, dilectae nimium mandata sororis[1]
perfer; mandatum persequar ipsa patris[2].

1 tu=te=et; dilectae=placitae

2 perfer=perfice; mandatum=mandatis

XII. Medea Iasoni

At tibi Colchorum, memini, regina vacavi[1],
ars mea cum peteres ut tibi ferret opem.
Tunc, quae dispensant mortalia fata[2], sorores
debuerant fusos evoluisse meos.
Tum potui Medea mori bene. Quidquid ab illo
produxi vitam[3] tempore, poena fuit.
Ei mihi! Cur umquam iuvenalibus acta lacertis
Phrixeam petiit Pelias arbor ovem?
Cur umquam Colchi Magnetida vidimus Argon
turbaque Phasiacam Graia bibistis aquam?
Cur mihi plus aequo flavi placuere capilli
et decor et linguae gratia ficta tuae?
Aut, semel in nostras quoniam nova puppis harenas

---

1 在某些抄本中，这首诗开头还有两行（Exult, inops, contempta novo Medea marito / dicit an a regnis tempora nulla vacant?），但学界一般认为不是奥维德所作。

2 fata=facta=fila

3 vitam=vitae

venerat audacis attuleratque viros,
isset anhelatos non praemedicatus in ignes
inmemor Aesonides oraque adusta[1] boum;
semina iecisset, totidem quot severat[2] hostes,
ut caderet cultu cultor ab ipse suo.
Quantum perfidiae tecum, scelerate, perisset!
Dempta forent capiti quam mala multa meo!
Est aliqua ingrato meritum exprobrare voluptas;
hac fruar, haec de te gaudia sola feram.
Iussus inexpertam Colchos advertere puppim
intrasti patriae regna beata meae.
Hoc illic Medea fui nova nupta quod hic est;
quam pater est illi, tam mihi dives erat;
hic Ephyren bimarem, Scythia tenus ille nivosa
omne tenet, Ponti qua plaga laeva iacet.
Accipit hospitio iuvenes Aeeta Pelasgos,
et premitis pictos, corpora Graia, toros.
Tunc ego te vidi; tunc coepi scire quis esses;
illa fuit mentis prima ruina meae.
Et vidi et perii nec notis ignibus arsi,
ardet ut ad magnos pinea taeda deos.
Et formosus eras et me mea fata trahebant;

1 oraque adusta=aeraque adunca

2 totidem quot severat=totidemque et semina et

abstulerant oculi lumina nostra tui.
Perfide, sensisti. Quis enim bene celat amorem?
eminet indicio prodita flamma suo.
Dicitur interea tibi lex, ut dura ferorum
insolito premeres vomere colla boum.
Martis erant tauri plus quam per cornua saevi,
quorum terribilis spiritus ignis erat,
aere pedes solidi praetentaque naribus aera,
nigra per adflatus haec quoque facta suos.
Semina praeterea populos genitura iuberis
spargere devota lata per arva manu,
qui peterent natis secum tua corpora telis;
illa est agricolae messis iniqua suo.
Lumina custodis succumbere nescia somno
ultimus est aliqua decipere arte labor.
Dixerat Aeetes; maesti consurgitis omnes,
mensaque purpureos deserit alta toros.
Quam tibi tunc longe regnum dotale Creusae
et socer et magni nata Creontis erat?
Tristis abis; oculis abeuntem prosequor udis,
et dixit tenui murmure lingua 'vale.'
Ut positum tetigi thalamo male saucia lectum,
acta est per lacrimas nox mihi, quanta fuit.
Ante oculos taurique meos segetesque nefandae,
ante meos oculos pervigil anguis erat.

Hinc amor, hinc timor est; ipsum timor auget amorem.
Mane erat et thalamo cara recepta soror
disiectamque comas aversaque[1] in ora iacentem
invenit et lacrimis omnia plena meis.
Orat opem Minyis. Petit altera, et altera habebat[2]:
Aesonio iuveni, quod rogat illa, damus.
Est nemus et piceis et frondibus ilicis atrum;
vix illuc radiis solis adire licet.
Sunt in eo (fuerant certe) delubra Dianae;
aurea barbarica stat dea facta manu.
Noscis an exciderunt mecum loca? Venimus illuc;
orsus es infido sic prior ore loqui:
'Ius tibi et arbitrium nostrae fortuna salutis
tradidit inque tua est vitaque morsque manu.
Perdere posse sat est, siquem iuvet ista potestas:
sed tibi servatus gloria maior ero.
Per mala nostra precor, quorum potes esse levamen,
per genus et numen cuncta videntis avi,
per triplicis vultus arcanaque sacra Dianae
et si forte aequos gens habet ista deos,
o virgo, miserere mei, miserere meorum;
effice me meritis tempus in omne tuum.

1 aversaque=adversaque

2 et=at; altera habebat=altera habebit=alter habebit; Petit altera, et altera habebat=Alter petit alter habebit

Quodsi forte virum non dedignare Pelasgum
(sed mihi tam faciles unde meosque deos?),
spiritus ante meus tenues vanescet in auras
quam thalamo nisi tu nupta sit ulla meo.
Conscia sit Iuno sacris praefecta maritis
et dea, marmorea cuius in aede sumus.'
Haec animum (et quota pars haec sunt?) movere puellae
simplicis et dextrae dextera iuncta meae.
Vidi etiam lacrimas (an et ars[1] est fraudis in illis?);
sic cito cum verbis capta puella tuis.
Iungis et aeripedes inadusto corpore tauros
et solidam iusso vomere findis humum.
Arva venenatis pro semine dentibus imples;
nascitur et gladios scutaque miles habet;
ipsa ego, quae dederam medicamina, pallida sedi,
cum vidi subitos arma tenere viros,
donec terrigenae, facinus mirabile, fratres
inter se strictas conseruere manus.
Pervigil ecce draco[2] squamis crepitantibus horrens
sibilat et torto pectore verrit humum.
Dotis opes ubi erant? Ubi erat tibi regia coniunx
quique maris gemini distinet Isthmos aquas?

1 et ars=pars

2 Pervigil ecce draco=insopor ecce draco=insuper ecce vigil=insopor ecce vigil

Illa ego, quae tibi sum nunc denique barbara facta,
nunc tibi sum pauper, nunc tibi visa nocens,
flammea subduxi medicato lumina somno
et tibi, quae raperes, vellera tuta dedi.
Proditus est genitor, regnum patriamque reliqui;
munus, in exilio quodlibet[1] esse, tuli!
Virginitas facta est peregrini praeda latronis;
optima cum cara matre relicta soror.
At non te fugiens sine me, germane, reliqui;
deficit hoc uno littera nostra loco;
quod facere ausa mea est, non audet scribere dextra;
sic ego, sed tecum, dilaceranda fui.
Nec tamen extimui (quid enim post illa timerem?)
credere me pelago, femina iamque nocens.
Numen ubi est? Ubi di? Meritas subeamus in alto,
tu fraudis poenas, credulitatis ego.
Complexos utinam Symplegades elisissent
nostraque adhaererent ossibus ossa tuis,
aut nos Scylla rapax canibus misisset[2] edendos
(debuit ingratis Scylla nocere viris),
quaeque vomit totidem fluctus totidemque resorbet,
nos quoque Trinacriae supposuisset aquae!

---

1 quodlibet=quod licet

2 misisset=mersisset

Sospes ad Haemonias victorque reverteris urbes;
  ponitur ad patrios aurea lana deos.
Quid referam Pellae natas pietate nocentes
  caesaque virginea membra paterna manu?
Ut culpent alii, tibi me laudare necesse est,
  pro quo sum totiens esse coacta nocens.
Ausus es (o! Iusto desunt sua verba dolori),
  ausus es 'Aesonia,' dicere, 'cede domo.'
Iussa domo cessi natis comitata duobus
  et, qui me sequitur semper, amore tui.
Ut subito nostras Hymen cantatus ad aures
  venit et accenso lampades igne micant
tibiaque effundit socialia carmina vobis,
  ei mihi funerea flebiliora tuba,
pertimui nec adhuc tantum scelus esse putabam;
  sed tamen in toto pectore frigus erat.
Turba ruunt et 'Hymen' clamant 'Hymenaee' frequenter;
  quo propior vox haec, hoc mihi peius erat.
Diversi flebant servi lacrimasque tegebant
  (quis vellet tanti nuntius esse mali?);
me quoque, quidquid erat, potius nescire iuvabat,
  sed tamquam scirem, mens mea tristis erat.
Cum minor e pueris casu studiove[1] videndi

1 casu studiove=iussus studioque

adstitit ad geminae limina prima foris:
'Huc mihi, mater, adi[1]! Pompam pater,' inquit, 'Iason
ducit et adiunctos aureus urget equos.'
Protinus abscissa planxi mea pectora veste
tuta nec a digitis ora fuere meis.
Ire animus mediae suadebat in agmina turbae
sertaque compositis demere rapta comis;
vix me continui quin sic laniata capillos
clamarem 'Meus est' iniceremque manus.
Laese pater, gaude; Colchi gaudete relicti;
inferias umbrae fratris habete mei;
deseror amissis regno patriaque domoque
coniuge, qui nobis omnia solus erat.
Serpentis igitur potui taurosque furentes,
unum non potui perdomuisse, virum;
quaeque feros pepuli doctis medicatibus ignes,
non valeo flammas effugere ipsa meas.
Ipsi me cantus herbaeque artesque relinquunt;
nil dea, nil Hecates sacra potentis agunt.
Non mihi grata dies; noctes vigilantur amarae,
et[2] tener a misero pectore somnus abit;
quae me non possum, potui sopire draconem;

1 Huc=hinc=hic; adi=abi

2 et=nec

utilior cuius quam mihi cura mea est.
Quos ego servavi, paelex amplectitur artus
et nostri fructus illa laboris habet.
Forsitan et, stultae dum te iactare maritae
quaeris et infestis auribus apta loqui,
in faciem moresque meos nova crimina fingas.
Rideat et vitiis laeta sit illa meis;
rideat et Tyrio iaceat sublimis in ostro.
Flebit et ardores vincet adusta meos.
Dum ferrum flammaeque aderunt sucusque veneni,
hostis Medeae nullus inultus erit.
Quodsi forte preces praecordia ferrea tangunt,
nunc animis audi verba minora meis.
Tam tibi sum supplex quam tu mihi saepe fuisti,
nec moror ante tuos procubuisse pedes.
Si tibi sum vilis, communis respice natos:
saeviet in partus dira noverca meos.
Et nimium similes tibi sunt et imagine tangor
et quotiens video lumina nostra madent.
Per superos oro, per avitae lumina flammae,
per meritum et natos, pignora nostra, duos,
redde torum, pro quo tot res insana reliqui.
Adde fidem dictis auxiliumque refer.
Non ego te imploro contra taurosque virosque,
utque tua serpens victa quiescat ope.

Te peto, quem merui, quem nobis ipse dedisti,
cum quo sum pariter facta parente parens.
Dos ubi sit, quaeris? Campo numeravimus illo
qui tibi laturo vellus arandus erat;
aureus ille aries villo spectabilis alto[1]
dos mea, quam, dicam si tibi 'Redde', neges.
Dos mea tu sospes, dos est mea Graia iuventus.
I nunc, Sisyphias, improbe, confer opes.
Quod vivis, quod habes nuptam socerumque potentis,
hoc ipsum, ingratus quod potes esse, meum est.
Quos equidem actutum ... sed quid praedicere poenam
attinet? Ingentis parturit ira minas.
Quo feret ira, sequar. Facti fortasse pigebit;
et piget infido consuluisse viro.
Viderit ista deus, qui nunc mea pectora versat.
Nescio quid certe mens mea maius agit.

1 aureus=arduus; alto=auro=aureo

XIII. Laodamia Protesilao

Mittit et optat amans, quo mittitur, ire salutem
   Haemonis Haemonio Laodamia viro.
Aulide te fama est vento retinente morari;
   a me cum fugeres, hic ubi ventus erat?
Tum freta debuerant vestris obsistere remis;
   illud erat saevis utile tempus aquis.
Oscula plura viro mandataque plura dedissem,
   et sunt quae volui dicere multa tibi.
Raptus es hinc praeceps, et qui tua vela vocaret,
   quem cuperent nautae, non ego, ventus erat.
Ventus erat nautis aptus, non aptus amanti.
   Soluor ab amplexu, Protesilae, tuo,
linguaque mandantis verba imperfecta reliquit;
   vix illud potui dicere triste ‘vale’ .
Incubuit Boreas abreptaque vela tetendit,
   iamque meus longe Protesilaus erat.
Dum potui spectare virum, spectare iuvabat

sumque tuos oculos usque secuta meis.
Ut te non poteram, poteram tua vela videre,
vela diu vultus detinuere meos.
At postquam nec te nec vela fugacia vidi,
et quod spectarem, nil nisi pontus erat,
lux quoque tecum abiit, tenebrisque exsanguis obortis
succiduo dicor procubuisse genu.
Vix socer Iphiclus, vix me grandaevus Acastus,
vix mater gelida maesta refecit aqua;
officium fecere pium, sed inutile nobis;
indignor miserae non licuisse mori.
Ut rediit animus, pariter rediere dolores;
pectora legitimus casta momordit amor.
Nec mihi pectendos cura est praebere capillos,
nec libet aurata corpora veste tegi.
Ut quas pampinea tetigisse Bicorniger hasta
creditur, huc illuc, qua furor egit, eo.
Conveniunt matres Phylleides[1] et mihi clamant:
'Indue regales, Laodamia, sinus.'
Scilicet ipsa geram saturatas murice vestes,
bella sub Iliacis moenibus ille geret;
Ipsa comas pectar, galea caput ille prematur;
ipsa novas vestes, dura vir arma feret?

1 Phylleides=Phyleides=Phylaceides

Qua[1] possum, squalore tuos imitata labores
dicar et haec belli tempora tristis agam.
Dyspari[2] Priamide, damno formose tuorum,
tam sis hostis iners quam malus hospes eras.
Aut te Taenariae faciem culpasse maritae,
aut illi uellem displicuisse tuam.
Tu, qui pro rapta nimium, Menelae, laboras,
ei mihi! Quam multis flebilis ultor eris!
Di, precor, a nobis omen removete sinistrum
et sua det reduci vir meus arma Iovi.
Sed timeo, quotiens subiit miserabile bellum;
more nivis lacrimae sole madentis eunt.
Ilion et Tenedos Simoisque et Xanthus et Ide
nomina sunt ipso paene timenda sono.
Nec rapere ausurus, nisi si defendere posset,
hospes erat; vires noverat ille suas.
Venerat, ut fama est, multo spectabilis auro
quique suo Phrygias corpore ferret opes,
classe virisque potens, per quae fera bella geruntur—
et sequitur regni pars quotacumque sui?
His ego te, victam, consors Ledaea gemellis,
suspicor; haec Danais posse nocere puto.

1 qua=quo

2 Dyspari=dux Pari

Hectora nescio quem timeo; Paris Hectora dixit
   ferrea sanguinea bella movere manu.[1]
Hectora, quisquis is est, si sum tibi cara, caveto;
   signatum memori pectore nomen habe.
Hunc ubi vitaris, alios vitare memento
   et multos illic Hectoras esse puta
et facito ut dicas, quotiens pugnare parabis:
   'Parcere me iussit Laodamia sibi.'
Si cadere Argolico fas est sub milite Troiam,
   te quoque non ullum vulnus habente cadat.
Pugnet et adversos tendat Menelaus in hostis[2];
   hostibus e mediis nupta petenda viro est.
Causa tua est dispar; tu tantum vivere pugna
   inque pios dominae posse redire sinus.
Parcite, Dardanidae, de tot, precor, hostibus uni,
   ne meus ex illo corpore sanguis eat.
Non est quem deceat nudo concurrere ferro;
   saevaque in oppositos pectora ferre viros;
fortius ille potest multo, quam pugnat, amare;
   bella gerant alii, Protesilaus amet.
Nunc fateor; volui revocare animusque ferebat;
   substitit auspicii lingua timore mali.

---

1 部分学者认为 63—64 行不是奥维德所作。

2 在某些抄本中，有 74—75 行（ut rapiat Paridi quam Paris ante sibi / inruat et causa quern vicit, vincat et armis），但学界一般认为不是奥维德所作。

Cum foribus velles ad Troiam exire paternis,
pes tuus offenso limine signa dedit;
ut vidi, ingemui tacitoque in pectore dixi:
'Signa reversuri sint, precor, ista viri!'
Haec tibi nunc refero, ne sis animosus in armis.
Fac meus in ventos hic timor omnis eat.
Sors quoque nescio quem fato designat iniquo,
qui primus Danaum Troada tangat humum;
infelix, quae prima virum lugebit ademptum!
Di faciant ne tu strenuus esse velis.
Inter mille rates tua sit millensima puppis
iamque fatigatas ultima verset aquas.
Hoc quoque praemoneo, de nave novissimus exi.
Non est, quo properes, terra paterna tibi.
Cum venies, remoque move veloque carinam
inque tuo celerem litore siste gradum.
Sive latet Phoebus seu terris altior exstat,
tu mihi luce dolor, tu mihi nocte venis,
nocte tamen quam luce magis; nox grata puellis
quarum suppositus colla lacertus habet.
Aucupor in lecto mendaces caelibe somnos;
dum careo veris, gaudia falsa iuvant.
Sed tua cur nobis pallens occurrit imago?
Cur venit a labris multa querela tuis?
Excutior somno simulacraque noctis adoro;

nulla caret fumo Thessalis ara meo;
tura damus lacrimamque super, qua sparsa relucet,
ut solet affuso surgere flamma mero.
Quando ego, te reducem cupidis amplexa lacertis,
languida laetitia soluar ab ipsa mea?
Quando erit ut lecto mecum bene iunctus in uno
militiae referas splendida facta tuae?
Quae mihi dum referes, quamvis audire iuvabit,
multa tamen capies oscula, multa dabis;
semper in his apte narrantia verba resistunt;
promptior est dulci lingua refecta mora.
Sed cum Troia subit, subeunt ventique fretumque,
spes bona sollicito victa timore cadit.
Hoc quoque, quod venti prohibent exire carinas,
me movet; invitis ire paratis aquis.
Quis velit in patriam vento prohibente reverti?
A patria pelago vela vetante datis!
Ipse suam non praebet iter Neptunus ad urbem.
Quo ruitis? Vestras quisque redite domos.
Quo ruitis, Danai? Ventos audite vetantis.
Non subiti casus, numinis ista mora est.
Quid petitur tanto nisi turpis adultera bello?
Dum licet, Inachiae vertite vela rates.
Sed quid ago? Revoco? Revocaminis omen abesto,
blandaque compositas aura secundet aquas!

Troasin invideo, quae si lacrimosa suorum
　funera conspicient, nec procul hostis erit;
ipsa suis manibus forti nova nupta marito
　imponet galeam Dardanaque arma dabit;
arma dabit, dumque arma dabit, simul oscula sumet
　(hoc genus officii dulce duobus erit).
Producetque virum, dabit et mandata reverti
　et dicet 'Referas ista fac arma Iovi!'
Ille ferens dominae mandata recentia secum
　pugnabit caute respicietque domum.
Exuet haec reduci clipeum galeamque resoluet
　excipietque suo corpora lassa sinu.
Nos sumus incertae, nos anxius omnia cogit,
　quae possunt fieri, facta putare timor.
Dum tamen arma geres diverso miles in orbe,
　quae referat vultus est mihi cera tuos;
illi blanditias, illi tibi debita verba
　dicimus, amplexus accipit illa meos.
Crede mihi, plus est quam quod videatur, imago;
　adde sonum cerae, Protesilaus erit.
Hanc specto teneoque sinu pro coniuge vero
　et, tamquam possit verba referre, queror.
Per reditus corpusque tuum, mea numina, iuro
　perque pares animi coniugiique faces
perque, quod ut videam canis albere capillis,

mox tutum possis ipse referre, caput[1],
me tibi venturam comitem, quocumque vocaris,
sive—quod heu! timeo, sive superstes eris.
Ultima mandato claudetur epistula parvo:
si tibi cura mei, sit tibi cura tui.

1 部分学者认为 161—162 行不是奥维德所作。

XIV. Hypermestra Lynceo

Mittit Hypermestra de tot modo fratribus uni
(cetera nuptarum crimine turba iacet):
clausa domo teneor gravibusque coercita vinclis;
est mihi supplicii causa fuisse piam.
Quod manus extimuit iugulo demittere ferrum,
sum rea; laudarer, si scelus ausa forem.
Esse ream praestat quam sic placuisse parenti;
non piget immunes caedis habere manus.
Me pater igne licet, quem non violavimus, urat,
quaeque aderant sacris, tendat in ora faces
aut illo iugulet, quem non bene tradidit ensem,
ut, qua non cecidit vir nece, nupta cadam,
non tamen ut dicant morientia 'paenitet' ora
efficiet; non est[1] quam piget esse piam.
Paeniteat sceleris Danaum saevasque sorores;

1 est=es

hic solet eventus facta nefanda sequi.
Cor pavet admonitu temeratae sanguine noctis
et subitus dextrae praepedit ossa[1] tremor;
quam tu caede putes fungi potuisse mariti,
scribere de facta non sibi caede timet.
Sed tamen experiar. Modo facta crepuscula terris,
ultima pars lucis primaque noctis erat;
ducimur Inachides magni sub tecta Pelasgi[2],
et socer armatas accipit ipse nurus.
Undique collucent praecinctae lampades auro.
Dantur in invitos impia tura focos;
vulgus 'Hymen, Hymenaee' vocant; fugit ille vocantis;
ipsa Iovis coniunx cessit ab urbe sua.
Ecce, mero dubii, comitum clamore frequentes,
flore novo madidas impediente comas,
in thalamos laeti—thalamos, sua busta!—feruntur
strataque funeribus corpore dicta premunt.
Iamque cibo vinoque graves somnoque iacebant
securumque quies alta per Argos erat.
Circum me gemitus morientum audire videbar
et tamen audieram[3], quodque verebar erat.
Sanguis abit, mentemque calor corpusque relinquit,

---

1 ossa=orsa

2 Pelasgi=tyranni

3 audieram=audibam=auditum

inque novo iacui frigida facta toro.
Ut leni Zephyro graciles vibrantur aristae,
frigida populeas ut quatit aura comas,
aut sic, aut etiam tremui magis; ipse iacebas,
quaeque tibi dederam causa[1] soporis erant.
Excussere metum violenti iussa parentis.
erigor et capio tela tremente manu.
Non ego falsa loquar; ter acutum sustulit ensem,
ter male sublato reccidit ense manus.
Admovi iugulo (sine me tibi vera fateri),
admovi iugulo tela paterna tuo,
et timor et pietas crudelibus obstitit ausis,
castaque mandatum dextra refugit opus.
Purpureos laniata sinus, laniata capillos,
exiguo dixi talia verba sono:
'Saevus, Hypermestra, pater est tibi; iussa parentis
effice; germanis sit comes iste suis.
Femina sum et virgo, natura mitis et annis;
non facient molles ad fera tela manus.
Quin age, dumque iacet, fortis imitare sorores.
Credibile est caesos omnibus esse viros.
Si manus haec aliquam posset committere caedem,
morte foret dominae sanguinulenta suae.

1 causa=vina=plena

At[1] meruere necem patruelia regna petendo,
quae tamen externis danda forent generis.
Finge viros meruisse mori; quid fecimus ipsae?
Quo mihi commisso non licet esse piae?
Quid mihi cum ferro? Quo bellica tela puellae?
Aptior est digitis lana colusque meis.'
Haec ego; dumque queror, lacrimae sua verba sequuntur
deque meis oculis in tua membra cadunt.
Dum petis amplexus sopitaque bracchia iactas,
paene manus telo saucia facta tua est.
Iamque patrem famulosque patris lucemque timebam;
expulerunt somnos haec mea dicta tuos:
'Surge age, Belide, de tot modo fratribus unus.
Nox tibi, ni[2] properas, ista perennis erit.'
Territus exsurgis; fugit omnis inertia somni;
aspicis in timida fortia tela manu.
Quaerenti causam 'Dum nox sinit, effuge!' dixi,
'Dum nox atra sinit, tu fugis, ipsa moror.'
Mane erat et Danaus generos ex caede iacentis
dinumerat; summae criminis unus abes;
fert male cognatae iacturam mortis in uno
et queritur facti sanguinis esse parum.

1 At=Hanc

2 ni=si

Abstrahor a patriis pedibus raptamque capillis
(haec meruit pietas praemia!) carcer habet.
Scilicet ex illo Iunonia permanet ira,
cum bos ex homine est, ex bove facta dea.
At satis est poenae teneram mugisse puellam,
nec, modo formosam, posse placere Iovi.
Astitit in ripa liquidi nova vacca parentis
cornuaque in patriis non sua vidit aquis
conatoque loqui mugitus edidit ore
territaque est forma, territa voce sua.
Quid furis, infelix? Quid te miraris in umbra?
Quid numeras factos ad nova membra pedes?
Illa Iovis magni paelex metuenda sorori
fronde levas nimiam caespitibusque famem,
fonte bibis spectasque tuam stupefacta figuram,
et, te ne feriant, quae geris, arma, times,
quaeque modo, ut possis etiam Iove digna videri,
dives eras, nuda nuda recumbis humo.
Per mare, per terras cognataque flumina curris;
dat mare, dant amnes, dat tibi terra viam.
Quae tibi causa fugae? Quid tu[1] freta longa pererras?
Non poteris vultus effugere ipsa tuos.
Inachi, quo properas? Eadem sequerisque fugisque;

1 tu=Io

tu tibi dux comiti, tu comes ipsa duci.
per septem Nilus portus emissus in aequor
exuit insanae paelicis ora bovis.
Ultima quid referam, quorum mihi cana senectus
auctor? Dant anni, quod querar, ecce mei.
Bella pater patruusque gerunt; regnoque domoque
pellimur; eiectos ultimus orbis habet.
Ille ferox solio solus sceptroque potitur;
cum sene nos inopi turba vagamur inops.
De fratrum populo pars exiguissima restat.
quique dati leto, quaeque dedere, fleo;
nam mihi quot fratres, totidem periere sorores;
accipiat lacrimas utraque turba meas.
En, ego, quod vivis, poenae crucianda reservor;
quid fiet sonti, cum rea laudis agar?
Et consanguineae quondam centensima summae
infelix uno fratre manente cadam.
At tu, siqua piae, Lynceu, tibi cura sororis,
quaeque tibi tribui munera, dignus habes,
vel fer opem, vel dede neci defunctaque vita
corpora furtivis insuper adde rogis
et sepeli lacrimis perfusa fidelibus ossa,
sculptaque sint titulo nostra sepulcra brevi:
'Exul Hypermestra, pretium pietatis iniquum,
quam mortem fratri depulit, ipsa tulit.'

Scribere plura libet, sed pondere lassa catenae
est manus et vires subtrahit ipse timor.

XV. Sappho Phaoni

Ecquid, ut inspecta est studiosae litera dextrae,
  protinus est oculis cognita nostra tuis?
An, nisi legisses auctoris nomina Sapphus,
  hoc breve nescires unde veniret opus?
Forsitan et quare mea sint alterna requiras
  carmina, cum lyricis sim magis apta modis.
Flendus amor meus est; elegia[1] flebile carmen;
  non facit ad lacrimas barbitos ulla meas.
Uror, ut, indomitis ignem exercentibus Euris,
  fertilis accensis messibus ardet ager.
Arva Phaon celebrat diversa Typhoidos Aetnae;
  me calor Aetnaeo non minor igne tenet.
Nec mihi dispositis quae iungam carmina nervis
  proveniunt; vacuae carmina mentis opus.
Nec me Pyrrhiades Methymniadesue puellae,

1 elegia=elegiae

nec me Lesbiadum cetera turba iuvant.
Vilis Anactorie, vilis mihi candida Cydro;
non oculis grata est Atthis, ut ante, meis,
atque aliae centum quas non[1] sine crimine amavi.
Improbe, multarum quod fuit, unus habes.
Est in te facies, sunt apti lusibus anni.
O facies oculis insidiosa meis!
Sume fidem et pharetram, fies manifestus Apollo.
Accedant capiti cornua, Bacchus eris.
Et Phoebus Daphnen, et Gnosida Bacchus amavit,
nec norat lyricos illa vel illa modos.
At mihi Pegasides blandissima carmina dictant;
iam canitur toto nomen in orbe meum.
Nec plus Alcaeus, consors patriaeque lyraeque,
laudis habet, quamvis grandius ille sonet.
Si mihi difficilis formam natura negavit,
ingenio formae damna rependo[2] meae.
Sum brevis; at nomen quod terras impleat omnes
est mihi; mensuram nominis ipsa fero.
Candida si non sum, placuit Cepheia Perseo
Andromede, patriae fusca colore suae.
Et variis albae iunguntur saepe columbae;

1 non=hic=iam=nec

2 rependo=repende

et niger a viridi turtur amatur ave.
Si, nisi quae facie poterit te digna videri,
nulla futura tua est, nulla futura tua est.
At, mea cum legerem, tibi iam formosa videbar[1];
unam iurabas usque decere loqui.
Cantabam, memini (meminerunt omnia amantes);
oscula cantanti tu mihi rapta dabas.
Haec quoque laudabas; omnique a parte placebam,
sed tunc praecipue, cum fit amoris opus.
Tunc te plus solito lascivia nostra iuvabat,
crebraque mobilitas, aptaque verba ioco,
et quod, ubi amborum fuerat confusa voluptas,
plurimus in lasso corpore languor erat.
Nunc tibi Sicelides veniunt, nova praeda, puellae.
Quid mihi cum Lesbo? Sicelis esse volo,
aut[2] vos erronem tellure remittite vestra,
Nesiades[3] matres Nesiadesque nurus.
Nec vos decipiant blandae mendacia linguae;
quae dicit vobis, dixerat ante mihi.
Tu quoque, quae montes celebras, Erycina, Sicanos,
(nam tua sum) vati consule, diva, tuae.
An gravis inceptum peragit Fortuna tenorem

1 legerem=legeres; tibi iam=etiam=sat iam

2 aut=o=nec=neu=at

3 Nesiades=Nisiades

et manet in cursu semper acerba suo?
Sex mihi natales ierant, cum lecta parentis
ante diem lacrimas ossa bibere meas.
Arsit post[1] frater, victus meretricis amore
mixtaque cum turpi damna pudore tulit.
Factus inops agili peragit freta caerula remo,
quasque male amisit, nunc male quaerit opes.
Me quoque, quod monui bene multa fideliter, odit;
hoc mihi libertas, hoc pia lingua dedit,
et tamquam desint quae me sine fine fatigent,
accumulat curas filia parva meas.
Ultima tu nostris accedis causa querelis.
Non agitur vento nostra carina suo.
Ecce iacent collo positi sine lege capilli;
nec premit articulos lucida gemma meos.
Veste tegor vili; nullum est in crinibus aurum;
non Arabum noster dona capillus habet.
Cui colar infelix, aut cui placuisse laborem?
Ille mei cultus unicus auctor abest.
Molle meum levibusque cor est violabile telis,
et semper causa est cur ego semper amem—
sive ita nascenti legem dixere Sorores,
nec data sunt vitae fila severa meae,

1 post=iners=inops

sive abeunt studia in mores artisque magistra
ingenium nobis molle Thalia facit.
Quid mirum si me primae lanuginis aetas
abstulit, atque anni quos vir amare potest?
Hunc ne pro Cephalo raperes, Aurora, timebam,
et faceres, sed te prima rapina tenet.
Hunc si conspicias, quae conspicis omnia Phoebe,
iussus erit somnos continuare Phaon.
Hunc Venus in caelum curru vexisset eburno;
sed videt et Marti posse placere suo.
O nec adhuc iuvenis, nec iam puer, utilis aetas,
o decus atque aevi gloria magna tui,
huc ades, inque sinus, formose, relabere nostros;
non ut ames, oro, verum ut amare sinas.
Scribimus et lacrimis oculi rorantur obortis.
Aspice quam sit in hoc multa litura loco.
Si tam certus eras hinc ire, modestius isses
et mihi dixisses: 'Lesbi puella, vale.'[1]
Non tecum lacrimas, non oscula summa tulisti;
denique non timui quod dolitura fui.
Nil de te mecum est, nisi tantum iniuria, nec tu
admoneat quod te, pignus amantis habes.
Non mandata dedi, neque enim mandata dedissem

1 et=si; mihi=modo

ulla, nisi ut nolles immemor esse mei.
Per tibi, qui numquam longe discedat, Amorem,
perque novem iuro, numina nostra, deas,
cum mihi nescio quis 'Fugiunt tua gaudia' dixit,
nec me flere diu nec potuisse loqui.
Et lacrimae deerant oculis et lingua palato;
astrictum gelido frigore pectus erat.
Postquam se dolor invenit, nec pectora plangi
nec puduit scissis exululare comis,
non aliter quam si nati pia mater adempti
portet ad exstructos corpus inane rogos.
Gaudet et e nostro crescit maerore Charaxus
frater et ante oculos itque reditque meos
utque pudenda mei videatur causa doloris:
'Quid dolet haec? Certe filia vivit' ait.
Non veniunt in idem pudor atque amor; omne videbat
vulgus; eram lacero pectus aperta sinu.
Tu mihi cura, Phaon; te somnia nostra reducunt,
somnia formoso candidiora die.
Illic te invenio, quamquam regionibus absis;
sed non longa satis gaudia somnus habet.
Saepe tuos nostra cervice onerare lacertos,
saepe tuae videor supposuisse meos.
Oscula cognosco, quae tu committere linguae
aptaque consueras accipere, apta dare.

Blandior interdum, verisque simillima verba
eloquor, et vigilant sensibus ora meis.
Ulteriora pudet narrare, sed omnia fiunt,
et iuvat, et siccae[1] non licet esse mihi.
At cum se Titan ostendit et omnia secum,
tam cito me somnos destituisse queror.
Antra nemusque peto tamquam nemus antraque prosint;
conscia deliciis illa fuere meis.
Illuc mentis inops, ut quam furialis Enyo[2]
attigit, in collo crine iacente, feror.
Antra vident oculi scabro pendentia topho,
quae mihi Mygdonii marmoris instar erant.
Invenio silvam, quae saepe cubilia nobis
praebuit et multa texit opaca coma.
At non invenio dominum silvaeque meumque:
vile solum locus est; dos erat ille loci.
Agnovi pressas noti mihi caespitis herbas;
de nostro curvum pondere gramen erat.
Incubui, tetigique locum qua parte fuisti;
grata prius lacrimas combibit herba meas;
quin etiam rami positis lugere videntur
frondibus, et nullae dulce queruntur aves.

1 siccae=sine te

2 Enyo=Erictho=Erinnis

Sola virum non ulta pie maestissima mater
concinit Ismarium Daulias ales Ityn.
Ales Ityn, Sappho desertos cantat amores.
Hactenus ut media cetera nocte silent.
Est nitidus vitreoque magis perlucidus amni.
fons sacer; hunc multi numen habere putant.
Quem supra ramos expandit aquatica lotos,
una nemus. Tenero caespite terra viret.
Hic ego cum lassos posuissem flebilis[1] artus,
constitit ante oculos Naias una meos;
Constitit et dixit: 'Quoniam non ignibus aequis
ureris, Ambracias est terra petenda tibi.
Phoebus ab excelso, quantum patet, aspicit aequor;
Actiacum populi Leucadiumque vocant.
Hinc se Deucalion, Pyrrhae succensus amore,
misit, et illaeso corpore pressit aquas.
Nec mora, versus amor fugit[2] lentissima Pyrrhae
pectora; Deucalion igne levatus abit.
Hanc legem locus ille tenet. Pete protinus altam
Leucada, nec saxo desiluisse time.'
Ut monuit, cum voce abiit. Ego frigida surgo;
nec lacrimas oculi continuere mei[3].

---

1 flebilis=fletibus

2 fugit=figit=tetigit

3 lacrimas oculi continuere mei=gravidae lacrimas continuere genae

Ibimus, o nymphe, monstrataque saxa petemus.
Sit procul insano victus amore timor.
Quicquid erit, melius quam nunc erit. Aura, subito!
Haec mea non magnum corpora pondus habent.
Tu quoque, mollis Amor, pennas suppone cadenti,
ne sim Leucadiae mortua crimen aquae.
Inde chelyn Phoebo, communia munera, ponam,
et sub ea versus unus et alter erunt:
'Grata lyram posui tibi, Phoebe, poetria Sappho;
convenit illa mihi, convenit illa tibi.'
Cur tamen Actiacas miseram me mittis ad oras,
cum profugum possis ipse referre pedem?
Tu mihi Leucadia potes esse salubrior unda;
et forma et meritis tu mihi Phoebus eris.
An potes, o scopulis undaque ferocior omni[1],
si moriar, titulum mortis habere meae?
At quanto melius iungi mea pectora tecum,
quam poterant saxis praecipitanda dari!
Haec sunt illa, Phaon, quae tu laudare solebas,
visaque sunt totiens ingeniosa tibi.
Nunc vellem facunda forem! Dolor artibus obstat,
ingeniumque meis substitit omne malis.
Non mihi respondent veteres in carmina vires;

1 omni=illa

plectra dolore iacent, muta dolore lyra est[1].
Lesbides aequoreae, nupturaque nuptaque proles,
Lesbides, Aeolia nomina dicta lyra,
Lesbides, infamem quae me fecistis amatae[2],
desinite ad citharas turba[3] venire mea.
Abstulit omne Phaon, quod vobis ante placebat.
Me miseram! Dixi quam modo paene meus.
Efficite ut redeat, vates quoque vestra redibit;
ingenio vires ille dat, ille rapit.
Ecquid ago precibus? Pectusne agreste movetur?
An riget[4]? Et Zephyri verba caduca ferunt?
Qui mea verba ferunt, vellem tua vela referrent.
Hoc te, si saperes, lente, decebat opus.
Sive redis, puppique tuae votiva parantur[5]
munera, quid laceras pectora nostra mora?
Solve ratem! Venus, orta mari, mare praestat amanti.
Aura dabit cursum; tu modo solve ratem.
Ipse gubernabit residens in puppe Cupido;
ipse dabit tenera vela legetque manu.

---

1 iacent=tacent; lyra est=lyra

2 amatae=amare=amore

3 citharas turba=citharae verba

4 An=a; riget=piget

5 parantur=paramus

Sive iuvat longe fugisse Pelasgida Sapphon[1]—
nec tamen invenies cur ego digna fuga[2]—
hoc[3] saltem miserae crudelis epistula dicat,
ut mihi Leucadiae fata petantur aquae.

1 Sapphon=Sappho

2 fuga=fugi

3 hoc=o

XVI. Paris Helenae

Hanc tibi Priamides mitto, Ledaea, salutem,
quae tribui sola te mihi dante potest.
Eloquar an flammae non est opus indice notae
et plus quam vellem iam meus exstat amor?
Ille quidem lateat malim, dum tempora dentur
laetitiae mixtos non habitura metus.
Sed male dissimulo; quis enim celaverit ignem,
lumine qui semper proditur ipse suo?
Si tamen expectas vocem quoque rebus ut addam,
uror; habes animi nuntia verba mei.
Parce, precor, fasso nec vultu cetera duro
perlege sed formae conveniente tuae.
Iamque illud gratum est, quod epistula nostra recepta
spem facit hoc recipi me quoque posse modo.
Quae rata sit, nec te frustra promiserit, opto,
hoc mihi quae suasit, mater Amoris, iter.
Namque ego divino monitu (ne nescia pecces)

advehor et coepto non leve numen adest.
Praemia magna quidem sed non indebita posco;
pollicita est thalamo te Cytherea meo.
Hac duce Sigeo dubias a litore feci
longa Phereclea per freta puppe vias;
illa dedit faciles auras ventosque secundos;
in mare nimirum ius habet orta mari.
Perstet et ut pelagi, sic pectoris adiuvet aestum;
deferat in portus et mea vota suos.
Attulimus flammas, non hic invenimus, illas;
hae mihi tam longae causa fuere viae.
Nam neque tristis hiemps neque nos huc appulit error;
Taenaris est classi terra petita meae.
Nec me crede fretum merces portante carina
findere (quas habeo, di tueantur opes!)
nec venio Graias veluti spectator ad urbes
(oppida sunt regni divitiora mei);
te peto, quam pepigit lecto Venus aurea nostro;
te prius optavi quam mihi nota fores;
ante tuos animo vidi quam lumine vultus;
prima fuit vultus[1] nuntia fama tui.
Nec tamen est mirum, si, sicut oportet, ab arcu
mssilibus telis eminus ictus amo;

1 fuit vultus=tulit vulnus=mihi vulnus

sic placuit fatis; quae ne convellere temptes,
accipe cum vera dicta relata fide.
Matris adhuc utero partu remorante tenebar
(iam gravidus iusto pondere venter erat);
illa sibi ingentem[1] visa est sub imagine somni
flammiferam pleno reddere ventre facem.
Territa consurgit metuendaque noctis opacae
visa seni Priamo, vatibus ille refert;
arsurum Paridis vates canit Ilion igni;
pectoris, ut nunc est, fax fuit illa mei.
Forma vigorque animi, quamvis de plebe videbar,
indicium tectae nobilitatis erat.
Est locus in mediis nemorosae vallibus Idae
devius et piceis ilicibusque frequens,
qui nec ovis placidae nec amantis saxa capellae,
nec patulo tardae carpitur ore bovis.
Hinc ego Dardaniae muros excelsaque tecta
et freta prospiciens arbore nixus eram.
Ecce pedum pulsu visa est mihi terra moveri
(vera loquar veri vix habitura fidem);
constitit ante oculos actus velocibus alis
Atlantis magni Pleionesque nepos
(fas vidisse fuit, fas sit mihi visa referre)

1 ingentem=partu=urgentis

inque dei digitis aurea virga fuit,
tresque simul divae, Venus et cum Pallade Iuno,
graminibus teneros imposuere pedes.
Obstupui, gelidusque comas erexerat horror,
cum mihi: 'Pone metum,' nuntius ales ait,
'Arbiter es formae; certamina siste dearum,
vincere quae forma digna sit una duas!'
Neve recusarem, verbis Iovis imperat et se
protinus aetheria tollit in astra via.
Mens mea convaluit subitoque audacia venit
nec timui vultu quamque notare meo.
Vincere erant omnes dignae iudexque querebar
non omnes causam vincere posse suam;
sed tamen ex illis iam tunc magis una placebat,
hanc esse ut scires, unde movetur amor.
Tantaque vincendi cura est; ingentibus ardent
iudicium donis sollicitare meum.
Regna Iovis coniunx, virtutem filia iactat:
ipse potens dubito fortis an esse velim.
Dulce Venus risit: 'Ne[1] te, Pari, munera tangant
utraque suspensi plena timoris,' ait,
'Nos dabimus quod ames et pulchrae filia Ledae
ibit in amplexus pulchrior illa tuos.'

---

1 Ne=nec

Dixit et ex aequo donis formaque probata
victorem caelo rettulit illa pedem.
Interea, sero[1] versis ad prospera fatis,
regius adgnoscor per rata signa puer.
Laeta domus nato post tempora longa recepto est,
addit et ad festos hunc quoque Troia diem;
utque ego te cupio, sic me cupiere puellae;
multarum votum sola tenere potes.
Nec tantum regum natae petiere ducumque,
sed nymphis etiam curaque amorque fui.
Quam super Oenones faciem mirarer[2]? In orbe
nec Priamo est a te dignior ulla nurus.
Sed mihi cunctarum subeunt fastidia, postquam
coniugii spes est, Tyndari, facta tui.
Te vigilans oculis, animo te nocte videbam,
lumina cum placido victa sopore iacent.
Quid facies praesens quae nondum visa placebas?
Ardebam, quamvis hinc procul ignis erat.
Nec potui debere mihi spem longius istam,
caerulea peterem quin mea vota via.
Troia caeduntur Phrygia pineta securi
quaeque erat aequoreis utilis arbor aquis;

1 sero=credo

2 quam=quas; Oenones=Oenonen; faciem=facies; mirarer=mirabar=mutarer=imitarer

ardua proceris spoliantur Gargara silvis
  innumerasque mihi longa dat Ida trabes.
Fundatura citas flectuntur robora naves,
  texitur et costis panda carina suis;
addimus antennas et vela sequentia malis[1],
  accipit et pictos puppis adunca deos;
qua tamen ipse vehor, comitata Cupidine parvo
  sponsor coniugii stat dea picta sui[2].
Imposita est factae postquam manus ultima classi
  protinus Aegaeis ire lubebat[3] aquis.
At pater et genetrix inhibent mea vota rogando
  propositumque pia[4] voce morantur iter,
et soror, effusis ut erat, Cassandra, capillis,
  cum vellent nostrae iam dare vela rates:
'Quo ruis?' exclamat; 'Referes incendia tecum.
  Quanta per has nescis flamma petatur aquas!'
Vera fuit vates; dictos invenimus ignes,
  et ferus in molli pectore flagrat amor!
Portubus egredior ventisque ferentibus usus
  applicor in terras, Oebali nympha, tuas.
Excipit hospitio vir me tuus; hoc quoque factum

---

1 malis=malo=malos

2 sui=tui

3 lubebat=iubebat=iubebar

4 pia=viae

non sine consilio numinibusque deum.
Ille quidem ostendit quidquid Lacedaemone tota
ostendi dignum conspicuumque fuit,
sed mihi laudatam cupienti cernere formam
lumina nil aliud quo caperentur erat.
Ut vidi, obstupui praecordiaque intima sensi
attonitus curis intumuisse novis.
His similes vultus, quantum reminiscor, habebat
venit in arbitrium cum Cytherea meum;
si tu venisses pariter certamen in illud,
in dubium Veneris palma futura fuit.
Magna quidem de te rumor praeconia fecit,
nullaque de facie nescia terra tua est
nec tibi par usquam Phrygia nec solis ab ortu
inter formosas altera nomen habet.
Credis et hoc[1] nobis, minor est tua gloria vero,
famaque de forma paene maligna tua est;
plus hic invenio quam quod promiserat illa
et tua materia gloria victa sua est.
Ergo arsit merito, qui noverat omnia, Theseus,
et visa es tanto digna rapina viro,
more tuae gentis nitida dum nuda palaestra
ludis et es nudis femina mixta viris.

1 Credis et hoc=crede sed hoc

Quod rapuit, laudo; miror quod reddidit umquam;
tam bona constanter praeda tenenda fuit.
Ante recessisset caput hoc cervice cruenta
quam tu de thalamis abstraherere meis.
Tene manus umquam nostrae dimittere vellent?
Tene meo paterer vivus abire sinu?
Si reddenda fores, aliquid tamen ante tulissem,
nec Venus ex toto nostra fuisset iners;
vel mihi virginitas esset libata vel illud
quod poterat salva virginitate rapi.
Da modo te; quae sit Paridi constantia nosces;
flamma rogi flammas finiet una meas.
Praeposui regnis ego te, quae maxima quondam
pollicita est nobis nupta sororque Iovis,
dumque tuo possem circumdare bracchia collo,
contempta est virtus Pallade dante mihi.
Nec piget aut umquam stulte legisse videbor;
permanet in voto mens mea firma suo.
Spem modo ne nostram fieri patiare caducam,
deprecor, o tanto digna labore peti!
Non ego coniugium generosae degener opto,
nec mea, crede mihi, turpiter uxor eris:
Pliada, si quaeres, in nostra gente Iovemque
invenies, medios ut taceamus avos.
Sceptra parens Asiae, qua nulla beatior ora est,

finibus immensis vix obeunda[1] tenet.
Innumeras urbes atque aurea tecta videbis
quaeque suos dices templa decere deos.
Ilion aspicies firmataque turribus altis
moenia, Phoebeae structa canore lyrae.
Quid tibi de turba narrem numeroque virorum?
Vix populum tellus sustinet illa suum.
Occurrent denso tibi Troades agmine matres
nec capient Phrygias atria nostra nurus.
O quotiens dices 'Quam pauper Achaia nostra est!
Una domus quaevis urbis habebit opes.'
Nec mihi fas fuerit Sparten contemnere vestram;
in qua tu nata es, terra beata mihi est.
Parca sed est Sparte, tu cultu divite digna;
ad talem formam non facit iste locus;
hanc faciem largis sine fine paratibus uti
deliciisque decet luxuriare novis.
Cum videas cultus nostra de gente virorum,
qualem Dardanias credis habere nurus?
Da modo te facilem nec dedignare maritum,
rure Therapnaeo nata puella, Phrygem.
Phryx erat et nostro genitus de sanguine, qui nunc
cum dis potando nectare miscet aquas.

1 obeunda=sceptra=regna

Phryx erat Aurorae coniunx; tamen abstulit illum
extremum Noctis quae dea finit iter.
Phryx etiam Anchises, volucrum cui mater Amorum
gaudet in Idaeis concubuisse iugis.
Nec, puto, collatis forma Menelaus et annis[1]
iudice te nobis anteferendus erit.
Non dabimus certe socerum tibi clara fugantem
lumina, qui trepidos a dape vertat equos,
nec Priamo pater est soceri de caede cruentus
et qui Myrtoas crimine signat aquas,
nec proavo Stygia nostro captantur in unda
poma nec in mediis quaeritur umor aquis.
Quid tamen hoc refert, si te tenet ortus ab illis,
cogitur huic domui Iuppiter esse soccer?
Heu facinus! Totis indignus noctibus ille
te tenet amplexu perfruiturque tuo;
at mihi conspiceris posita vix denique mensa,
multaque, quae laedant, hoc quoque tempus habet.
Hostibus eveniant convivia talia nostris,
experior posito qualia saepe mero.
Paenitet hospitii, cum me spectante lacertos
imponit collo rusticus iste tuo.

1 annis=armis

Rumpor et invideo[1] (quidni tandem omnia narrem?)
membra superiecta cum tua veste fovet.
Oscula cum vero coram non dura daretis,
ante oculos posui pocula sumpta meos;
lumina demitto, cum te tenet artius ille,
crescit et invito lentus in ore cibus.
Saepe dedi gemitus et te, lasciva, notavi
in gemitu risum non tenuisse meo;
saepe mero volui flammam compescere, at illa
crevit et ebrietas ignis in igne fuit,
multaque ne videam, versa cervice recumbo,
sed revocas oculos protinus ipsa meos.
Quid faciam, dubito; dolor est meus illa videre
sed dolor a facie maior abesse tua.
Qua licet et possum, luctor celare furorem,
sed tamen apparet dissimulatus amor.
Nec tibi verba damus; sentis mea vulnera, sentis!
Atque utinam soli sint ea nota tibi!
A! Quotiens lacrimis venientibus ora reflexi,
ne causam fletus quaereret ille mei.
A! Quotiens aliquem narravi potus amorem,
ad vultus referens singula verba tuos,
indiciumque mei ficto sub nomine feci!

1 invideo=invidia

Ille ego, si nescis, verus amator eram.
Quin etiam, ut possem verbis petulantius uti,
non semel ebrietas est simulata mihi.
Prodita sunt, memini, tunica tua pectora laxa
atque oculis aditum nuda dedere meis,
pectora vel puris nivibus vel lacte tuamque
complexo matrem candidiora Iove.
Dum stupeo visis (nam pocula forte tenebam),
tortilis a digitis excidit ansa meis.
Oscula si natae dederas, ego protinus illa
Hermiones tenero laetus ab ore tuli.
Et modo cantabam veteres resupinus amores,
et modo per nutum signa tegenda dabam;
et comitum primas, Clymenen Aethramque, tuarum
ausus sum blandis nuper adire sonis,
quae mihi non aliud quam formidare locutae
orantis medias deseruere preces.
Di facerent pretium magni certaminis esses,
teque suo posset victor habere toro,
ut tulit Hippomenes Schoeneida praemia cursus,
venit ut in Phrygios Hippodamia sinus,
ut ferus Alcides Acheloia cornua fregit,
dum petit amplexus, Deianira, tuos;
nostra per has leges audacia fortior isset,
teque mei scires esse laboris opus.

Nunc mihi nil superest, nisi te, formosa, precari
amplectique tuos, si patiare, pedes.
O decus, o praesens geminorum gloria fratrum,
o Iove digna viro, ni Iove nata fores,
aut ego Sigeos repetam te coniuge portus,
aut hic Taenaria contegar exul humo.
Non mea sunt summa leviter districta[1] sagitta
pectora; descendit vulnus ad ossa meum.
Hoc mihi (nam repeto) fore ut a caeleste sagitta
figar, erat verax vaticinata soror.
Parce datum fatis, Helene, contemnere amorem.
Sic habeas faciles in tua vota deos!
Multa quidem subeunt, sed coram ut plura loquamur,
excipe me lecto nocte silente tuo.
An pudet et metuis Venerem temerare maritam
castaque legitimi fallere iura tori?
A! Nimium simplex Helene, ne rustica dicam,
hanc faciem culpa posse carere putas?
Aut faciem mutes aut sis non dura necesse est;
Lis est cum forma magna pudicitiae.
Iuppiter his gaudet, gaudet Venus aurea furtis;
haec tibi nempe patrem furta dedere Iovem.

1 districta=destricta

Vix fieri, si sunt vires in semine avorum[1],
et Iovis et Ledae filia, casta potes.
Casta tamen tum sis, cum te mea Troia tenebit,
et tua sim, quaeso, crimina solus ego;
nunc ea peccemus, quae corriget hora iugalis,
si modo promisit non mihi vana Venus.
Sed tibi et[2] hoc suadet rebus, non voce maritus,
neve sui furtis hospitis obstet, abest.
Non habuit tempus, quo Cresia regna videret,
aptius (o mira calliditate virum!)
cessit et[3] 'Idaei mando tibi,' dixit iturus,
'curam pro nobis hospitis, uxor, agas.'
Neclegis absentis, testor, mandata mariti;
cura tibi non est hospitis ulla tui.
Huncine tu speras hominem sine pectore dotes
posse satis formae, Tyndari, nosse tuae?
Falleris; ignorat, nec si bona magna putaret,
quae tenet, externo crederet illa viro.
Ut te nec mea vox nec te meus incitet ardor,
cogimur ipsius commoditate frui,
aut erimus stulti, sic ut superemus et ipsum,

1 avorum=morum

2 Sed tibi et=sed tibi=ipse tibi

3 cessit et=haesit et=esset et=esset ut=ivit et=ivit ut=ipse abit=sed cum etiam=risit et=is 'sed et...'='res, et ut...'='restat ut Idaei mandem...'

si tam securum tempus abibit iners.
Paene suis ad te manibus deducit amantem;
utere mandatis simplicitate viri.
Sola iaces viduo tam longa nocte cubili,
in viduo iaceo solus et ipse toro:
te mihi meque tibi communia gaudia iungant,
candidior medio nox erit illa die.
Tunc ego iurabo quaevis tibi numina meque
astringam verbis in sacra iura tuis[1];
tunc ego, si non est fallax fiducia nostra,
efficiam praesens ut mea regna petas.
Si pudet et metuis ne me videare secuta,
ipse reus sine te criminis huius ero.
Nam sequar Aegidae factum fratrumque tuorum;
exemplo tangi non propiore potes.
Te rapuit Theseus, geminas Leucippidas illi;
quartus in exemplis adnumerabor ego.
Troia classis adest armis instructa virisque;
iam facient celeres remus et aura vias.
Ibis Dardanias ingens regina per urbes,
teque novam credet vulgus adesse deam,
quaque feres gressus, adolebunt cinnama flammae,
caesaque sanguineam victima planget humum.

1 iura tuis=vestra meis

Dona pater fratresque et cum genetrice sorores
Iliadesque omnes totaque Troia dabit.
Ei mihi! Pars a me vix dicitur ulla futuri;
plura feres quam quae littera nostra refert.
Nec tu rapta time ne nos fera bella sequantur,
concitet et vires Graecia magna suas.
Tot prius abductis ecqua est repetita per arma?
Crede mihi, vanos res habet ista metus.
Nomine ceperunt Aquilonis Erechthida Thraces,
et tuta a bello Bistonis ora fuit;
Phasida puppe nova vexit Pagasaeus Iason,
laesa neque est Colcha Thessala terra manu;
te quoque qui rapuit, rapuit Minoida Theseus;
nulla tamen Minos Cretas ad arma vocat.
Terror in his ipso maior solet esse periclo;
quaeque timere licet pertimuisse pudet.
Finge tamen, si vis, ingens consurgere bellum;
et mihi sunt vires, et mea tela nocent.
Nec minor est Asiae quam vestrae copia terrae;
illa viris dives, dives abundat equis.
Nec plus Atrides animi Menelaus habebit
quam Paris, aut armis anteferendus erit.
Paene puer caesis abducta armenta recepi
hostibus et causam nominis inde tuli;
paene puer iuvenes vario certamine vici,

in quibus Ilioneus Deiphobusque fuit.
Neve putes non me nisi comminus esse timendum,
figitur in iusso nostra sagitta loco.
Non potes haec illi primae dare facta iuventae;
instruere Atriden non potes arte mea.
Omnia si dederis, numquid dabis Hectora fratrem?
Unus is innumeri militis instar erit.
Quid valeam nescis, et te mea robora fallunt;
ignoras cui sis nupta futura viro.
Aut igitur nullo belli repetere tumultu,
aut cedent Marti Dorica castra meo.
Nec tamen indigner pro tanta sumere ferrum
coniuge; certamen praemia magna movent.
Tu quoque, si de te totus contenderit orbis,
nomen ab aeterna posteritate feres.
Spe modo non timida dis hinc egressa secundis
exige cum plena munera pacta fide.

XVII. Helene Paridi

Nunc oculos tua cum violarit epistula nostros[1],
non rescribendi gloria visa levis.
Ausus es hospitii temeratis, advena, sacris
legitimam nuptae sollicitare fidem.
Scilicet idcirco ventosa per aequora vectum
excepit portu Taenaris ora suo,
nec tibi, diversa quamvis et gente venires,
oppositas habuit regia nostra fores,
esset ut officii merces iniuria tanti?
Qui sic intrabas, hospes an hostis eras?
Nec dubito quin haec, cum sit tam iusta, vocetur
rustica iudicio nostra querela tuo.
Rustica sim sane, dum non oblita pudoris,
dumque tenor vitae sit sine labe meae.
Si non est ficto tristis mihi vultus in ore

1 在少数抄本中，本诗最开头还有两行（Si mihi quae legi, Pari, non legisse liceret, / servarem numeros, sicut et ante, probae），但研究者普遍认为，这两行不是奥维德写的。

nec sedeo duris torva superciliis,
fama tamen clara est et adhuc sine crimine vixi[1]
et laudem de me nullus adulter habet.
Quo magis admiror quae sit fiducia coepti,
spemque tori dederit quae tibi causa mei.
An, quia vim nobis Neptunius attulit heros,
rapta semel videor bis quoque digna rapi?
Crimen erat nostrum, si delinita fuissem;
cum sim rapta, meum quid nisi nolle fuit?
Non tamen a facto fructum tulit ille petitum;
excepto redii passa timore nihil.
Oscula luctanti tantummodo pauca protervus
abstulit; ulterius nil habet ille mei.
Quae tua nequitia est, non his contenta fuisset;
di melius! Similis non fuit ille tui.
Reddidit intactam, minuitque modestia crimen,
et iuvenem facti paenituisse patet.
Thesea paenituit, Paris ut succederet illi,
ne quando nomen non sit in ore meum?
Nec tamen irascor (quis enim succenset amanti?)
si modo, quem praefers, non simulatur amor.

1 vixi=luxi

Hoc quoque enim dubito, non quod[1] fiducia desit,
aut mea sit facies non bene nota mihi,
sed quia credulitas damno solet esse puellis,
verbaque dicuntur vestra carere fide.
'At peccant aliae matronaque rara pudica est.'
Quis prohibet raris nomen inesse meum?
Nam mea quod visa est tibi mater idonea cuius
exemplo flecti me quoque posse putes,
matris in admisso falsa sub imagine lusae
error inest; pluma tectus adulter erat;
nil ego, si peccem, possum nescisse, nec ullus
error, qui facti crimen obumbret, erit;
illa bene erravit vitiumque auctore redemit;
felix in culpa quo Iove dicar ego?
Et[2] genus et proavos et regia nomina iactas.
Clara satis domus haec nobilitate sua est.
Iuppiter ut soceri proauus taceatur et omne
Tantalidae Pelopis Tyndareique decus[3],
dat mihi Leda Iovem cygno decepta parentem,
quae falsam gremio credula fovit avem.
I nunc et Phrygiae late primordia gentis
cumque suo Priamum Laomedonte refer.

1 quod=quo

2 Et=sed=quod

3 decus=genus

Quos ego suspicio, sed qui tibi gloria magna est
quintus, is a nostro nomine primus erit.
Sceptra tuae quamvis rear esse potentia terrae,
non tamen haec illis esse minora puto.
Si iam divitiis locus hic numeroque virorum
vincitur, at certe barbara terra tua est.
Munera tanta quidem promittit epistula dives,
ut possint ipsas illa movere deas,
sed si iam vellem fines transire pudoris,
tu melior culpae causa futurus eras.
Aut ego perpetuo famam sine labe tenebo,
aut ego te potius quam tua dona sequar,
utque ea non sperno, sic acceptissima semper
munera sunt, auctor quae pretiosa facit.
Plus multo est quod amas, quod sum tibi causa laboris,
quod tam per longas spes tua venit aquas.
Illa quoque, apposita quae nunc facis, improbe, mensa,
quamvis experiar dissimulare, noto,
cum modo me spectas oculis, lascive, protervis,
quos vix instantes lumina nostra ferunt,
et modo suspiras, modo pocula proxima nobis
sumis, quaque bibi, tu quoque parte bibis.
A! Quotiens digitis, quotiens ego tecta notavi
signa supercilio paene loquente dari!
Et saepe extimui ne vir meus illa videret,

non satis occultis erubuique notis.
Saepe vel exiguo vel nullo[1] murmure dixi:
'Nil pudet hunc' nec vox haec mea falsa fuit.
Orbe quoque in mensae legi sub nomine nostro,
quod deducta mero littera fecit, AMO.
Credere me tamen hoc oculo renuente negavi.
Ei mihi! Iam didici sic ego posse loqui.
His ego blanditiis, si peccatura fuissem,
flecterer; his poterant pectora nostra capi.
Est quoque, confiteor, facies tibi rara, potestque
velle sub amplexus ire puella tuos;
altera vel potius felix sine crimine fiat,
quam cadat externo noster amore pudor.
Disce meo[2] exemplo formosis posse carere;
est virtus placitis abstinuisse bonis.
Quam multos credis iuvenes optare quod optas
qui sapiant? Oculos an Paris unus habes?
Non tu plus cernis sed plus temerarius audes,
nec tibi plus cordis sed magis[3] oris adest.
Tunc ego te vellem celeri venisse carina,
cum mea virginitas mille petita procis;
si te vidissem, primus de mille fuisses.

---

1 nullo=longo

2 meo=modo

3 magis=minus

Iudicio veniam vir dabit ipse meo.
Ad possessa venis praeceptaque[1] gaudia serus;
spes tua lenta fuit; quod petis, alter habet.
Ut tamen optarem fieri tua Troica coniunx,
invitam sic me nec Menelaus habet.
Desine molle, precor, verbis convellere pectus
neve mihi, quam te dicis amare, noce,
me sine, quam tribuit sortem fortuna, tueri
nec spolium nostri turpe pudoris ave[2].
At Venus hoc pacta est et in altae vallibus Idae
tres tibi se nudas exhibuere deae,
unaque cum regnum, belli daret altera laudem,
'Tyndaridis coniunx' tertia dixit 'eris'?
Credere vix equidem caelestia corpora possum
arbitrio formam supposuisse tuo,
utque sit hoc verum, certe pars altera ficta est,
iudicii pretium qua data dicor ego.
Non est tanta mihi fiducia corporis ut me
maxima teste dea dona fuisse putem.
Contenta est oculis hominum mea forma probari;
laudatrix Venus est invidiosa mihi.
Sed nihil infirmo, faveo, quoque laudibus istis;

1 praeceptaque=praereptaque

2 ave=habe

nam mea vox quare, quod cupit, esse neget?
Nec tu succense, nimium mihi creditus aegre;
tarda solet magnis rebus inesse fides.
Prima mea est igitur Veneri placuisse voluptas,
proxima me visam praemia summa tibi,
nec te Palladios nec te Iunonis honores
auditis Helenae praeposuisse bonis.
Ergo ego sum virtus, ego sum tibi nobile regnum?
Ferrea sim, si non hoc ego pectus amem.
Ferrea, crede mihi, non sum, sed amare repugno
illum, quem fieri vix puto posse meum.
Quid bibulum curvo proscindere litus aratro
spemque sequi coner, quam locus ipse negat?
Sum rudis ad Veneris furtum, nullaque fidelem
(di mihi sunt testes) lusimus arte virum;
nunc quoque, quod tacito mando mea verba libello,
fungitur officio littera nostra novo.
Felices, quibus usus adest! Ego nescia rerum
difficilem culpae suspicor esse viam.
Ipse malo metus est; iam nunc confundor et omnes
in nostris oculos vultibus esse reor.
Nec reor hoc falso; sensi mala murmura vulgi,
et quasdam voces rettulit Aethra mihi.
At tu dissimula, nisi si desistere mavis.
Sed cur desistas? Dissimulare potes.

Lude, sed occulte. Maior, non maxima, nobis
est data libertas, quod Menelaus abest.
Ille quidem procul est, ita re cogente, profectus;
magna fuit subitae iustaque causa viae;
aut mihi sic visum est. Ego, cum dubitaret an iret:
'Quam primum' dixi 'fac rediturus eas.'
Omine laetatus dedit oscula, 'Resque domusque
et tibi sit curae Troicus hospes' ait.
Vix tenui risum, quem dum compescere luctor,
nil illi potui dicere praeter 'erit.'
Vela quidem Creten ventis dedit ille secundis,
sed tu non ideo cuncta licere puta.
Sic meus hinc vir abest, ut me custodiat absens.
An nescis longas regibus esse manus?
Fama quoque est oneri; nam quo constantius ore
laudamur vestro, iustius ille timet.
Quae iuvat, ut nunc est, eadem mihi gloria damno est,
et melius famae verba dedisse fuit.
Nec quod abest hic me tecum mirare relictam[1];
moribus et vitae credidit ille meae.
De facie metuit, vitae confidit, et illum
securum probitas, forma timere facit.
Tempora ne pereant ultro data praecipis, utque

1 relictam=relicta

simplicis utamur commoditate viri.
Et libet et timeo, nec adhuc exacta voluntas
est satis; in dubio[1] pectora nostra labant.
Et vir abest nobis et tu sine coniuge dormis,
inque vicem tua me, te mea forma capit;
et longae noctes, et iam sermone coimus,
et tu, me miseram! Blandus, et una domus.
Ah! peream, si non invitant omnia culpam;
nescio quo tardor sed tamen ipsa metu.
Quod male persuades, utinam bene cogere posses!
Vi mea rusticitas excutienda fuit.
Utilis interdum est ipsis iniuria passis;
sic certe felix esse coacta forem.
Dum novus est, potius coepto pugnemus amori;
flamma recens parva sparsa resedit aqua.
Certus in hospitibus non est amor: errat, ut ipsi,
cumque nihil speres firmius esse, fugit.
Hypsipyle testis, testis Minoia virgo est,
in non exhibitis utraque lusa[2] toris.
Tu quoque dilectam multos, infide, per annos
diceris Oenonen destituisse tuam;
nec tamen ipse negas, et nobis omnia de te

1 dubio=bivio

2 lusa=insta=questa

quaerere, si nescis, maxima cura fuit.
Adde quod, ut cupias constans in amore manere,
non potes; expediunt iam tua vela Phryges.
Dum loqueris mecum, dum nox sperata paratur,
qui ferat in patriam iam tibi ventus erit.
Cursibus in mediis novitatis plena relinques
gaudia; cum ventis noster abibit amor.
An sequar, ut suades, laudataque Pergama visam
pronurus et magni Laomedontis ero?
Non ita contemno volucris praeconia famae,
ut probris terras impleat illa meis.
Quid de me poterit Sparte, quid Achaia tota,
quid gentes Asiae[1], quid tua Troia loqui?
Quid Priamus de me, Priami quid sentiet uxor,
totque tui fratres Dardanidesque nurus?
Tu quoque qui poteris fore me sperare fidelem
et non exemplis anxius esse tuis?
Quicumque Iliacos intraverit advena portus,
is tibi solliciti causa timoris erit.
Ipse mihi quotiens iratus 'adultera' dices,
oblitus nostro crimen inesse tuum!
Delicti fies idem reprensor et auctor.
Terra, precor, vultus obruat ante meos!

1 Asiae=aliae

At fruar Iliacis opibus cultuque beato
donaque promissis uberiora feram,
purpura nempe mihi pretiosaque texta dabuntur,
congestoque auri pondere dives ero.
Da veniam fassae. Non sunt tua munera tanti;
nescio quo tellus me tenet ipsa modo.
Quis mihi, si laedar, Phrygiis succurret in oris?
Unde petam fratres, unde parentis opem?
Omnia Medeae fallax promisit Iason;
pulsa est Aesonia num minus illa domo?
Non erat Aeetes, ad quem despecta rediret,
non Idyia parens Chalciopeque soror.
Tale nihil timeam[1], sed nec Medea timebat.
Fallitur augurio spes bona saepe suo.
Omnibus invenies, quae nunc iactantur in alto,
navibus a portu lene fuisse fretum.
Fax quoque me terret, quam se peperisse cruentam
ante diem partus est tua visa parens,
et vatum timeo monitus, quos igne Pelasgo
Ilion arsurum praemonuisse ferunt.
Utque favet Cytherea tibi, quia vicit, habetque
parta per arbitrium bina tropaea tuum,
sic illas vereor, quae, si tua gloria vera est,

1 timeam=timeo

iudice te causam non tenuere duae.
Nec dubito quin, te si prosequar, arma parentur;
ibit per gladios, ei mihi, noster amor.
An fera Centauris indicere bella coegit
Atracis Haemonios Hippodamia viros?
Tu fore tam iusta lentum Menelaon in ira
et geminos fratres Tyndareumque putas?
Quod bene te iactes et fortia facta loquaris,
a verbis facies dissidet ista tuis;
apta magis Veneri, quam sunt tua corpora Marti.
Bella gerant fortes; tu Pari, semper ama.
Hectora, quem laudas, pro te pugnare iubeto;
militia est operis altera digna tuis.
His ego, si saperem pauloque audacior essem,
uterer; utetur, siqua puella sapit.
Ast[1] ego deposito faciam fortasse pudore
et dabo cunctatas tempore victa manus.
Quod petis, ut furtim praesentes ista loquamur,
scimus quid captes colloquiumque voces;
sed nimium properas et adhuc tua messis in herba est;
haec mora sit voto forsan amica tuo.
Hactenus arcanum furtiuae conscia mentis
littera iam lasso pollice sistat opus.

1 Ast=aut

Cetera per socias Clymenen Aethramque loquamur,
quae mihi sunt comites consiliumque duae.

XVIII. Leander Heroni

Mittit Abydenus, quam mallet ferre, salutem,
  si cadat unda maris, Sesti puella, tibi.[1]
Si mihi di faciles et[2] sunt in amore secundi,
  invitis oculis haec mea verba leges.
Sed non sunt faciles. nam cur mea vota morantur,
  currere me nota nec patiuntur aqua?
Ipsa vides caelum pice nigrius et freta ventis
  turbida perque cauas vix adeunda rates.
Unus, et hic audax, a quo tibi littera nostra
  redditur, e portu navita movit, iter.
Ascensurus eram, nisi quod, cum vincula prorae
  solueret, in speculis omnis Abydos erat.
Non poteram celare meos, velut ante, parentes,
  quemque tegi volumus, non latuisset amor.

---

1 有一种抄本开头两行是："Quam cuperem solitas, Hero, tibi ferre per undas, / accipe, Leandri, dum venit ipse, manum."

2 et=si=tibi=vel=ut=qui

Protinus haec scribens: 'Felix, i, littera, dixi;
iam tibi formosam porriget illa manum.
Forsitan admotis etiam tangere labellis,
rumpere dum niveo vincula dente volet.'
Talibus exiguo dictis mihi murmure verbis
cetera cum charta dextra locuta mea est.
At quanto mallem, quam scriberet, illa nataret,
meque per adsuetas sedula ferret aquas!
Aptior illa quidem placido dare verbera ponto;
est tamen et sensus apta ministra mei.
Septima nox agitur, spatium mihi longius anno,
sollicitum raucis ut mare fervet aquis.
His ego si vidi mulcentem pectora somnum
noctibus, insani sit mora longa freti!
Rupe sedens aliqua specto tua litora tristis,
et, quo non possum corpore, mente feror.
Lumina quin etiam summa vigilantia turre
aut videt aut acies nostra videre putat.
Ter mihi deposita est in sicca vestis harena;
ter grave temptavi carpere nudus iter;
Obstitit inceptis tumidum iuvenalibus aequor,
mersit et adversis[1] ora natantis aquis.
At tu, de rapidis immansuetissime ventis,

1 adversis=inversis=ad inversis

quid mecum certa proelia mente geris?
In me, si nescis, Borea, non aequora, saevis.
Quid faceres, esset ni tibi notus amor?
Tam gelidus quod sis, num te tamen, improbe, quondam
ignibus Actaeis incaluisse negas?
Gaudia rapturo siquis tibi claudere vellet
aerios aditus, quo paterere modo?
Parce, precor, facilemque moue moderatius auram.
Imperet Hippotades sic tibi triste nihil.
Vana peto, precibusque meis obmurmurat ipse,
quasque quatit, nulla parte coercet aquas.
Nunc daret audaces utinam mihi Daedalus alas,
Icarium quamuis hic prope litus adest.
Quidquid erit, patiar, liceat modo corpus in auras
tollere, quod dubia saepe pependit aqua.
Interea, dum cuncta negant uentique fretumque,
mente agito furti tempora prima mei.
Nox erat incipiens (namque est meminisse voluptas),
cum foribus patriis egrediebar amans.
Nec mora, deposito pariter cum ueste timore,
iactabam liquido bracchia lenta mari.
Luna fere tremulum praebebat lumen eunti
ut comes in nostras officiosa vias.
Hanc ego suspiciens: 'Faveas, dea candida' dixi,
'et subeant animo Latmia saxa tuo.

Non sinit Endymion te pectoris esse severi;
flecte, precor, vultus ad mea furta tuos.
Tu, dea, mortalem caelo delapsa petebas.
Vera loqui liceat, quam sequor ipsa[1] dea est;
neu referam mores caelesti pectore dignos;
forma nisi in veras non cadit illa deas.
A Veneris facie non est prior ulla tuaque;
Neve meis credas vocibus, ipsa vide.
Quantum, cum fulges radiis argentea puris,
concedunt flammis sidera cuncta tuis
tanto formosis formosior omnibus illa est;
si dubitas, caecum, Cynthia, lumen habes.'
Haec ego, vel certe non his diversa, locutus
per mihi cedentes usque ferebar aquas;
unda repercussae radiabat imagine lunae,
et nitor in tacita nocte diurnus erat;
nullaque vox usquam, nullum veniebat ad aures
praeter dimotae corpore murmur aquae;
Alcyones solae, memores Ceycis amati,
nescio quid visae sunt mihi dulce queri.
Iamque fatigatis umero sub utroque lacertis
fortiter in summas erigor altus aquas.
Ut procul aspexi lumen: 'Meus ignis in illo est;

1 ipsa=ipse

illa meum, dixi, litora numen[1] habent,'
et subito lassis vires rediere lacertis,
visaque, quam fuerat, mollior unda mihi.
Frigora ne possim gelidi sentire profundi,
qui calet in cupido pectore, praestat amor.
Quo magis accedo propioraque litora fiunt
quoque minus restat, plus libet ire mihi.
Cum vero possum cerni quoque, protinus addis
spectatrix animos, ut valeamque facis.
Nunc etiam nando dominae placuisse laboro
atque oculis iacto bracchia nostra tuis.
Te tua vix prohibet nutrix descendere in altum
(hoc quoque enim vidi nec mihi verba dabas)
Nec tamen effecit, quamvis retinebat euntem,
ne fieret prima pes tuus udus aqua.
Excipis amplexu feliciaque oscula iungis,
oscula, di magni, trans mare digna peti,
eque tuis demptos umeris mihi tradis amictus
et madidam siccas aequoris imbre comam.
Cetera nox et nos et turris conscia novit
quodque mihi lumen per vada monstrat iter.
Non magis illius numerari gaudia noctis
Hellespontiaci quam maris alga potest.

1 numen=lumen

Quo brevius spatium nobis ad furta dabatur,
hoc magis est cautum ne foret illud iners.
Iamque fugatura Tithoni coniuge noctem
praevius Aurorae Lucifer ortus erat.
Oscula congerimus properata sine ordine raptim
et querimur parvas noctibus esse moras.
Atque ita cunctatus monitu nutricis amaro
frigida deserta litora turre peto.
Digredimur flentes repetoque ego virginis aequor,
respiciens dominam, dum licet, usque meam.
Siqua fides vero est, veniens hinc[1] esse natator,
cum redeo, videor naufragus esse mihi;
hoc quoque, si credis[2]; ad te via prona videtur;
a te cum redeo, divus inertis aquae.
Invitus repeto patriam (quis credere possit?),
invitus certe nunc moror urbe mea.
Ei mihi! Cur animis iuncti secernimur undis,
unaque mens, tellus non habet una duos?
Vel tua me Sestus, vel te mea sumat Abydos;
tam tua terra mihi quam tibi nostra placet.
Cur ego confundor quotiens confunditur aequor?
Cur mihi causa levis, ventus, obesse potest?

1 hinc=huc

2 credis=credes=credas

Iam nostros curvi norunt delphines amores,
ignotum nec me piscibus esse reor;
iam patet attritus solitarum limes aquarum,
non aliter multa quam via pressa rota.
Quod mihi non esset nisi sic iter, ante querebar;
at nunc per ventos hoc quoque deesse queror.
Fluctibus immodicis Athamantidos aequora canent
vixque manet portu tuta carina suo.
Hoc mare, cum primum de virgine nomina mersa,
quae tenet, est nanctum, tale fuisse puto;
et satis amissa locus hic infamis ab Helle est,
utque mihi parcat, nomine crimen habet.
Invideo Phrixo, quem per freta tristia tutum
aurea lanigero vellere vexit ovis.
Nec tamen officium pecoris navisve requiro,
dummodo, quas findam corpore, dentur aquae;
arte egeo nulla; fiat modo copia nandi,
idem navigium, navita, vector ero.
Nec sequor aut Helicen, aut, qua Tyros utitur, Arcton;
publica non curat sidera noster amor;
Andromedan alius spectet claramque Coronam,
quaeque micat gelido Parrhasis Ursa polo;
at mihi, quod Perseus et cum Iove Liber amarunt,
indicium dubiae non placet esse viae.
Est aliud lumen, multo mihi certius istis,

non errat tenebris quo duce noster amor;
hoc ego dum spectem, Colchos et in ultima Ponti,
quaque viam fecit Thessala pinus, eam
et iuvenem possim superare Palaemona nando
miraque quem subito reddidit herba deum.
Saepe per adsiduos languent mea bracchia motus
vixque per immensas fessa trahuntur aquas;
His ego cum dixi: 'Pretium non vile laboris,
iam dominae vobis colla tenenda dabo,'
protinus illa valent atque ad sua praemia tendunt,
ut celer Eleo carcere missus equus.
Ipse meos igitur servo, quibus uror, amores
teque, magis caelo digna puella, sequor.
Digna quidem caelo es, sed nunc tellure morare
aut dic ad superos et mihi qua sit iter.
Hic es, et exigue misero contingis amanti,
cumque mea fiunt turbida mente freta.
Quid mihi, quod lato non separor aequore, prodest?
Num minus haec nobis tam brevis obstat aqua?
An[1] malim dubito toto procul orbe remotus
cum domina longe spem quoque habere meam.
Quo propius nunc es, flamma propiore calesco,
et res non semper, spes mihi semper adest.

1 An=num

Paene manu, quod amo (tanta est vicinia) tango,
saepe sed, heu, lacrimas hoc mihi paene movet.
Velle quid est aliud fugientia prendere poma
spemque suo refugi fluminis ore sequi?
Ergo ego te numquam, nisi cum volet unda, tenebo,
et me felicem nulla videbit hiemps,
cumque minus firmum nil sit quam ventus et unda,
in ventis et aqua spes mea semper erit?
Aestus adhuc tamen est; quid, cum mihi laeserit aequor
Plias et Arctophylax Oleniumque pecus?
Aut ego non novi quam sim temerarius, aut me
in freta non cautus tum quoque mittet amor.
Neve putes id[1] me, quod abest, promittere, tempus,
pignora polliciti non tibi tarda dabo.
Sit tumidum paucis etiamnunc noctibus aequor,
ire per invitas experiemur aquas;
aut mihi continget felix audacia salvo,
aut mors solliciti finis amoris erit.
Optabo tamen ut partis expellar in istas
et teneant portus naufraga membra tuos.
Flebis enim tactuque meum dignabere corpus
et 'Mortis' dices 'huic ego causa fui.'
Scilicet interitus offenderis omine nostri,

1 id=in

litteraque invisa est hac mea parte tibi.
Desino; parce queri. Sed uti mare finiat iram,
accedant, quaeso, fac tua vota meis.
Pace brevi nobis opus est, dum transferor isto;
cum tua contigero litora, perstet hiemps.
Istic est aptum nostrae navale carinae
et melius nulla stat mea puppis aqua.
Illic me claudat Boreas, ubi dulce morari est.
Tunc piger ad nandum, tunc ego cautus ero
nec faciam surdis convicia fluctibus ulla
triste nataturo nec querar esse fretum.
Me pariter venti teneant tenerique lacerti,
per causas istic impediarque duas.
Cum patietur hiemps, remis ego corporis utar;
lumen in aspectu tu modo semper habe.
Interea pro me pernoctet epistula tecum,
quam precor ut minima prosequar ipse mora.

XIX. Hero Leandro

Quam mihi misisti verbis, Leandre, salutem,
ut possim missam rebus habere, veni.
Longa mora est nobis omnis, quae gaudia differt;
da veniam fassae; non patienter amo.
Urimur igne pari, sed sum tibi viribus impar;
fortius ingenium suspicor esse viris;
ut corpus, teneris ita mens infirma puellis;
deficiam, parvi temporis adde moram.
Vos modo venando, modo rus geniale colendo,
ponitis in varia tempora longa mora;
aut fora vos retinent aut unctae dona[1] palaestrae,
flectitis aut freno colla sequacis equi;
nunc volucrem laqueo, nunc piscem ducitis hamo;
diluitur posito serior hora mero.
At mihi summotae, vel si minus acriter urar,

1 dona=mane

quod faciam, superest praeter amare nihil.
Quod superest, facio, teque, o mea sola voluptas,
plus quoque, quam reddi quod mihi possit, amo.
Aut ego cum cara de te nutrice susurro,
quaeque tuum, miror, causa moretur iter,
aut mare prospiciens odioso concita vento
corripio verbis aequora paene tuis,
aut, ubi saevitiae paulum gravis unda remisit,
posse quidem, sed te nolle venire, queror,
dumque queror, lacrimae per amantia lumina manant,
pollice quas tremulo conscia siccat anus.
Saepe tui specto si sint in litore passus,
impositas tamquam servet harena notas,
utque rogem de te et scribam tibi, siquis Abydo
venerit, aut, quaero, siquis Abydon eat.
Quid referam, quotiens dem vestibus oscula, quas tu
Hellespontiaca ponis iturus aqua?
Sic ubi lux acta est et noctis amicior hora
exhibuit pulso sidera clara die,
Protinus in summo vigilantia lumina tecto
ponimus, adsuetae signa notamque viae,
tortaque versato ducentes stamina fuso
feminea tardas fallimus arte moras.
Quid loquar interea tam longo tempore, quaeris?
Nil nisi Leandri nomen in ore meo est.

'Iamne putas exisse domo mea gaudia, nutrix,
an vigilant omnes et timet ille suos?
Iamne suas umeris illum deponere vestes,
Pallade iam pingui tinguere membra putas?'
Adnuit illa fere[1], non nostra quod oscula curet,
sed movet obrepens somnus anile caput;
postque morae minimum: 'Iam certe navigat' inquit
'lentaque dimotis bracchia iactat aquis'
paucaque cum tacta perfeci stamina terra,
an medio possis, quaerimus, esse freto,
et modo prospicimus, timida modo voce precamur,
ut tibi det faciles utilis aura vias.
Auribus intentis voces captamus et omnem
adventus strepitum credimus esse tui.
Sic ubi deceptae pars est mihi maxima noctis
acta, subit furtim lumina fessa sopor.
Forsitan invitus, mecum tamen, improbe, dormis,
et, quamquam non vis ipse venire, venis;
nam modo te videor prope iam spectare natantem,
bracchia nunc umeris umida ferre meis,
nunc dare, quae soleo, madidis velamina membris,
pectora nunc iuncto nostra fovere sinu

1 fere=fore

multaque praeterea lingua reticenda modesta[1],
quae fecisse iuvat, facta referre pudet.
Me miseram! Brevis est haec et non vera voluptas;
nam tu cum somno semper abire soles.
Firmius o cupidi tandem coeamus amantes,
nec careant vera gaudia nostra fide!
Cur ego tot viduas exegi frigida noctes?
Cur totiens a me, lente natator[2], abes?
Est mare, confiteor, nondum tractabile nanti;
nocte sed hesterna lenior aura fuit.
Cur ea praeterita est? Cur non ventura timebas?
Tam bona cur periit, nec tibi rapta via est?
Protinus ut similis detur tibi copia cursus,
hoc melior certe, quo prior, illa fuit.
At cito mutata est iactati forma profundi;
tempore, cum properas, saepe minore venis.
Hic, puto, deprensus, nil, quod querereris, haberes,
meque tibi amplexo nulla noceret hiemps.
Certe ego tum ventos audirem laeta sonantis
et numquam placidas esse precarer aquas.
Quid tamen evenit cur sis metuentior undae
contemptumque prius nunc vereare fretum?

---

1 lingua...modesta=linguae...modestae

2 natator=morator

Nam memini, cum te saevum veniente minaxque
non minus, aut multo non minus, aequor erat,
cum tibi clamabam: 'Sic tu temerarius esto,
ne miserae virtus sit tua flenda mihi!'
Unde novus timor hic, quoque illa audacia fugit?
Magnus ubi est spretis ille natator aquis?
Sis tamen hoc potius, quam quod prius esse solebas,
et facias placidum per mare cautus iter,
dummodo sis idem, dum sic ut scribis amemur,
flammaque non fiat frigidus illa cinis.
Non ego tam ventos timeo mea vota morantes,
quam similis vento ne tuus erret amor,
ne non sim tanti, superentque pericula causam,
et videar merces esse labore minor.
Interdum metuo patria ne laedar et impar
dicar Abydeno Thressa puella toro.
Ferre tamen possum patientius omnia, quam si
otia nescio qua paelice captus agis,
in tua si veniunt alieni colla lacerti,
fitque novus nostri finis amoris amor.
A! Potius peream quam crimine vulnerer isto,
fataque sint culpa nostra priora tua!
Nec quia venturi dederis mihi signa doloris
haec loquor aut fama sollicitata nova;
omnia sed vereor. Quis enim securus amavit?

Cogit et absentes plura timere locus.
Felices illas, sua quas praesentia nosse
crimina vera iubet, falsa timere vetat.
Nos tam vana movet quam facta iniuria fallit,
incitat et morsus error uterque pares.
O! Utinam venias, aut ut ventusue paterve
causaque sit certe femina nulla morae.
Quodsi quam sciero, moriar, mihi crede, dolendo;
iamdudum pecca, si mea fata petis.
Sed neque peccabis, frustraque ego terreor istis,
quoque minus venias, invida pugnat hiemps.
Me miseram! Quanto planguntur litora fluctu,
et latet obscura condita nube dies!
Forsitan ad pontum mater pia venerit Helles
mersaque roratis nata fleatur aquis,
an mare ab inviso privignae nomine dictum
vexat in aequoream versa noverca deam?
Non favet, ut nunc est[1], teneris locus iste puellis;
hac Helle periit, hac ego laedor aqua.
At tibi flammarum memori, Neptune, tuarum
nullus erat ventis impediendus amor,
si neque Amymone nec laudatissima forma
criminis est Tyro fabula vana tui

1 ut nunc est=utcumque est

lucidaque Alcyone Circeque Alymone[1] nata
    et nondum nexis angue Medusa comis
flavaque Laodice caeloque recepta Celaeno,
    et quarum memini nomina lecta mihi.
Has certe pluresque canunt, Neptune, poetae
    molle latus lateri composuisse tuo.
Cur igitur, totiens vires expertus amoris,
    adsuetum nobis turbine claudis iter?
Parce, ferox, latoque mari tua proelia misce;
    seducit terras haec brevis unda duas.
Te decet aut magnas magnum iactare carinas
    aut etiam totis classibus esse trucem.
Turpe deo pelagi iuvenem terrere natantem,
    gloriaque est stagno quolibet ista minor.
Nobilis ille quidem est et clarus origine, sed non
    a tibi suspecto ducit Ulixe genus.
Da veniam servaque duos; natat ille, sed isdem
    corpus Leandri, spes mea pendet aquis.
Sternuit en[2] lumen (posito nam scribimus illo),
    sternuit et nobis prospera signa dedit.
Ecce merum nutrix fastos instillat in ignes,
    'Crasque erimus plures' inquit et ipsa bibit.

1 Circeque Alymone=Calyceque Hecataeone

2 en=et

Effice nos plures, evicta per aequora lapsus,
o penitus toto corde recepte mihi!
In tua castra redi, socii desertor amoris.
ponuntur medio cur mea membra toro?
Quod timeas, non est; auso Venus ipsa favebit,
sternet et aequoreas aequore nata vias.
Ire libet medias ipsi mihi saepe per undas,
sed solet hoc maribus tutius esse fretum.
Nam cur hac vectis Phrixo Phrixique sorore
sola dedit vastis femina nomen aquis?
Forsitan ad reditum metuas ne tempora desint,
aut gemini nequeas ferre laboris onus;
at nos diversi medium coeamus in aequor
obviaque in summis oscula demus aquis,
atque ita quisque suas iterum redeamus ad urbes.
Exiguum sed plus quam nihil illud erit.
Vel pudor hic utinam, qui nos clam cogit amare,
vel timidus famae cedere vellet amor!
Nunc male res iunctae, calor et reverentia, pugnant.
Quid sequar, in dubio est; haec decet, ille iuvat.
Ut semel intravit Colchos Pagasaeus Iason,
impositam celeri Phasida puppe tulit;
ut semel Idaeus Lacedaemona venit adulter,
cum praeda rediit protinus ille sua;
tu quam saepe petis, quod amas, tam saepe relinquis,

et quotiens grave fit[1] puppibus ire, natas.
Sic tamen, o iuvenis tumidarum victor aquarum,
sic facito spernas, ut vereare, fretum.
Arte laboratae merguntur ab aequore naves;
tu tua plus remis bracchia posse putas?
Quod cupis, hoc nautae metuunt, Leandre, natare;
exitus hic fractis puppibus esse solet.
Me miseram! Cupio non persuadere quod hortor,
sisque, precor, monitis fortior ipse meis,
dummodo pervenias excussaque saepe per undas
inicias umeris bracchia lassa meis.
Sed mihi, caeruleas quotiens obvertor ad undas,
nescioquod pavidum pectora frigus habet[2].
Nec minus hesternae confundor imagine noctis,
quamvis est sacris illa piata meis.
Namque sub aurora, iam dormitante lucerna,
somnia quo cerni tempore vera solent,
stamina de digitis cecidere sopore remissis,
collaque pulvino nostra ferenda dedi.
Hic ego ventosas nantem delphina per undas
cernere non dubia sum mihi visa fide,
quem postquam bibulis illisit fluctus harenis,

1 fit=sit

2 nescioquod=nescioquae; pectora frigus=frigore pectus=frigora pectus; habet=habent

unda simul miserum vitaque deseruit.
Quidquid id est, timeo; nec tu mea somnia ride
nec nisi tranquillo bracchia crede mari.
Si tibi non parcis, dilectae parce puellae,
quae numquam nisi te sospite sospes ero.
Spes tamen est fractis vicinae pacis in undis;
tum placidas tuto pectore finde vias[1].
Interea quoniam nanti[2] freta pervia non sunt,
Leniat invisas littera missa moras.

1 tum=tu; tuto=toto

2 Interea quoniam nanti=interea nanti quoniam

XX. Acontius Cydippae

Pone metum; nihil hic iterum iurabis amanti[1];
promissam satis est te semel esse mihi.
Perlege. Discedat sic corpore languor ab isto,
quod meus est ulla parte dolere dolor.
Quid pudor ora subit? Nam, sicut in aede Dianae,
suspicor ingenuas erubuisse genas.
Coniugium pactamque fidem, non crimina posco;
debitus ut coniunx, non ut adulter amo.
Verba licet repetas, quae demptus ab arbore fetus
pertulit ad castas me iaciente manus;
invenies illic id te spondere quod opto[2]
te potius, virgo, quam meminisse deam.
Nunc quoque idem studeo[3]; studium tamen acrius illud

1 在少数抄本中，本诗最开头还有两行（Accipe, Cydippe, despecti nomen Aconti, / illius, in pomo qui tibi verba dedit），但研究者普遍认为，这两行不是奥维德写的。

2 在一些抄本中，这行后面还有两行（Ni tibi cum verbis excidit ilia fides. / Id metui, ut Divae diffusa est ira; decebat）。

3 studeo=timeo

adsumpsit vires auctaque flamma mora est,
quique fuit numquam parvus, nunc tempore longo
et spe, quam dederas tu mihi, crevit amor.
Spem mihi tu dederas; meus hic tibi credidit ardor;
non potes hoc factum teste negare dea.
Affuit et, praesens, ut erant, tua verba notavit
et visa est mota dicta probasse[1] coma.
Deceptam dicas nostra te fraude licebit,
dum fraudis nostrae causa feratur amor.
Fraus mea quid petiit, nisi uti tibi iungerer uni?
id te, quod quereris, conciliare potest.
Non ego natura nec sum tam callidus usu;
sollertem tu me, crede, puella, facis.
Te mihi compositis, siquid tamen egimus, a me
astrinxit verbis ingeniosus Amor;
dictatis ab eo feci sponsalia verbis
consultoque fui iuris Amore vafer.
Sit fraus huic facto nomen dicarque dolosus,
si tamen est, quod ames, velle tenere dolus.
En, iterum scribo mittoque rogantia verba;
altera fraus haec est, quodque queraris habes.
Si noceo quod amo, fateor, sine fine nocebo

1 probasse=tulisse

teque petam; caveas tu licet, usque[1] petam.
Per gladios alii placitas rapuere puellas;
scripta mihi caute[2] littera crimen erit?
Di faciant possim plures imponere nodos,
ut tua sit nulla libera parte fides.
Mille doli restant; clivo sudamus in imo;
ardor inexpertum nil sinet esse meus.
Sit dubium, possisne capi, captabere certe;
exitus in dis est, sed capiere tamen.
Ut partem effugias, non omnia retia falles,
quae tibi, quam credis, plura tetendit Amor.
Si non proficient artes, veniemus ad arma,
vique[3] tui cupido rapta ferere sinu.
Non sum, qui soleam Paridis reprehendere factum,
nec quemquam, qui vir, posset ut esse, fuit;
nos quoque—sed taceo. Mors huius poena rapinae
ut sit, erit, quam te non habuisse, minor.
Aut[4] esses formosa minus, peterere modeste;
audaces facie cogimur esse tua.
Tu facis hoc oculique tui, quibus ignea cedunt
sidera, qui flammae causa fuere meae;

1 usque=ipse=ipsa

2 caute=astute

3 vique=inque

4 Aut=aut si

hoc faciunt flavi crines et eburnea cervix,
quaeque, precor, veniant in mea colla manus,
et decor et vultus[1] sine rusticitate pudentes,
et, Thetidis qualis vix rear esse, pedes.
Cetera si possem laudare, beatior essem,
nec dubito totum quin sibi par sit opus.
Hac ego compulsus, non est mirabile, forma
si pignus volui vocis habere tuae.
Denique, dum captam tu te cogare fateri,
insidiis esto capta puella meis.
Invidiam patiar; passo sua praemia dentur.
Cur suus a tanto crimine fructus abest?
Hesionen Telamon, Briseida cepit Achilles;
utraque victorem nempe secuta virum.
Quamlibet accuses et sis irata licebit,
irata liceat dum mihi posse frui.
Idem, qui facimus, factam tenuabimus iram,
copia placandi sit modo parta tui.
Ante tuos liceat flentem[2] consistere vultus
et liceat lacrimis addere verba sua,
utque solent famuli, cum verbera saeva verentur,
tendere summissas ad tua crura manus.

1 vultus=motus

2 flentem=flentes

Ignoras tua iura; voca. Cur arguor absens?
Iamdudum dominae more venire iube.
Ipsa meos scindas licet imperiosa capillos,
oraque sint digitis livida nostra tuis,
omnia perpetiar; tantum fortasse timebo
corpore laedatur ne manus ista meo.
Sed neque compedibus nec me compesce catenis;
servabor firmo vinctus amore tui.
Cum bene se quantumque volet satiaverit ira,
ipsa tibi dices: 'Quam patienter amat!'
Ipsa tibi dices, ubi videris omnia ferre:
'Tam bene qui servit, serviat iste mihi!'
Nunc reus infelix absens agor, et mea, cum sit
optima, non ullo causa tuente perit.
Hoc quoque quamtumvis[1] sit scriptum iniuria nostrum,
quod de me solo nempe queraris, habes;
non meruit falli mecum quoque Delia; si non
vis mihi promissum reddere, redde deae.
Affuit et vidit, cum tu decepta rubebas
et vocem memori condidit aure tuam.
Omina re careant; nihil est violentius illa,
cum sua, quod nolim, numina laesa videt.
Testis erit Calydonis aper, sic saevus, ut illo

1 quamtumvis=quod tu vis

sit magis in natum saeva reperta parens;
testis et Actaeon, quondam fera creditus illis,
ipse dedit leto cum quibus ante feras,
quaeque superba parens saxo per corpus oborto
nunc quoque Mygdonia flebilis astat humo.
Ei mihi! Cydippe, timeo tibi dicere verum,
ne videar causa falsa monere mea;
dicendum tamen est. Hoc, tu[1], mihi crede, quod aegra
ipso nubendi tempore saepe iaces.
Consulit ipsa tibi, neu sis periura laborat
et salvam salva te cupit esse fide.
Inde fit ut, quotiens exsistere perfida temptas,
peccatum totiens corrigat illa tuum.
Parce movere feros animosae virginis arcus;
mitis adhuc fieri, si patiare, potest;
parce, precor, teneros corrumpere febribus artus;
servetur facies ista fruenda mihi;
serventur vultus ad nostra incendia nati,
quique subest niveo levis[2] in ore rubor.
Hostibus et siquis, ne fias nostra, repugnat,
sic sit ut invalida te solet esse mihi.
Torqueor ex aequo vel te nubente vel aegra,

1 Hoc, tu=hoc est

2 levis=lenis

dicere nec possum quid minus ipse velim.
Maceror interdum quod sim tibi causa dolendi,
teque mea laedi calliditate puto.
In caput ut nostrum dominae periuria quaeso
eveniant; poena tuta sit illa mea.
Ne tamen ignorem quid agas, ad limina crebro
anxius hac illac dissimulanter eo;
subsequor ancillam furtim famulumque requirens
profuerint somni quid tibi quidve cibi.
Me miserum, quod non medicorum iussa ministro
effingoque manus insideoque toro.
Et rursus miserum, quod me procul inde remoto,
quem minime vellem, forsitan alter adest.
Ille manus istas effingit et adsidet aegrae
invisus superis cum superisque mihi,
dumque suo temptat salientem pollice venam,
candida per causam bracchia saepe tenet
contrectatque sinus et forsitan oscula iungit;
officio merces plenior ista suo est.
Quis tibi permisit nostras praecerpere messes?
Ad sepem[1] alterius quis tibi fecit iter?
Iste sinus meus est; mea turpiter oscula sumis;
a mihi promisso corpore tolle manus.

---

1 sepem=segetem=spem

Improbe, tolle manus. Quam tangis, nostra futura est;
postmodo si facies istud, adulter eris.
Elige de vacuis, quam non sibi vindicet alter;
si nescis, dominum res habet ista suum.
Nec mihi credideris; recitetur formula pacti;
neu falsam dicas esse, fac ipse legas.
Alterius thalamo (tibi nos, tibi dicimus) exi.
Quid facis hic? Exi, non vacat iste torus.
Nam quod habes et tu scripti verba altera pacti,
non erit idcirco par tua causa meae.
Haec mihi se pepigit, pater hanc tibi, primus ab illa;
sed propior certe quam pater ipsa sibi est.
Promisit pater hanc, haec et iuravit amanti;
ille homines, haec est testificata deam;
ille timet mendax, haec et periura vocari;
num dubitas, hic sit maior an ille metus?
Denique, ut amborum conferre pericula possis,
respice ad eventus; haec cubat, ille valet.
Nos quoque dissimili certamina mente subimus,
nec spes par nobis nec timor aequus adest.
Tu petis ex tuto, gravior mihi morte repulsa est,
idque ego iam, quod tu forsan amabis, amo.
Si tibi iustitiae, si recti cura fuisset,
cedere debueras ignibus ipse meis.
Nunc, quoniam ferus hic pro causa pugnat iniqua,

ad te[1], Cydippe, littera nostra redit.
Hic facit ut iaceas et sis suspecta Dianae;
hunc tu, si sapias, limen adire vetes.
Hoc faciente subis tam saeva pericula vitae
atque utinam pro te, qui movet illa, cadat!
Quem si reppuleris, nec, quem dea damnat, amaris,
tu tunc continuo, certe ego salvus ero.
Siste metum, virgo; stabili potiere salute;
fac modo polliciti conscia templa colas.
Non bove mactato caelestia numina gaudent,
sed quae praestanda est et sine teste fide.
Ut valeant, aliae ferrum patiuntur et ignes;
fert aliis tristem sucus amarus opem;
nil opus est istis; tantum periuria vita
teque simul serva meque datamque fidem.
Praeteritae veniam dabit ignorantia culpae;
exciderant animo foedera lecta tuo;
at monita es modo voce mea cum casibus[2] istis
quos, quotiens temptas fallere, ferre soles.
His quoque vitatis, in partu nempe rogabis,
ut tibi luciferas afferat illa manus.
Audiet haec; repetens quae sunt audita, requiret

1 te=quid

2 casibus=cassibus

iste tibi de quo coniuge partus eat;
promittes votum; scit te promittere falso.
Iurabis; scit te fallere posse deos.
Non agitur de me; cura maiore laboro;
anxia sunt vitae pectora nostra tuae.
Cur modo te dubiam pavidi flevere parentes
ignaros culpae quos facis esse tuae?
Et cur ignorent? Matri licet omnia narres;
nil tua, Cydippe, facta pudoris[1] habent.
Ordine fac referas ut sis mihi cognita primum,
sacra pharetratae dum facis ipsa deae,
ut te conspecta subito, si forte notasti,
restiterim fixis in tua membra genis,
et, te dum nimium miror, nota certa furoris,
deciderint umeris pallia lapsa meis;
postmodo nescio qua venisse volubile malum,
verba ferens doctis insidiosa notis,
quod quia sit lectum sancta praesente Diana,
esse tuam vinctam numine teste fidem.
Ne tamen ignoret scripti sententia quae sit,
lecta tibi quondam nunc quoque verba refer.
'Nube, precor,' dicet, 'cui te bona numina iungunt;
quem fore iurasti, sit gener ille mihi.

1 pudoris=ruboris

Quisquis is est, placeat, quoniam placet ante Dianae.'
Talis erit mater, si modo mater erit.
Sed tamen ut[1] quaerat quis sim qualisque videto;
inveniet vobis consuluisse deam.
Insula, Carthaeis[2] quondam celeberrima nymphis,
cingitur Aegaeo, nomine Cea, mari.
Illa mihi patria est, nec, si generosa probatis
nomina, despectis arguor ortus avis;
sunt et opes nobis, sunt et sine crimine mores;
amplius utque nihil, me tibi iungit amor.
Appeteres talem vel non iurata maritum;
iuratae vel non talis habendus erat.
Haec tibi me in somnis iaculatrix scribere Phoebe,
haec tibi me vigilem scribere iussit Amor.
E quibus alterius mihi iam nocuere sagittae;
alterius noceant ne tibi tela, cave!
Iuncta salus nostra est; miserere meique tuique.
Quid dubitas unam ferre duobus opem?
Quod si contigerit, cum iam data signa sonabunt
tinctaque votivo sanguine Delos erit,
aurea ponetur mali felicis imago,
causaque versiculis scripta duobus erit:

1 ut=et

2 Carthaeis=Coryciis

‘Effigie pomi testatur Acontius huius,
quae fuerint in eo scripta, fuisse rata.’
Longior infirmum ne lasset epistula corpus
clausaque consueto sit sibi fine, vale.

XXI. Cydippe Acontio

Pertimui scriptumque tuum sine murmure legi[1],
iuraret ne quos inscia lingua deos;
et, puto, captasses iterum, nisi, ut ipse fateris,
promissam scires me satis esse semel.
Nec lectura fui, sed, si tibi dura fuissem,
aucta foret saevae forsitan ira deae.
Omnia cum faciam, cum dem pia tura Dianae,
illa tamen iusta plus tibi parte favet.
Utque cupis credi, memori te vindicat ira;
talis in Hippolyto vix fuit illa suo.
At melius virgo favisset virginis annis,
quos vereor paucos ne velit esse mihi.
Languor enim causis non apparentibus haeret,
adiuvor et nulla fessa medentis ope.
Quam tibi nunc gracilem vix haec rescribere quamque

1 在少数抄本中，本诗最开头还有两行（Litera pervenit tua, quo consuevit, Aconti, / et pene est oculis insidiata meis），但研究者普遍认为，这两行不是奥维德写的。

pallida vix cubito membra levare putas?
Huc timor accedit, ne quis nisi conscia nutrix
colloquii nobis sentiat esse vices.
Ante fores sedet haec quid agamque rogantibus intus,
ut possim tuto scribere, 'Dormit' ait;
mox, ubi, secreti longi causa optima, somnus
credibilis tarda desinit esse mora,
iamque venire videt quos non admittere durum est,
exscreat et pacta dat mihi signa nota.
Sicut erant[1], properans verba imperfecta relinquo,
et tegitur trepido littera coepta[2] sinu.
Inde meos digitos iterum repetita fatigat.
Quantus sit nobis aspicis ipse labor!
Quo peream, si dignus eras, ut vera loquamur;
sed melior iusto quamque mereris ego.
Ergo te propter totiens incerta salutis
commentis poenas doque dedique tuis?
Haec nobis formae te laudatore superbae
contingit merces et placuisse nocet?
Si, tibi deformis, quod mallem, visa fuissem,
culpatum nulla corpus egeret ope;
nunc laudata gemo, nunc me certamine vestro

1 erant=eram

2 coepta=cauta

perditis et proprio vulneror ipsa bono.
Dum neque tu cedis, nec se putat ille secundum,
tu votis obstas illius, ille tuis.
Ipsa velut navis iactor, quam certus in altum
propellit Boreas, aestus et unda refert,
cumque dies caris optata parentibus instat,
immodicus pariter corporis ardor inest.
Ei mihi! Coniugii tempus crudelis ad ipsum
Persephone nostras pulsat acerba fores.
Iam pudet, et timeo, quamvis mihi conscia non sim,
offensos videar ne meruisse deos.
Accidere haec aliquis casu contendit, at alter
acceptum superis hunc negat esse virum,
neve nihil credas in te quoque dicere famam,
facta veneficiis pars putat ista tuis.
Causa latet, mala nostra patent; vos pace movetis
aspera summota proelia, plector ego.
Dic mihi[1] nunc solitoque tibi ne decipe more:
quid facies odio, sic ubi amore noces?
Si laedis quod amas, hostem sapienter amabis;
me, precor, ut serves, perdere, dure[2], velis!
Aut tibi iam nulla est speratae cura puellae,

1 Dic mihi=dic a=dicam

2 dure=velle

quam ferus indigna tabe perire sinis,
aut, dea si frustra pro me tibi saeva rogatur,
qua mihi te iactes, gratia nulla tua est.
Elige quid fingas: non vis placare Dianam;
immemor es nostris. Non potes; illa tuist[1].
Vel numquam mallem vel non mihi tempore in illo
esset in Aegaeis cognita Delos aquis.
Tunc mea difficili deducta est aequore navis
et fuit ad coeptas hora sinistra vias.
Quo pede processi? Quo me pede limine movi?
Picta citae tetigi quo pede texta ratis?
Bis tamen adverso redierunt carbasa vento.
Mentior a demens! Ille secundus erat;
ille secundus erat, qui me referebat euntem
quique parum felix impediebat iter.
Atque utinam constans contra mea vela fuisset!
Sed stultum est venti de levitate queri.
Mota loci fama properabam visere Delon
et facere ignava puppe videbar iter;
quam saepe ut tardis feci convicia remis
questaque sum vento lintea parca dari.
Et iam transieram Myconon, iam Tenon et Andron,
inque meis oculis candida Delos erat;

1 tuist=tui est

quam procul ut vidi: 'Quid me fugis, insula,' dixi?
'Laberis in magno numquid, ut ante, mari?'
Institeram terrae, cum iam prope luce peracta
demere purpureis Sol iuga vellet equis;
quos idem solitos postquam revocavit ad ortus,
comuntur nostrae matre iubente comae;
ipsa dedit gemmas digitis et crinibus aurum
et vestes umeris induit ipsa meis.
Protinus egressae superis, quibus insula sacra[1] est,
flava salutatis tura merumque damus,
dumque parens aras votivo sanguine tingit
sectaque[2] fumosis ingerit exta focis,
sedula me nutrix alias quoque ducit in aedes,
erramusque vago per loca sacra pede.
Et modo porticibus spatior, modo munera regum
miror et in cunctis stantia signa locis;
miror et innumeris structam de cornibus aram
et de qua pariens arbore nixa dea est,
et quae praeterea (neque enim meminive libetve
quidquid ibi vidi dicere) Delos habet.
Forsitan haec spectans a te spectabar, Aconti,
visaque simplicitas est mea posse capi.

1 sacra=grata

2 secta=festa

In templum redeo gradibus sublime Dianae;
tutior hoc ecquis debuit esse locus?
Mittitur ante pedes malum cum carmine tali.
Ei mihi, iuravi nunc quoque paene tibi.
Sustulit hoc nutrix mirataque, 'Perlege' dixit.
Insidias legi, magne poeta, tuas.
Nomine coniugii dicto confusa pudore
sensi me totis erubuisse genis
luminaque in gremio veluti defixa tenebam,
lumina propositi facta ministra tui.
Improbe, quid gaudes aut quae tibi gloria parta est,
quidve vir elusa virgine laudis habes?
Non ego constiteram sumpta peltata securi,
qualis in Iliaco Penthesilea solo;
nullus Amazonio caelatus balteus auro,
sicut ab Hippolyte, praeda relata tibi est.
Verba quid exultas tua si mihi verba dederunt,
sumque parum prudens capta puella dolis?
Cydippen pomum, pomum Schoeneida cepit;
tu nunc Hippomenes scilicet alter eris?
At fuerat melius, si te puer iste tenebat,
quem tu nescio quas dicis habere faces[1],
more bonis solito spem non corrumpere fraude;

1 faces=vices

exoranda tibi, non capienda fui.
Cur, me cum peteres, ea non profitenda putabas,
propter quae nobis ipse petendus eras?
Cogere cur potius quam persuadere volebas,
si poteram audita condicione capi?
Quid tibi nunc prodest iurandi formula iuris
linguaque praesentem testificata deam?
Quae iurat, mens est; nil coniuravimus illa;
illa fidem dictis addere sola potest.
Consilium prudensque animi sententia iurat,
et nisi iudicii vincula nulla valent.
Si tibi coniugium volui promittere nostrum,
exige polliciti debita iura tori,
sed si nil dedimus praeter sine pectore vocem,
verba suis frustra viribus orba tenes.
Non ego iuravi; legi iurantia verba;
vir mihi non isto more legendus eras.
Decipe sic alias, succedat epistula pomo.
si valet hoc, magnas ditibus[1] aufer opes;
fac iurent reges sua se tibi regna daturos,
sitque tuum, toto quidquid in orbe placet.
Maior es hoc ipsa multo, mihi crede, Diana,
si tua tam praesens littera numen habet.

1 ditibus=divitis

Cum tamen haec dixi, cum me tibi firma negavi,
cum bene promissi causa peracta mei est,
confiteor, timeo saevae Latoidos iram
et corpus laedi suspicor inde meum.
Nam quare, quotiens socialia sacra parantur,
nupturae totiens languida membra cadunt?
Ter mihi iam veniens positas Hymenaeus ad aras
fugit et e thalami limine terga dedit,
vixque manu pigra totiens infusa resurgunt
lumina, vix moto corripit igne faces;
saepe coronatis stillant unguenta capillis
et trahitur multo splendida palla croco.
Cum tetigit limen, lacrimas mortisque timorem
cernit et a cultu multa remota suo,
proicit ipse sua deductas fronte coronas
spissaque de nitidis tergit amoma comis,
et pudet in tristi laetum consurgere turba
quique erat in palla, transit in ora rubor.
At mihi vae miserae torrentur febribus artus
et gravius iusto pallia pondus habent,
nostraque plorantes video super ora parentes
et face pro thalami fax mihi mortis adest.
Parce laboranti, picta dea laeta pharetra,
daque salutiferam iam mihi fratris opem.
Turpe tibi est, illum causas depellere leti,

te contra titulum mortis habere meae.
Numquid, in umbroso cum velles fonte lavari
imprudens vultus ad tua labra tuli?
Praeteriine tuas de tot caelestibus aras,
aque tua est nostra spreta parente parens?
Nil ego peccavi, nisi quod periuria legi
inque parum fausto carmine docta fui.
Tu quoque pro nobis, si non mentiris amorem,
tura feras; prosint, quae nocuere, manus.
Cur, quae succenset quod adhuc tibi pacta puella
non tua sit, fieri ne tua possit agit?
Omnia de viva tibi sunt speranda; quid aufert
saeva mihi vitam, spem tibi diva mei?
Nec tu credideris illum, cui destinor uxor,
aegra superposita membra fovere manu.
Adsidet ille quidem, quantum permittitur, ipse,
sed meminit nostrum virginis esse torum.
Iam quoque nescio quid de me[1] sensisse videtur;
nam lacrimae causa saepe latente cadunt,
et minus audacter blanditur et oscula rara
appetit[2] et timido me vocat ore suam.
Nec miror sensisse, notis cum prodar apertis;

1 me=se

2 appetit=accipit=admovet=applicat

in dextrum versor, cum venit ille, latus
nec loquor et tecto simulatur lumine somnus,
captantem tactus reicioque manum.
Ingemit et tacito suspirat pectore, me quod
infensam, quamvis non mereatur, habet.
Ei mihi, quod gaudes et te iuvat ista voluntas[1]!
Ei mihi, quod sensus sum tibi fassa meos!
Si mihi lingua foret[2], tu nostra iustius ira,
qui mihi tendebas retia, dignus eras.
Scribis ut invalidum liceat tibi visere corpus.
Es procul a nobis, et tamen inde noces.
Mirabar quare tibi nomen Acontius esset;
quod faciat longe vulnus, acumen habes;
certe ego convalui nondum de vulnere tali,
ut iaculo scriptis eminus icta tuis.
Quid tamen huc venias? Sane miserabile corpus
ingenii videas bina[3] tropaea tui!
Concidimus macie; color est sine sanguine, qualem
in pomo refero mente fuisse tuo;
candida nec mixto sublucent ora rubore;
forma novi talis marmoris esse solet;
argenti color est inter convivia talis,

1 ista=ipsa; voluntas=voluptas=simultas

2 Si mihi lingua foret=ei mihi lingua labat

3 bina=magna

quod tactum gelidae frigore pallet aquae.
Si me nunc videas, visam prius esse negabis,
'Arte nec est,' dices, 'ista petenda[1] mea,'
promissique fidem, ne sim tibi iuncta, remittes
et cupies illud non meminisse deam.
Forsitan et facies iurem ut contraria rursus,
quaeque legam mittes altera verba mihi.
Sed tamen aspiceres vellem, prout ipse rogabas[2],
et discas[3] sponsae languida membra tuae.
Durius et ferro cum sit tibi pectus, Aconti[4],
tu veniam nostris vocibus ipse petas.
Ne tamen ignores, ope qua revalescere possim,
quaeritur[5] a Delphis fata canente deo;
is quoque nescio quam, nunc ut vaga fama susurrat[6],
neclectam queritur testis habere fidem[7].
Hoc deus et vates, hoc et mea carmina dicunt[8].
A[9]! Desunt voto carmina nulla tuo.

---

1 petenda=petita

2 aspiceres vellem=aspicias vellem=aspicias velim; prout=quod et=velut

3 et discas=aspiceres=aspicias=et legeres

4 et=ut; cum sit=cum sim=iam sit=nisi si

5 quaeritur=quaesitum

6 is=et; nescio quam nunc ut=nescio quantum nunc; nunc ut vaga fama susurrat=nunc it vaga fama sororis

7 testis=vocis; habere=abire; testis habere fidem=teste sorore fidem

8 et=hoc; et mea carmina=et mihi carmina=edita carmina

9 A=at=an=ac

Unde tibi favor hic? Nisi si[1] nova forte reperta est
quae capiat magnos littera lecta deos.
Teque tenente deos numen sequor ipsa deorum,
doque libens victas in tua vota manus;
fassaque sum matri deceptae foedera linguae
lumina fixa tenens plena pudoris humo.
Cetera cura tua est; plus hoc quoque virgine factum,
non timuit tecum quod mea charta loqui.
Iam satis invalidos calamo lassavimus artus,
et manus officium longius aegra negat.
Quid, nisi quod[2] cupio me iam coniungere tecum,
restat? Ut ascribat littera nostra 'vale'.

1 si=quod

2 quod=si

MEDICAMINA FACIEI FEMINEAE

《女人面妆》

Discite quae faciem commendet cura, puellae,
et quo sit vobis forma tuenda modo.
Cultus humum sterilem Cerealia pendere iussit
munera, mordaces interiere rubi;
cultus et in pomis sucos emendat acerbos,
fissaque adoptivas accipit arbor opes.
Culta placent: auro sublimia tecta linuntur;
nigra sub imposito marmore terra latet.
Vellera saepe eadem Tyrio medicantur aeno;
sectile deliciis India praebet ebur.
Forsitan antiquae Tatio sub rege Sabinae
maluerint quam se rura paterna coli,
cum matrona premens altum rubicunda sedile
assiduo durum pollice nebat opus
ipsaque claudebat, quos filia paverat, agnos,
ipsa dabat virgas caesaque ligna foco;
at vestrae matres teneras peperere puellas:
vultis inaurata corpora veste tegi,
vultis odoratos positu variare capillos,

conspicuam gemmis vultis habere manum;
induitis collo lapides Oriente petitos
et quantos onus est aure tulisse duos.
Nec tamen indignum: sit vobis cura placendi,
cum comptos habeant saecula vestra viros:
feminea vestri poliuntur lege mariti
et vix ad cultus nupta quod addat habet.
Pro se quaeque parent, nec quos venentur amores[1]
refert. Munditia crimina nulla meret[2].
Rure latent finguntque comas; licet arduus illas
celet Athos, cultas altus habebit Athos.
Est etiam placuisse sibi quaecumque voluptas:
virginibus cordi grataque forma sua est.
Laudatas homini volucris Iunonia pennas
explicat et forma muta superbit avis.
Sic potius nos urget[3] amor quam fortibus herbis,
quas maga terribili subsecat arte manus:
Nec vos graminibus nec mixto credite suco
nec temptate nocens virus amantis equae.
Nec mediae Marsis finduntur cantibus angues
nec redit in fontes unda supina suos;
et quamvis aliquis Temesaea removerit aera,

1 nec=et; venentur=venerentur

2 meret=merent

3 nos urget=iungetur

numquam Luna suis excutietur equis.
Prima sit in vobis morum tutela, puellae:
ingenio facies conciliante placet.
Certus amor morum est; formam populabitur aetas,
et placitus rugis vultus aratus erit;
tempus erit, quo vos speculum vidisse pigebit
et veniet rugis altera causa dolor.
Sufficit et longum probitas perdurat in aevum,
perque suos annos hinc bene pendet amor.
Discite[1], cum teneros somnus dimiserit artus,
candida quo possint ora nitere modo.
Hordea, quae Libyci ratibus misere coloni,
exue de palea tegminibusque suis;
par erui mensura decem madefiat ab ovis
(sed cumulent libras hordea nuda duas):
haec, ubi ventosas fuerint siccata per auras,
lenta iube scabra frangat asella mola.
Et quae prima cadent vivaci cornua cervo
contere (in haec solidi sexta fac assis eat),
iamque, ubi pulvereae fuerint confusa farinae,
protinus innumeris omnia cerne cavis;
adice narcissi bis sex sine cortice bulbos,
strenua quos puro marmore dextra terat.

1 Discite=Dic age

Sextantemque trahat cummi cum semine Tusco;
huc novies tanto plus tibi mellis eat:
Quaecumque afficiet tali medicamine vultum,
fulgebit speculo levior illa suo.
Nec tu pallentes dubita torrere lupinos
et simul inflantes corpora frige fabas:
utraque sex habeant aequo discrimine libras,
utraque da pigris comminuenda molis;
nec cerussa tibi nec nitri spuma rubentis
desit et Illyrica quae venit iris humo:
Da validis iuvenum pariter subigenda lacertis
(sed iustum tritis uncia pondus erit).
Addita de querulo volucrum medicamina nido
ore fugant maculas: alcyonea vocant;
pondere si quaeris quo sim contentus in illis,
quod trahit in partes uncia secta duas.
Ut coeant apteque lini per corpora possint,
adice de flavis Attica mella favis.
Quamvis tura deos irataque numina placent,
non tamen accensis omnia danda focis.
Tus ubi miscueris radenti tubera[1] nitro,
ponderibus iustis fac sit utrimque triens.
Parte minus quarta dereptum cortice cummi

1 radenti tubera=rodenti corpora

et modicum e murris pinguibus adde cubum.
Haec, ubi contrieris, per densa foramina cerne;
pulvis ab infuso melle premendus erit.
Profuit et marathos bene olentibus addere murris
(quinque trahant[1] marathi scripula, murra novem),
arentisque rosae quantum manus una prehendat
cumque Ammoniaco mascula tura sale;
hordea quem faciunt, illis affunde cremorem:
aequent expensas cum sale tura rosas.
Tempore sint parvo molli licet illita vultu,
haerebit toto nullus in ore color.
Vidi, quae gelida madefacta papavera lympha
contereret teneris illineretque genis.

1 trahant=parent

研究综述

奥维德版本简史

奥维德的作品在他生前的古罗马就已经成为经典，文法学家经常引用他的诗，尤其是《变形记》作为权威材料。他的诗集最初以卷子本的形式流传，后来逐渐被册子本取代。所有的卷子本都已失传，册子本也只有《黑海书简》（*Ex Ponto*）的 G 版本尚存。在西罗马帝国灭亡之后的几个世纪，奥维德和其他古典作家一样也暂时被淡忘了。到了 8 世纪末期，在查理曼帝国统治下，古典文化出现了短期的兴盛，奥维德的作品也有了新的官方抄本。文法学家对拼写和语法做了系统的校对和整理，清除了许多错误，但也带来了一些新的错误，尤其是在涉及希腊语的词汇方面。总体而言，9、10 世纪流传下来的奥维德抄本仍然不多，表明当时对他的兴趣仍然不大，然而后世对奥维德作品的知识却主要依赖这些抄本。12—13 世纪，奥维德在欧洲文化中的地位迅速上升，这两百年甚至被 Ludwig Traube 称为“奥维德时代”。奥维德所有幸存的作品都被搜集和转抄，出现了叫作 scriptoria 的汇编文集，一些伪作也混入其中，如 *Nux*、*Philomela*、*De Somnio* 和 *De Humoribus* 等。教育机构的增多扩大了拉丁阅读材料的需求，奥维德开始进入课堂，将其作品编为学生可用的“教材”在相当程度上改变了它们的样貌。文艺复兴时期的意大利人文主义者出于对古典文化的热爱，较为系统地整理了他们所能找到的奥维德抄本。在威尼斯与东罗马帝国的交往中，奥维德的一些作品被 Maximus Planudes 译成希腊文，源于希腊语的词语在中世纪传抄和整理过程中出现的错误也得到纠正。

1471 年，两个奥维德全集（包含部分伪作）的版本分别在罗马和博洛尼亚出版，这就是奥维德作品的初版（editiones principes）。随后出现的比较有影响的早期印本还有 Jacobus Rubeus（1474）和 Stephanus Corallus（1477）。印本的出现使得奥维德作品广为传播，但商业动机和成本压力让出版商无暇顾及文本的准确性与可靠性，一些学者渐渐意识到问题的严重性，开始了严谨的校勘工作，成就最大的早期校勘者是 16 世纪的 A. Naugerius，他在两个初版的基础上，参考如今已佚失的一些手稿，全面校对了奥维德的文本，为后来的校勘者确立了一个高标准。成就更大的是 17 世纪的 Nicholaus Heinsius，他搜集了四百五十八种抄本，仔细比对分析，解决了奥维德文本的很多疑难。

19 世纪德国学者 R. Merkel 推出的学术版（critical edition）奥维德则标志着一个新时代的到来，他遵循了 Karl Lachmann 提出的原则：文本批评的基础不是印本，而是未被窜入的抄本。19 世纪值得一提的奥维德全集版本是 Riese 的 *Ovidii Opera*（1871—1874）。德国古典学所确立的严谨的校勘程序（尤其是 Lachmann 的抄本谱系研究方法）推动了奥维德版本的标准化，但奥维德的古代抄本之多（仅《变形记》就有四百多种版本）仍是对学者们的巨大挑战。方法的进步和资料的丰富（受益于摄影技术和全球合作）并不能保证今日学者的校勘水平一定会超过前人。

国外研究简述

对奥维德作品的评注始于古典时代。现存最早的注释是伪托

Lactantius Placidus 的一个集子，它的主要功能是解释《变形记》涉及的神话故事。9 世纪《爱的艺术》的一个包含威尔士语的注本标志着奥维德重新进入人们的视野。中世纪的奥维德研究主要体现在各个抄本的前言里，这些前言叫作 accessus，遵循着固定的模式，会依次谈及作者生平、作品名称、作者意图、作品内容、作品功用和所属哲学派别。将奥维德的异教作品道德化是基督教统治下的中世纪评注者的基本倾向，现存最早的例子是 Arnulf of Orléans 的 *Allegoriae super Ovidii Metamorphosin*（约 1175），最著名的此类著作则是 14 世纪早期的法国匿名长诗 *Ovide Moralisé* 和 Pierre Bersuire 的诗作 *Ovidius Moralizatus*（1362）。

文艺复兴时期的人文主义者热衷于逐行甚至逐词为古代经典作品作注。15 世纪晚期的 Domizio Calderini 为《伊比斯》作了注。和中世纪注者只关注道德教训不同，Calderini 的重心是通过参考不同的文献来解释文本中的难懂之处。比他稍晚的 Angelo Poliziano 则在 *Miscellanea*（1489）等著作中开创了后来语文学阐释的传统，Poliziano 还为奥维德的《岁时记》等诗作了注。这一时期最受欢迎的评注是 Raphael Regius 的《变形记》注本（1493）。16 世纪的《变形记》注者主要以补充 Regius 的注释为主要任务。17 世纪的 Heinsius 在他编辑的奥维德作品中加入了非常丰富的注释，但这些注释旨在讨论文本的各种版本问题，并非为了阐释其意义。在阐释奥维德作品的寓意方面，Georgius Sabinus 的 *Fabularum Ovidii Interpretatio*（1554）是突出代表，其基本观点是奥维德与基督教道德教训之间没有根本冲突。

19 世纪是古典学的兴盛期，然而由于和贺拉斯、维吉尔等人相比，奥维德作品的阐释难以纳入当时主流的文化思想和意识形态，所以受到了相对的冷落。1898 年 Arthur Palmer 出版了《女杰书简》的评注，

Moriz Haupt 贡献了《变形记》前七卷的导读（1853），Otto Horn 最终完成了他的工作。到了 20 世纪，欧洲大陆学派的百科全书式研究倾向对奥维德研究也产生了影响，典型的例子是 Bömer 的规模惊人的《变形记》评注，厚达七卷，历时十七年（1969—1986）。和前人的倾向不同，这部评注更关注作品细节如词语的解释，极少对作品的意义发表观点。近几十年来，奥维德的作品重新引起了广泛关注，评注的重心也普遍从词语转到了作品本身的文学阐释，这些阐释也明显受到了 20 世纪后半期各种批评流派的影响。McKeown 的四卷本《女杰书简》评注充分讨论了奥维德的语言、风格和主题。Pléiade 出版社 2000 年推出的《变形记》附加了 Luigi Galasso 长达八百余页的评注。

20 世纪下半叶以来，学者们运用各种方法，对奥维德的作品进行了全方位的研究。下面对各类研究做一番综述和评价。

1. 源头研究：主要研究奥维德作品与古希腊和泛希腊文学的关系，以及它们与古罗马前辈作家的关系。奥维德是古罗马文学黄金时代的最后一位诗人，他已经站在白银时代的门槛上。白银时代的标志就是古罗马文学自身的经典化，罗马作家心目中的典范从希腊人变成了罗马人。奥维德身处这个进程中，他一方面仍然像维吉尔、贺拉斯等人一样以希腊人为师，另一方面已经把维吉尔等罗马本土作家视为自己立志超越的经典作家。超越的方式之一是征服古希腊罗马传统中的各种诗歌体裁和对应的题材、技法。在此过程中，他与古希腊文学、泛希腊文学和罗马本土文学都发生了复杂的互动。这方面，Hinds 的 *Allusion and Intertext: Dynamics of Appropriation in Roman Poetry*（1998）是一部极具理论深度的著作，它虽然并非专论奥维德，却揭示了古罗马诗歌化用前代作家的基本模式。Forbes-Irving（1990）的 *Metamorphosis in Greek Myths* 讨论了《变形记》与希腊神话的联系。Lafaye（1904）

在 *Les Métamorphoses d'Ovide et leurs modèles grecs* 中追溯了《变形记》故事的希腊原型。Boyd（1997）的 *Ovid's Literary Loves: Influence and Innovation in the Amores* 考察了奥维德《情诗集》对泛希腊哀歌的借用与翻新。Cameron（1995）的 *Callimachus and his Critics* 审视了泛希腊诗人卡利马科斯在古罗马诗歌中的影响，奥维德是其中的重要内容。Knox（1986）的 *Ovid's Metamorphoses and the Traditions of Augustan Poetry* 尤其聚焦在《变形记》与卡利马科斯的渊源上。Tarrant（2006）和 Lightfoot（2009）都认为，在奥古斯都时期，卡利马科斯已经不再是卡图卢斯时期大众心目中的晦涩诗人，而早已成为众多诗人效法的对象，在这种情形下，奥维德与他相似的主要不是技法，而是气质和写作的大策略。Gee（2000）的 *Ovid, Aratus, and Augustus* 以《岁时记》和泛希腊时期天文学的关系为主要研究对象。在前辈和稍早的罗马诗人中，奥维德主要学习并试图超越的是以卡图卢斯为代表的新诗派、以提布卢斯与普洛佩提乌斯为代表的哀歌作家和以维吉尔为代表的史诗作家。关于奥维德和卡图卢斯的关系，Lyne（1980）的 *The Latin Love Poets from Catullus to Horace* 是一部力作，Ferguson（1960）的论文“Catullus and Ovid”也值得一读。Maltby（1999）的 *Tibullus and the Language of Latin Elegy* 和 Wyke（1987） 的 *Written women: Propertius' scripta puella* 分别讨论了提布卢斯和普洛佩提乌斯对包括奥维德在内的后续罗马哀歌诗人的影响。Lamacchia（1960）的 *Ovidio interprete di Virgilio* 全面考察了奥维德对维吉尔的引用、借用和化用，在 Thomas（2001）的 *Virgil and the Augustan Reception* 以及 Ziolkowski 和 Putnam（2007）的 *The Virgilian Tradition* 中，奥维德与维吉尔的关系也是重要内容。总体来说，西方学术界对奥维德与古希腊、泛希腊和古罗马三大诗歌传统的关系的研究已经较为充分，但奥维德与古希腊戏剧还有哲学的关系仍然关注得不够。

2. 影响研究：主要研究奥维德作品对后世的影响以及奥维德元素在后世文学中的演变。这一研究大体上可以分为古罗马、中世纪和近现代三个大的时期。奥维德的作品在古罗马引发了激烈的争议，所有人都承认他的天才，但老塞涅卡、昆体良等人指责他不知节制，过分痴迷于技巧，语言风格过于精致，但相对维吉尔等人，奥维德的风格更易于模仿，他的修辞性、视觉性、游戏性、反讽性也更适合帝制时代的罗马现实，因而对白银时代乃至帝国末期的文学产生了普遍的影响，小塞涅卡、斯塔提乌斯、卢坎、克劳迪安等重要诗人都在不同程度上吸收了他的风格。Williams 的 *Change and Decline: Roman Literature in the Early Empire*（1978）是考察这一变化的经典著作。但他所持的相对传统的观点也受到了一些学者的质疑。Galinsky（1989）在"Was Ovid a Silver Latin poet?"中对奥维德做了更正面的评价。中世纪是奥维德作品得以流传至今的关键时期。按照 Traube（1911）的划分，8、9 世纪是维吉尔时期，10、11 世纪是贺拉斯时期，12、13 世纪则是奥维德时期。Hexter（2009）认为，奥维德对中世纪影响最大的是三个角色：流放者、神话编纂者和情人。奥维德被视为古希腊罗马神话和爱情知识的权威，基督教传统一直试图将他的作品道德化，但他却始终无法完全融入官方的体系，这反而增加了他对许多诗人的吸引力。讨论中世纪《变形记》接受情况的重要著作是 Barkan（1986）的 *The Gods Made Flesh: Metamorphosis and the Pursuit of Paganism*，聚焦《情诗集》的是 Stapleton（1996）的 *Harmful Eloquence: Ovid's Amores from Antiquity to Shakespeare*，关注《爱的艺术》和《爱的疗治》的有 Allen（1992）的 *The Art of Love: Amatory Fiction from Ovid to the Romance of the Rose*。但到目前为止，还没有全面考察奥维德与中世纪文学之关系的著作。自文艺复兴以来，奥维德对欧美文学传统的塑造作用更为明显，任何单独的专著都难以描绘其基本形态。Baldwin（1944）的两卷本 *William Shakspere's Small Latine and Lesse Greeke* 细致描绘了文艺复兴时期奥维德在古典教育中的地位，Martindale（1990）的 *Shakespeare and the Uses of Antiquity: An Introductory Essay* 则分析了莎士比亚对奥维德的借用。Martindale（1986）的 *John Milton and the Transformation of Ancient Epic* 讨论了另一位大诗人弥尔顿与奥维德的关系，他主编的 *Ovid Renewed: Ovidian Influences on Literature and Art from the Middle Ages to the Twentieth Century*（1988）也聚焦于奥维德对后世文学（包括艺术）的影响。Clark（1994）的 *Amorous Rites: Elizabethan Erotic Narrative Verse* 追踪了文艺复兴小史诗中的奥维德痕迹。Brown（1999）的 *The Metamorphoses of Ovid: Chaucer to Ted Hughes* 和 Lyne（2001）的 *Ovid's Changing Worlds: English Metamorphoses 1567—1632* 较全面地覆盖了奥维德在英国文学中的翻译与接受。Wilkinson（1955）的 *Ovid Recalled* 和 Giamatti（1984）的 *Exile and Change in Renaissance Literature* 则把视野扩展到了整个欧洲文学。从他们的研究可以看出，文艺复兴时期意大利、法国、英国、西班牙等各国主要作家都受惠于奥维德颇多，这一趋势在随后的几个世纪依然延续。奥维德是曼德尔施塔姆、泰德·休斯、布罗茨基等著名诗人的重要灵感来源，T.S. 艾略特、乔伊斯等人同样在作品中唤醒了奥维德的幽灵。上面提及的 Brown 的专著中，十至十二章提供了很多个案。Ziolkowski（1993）在 *Virgil and the Moderns* 中也多次讨论了奥维德与当代文学的关联。总体而言，奥维德对英国文学的影响研究得最详尽，其他主要欧洲国家也较充分，但奥维德对美国文学与东方的日本文学和其他国别文学的影响仍是值得开掘的话题。

3. 主题研究：主要研究奥维德作品中的皇权、帝国、爱情、性别身份、伦理秩序等主题。奥维德处于罗马社会的复杂变化期，一方面共和国传统已经成为过去，人们必须适应新近建立的帝制。另一方面，帝制也逐渐撕下屋大维早期的开明面具，露出独裁的真相，引出公元 1 世纪近百年的高压统治。奥维德既不享有卡图卢斯那样的精神独立，也不像维吉尔、贺拉斯那样获得皇帝或权臣的赏识，处境艰难。因而他对罗马社会的反应远比前辈诗人复杂，这也使得他的作品成了 20 世纪各种批评流派的宝藏。在性别研究方面，*Helios* 期刊 1990 年曾推出一期以女性主义以及类似方法解读奥维德的专刊。Kennedy（1993）的 *The Arts of Love: Five Studies in the Discourse of Roman Love Elegy* 讨论的是罗马爱情哀歌的整体，但也与奥维德作品的性别主题有很大关系。Keith（1994）的论文"Corpus eroticum: Elegiac Poetics and Elegiac Puellae in Ovid's Amores"和 Greene（1997）的 *The Erotics of Domination: Male Desire and the Mistress in Latin Love Poetry* 与奥维德相关的章节也值得一读。Fantham（1983）的 *Sexual Comedy in Ovid's Fasti: Sources and Motivation* 专门分析《岁时记》中的性别问题，Segal（1998）的 *Ovid's Metamorphic Bodies: Art, Gender, and Violence in the Metamorphoses* 则聚焦于《变形记》。神话是奥维德作品的另一个核心主题。Porte（1985）的 *L'Étiologie religieuse dans les Fastes d'Ovide* 主要关注《岁时记》中的神话问题，Fabre-Serris（1995）的 *Mythe et poésie dans les Métamorphoses d'Ovide. Fonctions et significations de la mythologie dans la Rome augustéenne* 分析了《变形记》中的神话对于奥古斯都时期罗马的意义。Schubert（1992）的德语专著 *Die Mythologie in den nichtmythologischen Dichtungen Ovids* 则不限于奥维德的一部作品。Feeney（1991）的 *The Gods in Epic* 有相当篇幅涉及奥维德，而且视角新颖，富于启发性。奥维德早期作品都以爱情和情爱为主题。就

《情诗集》而言，研究最深入的首推McKeown（1987—1998）的多卷本评注，Barsby（1973）对该诗集第一卷和Booth（1991）对第二卷的解读也很到位，以《爱的艺术》为分析对象的则有Hollis（1973）的*The Ars Amatoria and Remedia Amoris*和Gibson（2007）的*Excess and Restraint: Propertius, Horace, and Ovid's Ars Amatoria*，《爱的疗治》研究者较少，但有Henderson（1979）的评注。Labate（1984）的意大利语专著*L'arte di farsi amare: modelli culturali e progetto didascalico nell'elegia ovidiana*是对奥维德爱情哀歌的整体分析。由于《变形记》是奥维德最重要的作品，变形也成了学者们极为关注的一个主题。这方面的代表作是Hinds（1987）的*The Metamorphosis of Persephone: Ovid and the Self-Conscious Muse*和Wheeler（1999）的*A Discourse of Wonders. Audience and Performance in Ovid's Metamorphoses*，另外还有Tissol（1997）的*The Face of Nature: Wit, Narrative, and Cosmic Origins in Ovid's Metamorphoses*。对奥维德作品政治意蕴的讨论主要集中在他的《岁时记》上，以Fränkel（1945）为代表的传统观点曾认为这部作品不过是以诗体形式呈现的罗马历法。Johnson（1979）的论文"The desolation of the Fasti"开始了学界重估这部长诗的历程。McKeown（1984）在论文"Fabula proposito nulla tegenda meo. Ovid's Fasti and Augustan Politics"中提出，《岁时记》没有政治意图，但他的看法遭到了普遍质疑。Feeney（1992）在论文"Si licet et fas est: Ovid's Fasti and the Problem of Free Speech under the Principate"中反驳说，作品的标题本身就暗示了奥古斯都时期言论自由的收紧。Hinds（1992）更在"Arma in Ovid's Fasti: Part 1: Genre and Mannerism"中揭示了奥维德如何微妙地破坏了屋大维通过神话和偶像符号建立的权威。Newlands（1995）的*Playing with Time: Ovid and the Fasti*和Barchiesi

（1997）的 *The Poet and the Prince: Ovid and Augustan Discourse* 认为，《岁时记》对神话的戏谑处理和奥维德的游戏态度是对屋大维建立统一文化秩序的抵制。Herbert-Brown（1994）的观点与此相反，她在 *Ovid and the Fasti: A Historical Study* 中试图证明，《岁时记》是一部赞美屋大维的作品。奥维德流放时期的作品同样反映了他的政治立场，Nagle（1980）的 *The Poetics of Exile: Program and Polemic in the Tristia and Epistulae ex Ponto of Ovid* 是分析奥维德晚期诗歌政治维度的力作。

4. 审美研究：主要研究奥维德作品的艺术特色和艺术成就。视觉性是奥维德诗歌的重要特征，也是后世欧洲绘画作品大量取材于奥维德的一个原因。Rosati（1983）的 *Narciso e Pigmalione. Illusione e Spettacolo nelle Metamorfosi di Ovidio* 是讨论《变形记》视觉性的力作，Solodow（1988）在 *The World of Ovid's Metamorphoses* 的第六章也分析了这个方面。在一些学者看来，“变形”不只是奥维德热衷的一个主题，它也概括了奥维德在艺术上的一种倾向，Ahl（1985）的 *Metaformations: Soundplay and Wordplay in Ovid and Other Classical Poets* 就讨论了“变形”在奥维德语言和风格中的体现。叙事学的兴起改变了小说研究的样貌，对于《变形记》这样的长篇诗体叙事作品，这一理论也同样适用。学者们在《变形记》中发现了令人眩晕的复杂叙事技巧。Keith（1992）的 *The Play of Fictions: Studies in Ovid's Metamorphoses Book 2* 中有详细的讨论，Rosati（1981）的论文“Il racconto dentro il racconto: funzioni metanarrative nelle ‘Metamorfosi’ di Ovidio”具有开创意义，Nagle（1988）的论文“Two miniature carmina perpetua in the Metamorphoses: Calliope and Orpheus”和 Barchiesi（1989）的论文“Voci e istanze narrative nelle Metamorfosi di Ovidio”也有代表性。《女杰书简》的虚拟书信体形式在古典时代就吸引了众多读者和模仿者，学

界对其艺术效果分析颇多。Altman（1983）的 *Epistolarity: Approaches to a Form* 和 MacArthur（1992）的 *Extravagant Narratives: Closure and Dynamics in the Epistolary Form* 是这个方向上的两部重要理论著作。体裁问题是奥维德研究的一个重点。许多学者都注意到《岁时记》和《变形记》中史诗元素和哀歌元素的对峙或融合。Heize（1919）泾渭分明的观点（即《岁时记》偏向哀歌，《变形记》偏向史诗）受到了后来学者的广泛质疑。Hinds 在 1987 年关于《变形记》的专著和 1992 年关于《岁时记》的长文中，通过细致的分析令人信服地证明，在两部作品中，奥维德都有意冲破体裁的束缚，让不同元素彼此对抗。关于奥维德其他作品的体裁问题，代表性的作品有 Conte（1994）讨论《爱的疗治》的章节“Love without Elegy”、Jacobson（1974）讨论《女杰书简》的 *Ovid's Heroides*、Williams（1994） 的 *Banished Voices: Readings in Ovid's Exile Poetry*，以及 Luck（1961）的“Notes on the language and text of Ovid's Tristia”等。

5. 文化研究：主要研究奥维德及其作品所置身的古罗马乃至整个古典时代的文化语境。近四十年来，女性主义、后殖民主义、心理分析、新历史主义等方法逐渐风行，与传统的文本分析互为补充，研究呈现跨学科和多元化的趋势。除了传统的文本校勘、审美分析、影响研究之外，不少学者开始将黄金时代的古罗马诗歌作品视为罗马共和国晚期和帝国初期政治、经济、文化诸因素发生作用的场所，深入分析文学与文化之间相互渗透、相互借用的关系。讨论古罗马性别伦理和性别身份建构的重要著作有 Williams（1999）的 *Roman Homosexuality: Ideologies of Masculinity in Classical Antiquity*、Gleason（1995） 的 *Making Men: Sophists and Self-Presentation in Ancient Rome* 和 Hallet（1997）主编的 *Roman Sexualities*，它们的共同特点是吸收了女性主义和性别研究理论的观点，认为性别身份是一种文化建构，在这方面不再像某些前代学人那么“天真”。理解罗马神话和宗教是理解《变形记》和《岁时记》的一把钥匙，这方面 Gardner（1993）的 *Roman Myths* 和 Beard 等人（1998）编辑的 *Religions of Rome* 是必读之作。关于文学和文化氛围，Galinsky（1996）的 *Augustan Culture: An Interpretive Introduction* 从宏观角度讨论了奥古斯都时期的文化特征，指出流动性和游戏性是普遍特点，奥维德的作品并未背离文化的主流。Porter（2006）的 *Classical Pasts: The Classical Traditions of Greece and Rome* 分析了古罗马的古典主义倾向，Rawson（1985）的 *Intellectual Life in the Late Roman Republic* 对于我们理解奥维德所处的文化语境也有帮助，Wallace-Hadrill（1997）的论文“Mutatio morum: The Idea of a Cultural Revolution”让我们意识到古罗马社会中知识与权力的关系。雄辩术是古罗马教育的核心部分，奥维德的作品中也充分体现了雄辩术的特征，Bonner（1949）的 *Roman Declamation* 是这方面的专著，Higham（1958）的“Rhetoric in Ovid”则是一篇精练的研究文章。在历史方面，Syme 的 *History in Ovid*（1978）和 *The Augustan Aristocracy*（1986）覆盖了奥维德作品涉及的历史事件，描绘了当时的历史氛围，Wiseman（1971）的 *New Men in the Roman Senate* 也让我们从一个侧面理解了古罗马政治的运作。奥古斯都时期，职业文人开始形成一个社会阶层，权贵的赞助制和商业化的文学流通形式互为补充，形成了不同的读者群，对文学创作产生了深刻影响。Quinn（1982）讨论这一时期文学读者的长文“The Poet and His Audience in the Augustan Age”很有价值，Harris（1989）的专著 *Ancient Literacy* 则考察了整个古典时期的文学读者问题。专门分析贵族的文学赞助制的成果有 Gold（1982）的 *Literary and Artistic Patronage in Ancient Rome* 和 White（1993）的 *Promised Verse:*

Poets in the Society of Augustan Rome 等。文学赞助制与塑造主流意识形态的努力有密切关联，专门考察奥古斯都时期诗歌与意识形态关系的代表作是 Powell（1992）的 *Roman Poetry and Propaganda in the Age of Augustus*，Habinek（1997）编辑的论文集 *The Roman Cultural Revolution* 也有启发性。

国内译介简述

奥维德虽然是古罗马的大诗人，但在中国的译介和研究起步较晚，成果也很不充分。1932 年，戴望舒以 Henri Bornecque 的法译本为基础，将奥维德的《爱经》（*Ars Amatoria*，通常直译为《爱的艺术》）译成散文体的汉语。这是第一部翻作汉语的奥维德诗集，其历史价值是不言而喻的。在译序中，戴望舒称沃维提乌斯（即奥维德）的诗“浓艳瑰丽，开香奁诗之宗派，加都路思（即卡图卢斯）之后，一人而已”，认为奥维德在风格上继承了卡图卢斯，无疑是有见地的，但随意将文化语境极其不同的奥维德作品和中国的香奁诗并提，则有些不伦不类。戴的译文流畅可读，注释不算丰富，但提供了基本的文化信息。这个译本的主要遗憾有二：一是从法语转译，可靠度打了折扣；二是用散文体翻译，诗味不浓，其实以戴望舒的诗才，应当走得更远。

1958 年杨周翰的《变形记》（*Metamorphoses*）依据洛布拉英双语版翻译了奥维德公认的代表作长诗，是一个重大突破。该书的译序内容丰富，值得一读。杨周翰首先介绍了奥维德的生平和作品，接下来分析了《变形记》的艺术成就。他称赞奥维德串联故事的技巧，认为偶尔虽有牵强生硬之处，总体上在当时是一种创举。奥维德对待传统故事的崭新态度和他的叙事技巧也为古老的题材注入了新的生命。他特别提到，奥维德对待神的态度和前人不同，把他们拉下了神坛，塑造成当时罗马统治阶级的形象。此外，奥维德还突出了许多故事的悲剧性，增强感染力，也善于运用各种修辞技巧。接下来杨周翰介绍了奥维德对后世的影响。这些内容大体都成立，但从今天的眼光看，比较常识化，也带有那个时代的思想烙印，毕竟五十多年来国外的奥维德研究已经取得重大进展。杨周翰的译文古雅典重，可读性强，但有几个缺憾：一是选择了散文体，原诗的语言特色损失较大；二是注释太少，每页只有一两个，而且只涉及专有名词，没有深层分析；三是措辞受到了洛布双语版中英语译文的影响。

1992 年出版的《女杰书简》（*Heroides*）是国内出版的第三部奥维德诗集。译者南星熟谙西方文学，20 世纪 30 年代就已经是成名诗人，译文采用诗体，极具文采，读起来有元曲的味道。遗憾之处在于，语感与今日读者已有相当距离，另外在格律和措辞方面归化过度，损失了原作的异国风味。

2001 年飞白出版的《古罗马诗选》选译了八页《爱的艺术》，选译了十二页《变形记》，选译了两页《爱的医治》（*Remedia Amoris*）。飞白的译文采用诗体，有一定格律，艺术性较强，但篇幅较受拘束，无法呈现出原作的整体风貌。

在奥维德的研究方面，王焕生先生《古罗马文学史》中的二十多页讨论是迄今为止最重要的成果。在这一章里，王焕生先生全面介绍了奥维德早期、中期和晚期的作品，特别是对国内读者普遍感觉陌生的《岁时记》和奥维德流放时期的作品有详细的剖析。该书对奥维德作品的背景、传统渊源、主题、艺术技巧的探讨都体现出作者深厚的西方古典文学素养，持论也开明公允，充满启发性。除此以外，国内的奥维德研究成果极为稀缺，至今仅有十篇期刊论文，全部集中在《变形记》这一部作品上，而且多数都是比较研究，聚焦于奥维德作品本身的只有四篇，发表在外国文学类重要期刊上的只有三篇。这与奥维德的历史地位极不相称。

从上面的学术史梳理可以看出，中国的奥维德研究几乎还未起步，国外的奥维德研究已经有两千年历史，系统的研究也有四百年左右，最近半个世纪更是蔚为大观，这里所选取的专著和论文主要还是英美学术界的，古典学研究重镇德国的著作涉及较少，如果再加上法国、意大利等古典研究强国的成果，完全可以用浩如烟海来形容。两相对照，推进奥维德研究在中国已刻不容缓。

参考文献

奥维德作品版本与注本

Alton, E. H., D. E. W. Wormell, and E. Courtney, eds. *P. Ovidii Nasonis Fastorum Libri Sex*. Leipzig: Teubner, 1985.

Anderson, W. S., ed. *Ovid's Metamorphoses Books 1-5*. Norman: U of Oklahoma P, 1997.

---, ed. *P. Ovidii Nasonis Metamorphoses*. Leipzig: Teubner, 1982.

Andre, Jacques, ed. *Ovide: Contre Ibis*. Paris: Les Belles Lettres, 1963.

---, ed. *Ovide: Tristes*. Paris: Les Belles Lettres, 1968.

Bailey, Cyril, ed. *P. Ovidi Nasonis Fastorum Liber III*. Oxford: Clarendon, 1921.

Barsby, J. A., ed. *Ovid's Amores Book One*. Oxford: Clarendon, 1973.

Bömer, Franz, ed. *P. Ovidius Naso. Die Fasten*, 2 vols. Heidelberg: Winter, 1957-1958.

---, ed. *P. Ovidius Naso Metamorphosen*, 7 vols. Heidelberg: Winter, 1969-1986.

Booth, Joan, ed. *Ovid: The Second Book of Amores*. Warminster: Aris and Phillips, 1991.

Dorree, Henricus, ed. *Ovid. Epistulae Heroidum*. Berlin: De Gruyter, 1971.

Ellis, Robinson, ed. *Ovid. Ibis*. Oxford: Oxford UP, 1881.

Frazer, J. G., ed. & trans. *Ovid, Fasti*. Cambridge, Mass.: Harvard UP, 1931.

Gaertner J. F., ed. & trans. *Epistulae ex Ponto, Book 1*. Oxford: Oxford UP, 2005.

Hall, J. B., ed. *P. Ovidi Nasonis Tristia*. Leipzig: De Gruyter, 1995.

Haupt, Moritz, R. Ehwald, O. Korn, and H. J. Muller, eds. *P. Ovidius Naso: Metamorphosen,* corrected and with bibliographical supplement by M. von Albrecht, 2 vols, 5th ed. Zurich: Weidmann, 1966.

Helzle, Martin, ed. *Publii Ovidii Nasonis Epistularum ex Ponto Liber IV: A Commentary on Poems 1 to 7 and 16*. Hildesheim: Georg Olms, 1989.

Hill, D. E., ed. *Ovid: Metamorphoses IX-XII*. Warminster: Aris & Phillips, 1999.

---, ed. and trans *Ovid: Metamorphoses XIII-XV*. Warminster: Aris & Phillips, 2000.

Hollis, A. S., ed. *Ovid: Ars Amatoria, Book I*. Oxford: Oxford UP, 1977.

---. ed. *Ovid: Metamorphoses Book VIII*. Oxford: Oxford UP, 1970.

Hopkinson, Neil, ed. *Ovid, Metamorphoses, Book XIII*. Cambridge: Cambridge UP, 2000.

Kenney, E. J., ed. *P. Ovidi Nasonis Amores, Medicamina Faciei Femineae, Ars Amatoria, Remedia Amoris*, 2d ed. Oxford: Oxford UP, 1995.

La Penna, Antonio, ed. *Publi Ovidi Nasonis Ibis*. Florence: La Nuova Italia, 1957.

Le Bonniec, Henri, ed. *P. Ovidius Naso Fastorum Liber Primus*. Paris: P.U.F., 1961.

---, ed. *P. Ovidius Naso Fastorum Liber Secundus*. Paris: P.U.F., 1969.

Lee, A. G., ed. *P. Ovidi Nasonis Metamorphoseon Liber I*. Cambridge: Cambridge UP, 1953.

Lenz, F. W., ed. *P. Ovidi Nasonis Remedia Amoris, Medicamina Faciei.* Turin: Paravia, 1965.

Luck, Georg. *P. Ovidius Naso: Tristia, vol. 1, Text und Übersetzung*. Heidelberg: Winter, 1967.

---. *P. Ovidius Naso: Tristia, vol. 2, Kommentar*. Heidelberg: Winter, 1977.

Magnus, Hugo, ed. *P. Ovidi Nasonis Metamorphoseon libri xv. Lactanti Placidi qui dicitur Narrationes Fabularum Ovidianarum*. Berlin: Weidmann, 1914.

McKeown, J. C., ed. *Ovid: Amores. Text, Prolegomena and Commentary*, 4 vols. Liverpool: UP of Liverpool, 1987.

Merkel, Rudolf, ed. *P. Ovidii Nasonis Fastorum Libri Sex*. Berlin: Sumptibus G. Reimeri, 1841.

Miller, F. J., ed. & trans. *Ovid, Metamorphoses*. Cambridge, Mass.: Harvard UP, 1916.

Moore-Blunt, J. J., ed. *A Commentary on Ovid Metamorphoses*, 2 vols. Uithoorn: Gieben, 1977.

Munari, Franco, ed. *P. Ovidi Nasonis Amores*, 4th ed. Florence: La Nuova Italia, 1964.

Myers, K. S., ed. *Ovid: Metamorphoses Book XIV*. Cambridge: Cambridge UP, 2009.

Owen, S. G., ed. *P. Ovidi Nasonis Tristium Libri Quinque, Ibis, Ex Ponto Libri Quattuor, Halieutica, Fragmenta*. Oxford: Oxford UP, 1922.

Palmer, Arthur, ed. *P. Ovidi Nasonis Heroides*, 2d ed. Oxford: Clarendon, 1898.

Richmond, J. A., ed. *The Halieutica Ascribed to Ovid*. London: Athlone Press, 1962.

---, ed. *P. Ovidi Nasonis Ex Ponto libri quattuor*. Leipzig: Teubner, 1990.

Robinson, Matthew, ed. *A Commentary on Ovid's Fasti, Book 2*. Oxford: Oxford UP, 2011.

Schilling, Robert, ed. *Ovide: Les Fastes*, 2d ed. 2 vols. Paris: Les Belles Lettres, 1992-1993.

Showerman, G., ed. & trans. *Ovid, Heroides and Amores*. Cambridge, Mass.: Harvard UP, 1914.

Simmons, Charles, ed. *The Metamorphoses of Ovid. Books XIII. and XIV*. New York: Macmillan, 1899.

Wheeler, A. L., ed. & trans. *Ovid, Tristia and Ex Ponto*. Cambridge, Mass.: Harvard UP, 1924.

国外重要专著、论文集和译本

Adams, J. N. *The Latin Sexual Vocabulary*. Baltimore: JHU Press, 1982.

Ahl, Frederick. *Metaformations: Soundplay and Wordplay in Ovid and Other Classical Poets*. Ithaca: Cornell UP, 1985.

Allen, P. L. *The Art of Love : Amatory Fiction From Ovid to the* Romance of the Rose. Philadelphia: U of Pennsylvania P, 1992.

Allen, W. S. *Accent and Rhythm. Prosodic Features of Latin and Greek: A Study in Theory and Reconstruction*. Cambridge: Cambridge UP, 1973.

Arnold, T. J., trans. *Ovid's Tristia, Book 1: A Literal Translation*. London: James Cornish & Sons, 1884.

Barchiesi, Alessandro. *The Poet and the Prince: Ovid and Augustan Discourse*. Berkeley: U of California P, 1997.

---, ed. *Ovid*. Oxford: Clarendon, 1978.

Barolsky, Paul. *Ovid and the Metamorphoses of Modern Art from Botticelli to Picasso*. New Haven: Yale UP, 2014.

Bonner, S. F. *Roman Declamation in the Late Republic and Early Empire*. Liverpool: UP of Liverpool, 1949.

Boyd, B. W., ed. *Brill's Companion to Ovid*. Leiden: Brill, 2002.

---. *Ovid's Literary Loves: Influence and Innovation in the* Amores. Ann Arbor: U of Michigan P, 1997.

Boyle, A. J. *Ovid and the Monuments: A Poet's Rome*. Bendigo: Aureal, 2003.

Boyle, A. J. and R. D. Woodard, trans. *Ovid: Fasti*. London: Penguin, 2004.

Brown, S. A. *The Metamorphosis of Ovid: From Chaucer to Ted Hughes*. London: Macmillan, 1999.

Cairns, Francis. *Generic Composition in Greek and Roman Poetry*. Edinburgh: Michigan Classical Press, 1972.

Carter, Sarah. *Ovidian Myth and Sexual Deviance in Early Modern English Literature*. New York: Macmillan, 2011.

Chance, Jane. *Medieval Mythography*, 2 vols. Gainesville: U of Minnesota P, 1994-2000.

Claassen, J. M. *Displaced Persons: The Literature of Exile from Cicero to Boethius*. Madison: Gerald Duckworth & Co, 1999.

---. *Ovid Revisited: The Poet in Exile*. London: A&C Black, 2013.

Conte, G. B. *The Rhetoric of Imitation: Genre and Poetic Memory in Virgil and Other Latin Poets*. Trans. & ed. C. Segal. Ithaca: Cornell UP, 1986.

Coulson, F. T. *The "Vulgate" Commentary on Ovid's* Metamorphoses: *The Creation Myth and the Story of Orpheus*. Toronto: Pontifical Institute of Mediaeval Studies, 1991.

Coulson, F. T. and B. Roy. *Incipitarium Ovidianum: A Finding Guide for Texts in Latin Related to the Study of Ovid in the Middle Ages and Renaissance*. Turnhout: Brepols Pub, 2000.

Dalzell, Alexander. *The Criticism of Didactic Poetry: Essays on Lucretius, Virgil, and Ovid*. Toronto: U of Toronto P, 1996.

Davis, P. J. *Ovid and Augustus: A Political Reading of Ovid's Erotic Poems*. London: Bloomsbury Academic, 2006.

De Armas, F. A., ed. *Ovid in the Age of Cervantes*. Toronto: U of Toronto P, 2010.

Dronke, Peter. *Medieval Latin and the Rise of European Love-Lyric*, 2d ed. Oxford: Oxford UP, 1968.

Due, O. S. *Changing Forms: Studies in the Metamorphoses of Ovid*. Copenhagen: Museum Tusculanum Press, 1974.

Duemmler, E. and L. Traube, eds. *Poetae Latini Aevi Carolini. Monumenta Germaniae Historica: Poetarum Latinorum Medii Aevi 1-3*. Berlin: Wiedmann, 1881-1896.

Enterline, Lynn. *The Rhetoric of the Body from Ovid to Shakespeare*. Cambridge: Cambridge UP, 2004.

Evans, H. B. *Publica Carmina: Ovid's Books from Exile*. Lincoln: U of Nebraska P, 1983.

Feeney, D. C. *The Gods in Epic: Poets and Critics of the Classical Tradition*. Oxford: Clarendon, 1991.

---. *Literature and Religion at Rome: Cultures, Contexts, and Beliefs*. Cambridge: Cambridge UP, 1998.

Feldherr, Andrew. *Playing Gods: Ovid's* Metamorphoses *and the Politics of Fiction*. Princeton: Princeton UP, 2010.

Fox, Cora. *Ovid and the Politics of Emotion in Elizabethan England*. New York: Macmillan, 2009.

Fränkel, Hermann. *Ovid: A Poet Between Two Worlds*. Berkeley: U of California P, 1945.

Fratantuono, Lee. *Madness Transformed: A Reading of Ovid's* Metamorphoses. Lanham, MD: Lexington Books, 2011.

Froesch, H. H. *Ovids Epistulae ex Ponto I-III als Gedichtsammlung*. Diss. Bonn, 1967.

Fulkerson, Laurel. *The Ovidian Heroine as Author: Reading, Writing, and Community in the* Heroides. Cambridge: Cambridge UP, 2005.

Galinsky, G. K. *Ovid's* Metamorphoses*: An Introduction to the Basic Aspects*. Berkeley: U of California P, 1975.

Gee, Emma. *Ovid, Aratus and Augustus: Astronomy in Ovid's* Fasti. Cambridge: Cambridge UP, 2000.

Glenn, Edgar M. *The* Metamorphoses*: Ovid's Roman Games*. Boston: UP of America, 1986.

Godman, Peter. *Poetry of the Carolingian Renaissance*. Norman: Duckworth, 1985.

Green, Peter, trans. *Ovid: The Erotic Poems*. London: Penguin, 2004.

---. trans. *Ovid: The Poems of Exile*. Berkeley: U of California P, 2005.

Greenough, J. B., G. L. Kittredge and Thornton Jenkins. *Virgil's* Aeneid *and Ovid's* Metamorphoses. Boston: Ginn and Company, 1923.

Gregory, Horace, trans. *Ovid: The Metamorphoses*. New York: Viking, 1958.

Habinek, T. N. *The Politics of Latin Literature: Writing, Identity, and Empire in Ancient Rome*. Princeton: Princeton UP, 1998.

Hall, J. B. *The Epic Successors of Virgil: A Study in the Dynamics of a Tradition*. Cambridge: Cambridge UP, 1993.

Hardie, Philip, ed. *The Cambridge Companion to Ovid*. Cambridge: Cambridge UP, 2002.

---. *Ovid's Poetics of Illusion*. Cambridge: Cambridge UP, 2002.

Hardie, Philip, A. Barchiesi and S. Hinds, eds. *Ovidian Transformations: Essays on Ovid's* Metamorphoses *and Its Reception*. Cambridge: Cambridge UP, 1999.

Herbert-Brown, Geraldine. *Ovid and the Fasti: An Historical Study*. Oxford: Oxford UP, 1994.

Hinds, S. E. *The Metamorphosis of Persephone: Ovid and the Self-conscious Muse*. Cambridge: Cambridge UP, 1987.

---. *Allusion and Intertext. Dynamics of Appropriation in Roman Poetry*. Cambridge: Cambridge UP, 1998.

Humphries, Rolfe, trans. *Ovid: Metamorphoses*. Bloomington: Indiana UP, 1955.

Jacobson, Howard. *Ovid's Heroides*. Princeton: Princeton UP, 1974.

Janan, Micaela. *Reflections in a Serpent's Eye. Thebes in Ovid's* Metamorphoses. Oxford: Oxford UP, 2009.

Johnson, Maguerite. *Ovid on Cosmetics:* Medicamina Faciei Femineae *and Related Texts*. London: Bloomsbury, 2016.

Johnson, Patricia. *Ovid Before Exile: Art and Punishment in the* Metamorphoses. Madison: U of Wisconsin P, 2008.

Keith, A. M. *The Play of Fictions: Studies in Ovid's* Metamorphoses *Book 2*. Ann Arbor: U of Michigan P, 1992.

Kilgour, Maggie. *Milton and the Metamorphosis of Ovid*. Oxford: Oxford UP, 2012.

King, R. J. *Desiring Rome: Male Subjectivity and Reading Ovid's* Fasti. Columbus: Ohio State UP, 2006.

Knox, P. E., ed. *A Companion to Ovid*. Oxford: Blackwell, 2009.

---, ed. *Ovid Heroides: Select Epistles*. Cambridge: Cambridge UP, 1995.

---. *Ovid's* Metamorphoses *and the Traditions of Augustan Poetry*. Cambridge: Cambridge UP, 1986.

Lafaye, Georges. *Les metamorphoses d'Ovide et leurs modeles grecs*. Hildesheim: Georg Olms, 1971.

Lenz, Friedrich Walter. *Ovid's* Metamorphoses*: Prolegomena to a Revision of Hugo Magnus' Edition*. Zurich: Weidmann, 1967.

Lombardo, S., trans. *Ovid: Metamorphoses*. Indianapolis: Hackett, 2010.

Lyne, Raphael. *Ovid's Changing Worlds: English Metamorphoses, 1567-1632*. Oxford: Oxford UP, 2001.

Martelli, F. K. A. *Ovid's Revisions: The Editor as Author*. Cambridge: Cambridge UP, 2013.

McGowan, M. M. *Ovid in Exile: Power and Poetic Redress in the* Tristia *and* Epistulae ex Ponto. Leiden: Brill, 2009.

Melville, A. D., trans. *Ovid: Metamorphoses*. Oxford: Oxford UP, 1986.

---, trans. *Ovid: Sorrows of an Exile*. Oxford: Oxford UP, 1992.

Michalopoulos, Andreas. *Ancient Etymologies in Ovid's* Metamorphoses*: A Commented Lexicon*. Leeds: Francis Cairns, 2001.

Miller, J. F. and C. E. Newlands, eds. *A Handbook to the Reception of Ovid*. Oxford: Blackwell, 2014.

Mordine, M. J. "'Sine me, liber, ibis': The Poet, the Book and the Reader in *Tristia* 1.1." *The Classical Quarterly* 60.2 (2010): 524-44.

Murgatroyd, Paul. *Mythical and Legendary Narrative in Ovid's* Fasti. Leiden: Brill, 2005.

Murgatroyd, Paul, Bridget Reeves and Sarah Parker. *Ovid's Heroides: A New Translation and Critical Essays*. London: Routledge, 2017.

Myerowitz, Molly. *Ovid's Games of Love*. Detroit: Wayne State UP, 1985.

Myers, K. S. *Ovid's Causes: Cosmogony and Aetiology in the* Metamorphoses. Ann Arbor: U of Michigan P, 1994.

Nagle, B. R. *The Poetics of Exile: Program and Polemic in the* Tristia *and* Epistulae ex Ponto *of Ovid*. Brussels: Latomus, 1980.

Newlands, C. E. *Playing with Time: Ovid and the* Fasti. Ithaca: Cornell UP, 1995.

Nikolopoulos, A. D. *Ovidius Polytropos: Metanarrative in Ovid's* Metamorphoses. Hildesheim: Georg Olms Verlag, 2004.

O'Hara, J. J. *Inconsistency in Roman Epic*. Cambridge: Cambridge UP, 2006.

Otis, Brooks. *Ovid as an Epic Poet*. Cambridge: Cambridge UP, 1970.

Papaioannou, S. *Epic Succession and Dissension: Ovid,* Metamorphoses *13.623-14.582, and the Reinvention of the* Aeneid. Berlin: Walter de Gruyter, 2012.

Parker, H. C. *Greek Gods in Italy in Ovid's* Fasti. Lewiston: E. Mellen Press, 1997.

Pasco-Pranger, Molly. *Founding the year: Ovid's* Fasti *and the Poetics of the Roman Calendar*. Leiden: Brill, 2006.

Pavlock, Barbara. *The Image of the Poet in Ovid's* Metamorphoses. Madison: The U of Wisconsin P, 2009.

Platnauer, Maurice. *Latin Elegiac Verse: A Study of the Metrical Usages of Tibullus, Propertius & Ovid*. Cambridge: Cambridge UP, 1951.

Porte, Danielle. *L'Etiologie religieuse dans les* Fastes *d'Ovide*. Paris: Les Belles Lettres, 1985.

Quint, David. *Epic and Empire: Politics and Generic Form from Virgil to Milton*. Princeton: Princeton UP, 1993.

Rand, E. K. *Ovid and His Influence*. New York: Cooper Square Publishers, 1963.

Reid, L. A. *Ovidian Bibliofictions and the Tudor Book: Metamorphosing Classical Heroines in Late Medieval and Renaissance England*. Surrey: Ashgate, 2014.

Riley, H. T., trans. *The Fasti, Tristia, Pontic Epistles, Ibis, and Halieuticon of Ovid*. London: George Bell & Sons, 1881.

---, trans. *The Heroides, or Epistles of the Heroines, the Amours, Art of Love, Remedy of Love, and Minor Work*. London: H. G. Bohn, 1852.

Rimell, Victoria. *Ovid's Lovers: Desire, Difference and the Poetic Imagination*. Cambridge: Cambridge UP, 2006.

Salzman-Mitchell, Patricia B. *A Web of Fantasies: Gaze, Image and Gender in Ovid's* Metamorphoses. Columbus, OH: The Ohio State UP, 2005.

Segal, Charles. *Landscape in Ovid's* Metamorphoses*: A Study in the Transformation of a Literary Symbol*. Wiesbaden: F. Steiner Verlag, 1969.

Sharrock, Alison. *Seduction and Repetition in Ovid's* Ars Amatoria *2*. Oxford: Clarendon, 1994.

Slater, D. A. *Towards a Text of the Metamorphosis of Ovid*. Oxford: Clarendon Press, 1927.

Slavitt, D. R., trans. *Ovid's Poetry of Exile*. Baltimore: JHU Press, 1990.

Solodow, J. B. *The World of Ovid's* Metamorphoses. Chapel Hill: U of North Carolina P, 1988.

Spentzou, Efrossini. *Readers and Writers in Ovid's* Heroides*: Transgressions of Genre and Gender*. Oxford: Oxford UP, 2003.

Syme, Ronald. *History in Ovid*. Oxford: Oxford UP, 1978.

Taylor, A. B., ed. *Shakespeare's Ovid: The* Metamorphoses *in the Plays and Poems*. Cambridge: Cambridge UP, 2000.

Tissol, Garth. *The Face of Nature: Wit, Narrative, and Cosmic Origins in Ovid's* Metamorphoses. Princeton: Princeton UP, 1997.

---, ed. *Ovid: Epistulae ex Ponto, Book I*. Cambridge: Cambridge UP, 2014.

Van Tress, Heather. *Poetic Memory: Allusion in The Poetry of Callimachus and the* Metamorphoses *of Ovid*. Leiden: Brill, 2004.

Viarre, Simone. *L'image et la pensée dans les 'Metamorphoses' d'Ovide*. Paris: P.U.F., 1964.

Videau-Delibes, Anne. *Les Tristes d'Ovide et l'élégie romaine: une poétique de la rupture*. Paris: Klincksieck, 1991.

Von Glinski, Marie Louise. *Simile and Identity in Ovid's* Metamorphoses. Cambridge: Cambridge UP, 2012.

Washietl, J. A. *De similitudinibus imaginibusque Ovidianis*. Vienna: Gerold, 1883.

Wheeler, A. L., trans. *Ovid: Tristia, Ex Ponto*. Cambridge, Mass.: Harvard UP, 1939.

Wheeler, Stephen. *A Discourse of Wonders: Audience and Performance in Ovid's* Metamorphoses. Philadelphia: U of Pennsylvania P, 1999.

---. *Narrative Dynamics in Ovid's* Metamorphoses. Tubingen: Gunter Narr Verlag, 2000.

Wilkinson, L. P. *Golden Latin Artistry*. Cambridge: Cambridge UP, 1963.

---. *Ovid Recalled*. Cambridge: Cambridge UP, 1955.

Williams, G. D. *Banished Voices: Readings in Ovid's Exile Poetry*. Cambridge: Cambridge UP, 1994.

Williams, G. W. *Change and Decline: Roman Literature in the Early Empire*. Berkeley: U of California P, 1978.

---. *Tradition and Originality in Roman Poetry*. Oxford: Clarendon, 1968.

《岁时记》研究论文

Allen, Katharine. "The *Fasti* of Ovid and the Augustan Propaganda." *The American Journal of Philology* 43.3 (1922): 250-66.

Alton, E. H. "Ovidiana: Notes on the *Fasti*. I." *The Classical Review* 32.1/2 (1918): 13-19.

---. "Ovidiana: Notes on the *Fasti*. II." *The Classical Review* 32. 3/4 (1918): 58-62.

---. "Ovidiana: Notes on the *Fasti*. III." *The Classical Review* 32.7/8 (1918): 153-8.

Alton, E. H., D. E. W. Wormell and E. Courtney. "Problems in Ovid's *Fasti*." *The Classical Quarterly* 23.1 (1973): 144-51.

Andrews, Lew. "Botticelli's 'Primavera', Angelo Poliziano, and Ovi's *Fasti*. " *Artibus et Historiae* 32.63 (2011): 73-84.

Barchiesi, Alessandro. "Discordant Muses." *The Cambridge Classical Journal* 37 (1992):1-21.

Boyd, B. W. "Arms and the man: Wordplay and the Catasterism of Chiron in Ovid *Fasti* 5." *The American Journal of Philology* 122.1 (2001): 67-80.

---. "Celeus Rusticus: A Note on Ovidian Wordplay in *Fasti* 4." *Classical Philology* 95.2 (2000): 190-3.

---. " 'Celabitur Auctor': The Crisis of Authority and Narrative Patterning in Ovid *Fasti* 5." *Phoenix* 54.1/2 (2000): 64-98.

Brookes, Ian. "The Death of Chiron: Ovid, *Fasti* 5.379-414." *The Classical Quarterly* 44.2 (1994): 444-450.

Buttenwieser, Hilda. "Manuscripts of Ovid's *Fasti*: the Ovidian Tradition in the Middle Ages." *Transactions and Proceedings of the American Philological Association* 71 (1940): 45-51.

De Armas, Frederick A."The 2007 Josephine Waters Bennett Lecture: Sancho as a Thief of Time and Art: Ovid's *Fasti* and Cervantes' *Don Quixote* 2." *Renaissance Quarterly* 61. 1 (2008): 1-25.

Downes, W. E. D. "Ovid *Fasti* IV. 209." *Classical Philology* 3.3 (1908): 342-3.

Fantham, Elaine."Ovid, Germanicus and the Composition of the *Fasti*."*Liverpool Latin Seminar* 5 (1985): 243-82.

---. "Sexual Comedy in Ovid's *Fasti*: Sources and Motivation." *Harvard Studies in Classical Philology* 87 (1983): 185-216.

Fox, Matthew. "Stars in the *Fasti*: Ideler (1825) and Ovid's Astronomy Revisited." *The American Journal of Philology* 125.1 (2004): 91-133.

Feeney, D. C. "Si licet et fas est: Ovid's *Fasti* and the Problem of Free Speech under the Principate." *Roman Poetry and Propaganda in the Age of Augustus*. Ed. Anton Powell. Bristol: Bloomsbury Academic, 1998. 1-25.

Frazel, Thomas D. "Ovid *Fasti* 1.325-26, and 'Lamb Festivals.'"*Classical Philology* 97.1 (2002): 88-92.

Gaertner, J. F. "[Tib.] III 8 und Ovids *Fasti*." *Mnemosyne, Fourth Series* 53.1 (2000): 88-89.

Green, E. O. "The Speeches in Ovid's *Fasti*."*The Classical Weekly* 35.20 (1942): 231-2.

Green, S. J. "Multiple Interpretation of the Opening and Closing of the Temple of Janus: A Misunderstanding of Ovid *Fasti* 1.281," *Mnemosyne, Fourth Series* 53.3 (2000): 302-9.

---. "Playing with Marble: The Monuments of the Caesars in Ovid's *Fasti*." *The Classical Quarterly* 54.1 (2004): 224-39.

---. "Save Our Cows? Augustan Discourse and Animal Sacrifice in Ovid's *Fasti*." *Greece & Rome, Second Series* 55.1 (2008): 39-54.

Hannah, Robert. "Is it a Bird? Is it a Star? Ovid's Kite — and the First Swallow of Spring." *Latomus* 56.2 (1997): 327-42.

Hardie, P. R. "The Janus Episode in Ovid's *Fasti*." *Materiali e discussioni per l'analisi dei testi classici* 26 (1991): 47-64.

Harries, Byron. "Causation and the Authority of the Poet in Ovid's *Fasti*." *The Classical Quarterly* 39.1 (1989): 164-85.

---. "Ovid and the Fabii: *Fasti* 2.193-474." *The Classical Quarterly* 41.1 (1991): 150-68.

Harrison, S. J. "A Roman Hecale: Ovid *Fasti* 3.661-74." *The Classical Quarterly* 43.2 (1993): 455-7.

Hejduk, Julia D. "Epic Rapes in the *Fasti*." *Classical Philology* 106.1 (2011): 20-31.

Hinds, Stephen. "Arma in the *Fasti*." *Arethusa* 25 (1992): 81-153.

Holzworth, Jean. "Hugutio's Derivationes and Arnulfus' Commentary on Ovid's *Fasti*." *Transactions and Proceedings of the American Philological Association* 73 (1942): 259-76.

Johnson, W. R. "The Desolation of the *Fasti*." *The Classical Journal* 74.1 (1978): 7-18.

Keegan, P. M. "Seen, not Heard: Feminea Lingua in Ovid's *Fasti* and the Critical Gaze." *Ovid's* Fasti*: Historical Readings at Its Bimillennium*. Ed. Geraldine Herbert-Brown. Oxford: Oxford UP, 2002. 129-54.

Kovacs, David. "Ovid, *Fasti* 4.831." *The American Journal of Philology* 107.3 (1986): 422-4.

Laing, Gordon J. "The Three Principal Manuscripts of the *Fasti* of Ovid: Reginensis 1709 (or Petavianus),Vaticanus 3262 (or Ursinianus), and Monacensis 8122 (or Mallerstorfiensis N. 2)." *American Journal of Archaeology* 3.2/3 (1899): 212-28.

Littlewood, R. J. "Poetic Artistry and Dynastic Politics: Ovid at the Ludi Megalenses (*Fasti* 4. 179-372)." *The Classical Quarterly* 31.2 (1981): 381-95.

Mazurek, E. F. "Debating Genre in Ovid's Proem to *Fasti* 6." *Phoenix* 64.1/2 (2010): 128-47.

McDonough, C. M. "The Hag and the Household Gods: Silence, Speech, and the Family in Mid-February (Ovid *Fasti* 2.533–638)." *Classical Philology* 99.4 (2004): 354-69.

McKeown, J. C. "Augustan Elegy and Mime." *The Cambridge Classical Journal* 25 (1979): 71-84.

Merli, Elena. "Esculapio e Chirone in *Fasti* e *Metamorfosi*: tradizione mitologica e

definizione del genereletterario." *Hermes* 132.4 (2004): 459-71.
---. "Fra Erudizione e Tradizione Letteraria: Nota a Ovidio, *Fasti* 5, 646." *Hermes* 129.4 (2001): 514-24.
Miller, John F. "Ovid's Divine Interlocutors in the *Fasti*." *Studies in Latin Literature and Roman History III*. Ed. Carl Deroux. Brussels: Latmos, 1983. 156-92.
---. "Ritual Directions in Ovid's *Fasti*: Dramatic Hymns and Didactic Poetry." *The Classical Journal* 75.3 (1980): 204-14.
---. "The *Fasti* and Hellenistic Didactic: Ovid's Variant Aetiologies." *Arethusa* 25 (1992) : 11-31.
Murgatroyd, Paul. "Ovid, *Fasti* 2.585-616 and Virgil, 'Aeneid' 12." *The Classical Quarterly, New Series* 53.1 (2003): 311-3.
Murgia, Charles E. "Ovid *Fasti* 3. 557-58." *Classical Philology* 82.2 (1987): 151-3.
O'Hara, James J. "Naming the Stars at *Georgics* 1.137-38 and *Fasti* 5.163-82." *The American Journal of Philology* 113.1 (1992): 47-61.
Parker, Hugh C. "Romani numen soli: Faunus in Ovid's *Fasti*." *Transactions of the American Philological Association (1974-)* 123 (1993): 199-217.
Pasco-Pranger, Molly. "'Vates operosus': Vatic Poetics and Antiquarianism in Ovid's *Fasti*." *The Classical World* 93.3 (2000): 275-91.
Postgate, J. P. "On Ovid *Fasti* VI. 263 sqq." *The Classical Quarterly* 4.3 (1910): 196-200.
---. "On Ovid *Fasti* VI. 271 sq." *The Classical Quarterly* 12.3/4 (1918): 139.
Richard, Jean-Claude. "Historiographie et histoire: l'expédition des 'Fabii' à la Crémère." *Latomus* 47.3 (1988): 526-53.
Rose, H. J. "Some Difficulties in Ovid, *Fasti* III." *The Classical Review* 36. 5/6 (1922): 116.
Simpson, C. J. "Livia and the Constitution of the Aedes Concordiae. The Evidence of Ovid *Fasti* I. 637ff." *Historia: Zeitschrift für Alte Geschichte* 40.4 (1991): 449-55.
---. "The Original Site of the 'Fasti Capitolini.'" *Historia: Zeitschrift für Alte Geschichte* 42.1 (1993): 61-81.
Taylor, L. R. and L. A. Holland. "Janus and the *Fasti*." *Classical Philology* 47.3 (1952): 137-42.
Trappes-Lomax, John. "Ovid *Tristia* 2. 549: How Many Books of Fasti Did Ovid Write?" *The Classical Quarterly, New Series* 56.2 (2006): 631-3.
Volk, Katharina. "Cum carmine crescit et annus: Ovid's *Fasti* and the Poetics of Simultaneity." *Transactions of the American Philological Association* 127 (1997): 287-313.
Williams, G. D. "Vocal Variations and Narrative Complexity in Ovid's Vestalia: *Fasti* 6.249-468." *Ramus* 20 (1991): 183-204.
Wiseman, T. P. "Ovid and the Stage." *Ovid's* Fasti*: Historical Readings at Its Bimillennium*. Ed. Geraldine Herbert-Brown. Oxford: Oxford UP, 2002. 275-99.

放逐诗歌研究论文

Akrigg, Mark. "An Intrusive Gloss in Ovid *Ex Ponto* 4.13." *Phoenix* 40.3 (1986) : 322.

---. "A Palaeographical Corruption in Ovid, *Ex Ponto* 4.6." *The Classical Quarterly, New Series* 40.1 (1990): 283-4.

Alexander, W. H. "The Culpa of Ovid." *The Classical Journal* 53.7 (1958): 319-25.

Avery, M. W. "Ovid's 'Apologia.'" *The Classical Journal* 32.2 (1936): 92-102.

Bailey, D. R. S. "Notes on Ovid's Poems from Exile." *The Classical Quarterly, New Series* 32.2 (1982): 390-8.

Bate, M. S. "Tempestuous Poetry: Storms in Ovid's *Metamorphoses, Heroides* and *Tristia.*" *Mnemosyne* 57.3 (2004): 295-310.

Batty, R. M. "On Getic and Sarmatian Shores: Ovid's Account of the Danube Lands." *Historia: Zeitschrift für Alte Geschichte* 43.1 (1994): 88-111.

Beck, Roger. "Ovid, Augustus, and a Nut Tree." *Phoenix* 19.2 (1965): 146-52.

Bretzigheimer, Gerlinde. "Exul ludens: zur Rolle von relegans und relegatus in Ovids Tristien." *Gymnasium* 98 (1991): 39-76.

Butrica, J. L. "Taking Enemies for Chains: Ovid *Ex Ponto* 4.13.45 Again." *Phoenix* 43.3 (1989): 258-9.

Claassen, J. M. "Exile, Death and Immortality: Voices from the Grave." *Latomus* 55 (1996): 571-90.

---. "Meter and Emotion in Ovid's Exilic Poetry." *The Classical World* 82.5 (1989): 351-65.

---. "Ovid's Poetic Pontus." *Papers of the Leeds International Latin Seminar* 6 (1990): 65-94.

Colakis, Marianthe. "Ovid as Praeceptor Amoris in *Epistulae ex Ponto* 3.1." *The Classical Journal* 82.3 (1987): 210-5.

Cunningham, M. P. "Ovid's Poetics." *The Classical Journal* 53.6 (1958): 253-9.

Curtis, Lauren. "Explaining Exile: The Aetiological Poetics of Ovid, *Tristia* 3." *TAPA* 145.2 (2015): 411-44.

Davis, P. J. "The Colonial Subject in Ovid's Exile Poetry." *The American Journal of Philology* 123.2 (2002): 257-73.

Davisson, M. H. T. "Magna tibi imposita est nostris persona libellis: Playwright and Actor in Ovid's Epistulae ex Ponto 3.1." *Classical Journal* 79 (1984): 324-39.

---. "Omnia Naturae Praepostera Legibus Ibunt: Adunata in Ovid's Exile Poems." *The Classical Journal* 76.2 (1980- 1981): 124-8.

---. "Parents and Children in Ovid's Poems from Exile." *The Classical World* 78.2 (1984): 111-4.

---. "Quid moror exemplis?: Mythological Exempla in Ovid's Pre-exilic Poems and the Elegies from Exile." *Phoenix* 47 (1993): 213-37.

---. "'Tristia' 5.13 and Ovid's Use of Epistolary Form and Content." *The Classical Journal* 80.3 (1985): 238-46.

Diggle, James. "Notes on Ovid's *Tristia*, Books I-II." *The Classical Quarterly, New Series* 30.2 (1980): 401-19.

Dix, T. K. "Ovid Strikes Out: *Tristia* 3.1 and the First Public Libraries at Rome." *AugAge* 8 (1988): 27-35.

Evans, H. B. "Ovid's Apology for *Ex Ponto* 1-3." *Hermes* 104.1 (1976): 103-12.

---. "Winter and Warfare in Ovid's Tomis: (*Tristia* 3.10.)" *The Classical Journal* 70.3 (1975): 1-9.

Fairweather, Janet. "Ovid's Autobiographical Poem, *Tristia* 4.10." *Classical Quarterly* 37 (1987): 181-96.

Fishwick, Duncan. "Ovid and Divus Augustus." *Classical Philology* 86 (1991): 36-41.

Fowler, W. W. "Note on Ovid, *Tristia* III. 6. 8 (Augustus et Iuppiter)." *The Classical Review* 29.2 (1915): 46-7.

Gahan, J. J. "Ovid: The Poet in Winter." *The Classical Journal* 73.3 (1978): 198-202.

---. "Seneca, Ovid, and Exile." *The Classical World* 78.3 (1985): 145-7.

Gehman, H. S. "Ovid's Experience with Languages at Tomi." *The Classical Journal* 11.1 (1915): 50-5.

Gibson, Bruce. "Ovid on Reading: Reading Ovid. Reception in Ovid *Tristia* II." *The Journal of Roman Studies* 89 (1999): 19-37.

Hall, J. B. "More Notes on Ovid's *Tristia*." *Euphrosyne* 18 (1990): 85-98.

Hallett, J. P. "Centering from the Periphery in the Augustan Roman World: Ovid's Autobiography in *Tristia* 4.10 and Cornelius Nepo's Biography of Atticus." *Arethusa* 36.3 (2003): 345-59.

Hauben, Friedrich. "Adnuo and Abnuo in Ovid *Tristia* 5.10.41-42." *The American Journal of Philology* 96.1 (1975): 61-3.

Hinds, S. E. "Booking the Return Trip: Ovid and *Tristia* 1." *Proceedings of the Cambridge Philological Society* 31 (1985): 13-32.

Hokanson, Katya. "'Barbarus hic ego sum': Pushkin and Ovid on the Pontic Shore." *Pushkin Review* 8-9 (2005-06): 61-75.

Holzberg, Niklas. "Playing with His Life: Ovid's 'Autobiographical' References." *Lampas* 30 (1997): 4-19.

Houston, David. "Another Look at the Poetics of Exile: Pushkin's Reception of Ovid, 1821-24." *Pushkin Review* 10 (2007): 61-75.

Housman, A. E. "The *Ibis* of Ovid." *Journal of Philology* 34(1920): 222-38.

Huskey, Samuel J. "Ovid's (Mis)Guided Tour of Rome: Some Purposeful Omissions in *Tr.* 3.1." *The Classical Journal* 102.1 (2006): 17-39.

Ingleheart, Jennifer. "Ovid, *Tristia* 1.2: High Drama on the High Seas." *Greece & Rome, Second Series* 53.1 (2006): 73-91.

Jacobson, Howard. "Ovid *Tr.* 2.534." *Mnemosyne, Fourth Series* 43.3/4 (1990): 452-3.

Johnson, P. J. "Ovid's Livia in Exile." *Classical World* 90 (1997): 403-20.

Kenney, E. J. "The Poetry of Ovid's Exile." *Proceedings of the Cambridge Philological

Society 11 (1965): 37-49.

Little, D. A. "Ovid's Last Poems: Cry of Pain from Exile or Literary Frolic in Rome?" *Prudentia* 22 (1990): 23-39.

Luck, G. "Notes on the Language and Text of Ovid's *Tristia*." *Harvard Studies in Classical Philology* 65 (1958): 243-61.

Maguinness, W. S. "Bimillennial Reflections on Ovid." *Greece & Rome, Second Series* 5.1 (1958): 2-12.

---. "Ovid, *Tristia*, iv. 4. 7-10." *The Classical Review, New Series* 12.2 (1962): 113-4.

Martin, R. "Virgile et la 'Scythie' (*Géorgiques*, III, 349–383)." *REL* 44 (1966): 286-304.

McGowan, Matthew. "Ovid and Poliziano in Exile." *International Journal of the Classical Tradition* 12.1 (2005): 25–45.

Millar, Fergus. "Ovid and the Domus Augusta: Rome Seen from Tomoi." *Journal of Roman Studies* 83 (1993): 1-17.

Miller, J. F. Rev. of *Publica Carmina: Ovid's Books from Exile* by Harry B. Evans. *Classical Philology* 82.4 (1987): 367-71.

Montiglio, Silvia. "'Perfer et Obdura: Multo Graviora Tulisti' (*Tr.* 5.11.7): Ovid's Rejection of Ulysses' Endurance." *The Classical Quarterly, New Series* 58.1 (2008): 196-205.

Newlands, C. E. "The Role of the Book in Tristia 3.1." *Ramus* 26 (1997): 57-79.

Nisbet, R. G. M. "'Great and Lesser Bear' (Ovid, *Tristia* 4. 3)." *The Journal of Roman Studies* 72 (1982): 49-56.

Oliensis, Ellen. "Return to Sender: The Rhetoric of Nomina in Ovid's *Tristia*." *Ramus* 26 (1997): 172-93.

Owen, S. G. "On Some Passages of Ovid's *Tristia*." *The Classical Quarterly* 8.1 (1914): 21-32.

---. "Ovid, *Tristia*. I. 5, 25." *The Classical Review* 2.6 (1888): 180-1.

Paradiso, Anna. "Textual Notes on Ovid 'Pont.' 4.4.27-32." *Mnemosyne, Fourth Series* 60.2 (2007): 294-6.

Pavlock, Barbara. Rev. of *Ovid Revisited: The Poet in Exile* by Jo-Marie Claassen. *International Journal of the Classical Tradition* 17.3 (2010): 467-72.

Postgate, J. P. "Notes on Ovid's *Tristia* and *Ex Ponto*." *The Classical Quarterly* 10.4 (1916): 190-1.

Ritchie, A. L. "Notes on Ovid's *Tristia*." *The Classical Quarterly, New Series* 45.2 (1995): 512-6.

Rosenmeyer, P. A. "Ovid's *Heroides* and *Tristia*: Voices from Exile." *Ramus* 26 (1997): 29-56.

Salmon, E. T. "Ovid, *Tristia* i, II. 15." *The Classical Review* 49.4 (1935): 128.

Scott, Kenneth. "Another of Ovid's Errors." *The Classical Journal* 26.4 (1931): 293-6.

Starbryla, Stanislaw. "In Defence of the Autonomy of the Poetic World (Some Remarks on Ovid's *Tristia* II)." *Hermes* 122.4 (1994): 469-78.

Stevens, Benjamin. "Per gestum res est significanda mihi: Ovid and Language in Exile." *Classical Philology* 104.2 (2009): 162-83.

Traill, D. A. "Ovid, *Tristia* 2. 8, 296, and 507: Happier Solutions." *Hermes* 120.4 (1992): 504-7.

Trappes-Lomax, John. "Ovid *Tristia* 2. 549: How Many Books of *Fasti* Did Ovid Write?" *The Classical Quarterly* 56.2 (2006): 631-3.

Vázquez, J. G. "En torno a la retractatio de un pasaje virgiliano en *Tristia* 1.2." *Latomus* 52 (1993): 75-83.

Wiedemann, Thomas. "The Political Background to Ovid's *Tristia* 2." *The Classical Quarterly, New Series* 25.2 (1975): 264-71.

Williams, G. D. "Conversing after Sunset: A Callimachean Echo in Ovid's Exile Poetry." *The Classical Quarterly, New Series* 41.1 (1991): 169-77.

---. "Writing in the Mother-Tongue: Hermione and Helen in *Heroides* 8 (A Tomitan Approach)." *Ramus* 26 (1997): 113-37.

《变形记》研究论文

Allman, Lizzy. Rev. of *Madness Transformed: A Reading of Ovid's Metamorphoses* by L. Fratantuono. *The Classical Review, New Series* 63.1 (2013): 117-8.

Alton, E. H. Rev. of *Ovid: Metamorphoses* by Frank Justus Miller. *The Classical Review* 30.8 (1916): 237-238+245.

---. Rev. of *Towards a Text of the Metamorphosis of Ovid* by D. A. Slater. *The Classical Review* 43.2 (1929): 85-88.

Anderson, William S. "Aspects of Love in Ovid's *Metamorphoses*." *The Classical Journa*l 90.3 (1995): 265-9.

---. Rev. of *Landscape in Ovid's* Metamorphoses*: A Study in the Transformations of a Literary Symbol* by Charles Paul Segal. *The American Journal of Philology* 92.4 (1971): 685-92.

---. Rev. of *Metaformations: Soundplay and Wordplay in Ovid and Other Classical Poets* by Frederick Ahl, and *Ovid's Metamorphoses and the Traditions of Augustan Poetry* by Peter E. Knox. *The American Journal of Philology* 109.3 (1988): 457-61.

---. Rev. of *Ovid, Metamorphoses* by A. D. Melville and E. J. Kenney. *The Classical Journal* 82.2 (1986-1987): 157-9.

---. Rev. of *Ovid, Metamorphoses XIII* by Ovid and Neil Hopkinson. *The Classical Review, New Series* 51.2 (2001): 255-6.

Apostol, Ricardo. "In Wolf's Clothing: A Psychoanalytic Reading of the Lycaon Episode in Ovid, *Metamorphoses* 1." *Helios* 41.2 (2014): 109-37.

Austin, R. G. "Ovid, *Metamorphoses* VII. 268." *The Classical Quarterly* 19.2 (1925): 93.

Bailey, D. R. Shackleton. "Notes on Ovid's *Metamorphoses*." *Phoenix* 35.4 (1981): 332-7.

Balsley, K. "Truthseeking and Truthmaking in Ovid's *Metamorphoses* 1.163-245." *Law and Literature* 23.1 (2011): 48-70.

Barchiesi, Alessandro. Rev. of *Simile and Identity in Ovid's Metamorphoses* by Marie Louise von Glinski. *The Classical World* 107.1 (2013): 131-2.

Barolsky, Paul. "Ovid and the Metamorphoses of Modern Art from Botticelli to Picasso." *Renaissance Quarterly* 69.1 (2016): 231-2.

Barry,Jackson. "Shakespeare's *Othello* and Ovid's *Metamorphoses*." *The Explicator* 63.1 (2004): 9-12.

Bass, R. C. "Some Aspects of the Structure of the Phaethon Episode in Ovid's *Metamorphoses*." *The Classical Quarterly* 27.2 (1977): 402-8.

Bate, M. S. "Tempestuous Poetry: Storms in Ovid's *Metamorphoses*, *Heroides* and *Tristia*." *Mnemosyne* 57.3 (2004): 295-310.

Bauer, Douglas F. "The Function of Pygmalion in the *Metamorphoses* of Ovid." *Transactions and Proceedings of the American Philological Association* 93 (1962): 1-21.

Blair, Ann M. "Lectures on Ovid's *Metamorphoses*: The Class Notes of a 16th-Century Paris Schoolboy." *The Princeton University Library Chronicle* 50.2 (1989): 117-44.

Bolton, M. Catherine. Rev. of *Ovid: Metamorphoses* by S. Lombardo and W. R. Johnson. *The Classical Review, New Series* 62.1 (2012): 314-5.

Born, Lester Kruger. "The Manuscripts of the Integumenta on the *Metamorphoses* of Ovid by John of Garland." *Transactions and Proceedings of the American Philological Association* 60 (1929): 179-99.

Boyd, Barbara Weiden. "Two Rivers and the Reader in Ovid, *Metamorphoses* 8." *Transactions of the American Philological Association (1974-2014)* 136.1(2006): 171-206.

Bruère, Richard Treat. "The Manuscript Tradition of Ovid's *Metamorphoses*." *Harvard Studies in Classical Philology* 50 (1939): 95-122.

---. Rev. of *The Metamorphoses of Ovid* by A. E. Watts. *Classical Philology* 50.1 (1955): 61-63.

Brunner, Theodore F. "The Function of the Simile in Ovid's *Metamorphoses*." *The Classical Journal* 61.8 (1966): 354-63.

Butrica, J. L. Rev. of *Ovid: Metamorphoses 13* by Neil Hopkinson. *Phoenix* 57.3/4 (2003): 345-7.

Cardigni, Julieta. "Un caso de posible variante de autor en Ovidio: *Metamorfosis* 1.544-547." *Circe* 9 (2004): 87-99.

Cargo, Robert T. "Marie de France's *Le Laustic* and Ovid's *Metamorphoses*." *Comparative Literature* 18.2 (1966): 162-6.

Celentano, María Silvana. "La Obsesión de Amor entre Narcisismo y Locura Homicida: El Caso de Polifemo en Ovidio, *Metamorfosis* 13, 738-897." *Rétor* 7.2 (2017): 135-51.

Clauss, James J. "The Episode of the Lycian Farmers in Ovid's *Metamorphoses*."

Harvard Studies in Classical Philology 92 (1989): 297-314.

Cole, Thomas. "Ovid, Varro, and Castor of Rhodes: The Chronological Architecture of the *Metamorphoses*." *Harvard Studies in Classical Philology* 102 (2004): 355-422.

Coleman, K. M. "Tiresias the Judge: Ovid, *Metamorphoses* 3.322-38." *The Classical Quarterly* 40.2 (1990): 571-7.

Coleman, Robert. Rev. of *Ovid as an Epic Poet* by Brooks Otis. *The Classical Review* 23.2 (1973): 177-9.

Coulson, Victoria. "The Baby and the Mirror: The Sexual Politics of the Narcissus Myth in Poststructuralist Theory, Winnicottian Psychoanalysis, and Ovid's *Metamorphoses* III." *Textual Practice* 27.5 (2013): 805-23.

Cumming, William P. "The Influence of Ovid's *Metamorphoses* on Spenser's 'Mutabilitie' Cantos." *Studies in Philology* 28.2 (1931): 241-56.

Cunningham, Maurice P. Rev. of *Ovid's Metamorphoses* by G. Karl Galinsky. *The American Journal of Philology* 97. 2 (1976): 181-3.

Creese, David. "Erogenous Organs: The Metamorphosis of Polyphemus' 'Syrinx' in Ovid, *Metamorphoses* 13.784." *The Classical Quarterly, New Series* 59.2 (2009): 562-77.

Davis, Gregson. "Ovid's *Metamorphoses* 3.442 ff. and the Prologue to Menander's *Misoumenos*." *Phoenix* 32.4 (1978): 339-42.

DeBrohun, Jeri Blair. "Centaurs in Love and War: Cyllarus and Hylonome in Ovid *Metamorphoses* 12.393-428." *The American Journal of Philology* 125.3 (2004): 417-52.

De Verger, Antonio Ramírez. "Sleep Steals upon Sleepless Eyes (On Ovid *Metamorphoses* 7.155)." *Classical Philology* 103.3 (2008): 311-4.

Dickinson, Hugh. Rev. of *Ovid's Metamorphoses* by Arnold Weinstein. *Educational Theatre Journal* 21.4 (1969): 455-6.

Dickinson, R. J. Rev. of *Metamorphoses* by Ovid and William S. Anderson. *The Journal of Roman Studies* 65 (1975): 232-4.

Dronke, Peter. "Metamorphoses: Allegory in Early Medieval Commentaries on Ovid and Apuleius." *Journal of the Warburg and Courtauld Institutes* 72 (2009): 21-39.

Ellis, Robinson. Rev. of *P. Ovidii Nasonis Carmina. Vol. II. Metamorphoses* by Alexander Riese. *The Classical Review* 3.10 (1889): 451-2.

Fantham, Elaine. "Sunt quibus in plures ius est transire figuras: Ovid's Self-Transformers in the *Metamorphoses*." *The Classical World* 87.2 (1993): 21-36.

Farrell, Joseph. "Dialogue of Genres in Ovid's 'Lovesong of Polyphemus' (*Metamorphoses* 13.719-897)." *The American Journal of Philology* 113.2 (1992): 235-68.

---. Rev. of *Poetic Memory: Allusion in the Poetry of Callimachus and the Metamorphoses of Ovid* by H. Van Tress. *The Classical Review, New Series* 57.2 (2007): 343-4.

Finkelpearl, Philip J. "From Petrarch to Ovid: Metamorphoses in John Marston's Metamorphosis of Pigmalion's Image." *ELH* 32.3 (1965): 333-48.

Fordyce, C. J. Rev. of *The Use of Direct Speech in Ovid's Metamorphoses* by Mary Myrtle Avery. *The Classical Review* 51.6 (1937): 241.

Francese, Christopher. "Daphne, Honor, and Aetiological Action in Ovid's *Metamorphoses*." *The Classical World* 97.2 (2004): 153-7.

Friedmann, Anthony E. "The Diana-Acteon Episode in Ovid's *Metamorphoses* and the *Faerie Queene*." *Comparative Literature* 18.4 (1966): 289-99.

Fulkerson, Laurel. "Apollo, Paenitentia, and Ovid's *Metamorphoses* 1." *Mnemosyne* 59.3 (2006): 388-402.

Galinsky, G. Karl. "The Cipus Episode in Ovid's *Metamorphoses* (15.565-621)." *Transactions and Proceedings of the American Philological Association* 98 (1967): 181-91.

Gentilcore, Roxanne. "The Landscape of Desire: The Tale of Pomona and Vertumnus in Ovid's *Metamorphoses*." *Phoenix* 49.2 (1995): 110-20.

Gilchrist, Katie E. "Ovid, *Metamorphoses* 8.476." *The Classical Quarterly* 39.2 (1989): 562.

Gildenhard, Ingo and Andrew Zissos. "Ovid's *Hecale*: Deconstructing Athens in the *Metamorphoses*." *The Journal of Roman Studies* 94 (2004): 47-72.

Ginsberg, Warren. "Ovid's *Metamorphoses* and the Politics of Interpretation." *The Classical Journal* 84.3 (1989): 222-31.

Gloyn, Elizabeth. "Reading Rape in Ovid's *Metamorphoses*: A Test-Case Lesson." *The Classical World* 106.4 (2013): 676-81.

Goodyear, F. R. D. Rev. of *Metamorphoses Book VIII* by Ovid and A. S. Hollis. *The Journal of Roman Studies* 61 (1971): 306-7.

Griffin, Alan H. F. "The Ceyx Legend in Ovid, *Metamorphoses*, Book XI." *The Classical Quarterly* 31.1 (1981): 147-54.

---. "A Note on Ovid, *Metamorphoses* 11.48." *The Classical Quarterly* 45.2 (1995): 578-9.

---. "Ovid's *Metamorphoses*." *Greece & Rom*e 24.1 (1977): 57-70.

---. "Philemon and Baucis in Ovid's *Metamorphoses*." *Greece & Rome* 38.1 (1991): 62-74.

---. Rev. of *Ovid's Metamorphoses: An Introduction to the Basic Aspects* by G. Karl Galinsky. *The Classical Review, New Series* 27.1 (1977): 24-25.

---. "Unrequited Love: Polyphemus and Galatea in Ovid's *Metamorphoses*." *Greece & Rome* 30.2 (1983): 190-7.

Happé, Peter. Rev. of *Shakespeare's Ovid: The Metamorphoses in the Plays and Poems* by A. B. Taylor. *The Review of English Studies, New Series* 52 (2001): 571-3.

Hardie, Philip. "Ovid's Theban History: The First 'Anti-Aeneid'?" *The Classical Quarterly* 40.1 (1990): 224-35.

---. "The Speech of Pythagoras in Ovid *Metamorphoses* 15: Empedoclean Epos." *The Classical Quarterly* 45.1 (1995): 204-14.

Harrison, S. J. "Bimillenary Ovid: Some Recent Versions of the *Metamorphoses*." *Translation and Literature* 13 (2004): 251-67.

---. "A Conjecture on Ovid, *Metamorphoses* 4.243." *The Classical Quarterly* 47.2 (1997): 608-9.

---. Rev. of *Ovid's Causes: Cosmogony and Aetiology in the Metamorphoses* by K. S. Myers. *The Classical Review, New Series* 46.1 (1996): 24-25.

Heath, John. “Diana’s Understanding of Ovid’s *Metamorphoses*.” *The Classical Journal* 86.3 (1991): 233-43.

---. “Poetic Simultaneity and Genre in Ovid’s *Metamorphoses*.” *The Classical Journal* 107.2 (2011/2012): 189-211.

---. “The Stupor of Orpheus: Ovid’s *Metamorphoses* 10.64-71.” *The Classical Journal* 91.4 (1996): 353-70.

Henderson, A. A. R. Rev. of *Ovid’s Metamorphoses and the Traditions of Augustan Poetry* by Peter E. Knox. *The Classical Review, New Series* 38.1 (1988): 27-28.

Hendry, Michael. “Improving the alliteration Ovid, *Metamorphoses* 6.376.” *Mnemosyne* 49 (1996): 443-5.

---. “Two Conjectures in Ovid’s *Metamorphoses*.” *The Classical Quarterly* 42.2 (1992): 552-5.

Hexter, Ralph J. Rev. of *Incipitarium Ovidianum: A Finding Guide for Texts in Latin Related to the Study of Ovid in the Middle Ages and Renaissance* by Frank T. Coulson and BrunoRoy, and *Reading the Ovidian Heroine: Metamorphoses Commentaries, 1100-1618* by Kathryn L. McKinley. *Speculum* 78.3 (2003): 862-4.

Heyworth, S. J. “Medical Imagery in Ovid *Metamorphoses* 1.190-1 and Livia’s Advice to Augustus.” *The Classical Quarterly* 64.1 (2014): 293-7.

Hill, D. E. “Ovid, *Metamorphoses* 1, 438-60.” *Mnemosyne, Fourth Series* 36.1/2 (1983): 159-61.

---. Rev. of *A Discourse of Wonders: Audience and Performance in Ovid’s Metamorphoses* by Stephen M. Wheeler. *Phoenix* 56.1/2 (2002): 170-2.

---. Rev. of *Ovid: Metamorphoses. A New Verse Translation* by D. Raeburn and Ovid. *The Classical Review* 55.1 (2005): 357-8.

Himuro, Misako. “Donne and Ovid: Two Valedictory Poems in Relation to *Metamorphoses* 11.410-748.” *The Review of English Studies, New Series* 59 (2008): 677-700.

Hirst, G. M. “On Ovid, *Metamorphoses* XI. 119-124.” *The Classical Review* 20.2 (1906): 113-4.

Hofmann, Heinz. Rev. of *Ovid, Metamorphoses XIII-XV and Indexes to Metamorphoses I-XV* by D. E. Hill. *Mnemosyne, Fourth Series* 56.2 (2003): 238-40.

Høgel, Christian. “Transmogrification or Forvandling? The Translations of Ovid’s Metamorphoses by Ted Hughes and Otto Steen Due.” *Orbis Litterarum* 61.3 (2006): 214-26.

Holzberg, Niklas. Rev. of *Ars latet arte sua: Untersuchungen zur Poetologie in den Metamorphosen Ovids* by L. Spahlinger, and *The Face of Nature: Wit, Narrative, and CosmicOrigins in Ovid’s Metamorphoses* by G. Tissol. *The Classical Review, New Series* 48.2 (1998): 313-5.

---. Rev. of *Ovidian Transformations: Essays on Ovid’s Metamorphoses and Its Reception* by P. Hardie, A. Barchiesi and S. Hinds. *The Classical Review, New Series* 51.2 (2001): 256-8.

Hopkinson, N. Rev. of *Ovid Metamorphoses xii-xv* by Ovid and D. E. Hill. *The Classical Review, New Series* 51.2 (2001): 402-3.

Hunink, Vincent. Rev. of *Ovid, Metamorphoses, Book XIII* by Neil Hopkinson. *Mnemosyne, Fourth Series* 56.4 (2003): 494-5.

Jacobsen, Garrett A. "Apollo and Tereus: Parallel Motifs in Ovid's *Metamorphoses*." *The Classical Journal* 80.1 (1984): 45-52.

Jacobson, Howard. "Notes on Ovid's *Metamorphoses*." *Mnemosyne* 60.4 (2007): 648-50.

Jenkyns, R. H. A. Rev. of *Ovid, Metamorphoses* by Ovid and A. D. Melville. *The Classical Review, New Series* 37.1 (1987): 102.

Johnson, Patricia J. "Construction of Venus in Ovid's *Metamorphoses* V." *Arethusa* 29 (1996): 125-49.

Jones, C. P. "A Geographical Setting for the Baucis and Philemon Legend (Ovid *Metamorphoses* 8.611-724)." *Harvard Studies in Classical Philology* 96 (1994): 203-23.

Kennedy, Duncan F. Rev. of *Ovid's Metamorphoses and the Traditions of Augustan Poetry* by P. E. Knox, and *The Metamorphosis of Persephone: Ovid and the Self-Conscious Muse* by S. Hinds. *The Journal of Roman Studies* 79 (1989): 209-10.

Kenney, E. J. "On the Number of Books in Ovid's *Metamorphoses*: A Postscript." *The Classical Quarterly, New Series* 55.2 (2005): 650.

---. Rev. of *Catalogue of the MSS of Ovid's Metamorphoses* by Franco Munari. *The Classical Review* 8.3/4 (1958): 252-4.

---. Rev. of *Ovid: Metamorphoses* by A. S. Hollis and Ovid. *The Classical Review* 22.2 (1972): 214-6.

---. Rev. of *Ovid: Metamorphoses* by G. M. H. Murphy and Ovid. *The Classical Review* 25.1 (1975): 35-36.

---. Rev. of *Ovid Metamorphoses IX-XII* by Ovid and D. E. Hill. *The Classical Review* 51.1 (2001): 41-43.

---. Rev. of *Ovid's Metamorphoses: The Arthur Golding Translation, 1567* by John Frederick Nims. *The Classical Review* 19.3 (1969): 378.

---. "Textual Notes on Ovid, *Metamorphoses* 7-9." *The Classical Quarterly* 51.2 (2001): 545-50.

---. "Vain Repetitions? Notes on the Text of Ovid, *Ars Amatoria* 2.593 and *Metamorphoses* 14.240." *The Classical Quarterly* 53.2 (2003): 619-20.

Knapp, Charles. "Helps to the Study of the *Metamorphoses* of Ovid." *The Classical Weekly* 16.4 (1922): 25-27.

---. "Helps to the Study of the *Metamorphoses* of Ovid (Continued)." *The Classical Weekly* 16.6 (1922): 41-42.

---. "Helps to the Study of the *Metamorphoses* of Ovid (Continued)." *The Classical Weekly* 16.7 (1922): 49-51.

---. "Further Helps to the Study of the *Metamorphoses* of Ovid." *The Classical Weekly*

17.9 (1923): 65-67.

---. "Further Helps to the Study of the *Metamorphoses* of Ovid (Continued)." *The Classical Weekly* 17.10 (1923): 73-75.

Knox, Peter E. "Ovid, *Metamorphoses* 9. 466." *The Classical Quarterly* 34.2 (1984): 489.

Kovacs, David. "Ovid, *Metamorphoses* 1.2." *The Classical Quarterly* 37.2 (1987): 458-65.

Lateiner, Donald. "Nonverbal Behaviors in Ovid's Poetry, Primarily *Metamorphoses* 14." *The Classical Journal* 91.3 (1996): 225-53.

---. "Procul este parentes: Mothers in Ovid's *Metamorphoses*." *Helios* 33.2 (2006): 189-201.

Lee, A. G. Rev. of *Ovid, Metamorphoses* by Rolfe Humphries and Ovid. *The Classical Review, New Series* 8.2 (1958): 188-9.

Leigh, Matthew. "Ovid and the Lectisternium (*Metamorphoses* 8. 651-60)." *The Classical Quarterly* 52.2 (2002): 625-7.

Levine, Robert. Rev. of *The "Vulgate" Commentary on Ovid's Metamorphoses: The Creation Myth and the Story of Orpheus* by Frank T. Coulson. *Speculum* 68.3 (1993): 738-9.

Little, Douglas. "The Non-Augustanism of Ovid's *Metamorphoses*." *Mnemosyne, Fourth Series* 25.4 (1972): 389-401.

Liveley, Genevieve. Rev. of *Playing Gods: Ovid's Metamorphoses and the Politics of Fiction* by Andrew Feldherr. *Phoenix* 66.1/2 (2012): 198-201.

---. Rev. of *Reflections in a Serpent's Eye. Thebes in Ovid's Metamorphoses* by M. Janan. *The Classical Review, New Series* 61.1 (2011): 136-7.

Loos, Jaap X. "How Ovid Remythologizes Greek: Astronomy in *Metamorphoses* 1.747-2.400." *Mnemosyne* 61 (2008): 257-289.

---. "Ovid *Metamorphoses* 8.177-235 and *Ars amatoria* 2.21-96: Pioneer Aviator Turns Cosmonaut." *Mnemosyne, Fourth Series* 59.1 (2006): 134-49.

---. "Scorpios Breaks Cover at Ovid *Metamorphoses* 2.138-40." *Mnemosyne* 65 (2012): 488-94.

Lowe, Dunstan M. "Personification Allegory in the *Aeneid* and Ovid's *Metamorphoses*." *Mnemosyne* 61 (2008): 414-35.

Lowrie, Michèle. "Myrrha's Second Taboo, Ovid *Metamorphoses* 10.467-68." *Classical Philology* 88.1 (1993): 50-52.

Luck, Georg. "Notes on the Text of Ovid's *Metamorphoses*." *The American Journal of Philology* 103.1 (1982): 47-61.

Maciver, Calum Alasdair. "Vergil and the Death of Pentheus in Ovid, *Metamorphoses* 3." *Philologus* 161.1 (2017): 145-61.

Mader, Gottfried. "The Be(a)st of the Achaeans: Turning Tables / Overturning Tables in Ovid's Centauromachy (*Metamorphoses* 12.210–535)." *Arethusa* 46 (2013): 87-116.

Mainero, Jorge S. "Las Últimas Metamorfosis: César, Augusto y Ovidio." *Circe* 11.2 (2007): 163-73.

McCartney, Eugene S. "How and Why: 'Just so' Mythology in Ovid's *Metamorphoses*." *The Classical Journal* 15.5 (1920): 260-78.

McDonough, Christopher M. Rev. of *Ovid's Metamorphoses in Our Time*. *The Sewanee Review* 112.3 (2004): 463-7.

McNamara, Joanne. "The Frustration of Pentheus: Narrative Momentum in Ovid's *Metamorphoses* 3.511-731." *The Classical Quarterly, New Series* 60.1 (2010): 173-93.

Michalopoulos, Charilaos N. Rev. of *Ovid: Metamorphoses Book XIV* by K.S. Myers. *The Classical Review, New Series* 62.1 (2012): 162-4.

Miller, Frank J. "Some Features of Ovid's Style: I. Personification of Abstractions in the *Metamorphoses*." *The Classical Journal* 11.9 (1916): 516-34.

---. "Some Features of Ovid's Style: II. The Dramatic Element in the *Metamorphoses*." *The Classical Journal* 15.7 (1920): 417-35.

---. "Some Features of Ovid's Style: III. Ovid's Methods of Ordering and Transition in the *Metamorphoses*." *The Classical Journal* 16.8 (1921): 464-76.

Mix, Erving R. Rev. of *Ovid's Metamorphoses: Prolegomena to a Revision of Hugo Magnus' Edition* by Friedrich Walter Lenz. *The Classical World* 62.7 (1969): 282.

Morgan, Kathleen. "Ovid *Metamorphoses* 8.843: A Proposed Emendation." *The Classical World* 83.2 (1989): 97-99.

Murgia, Charles E. "Imitation and Authenticity in Ovid: *Metamorphoses* 1.477 and *Heroides* 15." *The American Journal of Philology* 106.4 (1985): 456-74.

Musgrove, Margaret Worsham. "Change of Perspective in Ovid, *Metamorphoses* 12.11-23." *The American Journal of Philology* 118.2 (1997): 267-83.

---. Rev. of *The Play of Fictions: Studies in Ovid's Metamorphoses Book 2* by A. M. Keith. *The American Journal of Philology* 115.2 (1994): 300-3.

---. Rev. of *Ovid's Causes: Cosmogony and Aetiology in the Metamorphoses* by K. Sara Myers. *The American Journal of Philology* 117.2 (1996): 338-41.

Myers, K. Sara. "The Lizard and the Owl: An Etymological Pair in Ovid, *Metamorphoses* Book 5." *The American Journal of Philology* 113.1 (1992): 63-68.

---. Rev. of *The Face of Nature: Wit, Narrative, and Cosmic Origins in Ovid's Metamorphoses* by Garth Tissol. *The Classical Journal* 93.4 (1998): 452-4.

Myers, Karen Magee. "Mythic Patterns in Charles Waddell Chesnutt's the *Conjure Woman* and Ovid's *Metamorphoses*." *Black American Literature Forum* 13.1 (1979): 13-17.

Nabielek, Marcus. "Silenus' Song (Virgil *Ecl.* 6.27-86)—a Source for Ovid's Pythagoreanism in the *Metamorphoses*?" *Tópicos* 33 (2007): 97-118.

Nagle, Betty Rose. Rev. of *The Metamorphoses: Ovid's Roman Games* by Edgar M. Glenn. *The Classical Journal* 83.4 (1988): 339-40.

---. Rev. of *Tales from Ovid* by Ted Hughes, and *After Ovid: New Metamorphoses* by Michael Hofmann and James Lasdun. *The Classical World* 93.2 (1999): 210-2.

Nicoll, W. S. M. Rev. of *The World of Ovid's Metamorphoses* by Joseph B. Solodow. *The Classical Review, New Series* 40.2 (1990): 271-2.

Nikolopoulos, A. D. "Tremuloque Gradu Venit Aegra Senectus: Old Age in Ovid's *Metamorphoses*." *Mnemosyne* 56.1 (2003): 48-60.

Nizynska, Joanna. "Marsyas's Howl: The Myth of Marsyas in Ovid's *Metamorphoses* and Zbigniew Herbert's 'Apollo and Marsyas.'" *Comparative Literature* 53.2 (2001): 151-69.

Norwood, Frances. Rev. of *Ovid: The Metamorphoses* by Horace Gregory. *Phoenix* 16.4 (1962): 287-8.

---. "Unity in the Diversity of Ovid's *Metamorphoses*." *The Classical Journal* 59.4 (1964): 170-4.

Oade, Stephanie. "Poetry into Music: Ovid's *Metamorphoses* and Dittersdorf's 'Twelve Symphonies on Ovid's Metamorphoses.'" *International Journal of the Classical Tradition* 21.1 (2014): 245-72.

O'Hara James J. "'Some God...or His Own Heart': Two Kinds of Epic Motivation in the Proem to Ovid's *Metamorphoses.*" *The Classical Journal* 100.2 (2005):149-61.

Owen, S. G. Rev. of *The Metamorphoses of Ovid* by Charles Simmons. *The Classical Review* 1.7 (1887): 199-200.

Pace, Claire. "'The Golden Age... The First and Last Days of Mankind': Claude Lorrain and Classical Pastoral, with Special Emphasis on Themes from Ovid's *Metamorphoses*." *Artibus et Historiae* 23.46 (2002): 127-56.

Palmatier, M. A. "A Suggested New Source in Ovid's *Metamorphoses* for Shakespeare's *Venus and Adonis*." *Huntington Library Quarterly* 24.2 (1961): 163-9.

Papaioannou, Sophia. "Birds, Flames and Epic Closure in Ovid, *Metamorphoses* 13.600-20 and 14.568-80." *The Classical Quarterly* 53.2 (2003): 620-4.

---. Rev. of *Ancient Etymologies in Ovid's Metamorphoses: A Commented Lexicon* by Andreas Michalopoulos. *The Classical Journal* 99.1 (2003): 89-91.

---. "'Ut non [forma] cygnorum, sic albis proxima cygnis': Poetology, Epic Definition, and Swan Imagery in Ovid's *Metamorphoses*." *Phoenix* 58.1/2 (2004): 49-61.

Parry, Hugh. "Ovid's *Metamorphoses*: Violence in a Pastoral Landscape." *Transactions and Proceedings of the American Philological Association* 95(1964): 268-82.

Pasco-Pranger, Molly. Rev. of *Narrative Dynamics in Ovid's Metamorphoses* by S. M. Wheeler. *The Classical Review, New Series* 52.1 (2002): 65-66.

Pavlock, Barbara. "Daedalus in the Labyrinth of Ovid's *Metamorphoses*." *The Classical World* 92.2 (1998): 141-57.

Possanza, Mark. "Penelope in Ovid's *Metamorphoses* 14.671." *The American Journal of Philology* 123.1 (2002): 89-94.

Rand, E. K. "The New Critical Edition of Ovid's *Metamorphoses*." *Classical Philology* 11.1 (1916): 46-60.

Ray, Robert H. "Marvell's 'To His Coy Mistress' and Sandys's Translation of Ovid's *Metamorphoses*." *The Review of English Studies* 44 (1993): 386-8.

Relihan, Joel C. "Ovid *Metamorphoses* I. 1-4 and Fulgentius' *Mitologiae*." *The American*

Journal of Philology 105.1 (1984): 87-90.

Richardson, Janette. "The Function of Formal Imagery in Ovid's *Metamorphoses*." *The Classical Journal* 59.4 (1964): 161-9.

Roberts, Michael. "Creation in Ovid's *Metamorphoses* and the Latin Poets of Late Antiquity." *Arethusa* 35 (2002): 403-15.

Ronnick, Michele Valerie. "Stellio non lacerta et bubo non strix: Ovid *Metamorphoses* 5.446-61 and 534-50." *The American Journal of Philology* 114.3 (1993): 419-20.

Rudd, Niall. "Ceyx and Alcyone: Ovid, *Metamorphoses* 11, 410-748." *Greece & Rome, Second Series* 55.1 (2008): 103-10.

Salzman-Mitchell, Patricia. "A Whole Out of Pieces Pygmalion's Ivory State in Ovid's *Metamorphoses*." *Arethusa* 41 (2008): 291-311.

---. Rev. of *Ovidius Polytropos. Metanarrative in Ovid's Metamorphoses* by A. D. Nikolopoulos and Ovid. *The Classical Review, New Series* 57.2 (2007): 406-8.

Schmitzer, Ulrich. Rev. of *Ovid before Exile: Art and Punishment in the Metamorphoses* by Patricia J. Johnson. *International Journal of the Classical Tradition* 17.2 (2010): 296-300.

Sdunnus, Ursula. "The Story of Dryope: A Rare Subject from Ovid's *Metamorphoses*." *Journal of the Warburg and Courtauld Institutes* 53 (1990): 312-5.

Segal, Charles. "Ovid's *Metamorphoses*: Greek Myth in Augustan Rome." *Studies in Philology* 68.4 (1971): 371-94.

---. "Myth and Philosophy in the *Metamorphoses*: Ovid's Augustanism and the Augustan Conclusion of Book XV." *The American Journal of Philology* 90.3 (1969): 257-92.

Shennan, Susan E. Rev. of *Ovid: Metamorphoses* by G. L. Kittredge and Thornton Jenkins. *The Classical Journa*l 21.4 (1926): 312-3.

Solodow, Joseph B. Rev. of *Ovid, Metamorphoses, Book XIII* by Neil Hopkinson. *The Classical Journal* 99.1 (2003): 92-95.

Standen, Edith A. "Ovid's *Metamorphoses*: A Gobelins Tapestry Series." *Metropolitan Museum Journal* 23 (1988): 149-91.

Steiner, Grundy. Rev. of *The Metamorphoses of Ovid* by Mary M. Innes. *The Classical Journal* 51.8 (1956): 410.

---. "Source-Editions of Ovid's *Metamorphoses* (1471-1500)." *Transactions and Proceedings of the American Philological Association* 82 (1951): 219-31.

Stephens, Wade C. "Cupid and Venus in Ovid's *Metamorphoses*." *Transactions and Proceedings of the American Philological Association* 89 (1958): 286-300.

---. "Descent to the Underworld in Ovid's *Metamorphoses*." *The Classical Journal* 53.4 (1958): 177-83.

Stirrup, Barbara E. "Techniques of Rape: Variety of Wit in Ovid's *Metamorphoses*." *Greece & Rome* 24.2 (1977): 170-84.

Tarrant, R. J. "Chaos in Ovid's *Metamorphoses* and Its Neronian Influence." *Arethusa* 35 (2002): 349-60.

---. Rev. of *Changing Forms: Studies in the Metamorphoses of Ovid* by Otto Steen Due, and *Ovid's Metamorphoses: An Introduction to the Basic Aspects* by G. Karl Galinsky. *Phoenix* 30.3 (1976): 297-303.

---. "The Silence of Cephalus: Text and Narrative Technique in Ovid, *Metamorphoses* 7.685ff." *Transactions of the American Philological Association (1974-2014)* 125 (1995): 99-111.

---. "The Soldier in the Garden and Other Intruders in Ovid's *Metamorphoses*." *Harvard Studies in Classical Philology* 100 (2000): 425-38.

Tilley, M. P. "*The Maid's Metamorphosis* and Ovid's *Metamorphoses*." *Modern Language Notes* 46.3 (1931): 139-43.

Tissol, Garth. Rev. of *Epic Succession and Dissension: Ovid, Metamorphoses 13.623-14.582 and the Reinvention of the Aeneid* by S. Papaioannou. *The Classical Review, New Series* 57.1 (2007): 109-10.

Tola, Eleonora. "Cadmo y los Peligros de la Mirada en Ovidio, *Metamorfosis* III." *Circe* 11.2 (2007): 225-32.

---. "Las tramas del texto en Ovidio, *Metamorfosis*, 6. 424-674." *Circe* 14.2 (2010): 159-74.

Westerhold, Jessica. "Byblis's 'Feminine Latinity' in Ovid's *Metamorphoses* 9.450-665." *Helios* 45.1 (2018): 37-67.

Wheeler, Stephen M. "Changing Names: The Miracle of Iphis in Ovid *Metamorphoses* 9." *Phoenix* 51.2 (1997): 190-202.

---. "Imago Mundi: Another View of the Creation in Ovid's *Metamorphoses*." *The American Journal of Philology* 116.1 (1995): 95-121.

---. "Lucan's Reception of Ovid's *Metamorphoses*." *Arethusa* 35 (2002): 361-80.

---. "Ovid's Use of Lucretius in *Metamorphoses* 1.67-8." *The Classical Quarterly* 45.1 (1995): 200-3.

---. Rev. of *The Image of the Poet in Ovid's Metamorphoses* by Barbara Pavlock. *The American Journal of Philology* 131.1 (010): 158-62.

---. Rev. of *Ovid's Metamorphoses: Books 1-5* by William S. Anderson. *The American Journal of Philology* 120.1 (1999): 170-173.

White, Dorrance S. Rev. of *Virgil's Aeneid and Ovid's Metamorphoses* by J. B. Greenough, G. L.Kittredge and Thornton Jenkins. *The Classical Journal* 19.5 (1924): 332-4.

Williams, Franklin B., Jr. Rev. of *An Elizabethan Puritan: Arthur Golding the Translator of Ovid's Metamorphoses* by Louis Thorn Golding. *Modern Language Notes* 53.5 (1938): 394-5.

Ziogas, Ioannis. "Orpheus and the Law: The Story of Myrrha in Ovid's *Metamorphoses*." *Law in Context: A Socio-Legal Journal* 34 (2016): 24-41.

---. "Ovid as a Hesiodic Poet: Atalanta in the *Catalogue of Women* (fr. 72-6 M-W) and the *Metamorphoses* (10.560-707)." *Mnemosyne* 64 (2011): 249-70.

《情诗集》研究论文

Ahern, Charles F., Jr., "Ovid, *Amores* 2.7.27 f." *The Classical Journal* 82.3 (1987): 208-9.

Appelbaum, Stanley. "A Version of Ovid, *Amores* 3.2." *The Classical Journal* 52.6 (1957): 245-6.

Baker, Robert J. "Duplices Tabellae: *Propertius* 3.23 and Ovid *Amores* 1.12." *Classical Philology* 68.2 (1973): 109-13.

Barsby, J. A. "Desultor Amoris in *Amores* 1.3." *Classical Philology* 70.1 (1975): 44-45.

Berman, Kathleen. "Some Propertian Imitations in Ovid's *Amores*." *Classical Philology* 67.3 (1972): 170-7.

Booth, Joan. "Ovid *Amores* 2.13.17-18: Quae Oedipum Requirant Interpretem." *Classical Philology* 87.3 (1992): 241-6.

---. "Two Notes on the Text of Ovid's *Amores*." *The Classical Quarterly* 32.1 (1982): 156-8.

Booth, Joan and A. C. F. Verity. "Critical Appreciations IV: Ovid, *Amores* 2.10." *Greece & Rome* 25.2 (1978): 125-40.

Boyd, Barbara Weiden. "The Death of Corinna's Parrot Reconsidered: Poetry and Ovid's *Amores*." *The Classical Journal* 82.3 (1987): 199-207.

Cahoon, Leslie. "The Bed as Battlefield: Erotic Conquest and Military Metaphor in Ovid's *Amores*." *Transactions of the American Philological Association (1974-)* 118 (1988): 293-307.

Calabrese, Michael. "Ovid and the Female Voice in the *De Amore* and the *Letters* of Abelard and Heloise." *Modern Philology* 95.1 (1997): 1-26.

Califf, D. J. "*Amores* 2.1.7-8: A Programmatic Allusion by Anagram." *The Classical Quarterly* 47.2 (1997): 604-5.

Cameron, Alan. "The First Edition of Ovid's *Amores*." *The Classical Quarterly, New Series* 18.2 (1968): 320-33.

Curran, Leo C. "Desultores Amoris: Ovid *Amores* 1.3." *Classical Philology* 61.1 (1966): 47-49.

---. "Ovid *Amores* 1.10." *Phoenix* 18.4 (1964): 314-9.

Damon, Cynthia. "Poem Division, Paired Poems, and *Amores* 2.9 and 3.11." *Transactions of the American Philological Association (1974-)* 120 (1990): 269-90.

Davis, John T. "*Amores* 1, 4, 45-48 and the Ovidian Aside." *Hermes* 107.2 (1979): 189-99.

---. "Dramatic and Comic Devices in *Amores* 3, 2." *Hermes* 107.1 (1979): 51-69.

Davis, P. J. "Ovid's *Amores*: A Political Reading." *Classical Philology* 94.4 (1999): 431-49.

De Verger, Antonio Ramirez. "The Text of Ovid, *Amores* 2.13.17-18." *The American Journal of Philology* 109.1 (1988): 86-91.

Dickson, Thomas W. "Borrowed Themes in Ovid's *Amores*." *The Classical Journal* 59.4 (1964): 175-80.

Elliott, Alison G. "*Amores* 1.13: Ovid's Art." *The Classical Journal* 69.2 (1974): 127-32.

García, Luis Rivero. "A Reading of Ovid, *Amores* II 15." *Hermes* 132.2 (2004): 186-210.

Görler, Woldemar. "Ovid's Propemptikon (*Amores* 2, 11)." *Hermes* 93.3 (1965): 338-47.
Greene, Ellen. "Sexual Politics in Ovid's *Amores*: 3.4, 3.8, and 3.12." *Classical Philology* 89.4 (1994): 344-50.
---. "Travesties of Love: Violence and Voyeurism in Ovid *Amores* 1.7." *The Classical World* 92.5 (1999): 409-18.
Gross, Nicolas P. "Ovid, *Amores* 1.8: Whose Amatory Rhetoric?" *The Classical World* 89.3 (1996): 197-206.
---. "Ovid, *Amores* 3.11A and B: A Literary Mélange." *The Classical Journal* 71.2 (1975-1976): 152-60.
Holleman, A. W. J. "Notes on Ovid *Amores* 1.3, Horace *Carm*. 1.14, and *Propertius* 2.26." *Classical Philology* 65.3 (1970): 177-80.
Houghton, L. B. T. "Ovid's Dead Parrot Sketch: *Amores* II.6." *Mnemosyne, Fourth Series* 53.6 (2000): 718-20.
Katz, Phyllis. "Teaching the Elegiac Lover in Ovid's *Amores*." *The Classical World* 102.2 (2009): 163-7.
Keith, A. M. "Corpus Eroticum: Elegiac Poetics and Elegiac Puellae in Ovid's *Amores*." *The Classical World* 88.1 (.1994): 27-40.
Kenney, E. J. "The Manuscript Tradition of Ovid's *Amores*, *Ars Amatoria*, and *Remedia Amoris*." *The Classical Quarterly* 12.1 (1962): 1-31.
---. "The Tradition of Ovid's *Amores*." *The Classical Review* 5.1 (1955):13-14.
Kershaw, Allan. "Ovid, *Amores* 3.1.53." *Mnemosyne, Fourth Series* 45.3 (1992): 372.
---. "*Amores* 3.1.53 ff." *Mnemosyne, Fourth Series* 39.3/4 (1986): 407-8.
Liebermann, W.-L. "Liebe und Dichtung: Was hat Amor/Cupido mit der Poesie zu schaffen? Ovid, *Amores* I, 1." *Mnemosyne, Fourth Series* 53.6 (2000): 672-89.
Little, D. "Ovid *Amores* 1, 13, 29-30 and the *Hecale* of Callimachus." *Hermes* 99.1 (1971): 128.
McKie, D. S. "Ovid's *Amores*: The Prime Sources for the Text." *The Classical Quarterly* 36.1 (1986): 219-38.
Moles, John. "The Dramatic Coherence of Ovid, *Amores* 1.1 and 1.2." *The Classical Quarterly* 41.2 (1991): 551-4.
Morgan, Kathleen. "Ovid, *Amores* 2.13.18: A Solution." *The Classical World* 85.2 (1991): 95-100.
Morwood, James, Iain Ross, S. J. Heyworth and Soo-lin Lui. "Explorations of Ovid, *Amores* 3.2, 3.4, 3.5, and 3.14." *Greece & Rome, Second Series* 58.1 (2011): 14-32.
Murgatroyd, P. "The Argumentation in Ovid *Amores* 1.9." *Mnemosyne, Fourth Series* 52.5 (1999): 569-72.
Murgia, Charles E. "Influence of Ovid's *Remedia amoris* on *Ars amatoria* 3 and *Amores* 3." *Classical Philology* 81.3 (1986): 203-20.
Newiger, Hans-Joachim. "Zum Epigramm der *Amores* Ovids." *Hermes* 92.1 (1964): 119-21.

Nicoll, W. S. M. "Ovid, *Amores* I 5." *Mnemosyne, Fourth Series* 30.1 (1977): 40-48.

Oliver, Revilo P. "The First Edition of the *Amores*." *Transactions and Proceedings of the American Philological Association* 76 (1945): 191-215.

---. "Ovid in His Ring (*Amores* 2. 15. 9-26)." *Classical Philology* 53.2 (1958): 103-6.

Olstein, Katherine. "*Amores* 1.3 and Duplicity as a Way of Love." *Transactions of the American Philological Association (1974-)* 105 (1975): 241-57.

O'Neill, Kerill. "Ovid and Propertius: Reflexive Annotation in *Amores* 1.8." *Mnemosyne, Fourth Series* 52.3 (1999): 286-307.

Papanghelis, T. D. "About the Hour of Noon: Ovid, *Amores* 1, 5." *Mnemosyne, Fourth Series* 42.1/2 (1989): 54-61.

Perkins, Caroline A. "The Figure of Elegy in *Amores* 3.1: Elegy as Puella, Elegy as Poeta, Puella as Poeta." *The Classical World* 104.3 (2011): 313-31.

---. "Love's Arrows Lost: Tibullan Parody in *Amores* 3.9." *The Classical World* 86.6 (1993): 459-66.

---. "Protest and Paradox in Ovid, *Amores* 3.11." *The Classical World* 95.2 (2002): 117-25.

Suter, Ann. "Ovid, from Image to Narrative: *Amores* 1.8 and 3.6." *The Classical World* 83.1 (1989): 15-20.

Thomas, Elizabeth. "Ovid, *Amores* iii. 9. 35-40." *The Classical Review* 15.2 (1965): 149-51.

---. "Variations on a Military Theme in Ovid's *Amores*." *Greece & Rome* 11.2 (1964): 151-65.

Waterhouse, William C. "'Emodulanda' in Ovid's *Amores* 1.1." *The Classical World* 101.4 (2008): 533-4.

Watson, Lindsay C. "Ovid *Amores* I 6: A Parody of a Hymn?" *Mnemosyne, Fourth Series* 35.1/2 (1982): 92-102.

Williams, Frederick. "The Hands of Death: Ovid *Amores* 3.9.20." *The American Journal of Philology* 124.2 (2003): 225-34.

《爱的艺术》《爱的疗治》研究论文

Ahern, Charles F., Jr. "Daedalus and Icarus in the *Ars Amatoria*." *Harvard Studies in Classical Philology* 92 (1989): 273-96.

---. "Ovid as vates in the Proem to the *Ars amatoria*." *Classical Philology* 85.1 (1990): 44-48.

Avery, William T. "Ovid *Ars Amatoria* 1. 114: An Emendation." *Classical Philology* 69.4 (1974): 279-80.

Blodgett, E. D. "The Well Wrought Void: Reflections on the *Ars Amatoria*." *The Classical Journal* 68.4 (1973): 322-3.

Brunelle, Christopher. "Form vs. Function in Ovid's *Remedia Amoris*." *The Classical Journal* 96. (2000-2001): 123-40.

Conte, Gian Biagio and Glenn W. Most. "Love without Elegy: The *Remedia amoris* and the Logic of a Genre." *Poetics Today* 10.3 (1989): 441-69.

Courtney, E. "Two Cruces in the *Ars Amatoria*." *The Classical Review* 20.1 (1970): 10-11.

Davisson, Mary H. T. "The Search for an 'alter orbis' in Ovid's *Remedia Amoris*." *Phoenix* 50.3/4 (1996): 240-61.

De Verger, A. Ramírez and A. García Herrera. "A Note on Ovid, *Ars Amatoria* 1.553." *Mnemosyne, Fourth Series* 47.2 (1994): 229-30.

Dillon, John. "A Platonist Ars Amatoria." *The Classical Quarterly* 44.2 (1994): 387-92.

Downing, Eric. "Ovid's Danish Disciple: Kierkegaard as Reader of the *Ars Amatoria*." *Pacific Coast Philology* 23.1/2 (1988): 22-29.

Dunsch, Boris. "Regere oder Movere?: Textkritische und exegetische Untersuchungen zu Ovid, *Ars amatoria* 1, 1-10." *Hermes* 135.3 (2007): 314-33.

Eidinow, J. S. C. "A Note on Ovid *Ars Amatoria* 1.117-19." *The American Journal of Philology* 114.3 (1993): 413-7.

Gibson, Roy K. "Book Endings in Greek Poetry and *Ars Amatoria* 2 and 3." *Mnemosyne, Fourth Series* 53.5 (2000), pp. 588-91.

Goold, G. P. "Amatoria Critica." *Harvard Studies in Classical Philology* 69 (1965): 1-107.

Green, C. M. C. "Terms of Venery: *Ars Amatoria* I." *Transactions of the American Philological Association (1974-)* 126 (1996): 221-63.

Henderson, A. A. R. "Notes on the Text of Ovid's *Remedia Amoris*." *The Classical Quarterly* 30.1 (1980): 159-73.

Houghton, L. B. T. "Sexual Puns in Ovid's *Ars* and *Remedia*." *The Classical Quarterly, New Series* 59.1 (2009): 280-5.

Kenney, E. J. "The Manuscript Tradition of Ovid's *Amores*, *Ars Amatoria*, and *Remedia Amoris*." *The Classical Quarterly* 2.1 (1962): 1-31.

---. "Ovid, *Ars Amatoria* i. 147." *The Classical Review, New Series* 3.1 (1953): 7-10.

---. "Vain Repetitions? Notes on the Text of Ovid, *Ars Amatoria* 2.593 and *Metamorphoses* 14.240." *The Classical Quarterly* 53.2 (2003): 619-20.

Leach, Eleanor Winsor. "Georgic Imagery in the *Ars amatoria*." *Transactions and Proceedings of the American Philological Association* 95 (1964): 142-54.

Leary, T. J. "Ovid, *Ars Amatoria* 3.653-6." *The Classical Quarterly* 41.1 (1991): 265-7.

Lenz, Friedrich Walter. "Ovid *Ars Amatoria* II 725-6; Nux 110." *Mnemosyne, Fourth Series* 19.4 (1966): 389-94.

Loos, Jaap. "Ovid *Metamorphoses* 8.177-235 and *Ars amatoria* 2.21-96: Pioneer Aviator Turns Cosmonaut." *Mnemosyne, Fourth Series* 59.1 (2006): 134-49.

Miller, John F. "Callimachus and the *Ars amatoria*." *Classical Philology* 78.1 (1983): 26-34.

---. "Meter, Matter, and Manner in Ovid, *Ars Amatoria* 1.89-100." *The Classical World* 90.5 (1997): 333-9.

Murgia, Charles E. “The Date of Ovid’s *Ars Amatoria* 3.” *The American Journal of Philology* 107.1 (1986): 74-94.
---. “Influence of Ovid’s *Remedia amoris* on *Ars amatoria* 3 and *Amores* 3.” *Classical Philology* 81.3 (1986): 203-20.
Nickbakht, Mehran A. “Further Evidence of the Original Outline of Ovid’s *Ars Amatoria* (1.771-2).” *Mnemosyne, Fourth Series* 58.2 (2005): 284-6.
Nikolaidis, Anastasios G. “On a Supposed Contradiction in Ovid (*Medicamina Faciei* 18-22 vs. *Ars Amatoria* 3.129-32).” *The American Journal of Philology* 115.1 (1994): 97-103.
Schröder, Wilt Aden. “Zu Ovids *Ars Amatoria* 1, 665.” *Hermes* 118.2 (1990): 242-7.
Sharrock, A. R. “*Ars Amatoria* 2.123-42: Another Homeric Scene in Ovid.” *Mnemosyne, Fourth Series* 40.3/4 (1987), pp. 406-12.
Starr, Raymond J. “Swimming in the Current: Ovid, *Ars Amatoria*, 2.181-182, and *Remedia Amoris* 121-122.” *Hermes* 129.4 (2001): 564-5.
Tränkle, Hermann. “Textkritische und Exegetische Bemerkungen zu Ovids *Ars Amatoria*.” *Hermes* 100.3 (1972): 387-408.
Vollmer, Fr. “Kritischer Apparat zu Ovids *Remedia*.” *Hermes* 52.3 (1917): 453-69.
Watson, Patricia. “Mythological Exempla in Ovid’s *Ars Amatoria*.” *Classical Philology* 78.2 (1983): 117-26.
---. “Ovid and Cultus: *Ars Amatoria* 3.113-28.” *Transactions of the American Philological Association (1974-)* 112 (1982): 237-44.

《女杰书简》《女人面妆》研究论文

Baca, Albert R. “Ovid’s Claim to Originality and *Heroides* 1.” *Transactions and Proceedings of the American Philological Association* 100 (1969): 1-10.
---. “Ovid’s Epistle from Sappho to Phaon (*Heroides* 15).” *Transactions and Proceedings of the American Philological Association* 102 (1971): 29-38.
Barchiesi, Alessandro. “Future Reflexive: Two Modes of Allusion and Ovid’s *Heroides*.” *Harvard Studies in Classical Philology* 95 (1993): 333-65.
Bate, M. S. “Tempestuous Poetry: Storms in Ovid’s *Metamorphoses, Heroides* and *Tristia*.” *Mnemosyne, Fourth Series* 57.3 (2004): 295-310.
Bessone, Federica. “Medea’s Response to Catullus: Ovid, *Heroides* 12.23-4 and *Catullus* 76.1-6.” *The Classical Quarterly* 45.2 (1995): 575-8.
Bloch, David J. “Ovid’s *Heroides* 6: Preliminary Scenes from the Life of an Intertextual Heroine.” *The Classical Quarterly* 50.1 (2000): 197-209.
Bolton, M. Catherine. “Gendered Spaces in Ovid’s *Heroides*.” *The Classical World* 102.3 (2009): 273-90.
---. “In Defence of *Heroides* 9.” *Mnemosyne, Fourth Series* 50.4 (1997): 424-35.

---. "The Isolating Effect of Sola in Heroides 10." *Phoenix* 48.1 (1994): 42-50.

Bradley, Edward M. "Ovid *Heroides* V: Reality and Illusion." *The Classical Journal* 64.4 (1969): 158-62.

Cairns, Francis. "The 'Etymology' in Ovid *Heroides* 20.21-32." *The Classical Journal* 98.3 (2003): 239-42.

Casali, Sergio. "Hydra Redundans (Ovid, *Heroides* 9.95)." *The Classical Quarterly* 43.2 (1993): 505-6.

---. "Ovid's Canace and Euripides' *Aeolus*: Two Notes on *Heroides* 11." *Mnemosyne, Fourth Series* 51.6 (1998): 700-10.

---. "Tragic Irony in Ovid, *Heroides* 9 and 11." *The Classical Quarterly* 45.2 (1995): 505-11.

Clark, Sereno Burton. "The Authorship and the Date of the Double Letters in Ovid's *Heroides*." *Harvard Studies in Classical Philology* 19 (1908): 121-55.

Coleman, Kathleen M. "Cacemphaton in the Labyrinth: Ovid, *Heroides* 10.71." *Mnemosyne, Fourth Series* 63.2 (2010): 280-6.

Colson, F. H. "Two Notes on Ovid, *Heroides* IV." *The Classical Quarterly* 20.3/4 (1926): 207-8.

Connely, Willard. "Imprints of the *Heroides* of Ovid on Chaucer, the Legend of Good Women." *The Classical Weekly* 18.2 (1924): 9-13.

Courtney, E. "Echtheitskritik: Ovidian and Non-Ovidian *Heroides* Again." *The Classical Journal* 93.2 (1997-1998): 157-66.

---. "Problems in Ovid's *Heroides*." *Mnemosyne, Fourth Series* 27.3 (1974): 298-9.

Cunningham, Maurice P. "The Novelty of Ovid's *Heroides*." *Classical Philology* 44.2 (1949): 100-6.

Damsté, P. H. "Ad Ovidii Heroides." *Mnemosyne, New Series* 33.1 (1905): 1-56.

De Verger, Antonio Ramírez. "A Note on Ovid, *Heroides* 15, 113." *Hermes* 134.1 (2006): 123-4.

---. "On Ovid, *Heroides* 4.175-6." *Mnemosyne, Fourth Series* 58.3 (2005): 429-31.

---. "Ovid, *Heroides* 7.113." *The Classical Quarterly, New Series* 54.2 (2004): 650-1.

---. "Ovid, *Heroides* 12.201." *Hermes* 137.4 (2009): 501-4.

Dean, Nancy. "Chaucer's Complaint, a Genre Descended from the *Heroides*." *Comparative Literature* 19.1 (1967): 1-27.

Deufert, Marcus, Jan Felix Gaertner and Michael Winterbottom. "Critical Notes on the *Heroides*." *Hermes* 130.4 (2002): 502-6.

Diggle, James. "Notes on the Text of Ovid, *Heroides*." *The Classical Quarterly* 17.1 (1967): 136-44.

Drinkwater, Megan O. "An Amateur's Art: Paris and Helen in Ovid's *Heroides*." *Classical Philology* 108.2 (2013): 111-25.

---. "Which Letter? Text and Subtext in Ovid's *Heroides*." *The American Journal of Philology* 128.3 (2007): 367-87.

Farrell, Joseph. "Reading and Writing the Heroides." *Harvard Studies in Classical Philology* 98 (1998): 307-338.

Fisher, Elizabeth. "Two Notes on the *Heroides.*" *Harvard Studies in Classical Philology* 74 (1970): 193-205.

Fulkerson, Laurel. "Chain(ed) Mail: Hypermestra and the Dual Readership of *Heroides* 14." *Transactions of the American Philological Association* 133.1 (2003): 123-45.

---. "(Un)Sympathetic Magic: A Study of *Heroides* 13." *The American Journal of Philology* 123.1 (2002): 61-87.

Fumo, Jamie C. "'Little Troilus': *Heroides* 5 and Its Ovidian Contexts in Chaucer's *Troilus and Criseyde.*" *Studies in Philology* 100.3 (2003): 278-314.

Green, Steven J. "Contextualization and Textual Criticism: Making Sense of Character in *Propertius* 4.4 and Ovid, *Heroides* 1." *The Classical World* 97.4 (2004): 363-72.

Haley, Lucille. "The Feminine Complex in the *Heroides.*" *The Classical Journal* 20.1 (1924): 15-25.

Hewig, Ariane. "Ariadne's Fears from Sea and Sky (Ovid, *Heroides* 10.88 and 95-8)." *The Classical Quarterly* 41.2 (1991): 554-6.

Heyworth, S. J. "Three Notes on the *Heroides.*" *Mnemosyne, Fourth Series* 37.1/2 (1984): 103-9.

Hickey, St. John. "Ovid, *Heroides* 6.54." *The Classical Review* 16.2 (1966): 144-5.

---. "Ovid's Briseis: A Study of *Heroides* 3." *Phoenix* 25.4 (1971): 331-56.

Hollis, A. S. "Rights of Way in Ovid (*Heroides* 20.146) and Plautus (*Curculio* 36)." *The Classical Quarterly* 44.2 (1994): 545-9.

Housman, A. E. "Ovid's *Heroides.*" *The Classical Review* 11.2 (1897): 102-6.

---. "Ovid's *Heroides* (Continued)." *The Classical Review* 11.4 (1897): 200-4.

---. "Ovid's *Heroides* (Continued)." *The Classical Review* 11.5 (1897): 238-42.

---. "Ovid's *Heroides* (Continued)." *The Classical Review* 11.6 (1897): 286-90.

---. "Ovid's *Heroides* (Continued)." *The Classical Review* 11.9 (1897): 425-31.

Jacobson, Howard. "Ennian Influence in *Heroides* 16 and 17." *Phoenix* 22.4 (1968): 299-303.

Kennedy, Duncan F. "The Epistolary Mode and the First of Ovid's *Heroides.*" *The Classical Quarterly* 34.2 (1984): 413-22.

Kenney, E. J. "Notes on Ovid: III, Corrections and Interpretations in the *Heroides.*" *Harvard Studies in Classical Philology* 74 (1970): 169-85.

---. "Two Disputed Passages in the *Heroides.*" *The Classical Quarterly* 29.2 (1979): 394-431.

Kershaw, Allan. "*Heroides* 16.303-4." *The Classical Quarterly* 48.1 (1998): 316.

Knox, Peter E. "Ovid's Medea and the Authenticity of *Heroides* 12." *Harvard Studies in Classical Philology* 90 (1986): 207-23.

Lacki, G. C. "In the Darkness of Hell: Ovid *Heroides* 16.211-12." *The Classical Quarterly, New Series* 60.2 (2010): 661-3.

Leigh, Matthew. "Ovid, *Heroides* 6.1-2." *The Classical Quarterly* 47.2 (1997): 605-7.
Marg, Walter. "Ovid, *Heroides* 10, 95/96." *Hermes* 88.4 (1960): 505-6.
Meech, Sanford Brown. "Chaucer and an Italian Translation of the *Heroides*." *PMLA* 45.1 (1930): 110-28.
Meijer, F. J. A. M. "Ovide, *Héroïdes* XVI 112 et la construction navale romaine." *Mnemosyne, Fourth Series* 43.3/4 (1990): 450-2.
Merchant, W. P. H. "Ovid, *Heroides* 16.177." *The Classical Review* 17.3 (1967): 262-3.
Michalopoulos, Andreas N. "Ovid *Heroides* 10.1-4: Ariadne's ΜΙΤΟΣ." *Mnemosyne, Fourth Series* 55.1 (2002): 95-97.
Murgia, Charles E. "Imitation and Authenticity in Ovid: *Metamorphoses* 1.477 and *Heroides* 15." *The American Journal of Philology* 106.4 (1985): 456-74.
Naylor, H. Darnley. "Notes on Ovid's *Heroides* I-XIV." *The Classical Review* 21.2 (1907): 43-44.
---. "Ovid, *Heroides*, XV.-XXI." *The Classical Review* 25.2 (1911): 43-44.
Nikolaidis, Anastasios G. "On a Supposed Contradiction in Ovid (*Medicamina Faciei* 18-22 vs. *Ars Amatoria* 3.129-32)." *The American Journal of Philology* 115.1 (1994): 97-103.
Owen, S. G. "A Manuscript of Ovid's *Heroides*." *The Classical Quarterly* 30.3/4 (1936): 155-69.
---. "A Manuscript of Ovid's *Heroides* (Continued)." *The Classical Quarterly* 31.1 (1937): 1-15.
Philippides, Katerina. "Canace Misunderstood: Ovid's *Heroides* XI." *Mnemosyne, Fourth Series* 49.4 (1996): 426-39.
Phillippy, Patricia, Gaspara Stampa and Veronica Franco. "'Altera Dido': The Model of Ovid's *Heroides* in the Poems of Gaspara Stampa and Veronica Franco." *Italica* 69.1 (1992): 1-18.
Reeve, M. D. "Notes on Ovid's *Heroides*." *The Classical Quarterly* 23.2 (1973): 324-38.
Rosati, Gianpiero. "Sabinus, the *Heroides* and the Poet-Nightingale: Some Observations on the Authenticity of the Epistula Sapphus." *The Classical Quarterly* 46.1 (1996): 207-16.
Slater, D. A. "Ovid, *Heroides* I. 2." *The Classical Review* 30.3 (1916): 73.
Stapleton, M. L. "Edmund Spenser, George Turberville, and Isabella Whitney Read Ovid's *Heroides*." *Studies in Philology* 105.4 (2008): 487-519.
Tarrant, R. J. "The Authenticity of the Letter of Sappho to Phaon (*Heroides* XV)." *Harvard Studies in Classical Philology* 85 (1981): 133-53.
Thompson, P. A. M. "Notes on Ovid, *Heroides* 20 and 21." *The Classical Quarterly* 43.1 (1993): 258-65.
Tracy, Valerie A. "The Authenticity of *Heroides* 16-21." *The Classical Journal* 66.4 (1971): 328-30.
Trinacty, Christopher. "Seneca's *Heroides*: Elegy in Seneca's Medea." *The Classical*

Journal, Vol. 103, No. 1 (Oct. - Nov., 2007), pp. 63-78.

Vessey, D. W. T. C. "Notes on Ovid, *Heroides*." *The Classical Quarterly* 19.2 (1969): 349-61.

Volk, Katharina. "Timeo simulacra deorum (Ovid, *Heroides* 10.95)." *Mnemosyne, Fourth Series* 56.3 (2003): 348-53.

Watson, Patricia A. "Parody and Subversion in Ovid's *Medicamina Faciei Femineae*." *Mnemosyne, Fourth Series* 54.4 (2001): 457-71.

White, Diana Gould. "Ovid, *Heroides* 16.45-46." *Harvard Studies in Classical Philology* 74 (1970): 187-91.

Williams, Gareth. "Ovid's Canace: Dramatic Irony in *Heroides* 11." *The Classical Quarterly* 42.1 (1992): 201-9.